embuscadoamor.com

EMMA GARCIA

embuscadoamor.com

Tradução
Carolina Caires Coelho

Rio de Janeiro | 2014

Copyright © Emma Garcia 2013

Título original: *Never Google Heartbreak*

Capa: Carolina Vaz
Imagem de capa: © Color_life / iStockphoto

Editoração: FA Studio

Texto revisado segundo o novo
Acordo Ortográfico da Língua Portuguesa

2014
Impresso no Brasil
Printed in Brazil

Cip-Brasil. Catalogação na publicação.
Sindicato Nacional dos Editores de Livros, RJ.

G21e	Garcia, Emma
	Embuscadoamor.com / Emma Garcia; tradução Carolina Caires Coelho. — 1. ed. — Rio de Janeiro: Bertrand Brasil, 2014.
	364p.; 23 cm.
	Tradução de: Never google heartbreak
	ISBN 978-85-286-1767-2
	1. Ficção inglesa. I. Coelho, Carolina Caires. II. Título.
	CDD: 823
14-09440	CDU: 821.111-3

Todos os direitos reservados pela:
EDITORA BERTRAND BRASIL LTDA.
Rua Argentina, 171 — 2º andar — São Cristóvão
20921-380 — Rio de Janeiro — RJ
Tel.: (0xx21) 2585-2070 — Fax: (0xx21) 2585-2087

Não é permitida a reprodução total ou parcial desta obra, por
quaisquer meios, sem a prévia autorização por escrito da Editora.

Atendimento e venda direta ao leitor:
mdireto@record.com.br ou (0xx21) 2585-2002

Para o meu trio de Leos, com amor e gratidão.

"Veja, há uma porção de céu azul lá."

Maureen Tucker

"Illegitimi non carborundum."
"Não deixem aqueles bastardos acabarem com vocês."

John Tucker

Prólogo: PARTE I

Rob Waters me pediu em casamento três meses depois de eu dormir com ele. Pensei que nosso romance seria um tsunami daqueles como lemos nas revistas no salão de beleza. Cinco anos e dois casamentos adiados depois, aceitei que se trata de uma marolinha.

Mas, daqui a dois meses, finalmente subiremos ao altar. Desta vez, está tudo reservado: o Salão Azul no Castelo Burnby, perto da casa dos pais dele, o fotógrafo de cerimônia e o Rolls-Royce. Rob tem sido muito participativo, o que é ótimo; foi ele quem escolheu as cestinhas de morango com champanhe.

Queremos informalidade. Ele vai vestir um terno azul-marinho Hugo Boss e uma camisa rosa-clara, o mesmo tom do meu buquê de rosas. Meu vestido é bem simples, com a quantidade certa de renda Chantilly. Vendi os dois últimos merengues no eBay.

Ainda precisamos escolher as alianças. Elas vão ser de platina para combinar com o anel de noivado. É engraçado, mas, desde que Rob me deu esse anel, eu nunca o tirei, nem mesmo quando ele quis adiar o casamento na primeira vez (ele tem medo de igrejas) e na segunda (ele estava se sentindo meio estranho por ter feito 35 anos). Acho que amo mesmo Rob Waters. Eu o amo e não por todos os motivos óbvios, como o fato de ele ser lindo e podre de rico. Adoro sua boa compostura, os lábios protuberantes e os cachos louros. Adoro seu jeito de andar e de dormir encolhido. Adoro o modo que ele tem de franzir o nariz e fungar quando está concentrado. Aprendi a adorar o jeito com que ele me chama de "Coelhinha". E nem me importo quando ele grita "Quem é uma Coelhinha safada?" enquanto fazemos amor. Simplesmente respondo "Sou eu".

Ele deve chegar da academia logo, por isso estou preparando salmão com arroz selvagem e salada de chicória para o jantar, o prato preferido dele. Ando de um lado para o outro da cozinha e percebo que estou murmurando. Com certeza sou uma garota de sorte por morar neste apartamento maravilhoso bem no centro de Londres, a cidade mais incrível do mundo. Sou (um pouco) jovem, estou apaixonada e prestes a me casar. Tenho tudo que sempre quis.

Ouço a porta bater. Ele voltou cedo. Vou até a escada. Ele olha para cima, e ouço sinos tocarem em minha alma diante de tanta beleza.

— Oi — digo sorrindo. — O jantar está quase pronto.

— Oi, Viv — diz Rob, e percebo pelo tom de sua voz que alguma coisa está errada. Vou para a sala de estar e espero. Ele deve ter tido um dia ruim no trabalho. Rob entra na sala e fica parado ali, e o olhar que vejo em seus olhos azuis me dá um frio na espinha. Já vi esse olhar antes, duas vezes antes. Ele observa meu rosto e balança a cabeça lenta e tristemente.

— Oh, não — sussurro e me afundo no sofá comprado na Graham and Green.

— Não vou conseguir, Viv — diz ele, e eu sinto meu coração trincar como uma camada de gelo pisada por alguém.

Prólogo: PARTE II

embuscadoamor.com — Autoajuda para apaixonados

Rob Waters e eu estamos "dando um tempo", passando um período separados para descobrir o que queremos. Bom, para ele poder ver que não vive sem mim.

Sair de casa foi uma decisão minha, uma atitude cruel, mas foi para o nosso bem; é como podar uma linda porém desgrenhada roseira. Faz-se isso para que algo belo floresça, e algo belo florescerá para nós quando ele perceber que está perdido e quiser voltar para mim.

Então, bem, para deixar claro... não nos separamos, estamos só dando um tempo — é diferente.

É claro que fiquei arrasada quando ele cancelou nosso casamento... de novo (ele não se sente totalmente maduro, espiritualmente falando), e eu não queria ir embora, mas não podia ficar esperando como uma aranha e usando o meu vestido de noiva como teia, não é?

Subi as escadas naquela noite e, em silêncio, comecei a fazer as malas. Ele me pediu para não ir, mas, dessa vez, algo entre nós pareceu se romper. Deixei o vestido e o véu pendurados na porta do guarda-roupa.

Agora, tenho minha casa de mulherzinha, um pequeno apartamento alugado ao norte de Londres. É lindo. É o que se pode chamar de uma verdadeira joia. Fiquei aliviada quando finalmente trouxeram o sofá (depois de tirarem as pernas e empurrarem por uma hora). É estranho pensar que esse sofá parecia tão pequeno na casa do Rob.

Todos os dias acordo e penso que ele vai aparecer a qualquer minuto, dizendo que cometeu um erro terrível, que quer se casar comigo, e pronto, voltaremos.

Mas, desde a minha partida, ele não tem mantido muito contato (só mandou uma mensagem de texto perguntando se eu sabia onde estava seu equipamento de proteção para jogar hóquei), e eu desenvolvi um estranho fascínio. Eu me pego pesquisando a respeito de pessoas que sofrem por amor. Estou obcecada por elas. Tenho reunido detalhes de rompimentos alheios e pesquiso palavras no Google, como "desilusão amorosa", "solteirona" e "pé na bunda", para ver o que encontro por aí. Não tomei um pé na bunda, claro que não, mas estou interessada no assunto, só isso. Posso afirmar que existe muito mistério na Internet. Também comecei a colecionar livros de autoajuda. Passo noites inteiras em livrarias xeretando a seção de desenvolvimento pessoal. Existem muitas estratégias para ajudar a si mesmo. Se ao menos as pessoas desiludidas soubessem!

Então, comecei a pensar que deveria reunir tudo em um site. Acredito que será algo que pode trazer esperança e alegria, pode até ser engraçado, como uma revista on-line sobre relacionamentos. O tipo de lugar onde a autoajuda se mistura com a dor de cotovelo, se é que isso faz sentido. Estou pensando em inserir estudos de casos, dicas, um fórum para conselhos amorosos — até mesmo uma página de encontros. Conheço uma pessoa no meu trabalho que pode criar o site para mim.

Então, é nisso que tenho pensado nessas últimas semanas desde que deixei Rob. É uma espécie de projeto com o qual me ocupar para não passar todos os segundos livres sofrendo por ele.

Mas passo todos os segundos livres sofrendo por ele. Fico tentando imaginar o que ele está fazendo o tempo todo, a cada segundo. Mas não estou arrasada — como eu disse, estamos apenas dando um tempo. E é nisso que penso todas as noites quando pego a camiseta dele debaixo de meu travesseiro, seguro-a contra meu rosto e sinto os últimos vestígios do perfume almiscarado dele.

CAPÍTULO UM

Estudo de casos

"Naquela manhã, eu me lembro que ele estava muito a fim de fazer sexo. Depois, fui trabalhar como sempre. Por volta das nove e meia, ele enviou uma mensagem de texto: 'Vou sair de casa.' Só isso. Quando cheguei em casa, ele já havia partido. O sigilo foi o que mais mexeu comigo, o fato de ele ter organizado tudo sem eu saber.

"Ele levou todos os talheres. Depois de passarmos dois anos morando juntos, ele me deixou sem nem mesmo uma colher com a qual eu pudesse mexer meu chá."

Debbie, 28, Glamorgan

É noite de segunda-feira na casa da Lucy Chique, em Battersea. Estávamos vasculhando a Internet à caça de mais histórias sobre rompimentos para o site.

— Sei da história de uma moça com quem trabalhei — digo.

— O que tem? — respondeu Lucy, sem olhar para cima.

— Ela flagrou o noivo na cama com a vizinha de 18 anos.

— Que nojento.

— Depois disso, ela começou a se aproximar da casa dele e ficar do lado de fora. Tipo, toda noite.

— Por quê?

— Para poder vê-lo.

— Isso não é perseguição?

— E ela deixava recadinhos anônimos para ele... um monte deles, colados à porta com fita adesiva.

— Coitada.

— É o tipo de coisa que deve exigir dedicação. Imagine... todas as noites. — Pensei em ir à casa de Rob e fazer algo parecido, mas ele mora em uma rua muito movimentada e eu conheço todos os vizinhos porque eu mesma vivi ali por cinco anos.

Pego o telefone só para ver se ele não enviou um SMS.

— Ligue para ele — diz Lucy.

— Não posso ligar para ele. Como já expliquei, estou esperando que ele me ligue.

— Então, você ia se casar com ele e agora não consegue nem falar com o cara?

— Não posso ligar depois de ter saído de casa, não é? O que eu diria? "E aí, você já sentiu a minha falta? Devo voltar? Quero me casar."?

— E se ele não ligar?

— Ele vai ligar. Já teve a primeira semana para se situar, a segunda para aproveitar a liberdade, ir à academia, assistir aos jogos de rúgbi, coisa e tal, e mais uma semana para perceber que se sente perdido sem mim. Ele vai ligar a qualquer momento agora, é como as coisas acontecem. — Olhei para ela com firmeza. É extremamente importante fazer com que ela aceite essa teoria.

— Certo. — Lucy deu de ombros e bebeu tudo o que estava em seu copo. Terminei minha bebida há dez minutos. De repente, sinto vontade de fumar; a noite foi intensa com todas aquelas histórias de pé na bunda. Fico muito feliz por não ter sido largada.

Lucy recolhe os copos.

— Quer mais um? — Ela caminha com a postura perfeita até a cozinha. Analiso as superfícies brilhantes e o carpete branco e imaculado do apartamento de Lucy. Li em algum lugar que o estado da casa de uma mulher está relacionado a seu estado mental. Se isso é verdade, então Lucy deve ser extremamente saudável mentalmente. Mas ela sempre foi organizada. Na universidade, ela fez a decoração

embuscadoamor.com

de seu quarto. Ela tinha uma paleta de cores, uma nova TV, cortinas de tafetá e velas perfumadas. No meu quarto, ao lado, eu tinha uma nécessaire nova e me achava bacana. Quase morri quando ela bateu à porta e se apresentou, com seu sotaque perfeito e seu "Está a fim de um gim-tônica?". Eu ficava maravilhada por ver que nada a incomodava. Eu a chamava de "Lucy Chique" e ela começou a se apresentar assim no Freshers Ball, como se aquele fosse um tipo de título: "Oi, sou a Lucy Chique e esta é minha amiga Vivienne".

Bem, ela tem cuidado bem de si mesma e merece isso. Trabalha com muito afinco, pelo que diz. Penso na minha casa. Ainda não terminei de desfazer as malas, mas sei que, mesmo quando terminar, vai ser um terror. Sabe por quê? Porque é o apartamento de uma mulher solteira. Nada contra mulheres solteiras, que fique bem claro, mas não sou uma delas. Posso ter me mudado, mas continuo noiva. Estou "em um relacionamento". Esfrego a pele de meu dedo anelar. O anel de noivado faz muita falta ali.

Caramba, estou arrasada.

Um mês inteirinho sem Rob. Sei que estamos dando um tempo, mas não pensei que seria assim. Tornou-se um desligamento... como a morte.

Coloco os pés em cima da mesa de canto, ao lado de uma pilha muito bem-organizada de revistas com capas brilhantes. Vejo a modelo da capa, com os cabelos esvoaçantes para trás e os lábios cor de caramelo. "Mulheres completas" é o que está escrito sobre seu peito. Folheio a página até encontrar a matéria. A mulher completa usa salto alto e um penteado que parece ter sido feito em um salão caro; ela está dentro de seu escritório, segurando uma caneta com pose autoritária. Em seguida, aparece com uma bandeja de croissant, vestindo pijama de cetim, e ela provavelmente não come um croissant desde o começo dos anos 1980. Ali está ela, agachada em sua praia particular fazendo carinho em três crianças lindas (mas... espera um pouco: uma delas é estrábica?).

Ela é completa, sim, pra valer. Tem uma casa bonita, é CEO de uma empresa lucrativa, bem-casada e ainda encontra tempo para cozinhar. Ela não é do tipo que fica sentada esperando o telefonema de ex-noivos. Começo a responder o pequeno questionário na parte inferior da página.

Você é o tipo de mulher "completa"?

Idade: 32 — e, como sabemos, a idade, assim como o tamanho das roupas, é só um número.

Relacionamento: Dando um tempo.

Em uma escala de um a cinco, sendo cinco totalmente perfeito, como você descreveria seu relacionamento? Inexistente.

Como descreveria sua carreira em uma escala de um a cinco, sendo cinco totalmente satisfatória? Também inexistente — o que eu faço para sobreviver não é exatamente a minha "carreira".

Como você avaliaria sua amizade com as pessoas principais de sua vida? Humm, pessoas principais... Lucy e Max, creio eu. Meus amigos mais velhos. Marco "boa", depois troco por "excelente", para o caso de Lucy ver as respostas.

É preciso só somar os pontos e encontrar a descrição que se encaixa em seu perfil. O resultado do meu foi que eu deveria trabalhar minhas prioridades e estabelecer "objetivos de vida". Claro! Objetivos de vida é o que preciso.

Bem, o número um, obviamente, é Rob: casar-me com Rob, ter filhos com Rob... mas acho que "construir uma carreira" também deveria ser um dos meus objetivos de vida. Assim, eu me sentiria menos perdedora e sempre pensei que seria bacana me tornar uma cliente da rede de lojas de departamento Barnes and Worth antes de sair de licença-maternidade.

embuscadoamor.com

Sou gerente de produtos de presentes para mulheres e, assim, passo os meus dias criando "opções de presentes" para que as pessoas possam escolher peças convenientes para suas tias solteironas e sogras.

Kit chuva de verão, com sabonete líquido e creme hidratante (você recebe uma sacola gratuita, cheia de produtos de higiene, coberta com gotinhas de chuva). Sombrinhas de acionar com um botão, kits de cuidados com as unhas, luvas de massagem, luvas de couro macio, estojos bordados para guardar maquiagem, chaveiros em forma de animais com lâmpada embutida. Chapéus para cada estação, kits "monte-sua-mini-horta", coleções de minipotinhos para geleia. Sabe, esse tipo de coisas.

Olho para o telefone silencioso. O aniversário de Rob é neste mês. Devo telefonar e desejar um feliz aniversário? Preciso pesquisar isso; é exatamente o tipo de coisa que o site deve indicar.

No ano passado, organizei uma viagem surpresa para Roma no aniversário dele. Foi muito romântica, apesar de ele ter pedido para não fazermos uma viagem surpresa de novo, porque ele se sentia "enganado". Mas não devo pensar nos bons momentos — preciso da realidade nua e crua. Preciso analisar as coisas como elas são. Pego um dos jornais de Lucy.

"Médicos especialistas afirmam que as mulheres que postergam a maternidade correm o risco de enfrentar problemas de infertilidade."

Vejo a foto de uma mulher de terno, com cara de triste, segurando sapatinhos de tricô diante do rosto, e a legenda: "A fertilidade despenca a partir dos 35 anos." Nossa, agora eu me senti muito mal. Olho para a mulher dos sapatinhos, aquela que deixou ficar tarde demais. Ela se parece comigo. Por que eles publicam coisas assim? Por que, se mulheres de trinta e poucos anos podem ler aquilo?

O que devemos fazer — correr para a rua, encontrar um homem que consiga ficar em pé sem ajuda e correr para a cama antes de o belo balão da fertilidade partir, recolhendo sua escada para sempre?

Bem, ainda não tenho 35 anos. Tenho alguns anos até o despencar da fertilidade acontecer e, até lá, terei reatado com Rob. Jogo o jornal no chão.

Lucy volta com champanhe — champanhe de verdade, diga-se de passagem, não espumante. Ela tem dinheiro para isso, porque tem um baita emprego chique em um baita escritório chique na Berkeley Square. Chega a ser engraçado — conheço os detalhes de sua vida sexual, mas não sei direito com o que trabalha. Certa vez, ela tentou explicar. Disse "ações, títulos, mercados, bull, bear, avaliação de riscos, blé". Ela é bem importante, acho. Engulo as borbulhinhas.

— Eu estava pensando que poderíamos criar uma página de relacionamento no site, na qual as pessoas possam ser avaliadas pelos antigos parceiros — sugiro. — Sabe, tipo na Amazon, onde os livros são avaliados? Dá pra ver o que outras pessoas acham antes de efetuar a compra. Poderia ser divertido.

— O problema é que todos os seus ex-namorados a consideram a filha do demônio.

— Nem todos... ou todos?

— Você fez Ginger Roge virar gay, não se lembra?

— Não dá para tornar alguém gay, Lucy. Não é um culto, não se converte ninguém.

— Aquele cara da RAC, então. Com quem você dormiu depois de ele consertar seu carro. Ele disse que você arruinou a vida dele.

Fico olhando para ela.

— Olha, você deveria ser conselheira sentimental de revistas, já que tem talento para ser sincera.

embuscadoamor.com

— Hum, verdade... "Lucy Responde". Gostei — diz ela, sonhando com a possibilidade.

Pego o telefone e o desligo e ligo de novo, para o caso de estar sem sinal.

— Por que não liga para o Rob? Não sei do que você tem tanto medo.

— Não tenho medo nenhum.

— Então, ligue. Acabe com o seu sofrimento, e com o meu.

— Certo, vou ligar. — A única coisa que eu realmente não quero fazer é ligar para o Rob. Não conversei mais com ele desde a minha partida. Tenho certeza de que as regras do estado "dando um tempo" ditam que eu saí de casa, então ele deveria ligar. Afinal, não se pode deixar alguém e ficar ligando dia e noite. Lucy estava olhando para a minha cara. Talvez eu pudesse apenas fingir que estou ligando...

— E não finja estar ao telefone, dizendo um monte de "uhums" — diz ela.

Procuro o número dele na lista de contatos e aperto ligar. Mostro a ela a tela assustadora — "Ligando Rob" — e levo o telefone ao ouvido, olhando dentro dos olhos dela. Com medo — ai, tocou! Meu coração está pulando feito um rato dentro de uma caixa.

— Aqui é Rob Waters.

Desligo e jogo o telefone longe, como se fosse uma batata quente.

— Bacana — diz Lucy.

O telefone toca. Olhamos para onde ele pousou. Eu me esforço para pegá-lo.

— É ele — aviso.

— Não brinca! — diz ela, arregalando os olhos.

Aperto a tecla para atender.

— Aqui é Vivienne Summers.

— Oi, é o Rob... você me ligou? — A linda voz dele causa uma pontada no meu coração.

— Não, acho que não — digo com simpatia.

— Seu número apareceu aqui.

— Certo, tudo bem... eu liguei, mas foi sem querer.

— Oh. E aí... como você está Viv? Está bem?

— Sim, muito... bem e ocupada, sabe... Como você está?

— Ótimo. — Faz-se uma pausa e escuto pratos sendo recolhidos.

— Está comendo? — pergunto.

— Você vai no sábado? — pergunta ele ao mesmo tempo.

— Sábado? Sábado... — Isso, muito bem! Finja não saber que é o casamento de Jane e Hugo. Finja não se importar que esse sábado é uma das datas em que pensamos reservar para o grande dia.

— No casamento do Hugo? — diz ele.

— Ah, sim, eu vou.

— Eu também. Vai ser legal. — Ele também está fingindo não se importar, mas pelo tom de sua voz, percebo que ele está ansioso para me ver. Estaremos no mesmo local. Vou me arrumar e ficar linda. Acho que ele precisa me ver; vai implorar para que eu o aceite de volta. Um mês de separação não terá sido nada. Um dia, vamos nos sentar diante de uma lareira e rir de tudo isso.

— Na verdade, eu ia ligar para você para falar sobre sábado — diz ele.

— É mesmo? — Ele vai me chamar para ir com ele. Direi não, claro. Não quero dar a impressão de que estou a fim.

— Sim, queria dizer que vou estar acompanhado... de alguém.

Sinto um aperto na garganta.

— Alguém? Oh. Quem? — pergunto com a voz estranhamente alta.

— Uma amiga minha.

embuscadoamor.com

— Uma ami... ga?

— Isso. — O tom receoso de sua voz é uma estaca em meu coração.

Demoro um pouco para conseguir respirar de novo.

— Que tipo de amiga?

— Como assim, "que tipo"?

— Ela é só amiga, mesmo, ou mais do que amiga... tipo alguém com quem você está dormindo? — Lucy está fazendo movimentos com a mão diante do pescoço, como se quisesse arrancar a minha cabeça. Eu me viro de costas.

— Bem... por que isso importa?

— Bem, não sei, ela importa? Onde você a conheceu? Quando a conheceu? Caramba, Rob, eu saí daí há apenas um mês!

— Olha, Viv, não fique chateada.

— Chateada? Quem está chateada? Eu, não!

— Não posso conversar agora. Só queria avisar que estarei acompanhado.

— Eu também estarei acompanhada. Não com uma amiga, obviamente. Não, não. Então... que bom que você avisou. Eu já queria avisar para que você se preparasse. Não sei como você se sentiria ao me ver com alguém...

— Ótimo. Que bom, então. Até sábado.

— Até! — Preciso desligar antes dele. Aperto "Finalizar ligação".

— Tchau, Viv — escuto ele dizer enquanto desmorono.

CAPÍTULO DOIS

Avalie seu ex

2 de julho, 08:03

De: C. Heslop
Para: Vivienne Summers
Assunto: Re: Avalie seu ex

Vivienne era ótima. Sem dúvida, eu a recomendaria para um encontro. Ela também é atraente — nota 8, talvez mais se ela se esforçar. É uma pessoa bem determinada — alguns podem dizer teimosa, o que se tornou um problema para mim. Ela é impulsiva, o que pode ser divertido, porém cansa, e, em determinado momento, percebi que ela era um pouco grudenta.

Charlie Heslop, 36, Londres

Gostaria de dizer que esse cara, Charlie Heslop, certa vez dormiu na porta da minha casa porque queria ver a que horas eu chegaria — e agora, do nada, eu virei grudenta? Ugh. Deleta. Deleta. Deleta. Não teremos a página "avalie seu ex" no site, a Lucy tinha razão.

Mas não consigo pensar no site agora, nem em qualquer outra coisa, porque...

Rob está saindo com outra

Já disse isso em voz alta, já escrevi e sublinhei, mas não consigo assimilar.

embuscadoamor.com

Meus pensamentos se repetem. Quem é ela? Eu a conheço? Onde ele a conheceu? Será que ele já estava saindo com ela quando eu fui embora? Qual é o tamanho das coxas dela? E de novo... e horas e horas passam, e eu fico surpresa ao ver que é quarta-feira de manhã.

Não se pode ligar para uma ex-noiva, dizer "Vou estar acompanhado no sábado" e achar que tudo ficará bem. Eu me senti apunhalada por ele. Estou presa em um maremoto de desespero. Não consigo fazer nada. Não consigo dormir. Tenho agido como um zumbi no trabalho.

Trabalho! Olho para o relógio de parede. São 7h15.

Ai, não. Não posso trabalhar hoje. Acho que estou ficando doente. Estou sentindo a garganta arranhar, na verdade, e meu estômago está meio embrulhado. Acredito que o melhor seria ficar de pijama e andar sem parar pelo apartamento. Dou voltas na mesa de centro de plástico por um tempo, passando por partes aquecidas pelo sol no laminado barato. Recosto-me no braço do sofá e espio pela janela, para o telhado, e imagino Rob e essa... essa diaba. Imagino os dois fazendo as posições do Kama Sutra, rindo de minhas falhas e enchendo sacos de lixo com as coisas que deixei para trás: meu sabonete líquido, embalagens meio usadas de tonalizante, recipiente para suflê com partes queimadas. Os primeiros trabalhadores descem a rua, começando a marcha matinal em direção à estação.

Ai, meu Deus, preciso ir trabalhar; tenho uma baita reunião hoje. Preciso estar presente.

No quarto, puxo roupas do guarda-roupa para o chão. Meu Rob está com alguém. "Só queria avisar que estarei acompanhado." Foram essas as palavras exatas dele, as palavras que me mandaram para o inferno. Ponho um vestido preto e me esforço para subir o zíper nas costas. Não pode ser verdade. Eu estava esperando ele ligar e, naquele tempo todo, ele estava conhecendo outra pessoa. Sei lá, faz só um mês. Será que ele não sentiu nem um pouco a minha falta? Não podia ter telefonado, pelo menos uma vez? Acendo a luz do banheiro e começo a escovar os dentes.

Ele provavelmente está acordando com ela agora mesmo... acordando em nossa cama com ela. Fico maluca ao pensar nisso e rapidamente cuspo, enxáguo a boca e começo a escovar de novo.

Tudo neste lugar parece errado, estranho e assustador. Eu quero o Rob. Quero a nossa — bem, a dele — linda casa chique, nossa rotina matinal. Ele deve estar correndo agora, depois de comer suas frutas e cereal de arroz. Sei qual camiseta azul e velha ele veste, como ela marca seu peito. Depois, ele vai tomar um banho — eu sei exatamente como, cabelos primeiro, cachos dourados ficando escuros sob a água. Adoro observá-lo enquanto me arrumo. Nós sempre saímos para trabalhar juntos... sempre saíamos para trabalhar juntos. Aquele beijinho que ele me dava no rosto quando descia do trem. Quem ele está beijando agora? Ela, claro.

Caminho do banheiro para o quarto em cerca de cinco passos e me sento na cama para prender as fivelas de minhas sandálias pretas. Comprei esta cama há apenas um mês. Lembro-me de ter pensado que ela não seria um desperdício de dinheiro, porque Rob e eu precisávamos de uma cama no quarto vago. Lucy se aproximou e pulou em cima dela.

— Pense em todas as aventuras sexuais que você viverá aqui — disse ela.

— Quando Rob vier, certo?

— Hum, não... eu disse *aventuras*.

— Nós fazemos sexo com emoção. — Eu estava abismada.

— Quando? Daquela vez em que deixou a luz acesa? — ela riu e eu a empurrei.

Maldita Lucy. Suspiro ao escovar os cabelos. Como fui tola. Uma idiota total e completa, pensando que ele sentiria a minha falta. Eu o imagino levando uma moça para casa, destrancando e abrindo

embuscadoamor.com

a porta. Ela admira o espaço que eu decorei, deita-se nos lençóis que eu escolhi. Pensar nisso dói. Ele é meu, meu marido, meu futuro seguro. A única vida que conheço é ao lado dele. Eu sabia que nossos destinos estavam entrelaçados — ele disse isso, na verdade. Não tentei nem mesmo sair, mas ele está solto, livre, correndo em direção à próxima aventura, parando apenas para lançar uma granada em minha vida.

Ai, meu Deus, sinto um princípio de ataque de pânico. Tento respirar lentamente enquanto mexo no estojo de maquiagem e pego o hidratante. Passo o delineador e o batom, mas, para dizer a verdade, meu rosto está tão inchado porque chorei demais que não tenho muito o que fazer para disfarçar.

E Bob e Marie? Os pais dele me adoram. Marie me dá um par novo de chinelos todo Natal. Isso quer dizer que nunca mais me sentarei na sala de estar da casa deles, bebericando vinho branco na melhor taça de cristal? E as aulas de golfe que Bob prometeu? E se Marie já tiver comprado os chinelos? Volto para a sala de estar. Oh, quando verei Bob e Marie de novo? Eu imaginei que eles seriam os avós de meus filhos — gentis e pacientes, cabelos grisalhos e óculos, como em um livro de histórias. Eles eram a única coisa normal e estável em minha vida. Agora, não os tenho mais. Não posso suportar isso. Eu me afundo nas almofadas e choro de soluçar por tê-los perdido.

Depois de um tempo, minha perna esquerda adormece. Fico em pé e olho para o relógio. São 7h30. Olho para o enorme espelho francês que achei bacana quando me mudei para cá. Agora, ele parece bobo. Rob não ia gostar dele. É pesado demais para pendurar. Pensei que ficaria moderno encostado na parede, mas ele dá um reflexo engraçado: minhas coxas não são mais largas do que meus ombros, já conferi. Fico na frente dele agora e olho com atenção: uma moça de olhos inchados, cabelos castanhos com um vestido sem estampa. Encolho a barriga, abro os olhos e ajeito a franja um pouco. Limpo o delineador borrado. Mantenho a posição, mas volto à minha postura normal. Não há como escapar, eu aparento o que sinto: depressão. Preciso de ajuda. Felizmente, tenho o número de Lucy no recurso de discagem rápida.

— Aqui é a Lucy.

— Oi, sou eu.

— Viv, não posso falar agora. — Parece que ela está prendendo a respiração.

— Tudo bem, é rápido. Só quero saber... como você me descreveria. Sou bonita?

— Sim.

— De que jeito? Bonita e sensual? Bonita com jeito de menina? Bonita e sofisticada?

— Bonita e sensual — responde ela, arquejando.

— Hum... bonita e sensual montada ou bonita e sensual naturalmente?

— O que você gostaria que fosse? — Agora, ela parece ofegante.

— Bem, acho que o ideal seria que eu fosse... bonita e sensual sem fazer muito esforço.

— Você é assim.

— Não sou... eu me esforço muito.

— Não me interessa, Viv! Tem um homem na minha cama, e não quero mais escutar a sua voz. — Ela desliga.

Não acredito. Que egoísta! Na verdade, Lucy sabe ser egoísta de vez em quando... e má. Afinal, ela sabe que estou sofrendo. E quem é o cara que está na cama dela, hein? Ela não está saindo com ninguém. Não acredito que ela está saindo com um cara e não me contou. Ela é toda misteriosa, má e egoísta.

Entro na cozinha e analiso o espaço por um tempo. Penso em fazer café. Olho ao redor, por toda a cozinha cor-de-rosa e brilhante, que agora me parece horrível perto dos móveis marrons e feitos

embuscadoamor.com

à mão da casa de Rob. O que eu tinha na cabeça quando aluguei esse lugar? Abro a geladeira e olho ali dentro. Suspirar ajuda. O que as pessoas fazem em uma situação dessas? Provavelmente, elas correm para a casa dos pais, choram e bebem uma xícara de chá, mas eu não tenho essa opção. Oficialmente, acho que posso dizer que minha mãe é uma viajante. Ela engravidou enquanto ainda estudava e não soube dizer quem era o pai. Eu nasci quando ela tinha 17 anos e, quando eu tinha 7 anos, ela concluiu que a maternidade não era sua praia e "foi embora com os ciganos", como dizia o meu avô. Eu poderia ir para a casa da vovó. Por que não? Vou telefonar para ela. Fecho a geladeira e pego o telefone.

Só chama. Cadê ela? Eu me afundo no sofá apertando o botão de rediscagem sem parar. Ela deve estar entretida no jardim, usando um de seus vestidos soltos de linho e os bizarros chinelos fechados com divisão entre o dedão e os outros dedos, alheia à minha dor. Disco mais uma vez. Ela atende ofegante.

— Sete um oito nove zero zero?

— Vovó! Estou tentando falar com você faz tempo! Onde estava?

— Oh, eu estava... aqui. — Ela me parece esquisita, incomodada, como uma criança contando uma mentira.

— Ele me trocou por outra, vovó. — Começo a chorar, tomada por uma onda de tristeza.

— Quem, amor?

— O Rob, o meu Rob. — Silêncio. — Você se lembra de que íamos nos casar?

— Pensei que você tivesse terminado com ele.

— Terminei, mas agora ele está com outra! Não pensei que ele fosse encontrar outra!

Meu nariz começa a escorrer e eu escuto a minha voz ressoando. Escuto um barulho, como uma panela caindo no piso frio.

— Vovó? Você está bem? — Escuto risos abafados. — Vovó?

— Sim, querida, tudo bem. O Reggie está aqui e ele acabou de derrubar o balde de champanhe.

— Balde de champanhe?

— Sim. Reg, pegue-o do chão, o gelo se espalhou todo!

— Ele está na nossa casa, a esta hora da manhã, bebendo champanhe?

— Isso mesmo, querida. — Ela parece contente.

— Não são nem oito horas.

— Estamos comendo salmão defumado. É um brunch com champanhe.

— Brunch? As pessoas fazem brunch às onze.

— Ah, é? Então, é café da manhã com champanhe.

Mais uma vez, viraram a faca fincada em meu peito, com crueldade, mais uma vez. Todas as pessoas do mundo estão se divertindo a valer, menos eu.

— Bem, vovó, vou deixá-la em paz. Não podemos permitir que a minha tristeza interrompa seu café da manhã, certo?

— Certo, amor. Vai me ligar mais tarde?

— Talvez.

— Então tchau, queridinha.

Desligo. Queridinha? Brunch com champanhe? Tudo isso é influência do "Reggie da casa ao lado". Ele está sempre por lá, principalmente depois que o meu avô morreu. Ele até atende o maldito telefone! Meu Deus. A última coisa de que preciso é minha avó toda apaixonada. Ela não deveria ter uma vida amorosa melhor do que a minha, não é? Ela tem 70 anos!

Jogo o telefone dentro da bolsa. Deveria sair para trabalhar agora. Hesito, decidindo se devo levar uma jaqueta. Chego à escada, volto duas vezes para buscar as chaves e a bolsa e desço as escadas de carpete fedorento que levam para a rua.

embuscadoamor.com

Meus pensamentos gritam dentro da minha cabeça, todos eles precisam de ponto de exclamação. O dia está bonito, eu penso. Um belo dia para se casar de branco. O casamento de Jane e Hugo! Daqui a três dias. O que vou fazer? Não posso ir! Mas não posso não ir! Já aceitei o convite!

Entro no ônibus um momento antes de o motorista fechar as portas e me recosto nos compartimentos de bagagem enquanto passamos pela cidade de Londres. Eu ia aparecer no casamento com meu velho vestido azul de festa e reatar com Rob. Agora, tudo mudou. Tenho três dias para encontrar um vestido de matar, perder seis quilos e encontrar um namorado novo. Impossível. Eu me concentro nas vitrines das lojas pelas quais o ônibus passa ao descer a rua e me imagino com os diversos vestidos que vejo, me comparando com a adversária de aparência perfeita que se aproxima até chegar no meu ponto.

Eu me misturo à multidão de trabalhadores e atravesso a Marylebone Road até a Baker Street pensando, ao ver todas as moças que passam: "Será ela?" Atravesso a rua e entro pela porta giratória do prédio da Barnes and Worth.

Entro no elevador cheio e as portas se fecham. A setinha luminosa aponta para cima e depois desaparece quando a porta se abre de novo e um homem alto, com cabelos grisalhos, entra. Dou um passo para trás para que ele não pise no meu pé com seu enorme sapato polido. A setinha aparece. Estamos subindo. Não, não estamos. A porta se abre de novo para uma mulher vestindo um suéter bem justo. Ela se posiciona em um canto, fica na ponta dos pés. Pronto. Seta. Ótimo.

Pelo amor de Deus! A porta se abre e eu nos vejo nos azulejos brilhantes do outro lado, uma lata de sardinha com pessoas amontoadas dentro. Um cara com gel de efeito brilhante brochante nos cabelos tenta entrar. Agora, as portas não se fecham. Ele demora séculos para entender que ele é o culpado e sai. As portas se fecham e abrem de novo, porque ele apertou o maldito botão.

— Não cabe mais ninguém aqui! Pare de apertar o botão! — grito atrás do homem grisalho. Uma leve onda de animação toma conta do elevador quando as portas se fecham e começamos a subir. O fedor de ovo de pum se mistura com o odor de loção pós-barba. Observo pontinhos de caspa na gola do homem grisalho, e sinto que sou observada pelas costas. Olho ao redor, esperando ver um sorriso ou mesmo escutar um comentário, mas todos desviam o olhar. As pessoas estão caladas e um pouco surpresas, como gado assustado.

Não me importo. Não sei como, mas juro que, quando sair daqui hoje, terei um vestido e um plano. Juro, juro, juro.

CAPÍTULO TRÊS

Lições aprendidas

Docinho de Lua: Alguém pode me ajudar? Meu namorado me largou e eu estou me sentindo um monte de merda.

Aligata: Que dó de você, Docinho de Lua, mas vai melhorar. Fui abandonada de modo cruel ano passado e sei bem como você está se sentindo. Só posso dizer que você deve viver um dia de cada vez.

Raio de Sol: Nunca tatue a letra B em cada nádega.

Docinho de Lua: BB? As iniciais dele?

Raio de Sol: O nome dele é Bob (foi um gesto bonitinho e engraçado, na época).

Aligata: Desista de amá-lo, mas não desista do amor.

Raio de Sol: Além disso, destrua todos os vídeos de vocês transando.

Aligata: Você vai superar tudo isso e será superfeliz um dia.

Docinho de Lua: Obrigada, pessoal, acho que um dia eu me sentirei mais preparada para ajudar.

Gelado: Bando de doidas.

Meu escritório fica no décimo terceiro andar. Eu digo "escritório", mas está mais para "estação de trabalho". Ficamos separados por baias cobertas com feltro, como vacas em um estábulo. Consigo olhar por cima e ver toda a extensão da sala, que é bem, mas bem cinza, e as luzes fluorescentes zunem de modo a causar dor de cabeça. Tenho certeza de que esse prédio tem aquela tal da síndrome do eutireoideo doente. Eu me afundo na cadeira giratória e procuro ignorar o enjoo que sinto.

Teremos, de manhã, uma reunião de "lições aprendidas". Analisaremos erros antigos de produtos para ver o que podemos aprender com eles. Minha assistente, Christie, precisa reunir vários produtos de séries passadas que não venderam e escrever os resultados dos painéis de opinião dos clientes. Ela me implorou pela chance de apresentar à Ranhosa, a principal interessada e nossa chefe. É meio como colocar um cãozinho bonitinho e delicado no mesmo canil de um Rottweiler, mas concordei — até porque não tive tempo de fazer isso sozinha.

Observo Christie voltando toda rebolativa para a mesa dela, com os cabelos loiros platinados presos em um coque apertado, a pele abafada sob a maquiagem para dar um ar de bronzeado. Sapatos de salto vermelhos e um conjunto de saia e blazer azul completam um look que eu definiria como "comissária de bordo". Acho que essa é a ideia que Christie faz de roupa adequada para usar na empresa.

— Bom-dia! — cantarola ela. — Ficou sabendo dos cortes?

— Que cortes? — Tento fazer meu computador velho pegar no tranco.

— Estão apertando os cintos aqui na Barnes and Worth. Cortes. Coisas de orçamento e tal.

— Quem disse?

— O Paul escutou no rádio.

— Ah, as medidas da recessão. — Procuro parecer autoritária. — Eu não me preocuparia. As pessoas compram mais presentes inúteis em uma recessão, então estaremos mais ocupados.

— Ah, sim! — diz ela, animada.

embuscadoamor.com

Apertar os cintos? Não gosto nada disso. Não posso dizer que amo meu emprego, nem mesmo que gosto dele em determinados dias, mas exige criatividade e paga o meu aluguel. Definitivamente, não curto estar desempregada.

— Está pronta? — pergunto.

— Bem, analisei os resultados das vendas do último ano e peguei os três produtos que menos venderam em cada mês.

— Ótimo. — Eu ligo e desligo o monitor.

— Ah, estou com as opiniões dos clientes, então podemos analisá-las.

— Então, você sabe o que vai dizer?

— O que eu vou dizer?

— O que acha dos produtos?

— Ai, não tinha pensado nisso.

— Bom, a Ranhosa pode perguntar.

Abro minha caixa de e-mails. Nenhuma mensagem de Rob. Imagino que agora ele deve estar enviando mensagens para a nova namorada e sinto uma pontada de ciúme. Procuro me acalmar e pensar no trabalho, analisando a lista que Christie preparou, fazendo observações mentais. Meu estômago está embrulhado de ansiedade e estou à beira de um ataque. Essa reunião não pode demorar muito. Preciso comprar um vestido. Não me importa o preço, nem o estilo, só tem que ser maravilhoso... o tipo de vestido milagroso que esconde coxas grossas e acentua os peitos... por isso, espero que Christie seja organizada. Eu me levanto.

— Vamos?

Ela pega os papéis e cadernos, e bate os saltos ao meu lado no corredor, a caminho da sala de reunião.

Nós nos sentamos à grande mesa oval, e o ar condicionado forte me dá frio, pois estou usando um vestido sem mangas. Ranhosa chega e põe sobre a mesa um arquivo com anotações, fazendo barulho. Seus óculos de lente meia-lua estão pousados na ponta de seu nariz curto e pontudo, e ela olha por cima deles sem simpatia.

— Bom-dia, Vivienne. — Ela assente para mim e então para Christie. — Christine.

— Bom-dia — respondemos como duas alunas.

— Em primeiro lugar, Vivienne, preciso dizer que gosto muito de programar os meus compromissos, por isso teria sido bom se você tivesse me enviado uma pauta com todos os assuntos que abordaremos hoje.

Pedi a Christie para fazer isso; ela precisava se responsabilizar totalmente pela reunião. Sinto uma certa insegurança percorrendo meu corpo.

— Tenho uma cópia aqui. — Deslizo uma página impressa sobre a mesa. — Sinto muito por não tê-la enviado por e-mail. Ficamos até tarde, ontem, processando os resultados do grupo principal e eles afetaram a pauta. — De onde saem essas mentiras?

— Bem, pelo menos... isso. — Ranhosa analisa o papel, arqueando as sobrancelhas. — Certo. Então, vamos ao primeiro ponto: a apresentação de Christine dos produtos que fracassaram. — Ela contrai os lábios finos. E seus olhos cor de mel analisam Christie.

Christie se levanta e começa a ler, com a voz trêmula, uma folha de papel amassada.

— O motivo da reunião de hoje, que considero muito importante, é para analisarmos os produtos que não venderam muito bem e podermos analisar por que eles não venderam muito bem e então pensarmos no que fazer para não vender mal de novo.

Ranhosa resmunga algo do tipo "Que tristeza" e se serve de um copo de água.

Será que precisarei comprar sapatos novos para combinar com o vestido? Talvez eu possa fazer um almoço mais longo para ir à Oxford Street. O que será que a "companhia" de Rob vai vestir?

embuscadoamor.com

Ranhosa está olhando para o colo, balançando a cabeça.

Christie mostra um conjunto de touca de banho e luva, e lê baixinho os comentários nos relatórios.

— "Já saiu de moda", "Minha avó tinha uma touca dessas e ela já faleceu, faz dez anos"... "Eu não compraria"... "Detesto toucas de banho"... "Eu esperaria encontrar um produto desses em uma loja de pechinchas, mas não na Barnes and Worth".

Ai, meu Deus. A Christie está fazendo papel de tola lendo os comentários dos clientes em vez de simplesmente resumir de modo mais favorável. O que ela está fazendo? Já esteve em muitas dessas apresentações, não é possível que não tenha aprendido nada! Pensei que ela conseguiria fazer isso. Vou matá-la mais tarde, mas, neste momento, preciso de um plano de emergência. Como resolver as coisas sem humilhá-la? Embaixo da mesa, cerro minhas mãos em punhos.

— "Odeio muito. Que cor é essa?" — prossegue Christie.

Ranhosa leva um dedo de unha muito bem-feita ao rosto e então o aponta, como se fosse uma arma.

— Pare. Não consigo entender por que vocês não realizaram essa pesquisa com os clientes no estágio de criação, antes de produzirmos cinco mil desses "conjuntos". Ela pega a touca de banho entre o polegar e o indicador como se fosse uma peça íntima suja e a joga na direção de Christie.

— Diga-me, Christie. Você compraria isso?

Christie ri.

— De jeito nenhum!

— Então, quem foi o infeliz que projetou isso e quem foi o outro infeliz que deu o sinal verde? — grita Ranhosa.

Faz-se silêncio, como aquele que antecede a queda de um copo caro de cristal de cima de uma mesa, um pouco antes de se espatifar. Christie olha para mim, com os olhos arregalados e marejados.

Eu me levanto e pego a touca.

— Posso explicar a situação dessa linha? O conjunto de touca e luva fazia parte da série "produtos de banho" e seguimos um design meio anos 1950. Os outros três produtos — conjunto para pedicure, espuma para banho e loção para o corpo, sabonete líquido e creme para as mãos — se saíram extremamente bem para nós. O feedback dos clientes na fase de design foi muito positivo para a linha toda, mas acredito, analisando as coisas agora, que uma toalha para os cabelos e uma esponja colorida poderiam ter sido melhores. Na verdade, eu fiz o projeto e, bem... você deu o sinal verde.

E nos arrastamos pela manhã toda, passando a hora do almoço. Tento proteger Christie, mas o lixeiro teria sido mais convincente. Aqui estão as lições que aprendemos:

1. Cuidar para que todos os produtos da linha sejam igualmente fortes.
2. O cliente deve sentir que está comprando um produto de qualidade.
3. Christie vai para o olho da rua.

Reunimos nossos produtos fracassados em silêncio. Sinto o desconforto de Christie sair dela como fumaça. Faço um meneio de cabeça para Ranhosa e nós caminhamos em direção à porta, mas Ranhosa me chama de volta.

— Vivienne, podemos conversar?

— Claro. — Christie para diante da porta.

— Você pode ir, Christine. — Ranhosa balança o braço cheio de acessórios para ela.

A porta se fecha e nos sentamos de novo à mesa.

— Vivienne, não vou enrolar. Recebi a ordem de fazer cortes, e algumas pessoas do departamento deverão ser despedidas. Estou

embuscadoamor.com

analisando todo mundo... — Ela olha intensamente em meus olhos —
... e, honestamente, acredito que sua assistente, Christine, não está apta.

— É Christie.

— O quê?

— O nome dela... é Christie, não Christine.

— Não importa. Vou dispensá-la.

— Certo. Pode fazer isso, assim, de repente?

— Sim, posso. — Um sorriso triste surge em seu rosto, como se
o peso daquela responsabilidade a estivesse matando, e então ela une
os papéis e se levanta, deixando seu perfume no ar.

— E se eu treiná-la mais? Ela provavelmente não tem experiência
suficiente. Provavelmente, não dei a ela bastante responsabilidade.

— Vivienne, é muito gentil de sua parte defendê-la, mas, sinceramente, se pretende chegar à alta gerência, terá que se acostumar com
esse tipo de coisa.

— Certo... é que eu me sinto responsável. Hoje foi a primeira
apresentação dela. E não seria mais barato manter a Christie do que
contratar uma nova assistente e treiná-la?

Ela ri.

— Não contrataremos mais pessoas.

— Ah... bem, eu acho injusto. — Abro e fecho as mãos, sentindo
as orelhas ardendo.

— Certo, façamos assim: você dá um alerta verbal a ela, que terá
uma chance de melhorar. Mas só dessa vez; da próxima, é rua.

Ela se levanta e percebo seus pés de amedrontar. Sandálias cor de
catarro com meias cor-de-rosa. Ela segura a porta aberta.

— Você consegue colocar as lições por escrito para que estejam
prontas até...?

— Bem... O que me diz de... sexta-feira?

— Amanhã. Tenho uma reunião com compradores às nove.

Fico sentada ali, sozinha, escutando o barulho do ar-condicionado, com a sensação de que estou largada no fundo do mar revolto.

Tudo bem eu me concentrar na sensação de estar à deriva, mas olho ao redor e vejo montanhas aterrorizantes de água, ondas gigantescas prestes a me engolir. Terei que trabalhar dobrado para terminar o relatório idiota. Justo hoje, dia de procurar um vestido. Em meu bloco de anotações, escrevo "merda" e saio para falar com Christie.

Ela está sentada à sua mesa, com a cabeça baixa, um rastro vermelho de rubor subindo por sua nuca. Diante dela, vejo uma pilha de produtos fracassados e suas anotações para a reunião, e vi que, em cima, ela escreveu: "Não fazer merda", e sublinhou duas vezes. Sento-me calada ao lado dela.

— Caramba, foi péssimo, não foi? — pergunta ela.

— Humm, acho que poderia ter sido melhor.

— Mas eu me esforcei bastante para preparar tudo.

— Eu sei.

— Ela não gostou de escutar os comentários, não é?

— O problema é que os compradores pensam que os clientes são inferiores a eles. Ela fez uma careta quando escutou aquele comentário da avó.

— Ai, meu Deus, o que ela disse?

— Preciso dar um aviso a você. — Christie começa a dizer algo, mas logo entorta a boca. — Ei, não fique triste.

— Um aviso. Então o que... como você faz isso? — ela choraminga.

— Não sei, talvez se eu disser apenas "você está avisada", algo assim.

Ela balança a cabeça.

— Eu não deveria ter começado com a touca de banho. Ninguém gosta de toucas de banho.

Pego a touca de banho da pilha e a coloco.

— Eu gosto. — Ela dá um sorriso amarelo. — Você está avisada — digo, balançando um dedo.

embuscadoamor.com

— Ai, meu Deus. — Ela cobre o rosto com as mãos e começa a chorar.

Tiro a touca.

— Ah, por favor, Christie, não chore. Você sabe como é a Ranhosa. — Dou um tapinha em suas costas. — Christie, você é boa no que faz. — Ela resmunga surpreendentemente alto. Algumas pessoas da Contabilidade se viram para olhar. — Christie, foi culpa minha. Eu deveria ter dito a você para não ler os comentários.

— Deveria?

— Sim.

— Então por que não disse? — Ela olha para mim com as lágrimas escorrendo.

— Eu me esqueci.

— Muito obrigada.

— Bem, eu não pensei que você fosse fazer isso...

Ela fica olhando para mim com aqueles enormes olhos marejados e, ao ver sua base começando a escorrer, eu me sinto muito mal e culpada. Por que não conferi o que ela pretendia dizer? Pensei que ela fosse conseguir, mas eu estava mesmo era pensando em outras coisas, como sites, relacionamentos, e sábados e o casamento, e Rob com outra pessoa, não é?

Sem me dar conta, conto a história toda a Christie, o que a deixa totalmente embasbacada, porque nunca conversamos sobre nossa vida pessoal além das amenidades do tipo "Como foi seu fim de semana?".

— Como você vai fazer para encontrar um vestido em tão pouco tempo? Quando vai procurar? — pergunta ela, e eu sinto uma nova injeção de adrenalina que me faz querer dar piruetas.

— Não sei. Não hoje, não é mesmo? Preciso fazer o relatório.

— Ah, não! — grita ela, e eu me assusto. — Você precisa sair para comprá-lo!

— Sim — eu me animo. Nossa! De repente, ela ficou bem entusiasmada em relação aos meus problemas.

— Posso fazer o relatório? Não, não, sou muito ruim fazendo relatórios, então não vai dar certo.

— Tudo bem, Christie. Com certeza vou dar um jeito.

— Não, já sei! Meu amigo Nigel é designer de moda — bem, na verdade, ele é estudante de moda, mas tem muito talento. Talvez ele possa emprestar a você um dos modelos dele. Já fiz isso antes... quando precisei de um vestido de arrasar.

— Já fez? — Quando ela precisou de um vestido de arrasar? Eu me interesso por um nanossegundo, e então me lembro de que as ideias de estilo de Christie são tão modernas que ela sempre causa risos, como quando vestiu uma calça de pelos brancos, parecidos com lã de carneiro, e todos começaram a balir.

— Obrigada, querida, mas acho que os designers de moda não fazem vestidos do meu tamanho.

— Você usa o quê? 42?

— Uso 38 — rebato. Ela olha na hora para meu quadril. — Certo, 40 em algumas lojas.

— Eu posso perguntar. O último que ele me emprestou era maravilhoso, exclusivo. Se ele tiver algum, pode trazer hoje à tarde. Ele está em St. Martins... vou perguntar, OK? Pode ser a resposta às nossas preces. — A resposta às minhas preces não seria um vestido. Mas, pensando bem, seria ótimo se eu não tivesse que sair correndo, em pânico, experimentando todos os vestidos das lojas com seus provadores fedidos.

— Certo, Christie. Não custa tentar, não é mesmo? — Olho para a cara de ansiedade dela. — Obrigada.

— De nada. — Ela sorri. — Viv, você fez com que eu me sentisse muito melhor.

— Que bom!

embuscadoamor.com

— Saber dos seus problemas me fez enxergar os meus com outros olhos. — Ela se levanta e ajeita a saia.

— Fico feliz em saber. — Pisco de um jeito meigo.

— Vou sair para almoçar. Quer alguma coisa? — Nego com um movimento de cabeça e observo Christie sair, então pego as anotações dela e começo o relatório. Uma hora depois, escrevi apenas o primeiro parágrafo. Não consigo me concentrar. Pensamentos terríveis, levando ao pânico, começam a bombardear meu cérebro. Pego meu caderno e passo todas as anotações a uma página nova. Escrevo um título e sublinho.

A fazer (antes do casamento)
1. vestido — encontrar um
2. sapatos — comprar alguns
3. cabelo — fazer alguma coisa
4. corpo — ???

Não foi uma lista muito útil. Paciência. Que droga, normalmente eu adoraria isso — toda a preparação e expectativa fariam parte da diversão. Mas só tenho dois dias e meio e muitas coisas para conseguir. Sei que deveria estar percorrendo a Oxford Street como uma maluca, mas me sinto paralisada, como se já tivesse sido derrotada. Ele está com outra pessoa. O que posso fazer em relação a isso? Que tipo de vestido mudaria essa situação? E, quando penso nisso, meu coração se enche de desesperança, transformando-me em uma completa chorona, a ruína em pessoa.

E assim não dá.

Olho pela janela, para o sol brilhando. O dia está mesmo muito bonito; um dia que se estende longo e solitário. O relatório não feito fica piscando em minha tela, mas sinto um desejo incontrolável de sair. E não quero ficar sozinha.

Que tipo de pessoa não teria nada melhor a fazer além de me fazer companhia em uma tarde ensolarada de quarta-feira?

Max entra com passos largos no escuro do Crown, vestindo calça jeans, camiseta e suas botas pretas de motoqueiro, apesar do calor. Ele levanta os óculos escuros enormes de aros vermelhos para a testa, e ali eles ficam, como um par extra de olhos. Ele pisca, acostumando-se com a escuridão. Eu aceno de minha mesinha do canto.

— O que você virou? Uma morcega trancada aqui dentro? O dia está lindo — diz ele.

— Olha, essa atitude me irrita profundamente. Ao primeiro sinal de sol, todo mundo começa a dizer "O dia está lindo! O dia está lindo!" e todos saem correndo para fora para fazer coisas que normalmente não fazem, lotando parques e provavelmente se machucando. Eu sempre fico dentro de pubs. Sou normal. Foi você quem mudou.

Ele me analisa por um segundo.

— Está pior do que eu pensei — diz ele. — O que quer beber? Uma dose de sangue de uma virgem?

— Quero um vinho branco, por favor. Grande. E não peça fritas, não consigo resistir. — Eu o observo recostar-se no bar e bater papo com a garçonete. Ela joga os cabelos e ri ao servi-lo. Ele volta para a mesa com as bebidas e com o resto de um sorriso.

— Então, me conte, como você está? — ele puxa um banquinho do bar.

— Não estava ocupado pintando uma obra-prima ou coisa assim?

— Nunca estou ocupado demais para você.

— Não sei como consegue se sustentar se vem para o bar a qualquer hora do dia.

embuscadoamor.com

— Caramba, você está certa. É melhor eu ir! — Ele beberica a cerveja e eu experimento o vinho frio. Ele abre um pacote de salgadinhos de bacon. Observo enquanto ele vai enfiando um a um na boca, mastigando e engolindo ruidosamente.

— O que foi? Não gosta de torresminho?

— Bacon.

— Quer um?

— Não.

Ele vira o saquinho, despejando os últimos pedaços em sua boca, e demora um bom tempo amassando a embalagem para formar uma bola pequena que caiba no cinzeiro, e então tira pedaços do salgadinho dos dentes de trás com a língua.

— Nossa! Que cena agradável! — digo eu.

— O que você tem? — pergunta ele.

— Ah, não consigo pensar... talvez seja o fato de que, no sábado, terei de ir ao casamento sozinha e dar de cara com meu ex-noivo e sua nova namorada.

Ele toma um gole da cerveja.

— Então, não vá.

— Preciso ir, Max. Eu, diferente de você, honro meus compromissos.

Ele faz uma careta, ergue as sobrancelhas e olha para a porta.

— Então, eu vou com você.

— Você? — Eu dou risada. — Será open bar, você encheria a cara. Seria uma confusão muito grande.

— Não vou fazer nada no sábado.

— Como naquele jantar superchique em que você mostrou a bunda.

— Tenho um terno... em algum lugar.

— É o terno que usou na formatura?

— Não. Por quê? Algo de errado com ele?

— Não acredito que esteja perguntando.

Ele sorri e percebo seu dente da frente lascado. Por que não o conserta? Os dentistas fazem milagres hoje em dia.

— Bem, o que estou dizendo é que, se o Daniel Craig estiver ocupado no sábado, estou disposto a substituí-lo.

E, em meu desespero, começo a pensar em aparecer no casamento com o Max. Sim, o Max, meu grande amigo, que fica apresentável quando conseguimos fazer com que ele tire o tênis ou troque a gravata laranja, ou as duas coisas. Não posso fingir que ele é meu namorado, porque Rob o conhece, mas simplesmente não posso aparecer sozinha.

Pode ser que dê certo. Passarei uma imagem de dignidade. Ainda solteira, sem precisar me enfiar correndo em outro relacionamento, e o mais importante: com companhia.

— Qual é a cor do terno? — Se for de qualquer outra cor além de preto, azul ou cinza, ele não poderá ir.

— Azul-marinho, com riscas.

— Fininhas ou gigantes? — Semicerro os olhos.

— O que você pensa de mim, Viv? O terno é lindo. Fico ótimo com ele.

— E não se importaria em ir comigo?

— Não, eu não me importaria em ir com você — diz ele, com paciência forçada.

— Certo, vou perguntar para a Jane se ela não se importa.

— Ela vai me adorar! É solteira?

— É o casamento dela! Olha aqui: você não vai se esquecer dessa oferta, não é? — Faço cara de brava.

— Não.

— Quero que você fique comigo, tudo bem? Nada de sair cantando as madrinhas... e, se o Rob se aproximar, você terá que desaparecer.

embuscadoamor.com

— Entendido. — Ele finge bater continência.

— Obrigada, Max. — Dou um tapinha em seu joelho. — Obrigada mesmo.

— De nada — diz ele, sorrindo de modo brincalhão. Pego minha taça e termino de beber o vinho e, quando a pouso na mesa, ele continua sorrindo e olhando.

— O que foi?

— Nada. — Ele desvia o olhar, e ficamos sentados em silêncio por um instante.

— Bom... preciso voltar. — Eu me levanto e beijo seu rosto com barba por fazer. — Obrigada por ter vindo.

— Estou ansioso por sábado — diz ele enquanto eu saio do bar.

Quando volto para o escritório, já me sinto um pouco melhor. Pode ter sido o vinho ou o fato de agora ter Max para me acompanhar ao casamento, o que já é alguma coisa. Não vou sozinha. Um passo à frente. Ótimo. A situação parece um pouco menos desastrosa.

Ao sair do elevador, vejo Christie em nossa pequena estação de trabalho e, atrás dela, pendurado nas estantes com rodinhas, está o vestido. É um vestido branco e cor-de-rosa, e a saia é feita totalmente de penas. Ela desvia o olhar do site em que estava, não relacionado ao trabalho.

— Nigel acabou de sair — diz Christie, mas não olho para ela. Não consigo tirar os olhos do vestido.

— Ele fez isso? — Estou prestes a tocar as penas brancas da saia. O corpete é de um tom de rosa muito claro.

— Sim. Muito lindo, não é? Ele disse que você pode pegar o vestido emprestado, mas, se manchá-lo, terá de comprar.

Pego o cabide e seguro o vestido contra meu corpo. Nunca vi algo assim. Só de segurá-lo fico emotiva. É cheio de detalhes muito bem-feitos. As alças finas são de cetim e ele tem pequenos botões ao longo das costas. Sinto uma pontada de animação.

— Quanto custaria?

— Mil.

— Mil... libras? — Ela assente. — Entendi. Uau. — Acho que consigo ser muito, muito cuidadosa. Afinal, é um casamento, não uma rave.

— Mas é um vestido tão lindo — diz Christie. — Veja isto. — Ela acessa o site de Nigel e mostra um vídeo de um dos desfiles de moda dele. Uma modelo atravessa a passarela, usando o vestido, com saltos grossos e bege. As penas balançam com graça. Ela está linda, moderna e não se esforça muito para parecer sexy. Fico apaixonada. — É um vestido lindo. Ninguém jamais o viu. — Christie vira a cadeira para olhar para mim enquanto seguro o vestido contra meu corpo.

— Você acha que ele vai ficar bem em mim?

— Leve-o para casa e experimente — diz ela. Penduro o vestido, imaginando a cena: eu chegando ao casamento de Jane com ele. Será que consigo?

— É de arrasar, não é?

— Vivienne, não tem como arrasar mais — diz Christie, com seriedade. Ela olha dentro de meus olhos e nós duas concordamos.

Em casa, depois de três taças de Pinot, estou vestindo aquela peça linda, falando com o espelho.

— "Oi. Oh, olá. Adorei seu vestido. Este? Obrigado, um amigo meu, estilista, o fez para mim."

Faço uma dancinha e acompanho Paloma Faith no iPod. As penas vão de um lado a outro e a sensação é ótima. O corpete é... digamos que marca a silhueta, mas de uma boa maneira, creio eu. Os únicos sapatos de salto grosso que eu tenho são pretos, de veludo, mas até que combinam, fazem um contraste.

embuscadoamor.com

— "Oi, Rob." — Eu me aproximo do espelho. Meu delineador está meio borrado. — "Como você está? Eu? Ótima... me liga." Caminho de um lado a outro diante do espelho, jogando os cabelos.

Sim, este é o vestido. Sem dúvida é o vestido. É uma lenda. Contarei a nossos filhos sobre ele, um dia.

O quarto fica escuro conforme o dia se vai, mas as penas claras brilham de modo mágico na escuridão. O iPod começa a tocar Ronan Keating, um dos cantores preferidos de Rob, uma canção ao som da qual já fizemos amor. Repito a letra.

— "When you say nothing at all."

Olho para meus olhos brilhantes. Uma lágrima brilha em meu rosto.

— Não acredito que o perdi — sussurro.

Tomo um gole de vinho e uma ideia me ocorre de repente. Coisas perdidas podem ser encontradas. Uma centelha de esperança começa a aparecer. A verdade é que vou vê-lo no sábado. Ficaremos cara a cara. Ainda que ele esteja acompanhado, poderemos conversar. Não é possível que seja tarde demais. Uma chama pequena já surgiu, discreta. Olho para o lindo vestido e imagino Rob; ele fica boquiaberto ao me ver, procura se esticar para ter uma visão melhor e, ignorando as reclamações da namorada, se afasta dela e se aproxima de mim. Eu me apego a isso com todas as forças.

Será bem fácil. Na verdade, estou ansiosa.

Em poucos dias, terei meu homem de volta.

CAPÍTULO QUATRO

Dicas para ficar linda

"Use montes de maquiagem, pegue pesado no bronzeamento artificial e deixe os cabelos armados."

Marnie, 28, Cheadle

"Beba muita água e durma bastante."

Freya, 42, Brighton

"Compre roupas do tamanho certo. Você não é um garoto adolescente, então por que usa os jeans de um?"

Sue, 33, Lyme Regis

"Se passo alguns dias comendo pouco, fico mais bonita... mas depois me sinto um lixo, então não faça isso... na verdade, coma mais e coma coisas que ama; assim, você ficará feliz e, consequentemente, com a aparência ótima."

Ruby, 30, Denham

"Quando quero ficar bem, calço meus sapatos de salto. O som que eles fazem é 'Click, click, não tô nem aí, click, click, que se dane'."

Rebecca, 25, Teddington

"Seja você mesma."

Sua mãe

Tenho lido muitas revistas sobre esse assunto e, pelo que entendi, para melhorar a aparência sem cirurgia, você deve: perder peso, fazer clareamento nos dentes, bronzear-se, se arrumar, usar a roupa mais cara possível e fazer um penteado. Perder peso e clarear os dentes estão fora de cogitação: não há tempo para isso. Um bronzeamento

embuscadoamor.com

a jato seria bom, mas também descarto, porque pode manchar o vestido. Mas o resto, estou fazendo. Então, seja o que Deus quiser.

Tarde de quinta-feira, quatro e meia. Vou sair mais cedo do trabalho porque tenho horário no David Hedley. Nunca fui lá, mas parece que é o melhor cabeleireiro de Londres. Li em uma das revistas de Christie que todas as modelos vão lá e também que David Hedley faz as próprias escovas, então tenho sorte por ter conseguido marcar um horário. Precisei explicar sobre o casamento, sobre Rob e a nova namorada, e eles concordaram em me encaixar. Também agendei uma sessão de depilação com cera para perna e virilha no spa Selfridges, amanhã, na hora do almoço. Eles disseram que podem fazer minha sobrancelha gratuitamente.

Até aqui, tudo bem. Vou sair sem que ninguém me veja. Por que o elevador demora um século para chegar quando estou fugindo do trabalho? Resposta: porque dentro do elevador estão Ranhosa, minha chefe, e Verruga, a chefe dela.

— Boa-tarde, Viv — diz Verruga.

— Vou à sala de impressão fazer uma coisinha — digo.

— Que bom pra você — diz ela e vejo Ranhosa revirando os olhos.

As portas do elevador se fecham enquanto mantenho o sorriso engessado, então saio do prédio e me mando para o paraíso dos cabelos.

O salão é repleto de peças de aço e concreto, ambiente industrial, com espelhos decorativos antigos e cadeiras estofadas. Uma recepcionista magérrima com legging verde-limão entrega um cardápio de bebidas para mim e me pede para esperar minha cabeleireira, Mandy, em um sofá de veludo. Fico louca de animação ao folhear um caro portfólio de penteados. Adoraria ter a coragem de cortar bem curto, um joãozinho moderno, num tom loiro platinado, ou ter o tipo de rosto para isso. Com franja ou sem? Camadas?

— Oi, você é a Viv? — Uma mulher rechonchuda com as raízes dos cabelos à mostra segura um avental para mim. Espero que ela não seja Mandy, porque, pelo visto, um banho não lhe cairia mal.

— Sim — abro um sorriso.

— Oi, sou a Mandy. Vou cuidar dos seus cabelos.

— Que ótimo. — Visto o avental e a acompanho até um espelho, onde ela brinca com meus cabelos, puxando-os para a frente, levantando-os e deixando-os cair.

— E então, o que faremos com você? — pergunta ela.

O problema é que eu detesto quando os cabeleireiros perguntam isso. Gosto quando eles sabem do que preciso. Gosto de cabeleireiros que olham para a minha cara e dizem: "Camadas suaves, mantendo o comprimento" ou algo assim. Talvez não exatamente essa frase, porque é o que eu sempre peço. Tento dizê-la dessa vez, mas ela jogou todo o meu cabelo no meu rosto e meu queixo está encostado no peito. Eu me lembro de que aquele é o melhor salão de Londres.

— Você tem tanto cabelo! — Tento levantar a cabeça. — Muito. — Ela inclina a minha cabeça para um lado e depois para outro. — Cabelos grossos. — Começo a achar que não deveria ter tanto cabelo, como se houvesse um limite, sei lá.

— O que você acha que eu deveria fazer? — Consigo perguntar, por fim.

— Quer manter o comprimento? — pergunta ela, e eu confirmo com um movimento de cabeça. Ela chupa o ar através dos dentes. — Olha, está muito pesado aqui... — Ela aperta as laterais de minha cabeça. — Está muito pesado, então o caimento não está bom. Está sem movimento. Muito retão.

— Certo. — Não sabia que meus cabelos tinham que se mexer.

— Podemos diminuí-los em cima, manter o comprimento e fazer umas luzes invertidas para dar mais textura — diz ela, e nesse

embuscadoamor.com

momento já estou tão aliviada por saber que alguma coisa pode ser feita com meus cabelos, então concordo imediatamente. Ela se afasta para misturar a tintura e eu, de repente, me sinto meio triste. Aposto que a namorada de Rob não tem cabelos tão difíceis de cuidar. Aposto que os cabelos dela são sedosos e macios como os de um bebê, com perfume de frutas silvestres. Ai, por que meu cabelo é tão grosso? Não conheci meu pai, mas ele deve ser o responsável. Começo a xingar minha mãe mentalmente por ter se deitado com um urso de cabelo duro, quando recebo uma mensagem de texto de Lucy.

"Quer beber alguma coisa?"

"Sim, mas estou no cabeleireiro."

"OK. Me liga quando sair."

Que bom. Significa que vou poder exibir meu novo corte. Mandy volta e me oferece uma bebida. Escolho um vinho e observo enquanto ela cobre rapidamente minha cabeça com pedaços de papel laminado. Mandy não é muito ruim, não. Afinal, deve ser boa se trabalha nesse salão. Olho ao redor. Vejo muitas clientes loiras e com cara de ricas nas cadeiras. Começo a relaxar um pouco.

— As pessoas sempre perguntam se você está saindo de férias, Mandy? — pergunto.

— Não — responde ela.

— Ah, perguntei porque queria saber se o que dizem é verdade, sabe? Aquela história de as pessoas falarem sobre suas férias com os cabeleireiros.

— Não. — Ela franze o rosto como se eu fosse uma doida varrida.

Ela provavelmente está concentrada demais, por isso não está batendo papo; está na cara que ela é totalmente profissional. Empurra um aquecedor circular e o liga. Ele gira ao redor de minha cabeça prateada, como os anéis de um planeta.

51

— Vamos esperar a cor pegar, volto em alguns minutos. Quer alguma coisa?

Peço mais vinho. Olho para meu rosto para ver se está mais magro. Não tenho comido muito desde segunda-feira. Tenho a impressão de conseguir ver os ossos de minha face quando viro a cabeça para os lados.

Pego uma revista e leio sobre uma mulher cujas próteses de silicone explodiram, até que alguém com um crachá no qual se lê "Daniel" me leva para lavar os cabelos, onde recebo uma deliciosa massagem na cabeça.

Depois, Mandy retorna e começa o corte. Mechas úmidas caem. Escuto o som da navalha passando perto de minha orelha. Temo que ela esteja cortando demais em cima, mas confio nela. As modelos frequentam aquele salão.

— O que você acha da cor? — pergunta ela. Não consigo ver diferença nenhuma, mas provavelmente porque os cabelos estão molhados.

— Adorei. Muito sutil.

Ela sorri e pega um secador de cabelos e uma enorme escova. Vejo vapor saindo de minha cabeça enquanto ela manda ver. Aplica o fixador em spray e ajeita as mechas ao redor de meu rosto, e me mostra a parte de trás. Confirmo mexendo a cabeça, apesar de ter a leve impressão de que meu cabelo parece um capacete. Não quero magoá-la. Ela passa uma escovinha na minha roupa e me leva de volta para a recepcionista magérrima que alegremente recebe os pagamentos.

— São duzentas libras, por favor.

Hesito e entrego meu cartão de crédito. Dou uma olhada na conta: 15 libras foram de vinho. Mas valeu a pena. São os melhores cabelereiros de Londres. Meu cabelo vai ficar lindo quando eu for para casa e mexer um pouco nele.

embuscadoamor.com

— Seu cabelo está lindo. Você gostou? — pergunta a recepcionista enquanto digito minha senha.

— Sim! Adorei. Adorei, mesmo. Achei ótimo — respondo e, por algum motivo, começo a rir. Aceno rapidamente, saio pela porta e vou cambaleando encontrar Lucy.

O vento sopra forte em minhas orelhas. As pessoas estão olhando para mim com vontade de rir? Estão olhando para o meu cabelo? Acho que uma menina no metrô estava. Por sorte, o lugar onde combinei de encontrar Lucy fica logo ali, na esquina. Vou pedir a opinião dela e mexer em meus cabelos no banheiro. O bar é uma taverna subterrânea que tem um vinho excelente e serve tapas deliciosas; é o lugar onde costumamos nos encontrar. Desço a escada em espiral e vejo Lucy em uma das mesas do canto com uma garrafa e duas taças.

— O que você achou? — pergunto a ela, mexendo nas laterais da cabeça.

— Você cortou? — Ela estreita os olhos quando me sento.

— Sim. Demorou três horas para eu ficar assim.

— Na verdade, está um pouco mais curto em cima. — Ela tira o traseiro da cadeira para ver o topo de minha cabeça. — Ai, está bem mais curto.

— O quê? — Toco minha cabeça para sentir as camadas, com medo. — Está bom?

— Está legal.

— Legal? Não quero "legal". Acabei de gastar duzentos paus.

— Você gastou duzentas libras com seu cabelo? — pergunta ela, incrédula.

— Fiz luzes invertidas.

— Você gastou duzentas libras para escurecer um pouquinho os cabelos?

— Sim, Lucy, gastei. — Encho uma taça de vinho e olho para os cabelos sedosos de Lucy, tão sedosos que as orelhas dela aparecem entre eles. Como ela poderia entender, meu Deus?

— Bem... não, boa sorte, então. A moda dos anos 1980 voltou, é? Pego o cardápio de tapas.

— Pobre Lucy, não inveje a minha graciosidade.

— Mas você é tão liiinda — diz ela, de modo afetado.

— Eu sei, não é fácil — digo. Ela ergue a taça e nós brindamos. — Vou falar sobre o vestido...

Acabamos com a garrafa, pedimos outra e debatemos todos os aspectos de sábado. Como eu devo estar quando o vir. O que devo fazer se ele quiser conversar. Como devo ser simpática com a namorada dele. E, então, pego o táxi para voltar para casa e envio a Lucy uma mensagem de texto para dizer que ela é uma ótima amiga. Ela responde com um "E você também, querida". Então, percebo que não perguntei nadinha sobre o cara com quem ela está saindo.

É sexta-feira, bebi vinho demais, estou me sentindo mal e estou atrasada para o trabalho — o que é muito ruim, pois preciso prolongar o almoço hoje para uma sessão de depilação.

Meu cabelo hoje está igualzinho a uma peruca da Tina Turner. As camadas de cima estão tão curtas que não consigo prendê-las em um rabo de cavalo. A mulher deve ter feito a festa com a navalha na parte de trás, onde eu não consigo ver. E as luzes invertidas? Passaram longe. Procuro não chorar enquanto tento diminuir o volume com um pouco de gel, mas a parte de trás fica espetada, não tem jeito. Estou parecendo uma cacatua, mas preciso ir.

Dentro do ônibus, confiro a minha agenda, para o caso de ter me esquecido de algo relacionado ao trabalho. Viro a página de sábado. Desenhei um enorme coração nesse dia. O dia em que recuperarei meu namorado! Mas também é dia do casamento da Jane, obviamente. Acredito que não conseguiremos ver Jane com muita frequência depois que ela se casar com Hugo. Ele não a deixa sozinha nem um minuto. Quando tentamos conversar com ela sobre *qualquer coisa*, ele está lá, em cima dela, abraçando-a e beijando seus cabelos. É muito chato. Ele é baixo e atarracado, ela é magra e pequena. Parecem um hipopótamo pigmeu de terno se casando com a fadinha da árvore de Natal. Mas dizem que o amor é cego, e eles são a prova disso. Não há assuntos relacionados ao trabalho na minha agenda, apenas a tarefa de criar uma nova linha de presentes de Natal.

Um pensamento me ocorre: passar o Natal sem Rob, mas logo o descarto. Pode até ser que já estejamos casados quando o Natal chegar. Penso nos casamentos de inverno — com casacos brancos de pele, rosas e velas... até chegar a meu ponto.

E passo uma manhã tediosa no escritório. Não consigo pensar direito, pois estou de ressaca e nervosa, ansiosa pelo dia de amanhã, então, como dar início a algo sério? Christie disse que meu novo penteado é "moderno". Já coloquei todos os elásticos soltos na bola que comecei a juntar há um ano e testei o poder do ímã de clipes. Já enviei e-mails a alguns fornecedores, joguei paciência e agora está na hora do... que rufem os tambores... "Spa".

Quando chego à Selfridges, pego o elevador e paro no andar mais alto, e entro em uma clínica futurista, branca, verde e brilhante. Só vejo gente bonita. Sou guiada para dentro de uma sala de tratamento e recebo sapatos de papel para não estragar a aura, e uma negra linda aparece.

— Vai fazer o estilo brasileiro, certo? Vamos começar pela pior parte? — ela abre um sorriso brilhante. Normalmente não costumo depilar a virilha, a menos que pretenda vestir biquíni, o que é raro, mas o pacote e o lance da sobrancelha de graça me animaram. Além disso, imagine se Rob e eu voltarmos amanhã, e uma coisa levar à outra, e acabarmos na cama? Será uma boa surpresa pra ele, não?

Afinal, ele sempre disse que eu deveria fazer alguma coisa em relação à minha mata selvagem.

— Brasileiro? Aquele que deixa só uma faixinha?

— Tira tudo, incluindo lá embaixo, e deixamos uma faixa ou um desenho em cima.

Embaixo? Será que ela está se referindo àquela parte debaixo que sai do maiô ou... alguma outra coisa?

— *Tudo* embaixo? — Isso parece um pouco exagerado.

— Sim.

— As pessoas gostam disso? — pergunto, sentindo-me meio nervosa, de repente.

— Querida, não tenho nadinha lá embaixo. Meu namorado fica maluco! Ele anda atrás de mim o tempo todo. — Penso em Rob atrás de mim, implorando para eu aceitá-lo de volta.

— Vamos fazer — digo.

— Levante os joelhos e abra as pernas — diz ela.

Preciso admitir que o que veio depois, doeu um pouco. Em determinado momento, ela se colocou entre as minhas pernas com a pinça, para dar acabamento. Terminei com uma forma perfeita de coração. Depois disso, as pernas e a sobrancelha não foram nada. Minha pele ficou vermelha, inchada e latejando.

— Você tem muito pelo — diz ela, limpando o que caiu dos lados.

— Agora, não mais. — Digo e saio para pagar.

À tarde, eu me surpreendo sempre que vou ao banheiro. Fico feliz quando o relógio marca cinco horas e eu posso ir à farmácia comprar um creme de aloe vera.

Assim que chego em casa, telefono para o Max.

—Alô.

— Oi, sou eu. Já está tudo pronto para amanhã?

embuscadoamor.com

— O que tem amanhã?

— O casamento!

— Peraí, linda, nunca falei em me casar...

— Max! Pode parar com isso. É o casamento da Jane. Você vai comigo.

— Certo.

— Você se esqueceu, não foi?

— Não.

— Então você está com o terno pronto, certo?

— Sim. O que vai vestir?

— Um vestido, por quê?

— Bem, pode ser que eu queira ir combinando com você.

— Combinando comigo?

— Isso, por exemplo, usar uma flor na lapela da mesma cor de seu vestido, para mostrar que estamos juntos.

— Não estamos juntos, vou voltar com o Rob.

— Certo. Peguei você.

— Bom, então... até amanhã cedo?

—A menos que eu morra à noite.

— Até mais, Max.

Fecho o telefone e fico sentada por um momento, escutando as sirenes e o tráfego da rua. Dentro do apartamento, só silêncio e calma. Penduro o vestido na porta do guarda-roupa e coloco os sapatos embaixo. Escrevo uma lista de "coisas a fazer para ficar pronta" e a coloco em cima do criado-mudo. Consigo me deitar bem cedo, mas demoro a dormir e acabo lendo livros de autoajuda até meia-noite. "Ouça o rugido da sua leoa interior!" A minha é uma gatinha.

Miau.

CAPÍTULO CINCO

As coisas que fazemos por amor

"Certa vez, desci dois andares, pelas escadas, carregando minha mesa de centro e fui até o parque. Preparei um banquete tailandês e arrumei o espaço com almofadas para nos sentarmos confortavelmente e servi vinho branco. Esperei, bebi o vinho e dei o arroz aos pombos. Escureceu; eu adormeci. Ele não apareceu. Alguém cortou as almofadas."

Maria, 34, Battersea

"Eu tenho uma pequena panificadora na cidade, com meu namorado, Andy. Fazemos bolinhos com letras em cima. Bem, um dia, fiz uma vitrine decorada com os bolos. Escrevi: 'Case-se comigo, Andy'. Pensei que ele não tivesse visto, mas, quando conferi a vitrine, vi que ele havia reorganizado os bolos.
Estava escrito: 'Qualquer dia desses'."

Rachel, 30, Liverpool

Acordo ao som de marteladas. São oito da manhã. O sol entra em feixes pela persiana; o dia perfeito para um casamento. Abro uma das folhas da cortina e olho para a rua, semicerrando os olhos. Dois homens com perucas coloridas estão posicionando barris na rua.

Imagino que deve rolar uma festa em um dos bares da rua hoje. Visto meu robe estilo quimono. No banheiro, analiso minha aparência: estou com cara de cansada, com olheiras, e não de um jeito que alguém diria que passei a noite na gandaia. Passo um gel para desinchar a área dos olhos. Na embalagem, leio a promessa de que ele reduz o inchaço e suaviza as linhas de expressão. Um baita milagre! E custou apenas £2,49. Meu coração acelera quando vejo o vestido pendurado ao lado do espelho, os sapatos ajeitadinhos embaixo. Sinto-me como um gladiador ansioso analisando minha armadura, mas não faço ideia de quem será meu oponente.

embuscadoamor.com

Rapidamente, imagino a moça aconchegada ao lado de Rob, dormindo depois de uma noite maravilhosa de coito, sem a menor preocupação para afetar seu rosto perfeito. Pensar nisso faz meu estômago revirar. Credo! Eu me concentro em preparar um café bem forte, colocar a chaleira no fogão e ler minha lista de afazeres enquanto espero.

8h30	Banho de espuma Jo Malone
9h	Loção corporal
9h30	Unhas — Esmalte "Crepúsculo"
10h	Maquiagem — sensual
10h30	Cabelos — limpos, macios, propositalmente despenteados
11h	Vestir-me
11h30	O táxi chega
11h40	Pegar o Max em casa
12h	Chegar à igreja com bastante tempo
13h	Casamento!

Nos canto da lista desenhei flores com cabinhos e folhas. Christie da lista, certa vez me disse que, quando desenhamos flores, quer dizer que queremos nos casar e ter filhos. É incrível como essas coisas sempre acertam! Escuto o barulho do café sendo despejado na xícara. Não consigo comer nada. Parece que voltei aos tempos de escola, quando competia na corrida de cem metros com barreiras.

Fecho a persiana da varanda. Vejo policiais na rua, calmamente conversando, usando camisas sem manga e coletes à prova de balas, com as placas nos capacetes brilhando ao sol. Um cara atravessa a rua e se aproxima deles, lindo de morrer, tanto que beira a feiura. Eles estão apontando para baixo na rua, onde um caminhão está estacionado. Está na cara que estão resolvendo problemas de logística com a entrega em um dos restaurantes. Vou ao banheiro e abro a torneira da banheira.

Emma Garcia

* * *

Certo, são onze e meia e nada do táxi. Vou telefonar para a empresa.

— Kins Cars — atende uma pessoa entediada.

— Oi, aqui é Vivienne Summers. Agendei um táxi para as onze e meia, mas ainda não chegou.

— Espere um minuto, por favor, senhora.

Logo escuto "Greensleeves" tocando.

— Senhora, falei com o motorista, ele disse que estará aí em cinco minutos.

— Bem, espero que não passe disso. Preciso chegar a um casamento.

— Cinco minutos, senhora.

Certo, são onze e quarenta e cinco. Tudo bem, logo, logo, ele vai chegar. Vou olhar pela janela e provavelmente verei o táxi à espera. Que esquisito, vejo vários homens caminhando. Caminho até o espelho mais uma vez, analiso meu delineador. Normalmente, não carrego tanto no preto. Está bonito, mas será que parece que estou indo para uma discoteca, e não para um casamento? Meus cabelos foram domados e agora estão apresentáveis. Mas o vestido está divino — lindo e moderno.

Merda! Faltam cinco para o meio-dia. Onde diabos o táxi se meteu? Ligo de novo.

— Kins Cars — atende a voz impaciente.

— Aqui é Vivienne Summers de novo. Onde está o táxi? Já é meio-dia!

— Um minuto, senhora.

A música da espera mudou para "La Cucaracha".

— Senhora, sinto muito, mas seu táxi está preso no trânsito. Ele chegará em meia hora.

— Não! Não posso esperar! Quero um táxi aqui e agora!

— Sinto muito, senhora, meia hora é o melhor que podemos fazer.

embuscadoamor.com

Sinto-me sufocada.

— Meu Deus! De que adianta marcar um horário com vocês se o taxista aparecerá quando quiser? Preciso chegar em um casamento e agendei o táxi para as onze e meia! — De repente, sou colocada novamente na espera, com uma versão animada de "Nobody Does It Better".

— Ai, Jesus, ai, Jesus. — Percorro o apartamento como uma gansa louca, e então pego a minha bolsa e saio na rua, com as penas alvoroçadas. — Permita-me encontrar um táxi, permita-me encontrar um táxi! — Chego no fim da rua e vejo o caminho bloqueado por carros alegóricos. Uma banda faz um cover de "Like a Virgin", da Madonna. E um deus grego vestindo uma espécie de cabresto está dançando pela calçada. Seguro-o por uma de suas rédeas soltas.

— Ei, o que está acontecendo?

Ele se assusta e faz biquinho.

— Dia do Orgulho Gay, querida!

Olho para a direita e para a esquerda. Os carros se alinham até onde consigo ver, cada um com um tema diferente. Há placas nas quais se lê "Gay, católico e cheio de orgulho" e "Pais de gays e orgulhosos". O caminhão à minha frente, com a banda improvisada, transformou-se em uma reunião de gays fantasiados de frutas. Duas cerejas se unem com um galhinho verde; as bananas, de calçola amarela, seguram uma bandeira na qual se lê "Suculentas e saborosas". Se fosse em outra ocasião, eu ficaria interessada, mas por que a minha rua? Por que agora? É meio-dia e dez! Telefono para Max.

— Oi, estou pronto. Você já chegou? — pergunta ele.

— Não, estou presa na merda da parada do Orgulho Gay, e não consigo pegar um táxi!

— Ai, merda.

— Vamos nos atrasar! Não sei o que fazer.

— Calma, calma, calma, Viv. Vamos dar um jeito. Onde você está?

Emma Garcia

— Fora do apartamento. Na rua.

— E se você descer a viela? A rua está livre depois dela? — Caminho até o fim da viela com a cabeça baixa, e o telefone pressionado contra a orelha, dizendo os maiores palavrões que me ocorrem, e confiro.

— Há carros de polícia ali também.

— Desça e vá para a próxima rua, e espere na frente daquela delicatéssen bonitinha, está bem? É estreito, eles não se enfiarão ali. Vou buscá-la.

— Você não vai conseguir se aproximar de táxi.

— Vá e espere por mim. Vou buscá-la.

Meu coração está acelerado. Viro e desço a rua correndo, derrubando latas de lixo e fazendo garrafas de cerveja rolarem. Sinto meus saltos entrando nos espaços entre os paralelepípedos enquanto corro, e imagino a sujeira da rua subindo e grudando em meu lindo e delicado vestido. A rua seguinte está pior ainda. Tem alguma coisa viva dentro de uma das caixas amontoadas. Passo correndo, tentando não respirar. Dobro a esquina e caminho rapidamente até a delicatéssen.

Fica em um cruzamento. As ruas do lado esquerdo estão desertas, todas reservadas ao desfile. Olho em meu telefone e um minuto se passou; olho de novo, e mais dez se passaram.

— Que inferno! Inferno, inferno! — Sinto uma camada de suor sobre minha pele e sinto vontade de chorar. Escuto o ronco de um motor, viro-me na direção do barulho e uma motocicleta com dois faróis redondos entra na rua com velocidade, e o motociclista está usando roupa de couro e um capacete. Quando se aproxima, levanta o braço e para ao meu lado. Max retira o capacete, sorrindo. A coisa não podia ficar pior. Ele quer que eu suba na garupa. Não, *já* piorou... terei que colocar o capacete e subir! Eu me recuso.

— Ah, não... nem vem.

— Por quê? Até parece que você tem escolha.

embuscadoamor.com

Ele desce e abre a caixa da moto, tirando dali o capacete amarelo-ouro sem visor e uma jaqueta de couro enorme, e os oferece a mim. Dou um passo para trás. Ele sobe na moto e dá a partida, e grita para ser ouvido em meio a todo o barulho do motor.

— É meio-dia e meia!

Pego o capacete resmungando ao colocá-lo sobre os meus cabelos e fechar o prendedor embaixo do queixo. Ele aperta a minha cabeça, transforma meu rosto em um purê. Visto a jaqueta pesada. Ela chega praticamente a meus joelhos e as proteções enormes da região dos ombros e dos cotovelos me incomodam. Sinto o suor escorrer pelas costas. Subo na moto, apoio os saltos no descanso para pés. Estou prestes a acertar o vestido quando a moto arranca, e as penas chacoalham ao meu redor. Nós nos afastamos e ele desce a rua, ultrapassamos um ônibus. Estou me segurando com dificuldade nos ombros dele. Se tento olhar para a frente, o vento me atinge bem no rosto, jogando poeira e alguns insetinhos em mim. Sinto algo incomodando meu olho direito. Protejo-me atrás dele, abraçando-o pelo peito como quem se agarra a uma tábua de salvação numa corredeira. Essa droga de capacete deve ser de criança, porque está apertando demais a minha cabeça, mas sinto um forte perfume que se sobrepõe ao cheiro de gasolina e óleo da moto, então talvez seja de uma mulher com a cabeça muito pequena. O capacete está destruindo o meu penteado, e o vestido está todo alvoroçado por causa do vento, então só Deus pra saber que tragédia está acontecendo ali. Paramos no semáforo e Max coloca um pé no chão. Olho para seus sapatos; fico feliz por ver que são bonitos e estão limpos — felizmente, ele se esforçou. Max levanta o visor e se vira levemente para trás, dando um tapinha em minha coxa.

— Você está bem?

— Não!

Vejo seus olhos verdes e o nariz grande de perfil, até que a moto arranca de novo e acelera, quase me deixando sentada no asfalto. Eu me agarro a ele e fico abaixada até finalmente entrarmos em uma rua mais calma e a moto diminuir a velocidade. É a igreja! É enorme, praticamente uma catedral. Um Jaguar antigo está estacionando diante dela. Descemos a rua e a moto engasga quando Max diminui a marcha, chamando a atenção de alguns manobristas de terno cinza que estão na entrada. Eu me esforço para descer e tirar o capacete enquanto Max desliga a moto. Escuto o som do órgão e a porta do Jaguar está se abrindo. O pai de Jane sai do veículo. Ele está muito elegante. Max tira a roupa de couro discretamente ao lado da motocicleta. Tiro a jaqueta pesada, toda suada e desgrenhada. Procuro alisar o vestido e vejo uma mancha marrom nas penas na barra, que encostaram no escapamento.

— Ai, que merda, Max! Veja o maldito vestido!

— O que foi?

— Queimei um pedaço dele nessa sua moto idiota.

Naquele momento, a noiva sai do Jaguar. Ela parece uma linda bonequinha, com um vestido reto e brilhante, que se estende atrás dela enquanto caminha. O vento bate em seu véu e as três madrinhas, com vestidos branco e preto, não combinados, de extremo bom gosto, se aproximam para ajeitá-lo. Ela segura um buquê de rosas muito apertadinhas umas contra as outras, amarradas com um laço prateado. Sinto a mão de Max na parte baixa de minhas costas enquanto me guia adiante, em direção à igreja.

— Feche a boca, parece que você está comendo moscas.

— Não, as moscas estão todas em meus olhos por causa da sua porcaria de moto!

Cumprimentamos os manobristas. Pego uma ordem de serviço e entro na igreja, sentindo-me horrorosa. Todos os presentes se viram, ansiosos, quando entramos. Max acena brevemente e diz "oi" baixinho, e então nos sentamos no banco mais próximo.

— Chegamos, não chegamos? — sussurra ele.

Dou um soco em sua perna. Tento ajeitar um pouco o meu vestido e passo um dedo sob meu olho, que volta borrado de delineador.

embuscadoamor.com

Penso que talvez eu possa ir ao banheiro para me ajeitar antes de cumprimentar as pessoas, mas o órgão começa a tocar a marcha nupcial e ficamos de pé quando a noiva entra e começa a atravessar cuidadosamente o caminho até o altar.

Ela sorri e vira a cabeça de um lado para o outro, olhando para seus amigos. Está radiante com seu vestido e com a luz do dia enquanto caminha. Olho para Max, um metro e oitenta de homem trajando um terno azul-escuro com listras leves, camisa branca e gravata fina e cor-de-rosa. Seus cabelos, normalmente bagunçados, estão penteados para trás e os cachos chegam à gola da camisa. Também fez a barba e está... bem bonito. Sorrio e sinto uma onda de carinho, e então volto a sentir o estômago embrulhado, e começo a procurar Rob ali dentro. Não consigo localizá-lo. Aposto que ele chegou muito tempo antes e está sentado nos bancos da frente.

Eu me abano com a ordem de serviço e ficamos de pé para cantar "To Be a Pilgrim". Olho para a esquerda, para a fila de bancos ao meu lado e ali está a moça mais elegante que já vi. Parece uma escultura. Seus cabelos brilhosos, apenas um tom mais dourado do que sua pele, estão presos em um rabo de cavalo casual. O vestido simples, porém caro, é marrom-claro, em um corte perfeito para moldar-se a seu pequeno corpo esguio. A sandália preta clássica dá o toque certo de sensualidade. De repente, me sinto um monstro. Obviamente ela percebe que a estou observando e se vira para mim com um sorriso surpreendentemente alvo. Os olhos de pantera são azuis-transparentes, lindos, e ela quase não usa maquiagem. Ela se move levemente, eu consigo ver a pessoa ao seu lado e, então, sinto meu coração parar, estou chocada. Ali, todo orgulhoso ao lado dela, cantando a plenos pulmões, está o meu Rob.

Procuro respirar, apesar do susto, e continuo cantando, mas agora que sei que ele está ali, só consigo ouvir sua voz.

"No foes shall stay his might; though he with giants fight..."

Emma Garcia

Sinto uma vertigem, uma mistura de pânico e dor invadindo minha alma, tomando conta de mim com um suor frio. Olho para baixo, para a barra queimada de meu vestido próxima da perna brilhante dela. Em poucos minutos, Rob irá me ver e vai me apresentar a essa mulher linda, e terei que sorrir com minha maquiagem borrada e cabelos amassados pelo capacete. Não posso. Preciso sair dali. Eu me viro para Max, interrompendo sua empolgação de barítono e sussurro:

— Preciso ir embora.

— O quê?

—Ande... para aquele lado... vamos embora.

Ele olha ao redor, incomodado, e então vê a moça e arregala os olhos, e tenho que cutucar suas costelas e sussurrar:

— O Rob está logo ali, essa é a namorada dele!

Estou recostada em Max, de costas para Rob. Mas é como tentar empurrar um urso. Uma mulher à nossa frente, com um chapéu de penas se vira; a música está chegando ao fim, o tecladista está nas notas finais. Cutuco Max com toda a minha força.

— Anda, anda!

Sinto a mão de alguém em meu ombro. Sei que é Rob. Não tenho como fugir. Ai, meu Deus, ai, meu Deus, ai, meu Deus... de repente, começo a rir como se Max e eu estivéssemos fazendo uma piada incrível e me viro, secando os olhos. Então, digo:

— Oh! — Como quem termina uma gargalhada. Rob está de pé sob um feixe de luz do sol; seus cachos dourados brilham, os lábios perfeitos sorriem calmamente, os olhos azuis estão repletos de afeição.

— Oi, Vivienne.

— Rob, oi! — respondo de modo meio histérico, fazendo o marido da mulher de chapéu de penas se virar para olhar.

— Como vai? — sussurra ele.

embuscadoamor.com

— Estou bem!

A moça olha para ele e depois para mim com aqueles olhos perfeitos. Ele segura a mão dela e percebe que eu notei.

— Esta é a Sam. — Ele parece um gato me mostrando um passarinho morto. *Olha o que eu peguei!*

— Oi, Sam! — Sorrio e ela também, e então franze o cenho quando Rob me apresenta.

Por sorte, começam a tocar a introdução de "Lord of All Hopefulness" no teclado, e não escuto as dolorosas explicações. Sinto o olhar dela me analisando e me retraio por dentro. Ela se aproxima muito mais de Rob. Eles praticamente estão transando, dividindo o livro de hinos. Fico paralisada, não consigo cantar, e os pensamentos não param de rodar em minha mente. Estou totalmente passada e pelo restante da cerimônia, não olho para a esquerda. Quero, desesperadamente, que tudo aquilo termine.

O noivo e a noiva parecem estar em câmera lenta quando atravessam o caminho de volta como um casal. Jane sorri ao passar e tenho a sensação de que estou naufragada enquanto ela se afasta remando o último bote salva-vidas. Estou recostada em Max e ele, de repente, se move; entramos com tudo no corredor e vamos em direção à luz da bela tarde de julho, como se tivéssemos sido cuspidos por uma baleia.

Estou ofegante e empurro Max para a frente, e entramos em um canto, onde encontro uma parede na qual me recostar, onde ninguém me veja. Cubro os olhos com uma das mãos.

— Ai, Jesus. Ai, meu Deus!

— Acho que você deveria dizer esse tipo de coisa dentro da igreja.

— Não posso fazer isso. Eu pensei que conseguiria... mas não consigo.

Procuro respirar, escuto os pardais brincando nas árvores atrás de nós e a conversa dos convidados. Exclamações aleatórias, como "Que lindo!" e "Ah, eu sei!" se espalham no ar. Meus olhos ficam marejados. Uma lágrima escorre e cai na calçada suja, assustando uma fileira de formigas. Observo Max mexer em algumas pedras com a ponta do sapato. Olho para a frente, protegendo os olhos.

— O que faço?

Ele sorri e segura minha mão.

— Vamos, minha amiga desalinhada. Tem um bar logo ali. Vamos.

O Monge Risonho é um refúgio para homens solitários e largados. Alguns deles observam surpresos quando entramos de braços dados e nos sentamos nos banquinhos do bar. Na televisão está passando uma corrida de cavalos, mas o volume está baixo. O garçom macilento e infeliz olha para nós à espera do que pediremos, mas não se dá ao trabalho de perguntar. Eu faço o pedido.

— Duas tequilas grandes e Coca-Cola, por favor.

— E duas doses de uísque — acrescenta Max.

O garçom serve as bebidas em copos embaçados, sem gelo e pega as vinte libras que ofereço. Traz algumas moedas de troco, tudo sem trocar uma só palavra.

Viro o uísque, que sinto queimar em meu estômago.

Max beberica com os olhos semicerrados.

— Foi tão ruim assim, vê-lo de novo?

Penso no que ele perguntou. "Ruim" é apelido. Aquela tal de Sam é um espetáculo. Olho para mim; o vestido mágico de repente se torna uma piada.

— Max, como estou?

Ele termina de beber o uísque, olha para mim e pensa.

— Você parece... um docinho de coco lindo.

— Viu? Não era bem essa a minha intenção.

— Certo... um marshmallow lindo.

— Deixa pra lá.

— É sério, Viv, você está linda.

— Você deu uma olhada na namorada do Rob?

embuscadoamor.com

— Vi, ela é bonitinha.

— Ela é maravilhosa. Está na cara que ele está apaixonado. — Meus olhos ficam marejados, pois é um choque dizer isso. Bebo um gole grande de tequila.

— Então, ele nem esperou um tempo.

— Bem, você também não esperaria com uma mulher como aquela, não é?

— Ela não é *tudo isso*, Viv.

Soluço e sinto meu nariz escorrer. Dou uma fungada e viro a bebida, batendo o copo em cima do balcão.

— Nossa! Como me sinto *idiota*! E eu pensando que só precisaria de um vestido bonito e uma ajeitada na aparência para reconquistá-lo. E o vestido nem é bonito! Eu pareço uma fada gorda perto dela.

Um homem de blusa de lã para de ler o jornal e olha para nós. Sei que estou gritando e esse é o máximo de exaltação que eles toleram no Monge Risonho, mas não estou nem aí. Max pede mais duas tequilas e duas Cocas grandes. Pela janela, consigo ver a igreja e um fotógrafo andando de um lado para o outro para fazer as fotos. Algumas mulheres já estão caminhando pelo gramado em direção ao hotel e à festa.

— Viv, como assim, "fada gorda"? Às vezes, você é engraçada.

— Não sei... só quero que ele volte para mim. — Encosto a cabeça no balcão, desolada. Max me abraça pelos ombros e começa a falar em meu ouvido como um treinador incentivando um boxeador.

— Bem, se quer, mesmo, e sabe Deus por qual motivo, ele está logo ali. Aquela menina não é páreo para você. Você é bacana e sexy e ela... bem, ela é artificial e séria. Ela pode até ser bonita, mas você... você é de verdade.

Continuo abaixada. Ele aperta meu cotovelo.

— Vamos, Viv, ela não chega a seus pés.

— Sério?

— Sério. Agora, vamos pedir mais uma, vamos voltar e mostrar uma coisa a eles!

Saímos do bar depois de nos apresentar a todos os caras dali e contar o que estava acontecendo. Todos concordaram que sou muito, muito atraente, e um homem — acho que o nome dele era Norman — chegou a dizer que não conseguia imaginar ninguém mais legal do que eu. Então, animados com as palavras de incentivo, chegamos à festa.

CAPÍTULO SEIS

Etiqueta de casamento

1. *Não brigar*
2. *Não roubar os talheres*
3. *Não fazer discursos improvisados*
4. *Não fazer sexo nos banheiros*
5. *Não envergonhar os outros*
6. *Não fazer drama*
7. *Não participar de dança coreografada, não dançar break nem fazer pole dance*
8. *Não ficar perigosamente bêbada*
9. *Não cantar sem autorização*
10. *Não conversar, enviar mensagem de texto nem tuitar durante os discursos*
11. *Não postar fotos feias da noiva no Facebook*
12. *Não levar animais de estimação*
13. *Não levar crianças (A menos que haja pula-pula)*
14. *Não entrar no pula-pula se você não for criança*

— Está pronta? — pergunta Max, segurando a maçaneta do salão de festas com as duas mãos.

— Nunca me senti mais pronta! — gritei, e ele abriu a porta. Infelizmente, estávamos na entrada errada e fomos direcionados para um canto, por uma garçonete muito solícita. Nós nos misturamos às pessoas sem chamar atenção.

Max pega duas taças de champanhe pela metade da bandeja de um garçom que estava passando, bebe uma e substitui a taça vazia por uma cheia. Faço a mesma coisa. Estou me sentindo tão melhor! Olho ao redor, para os convidados que estão conversando, mas não consigo ver Rob. O hotel é grande e antigo, com paredes cobertas por placas de madeira e cortinas de brocado. A recepção com champanhe fica no salão de entrada, onde as paredes estão cheias de retratos; VIPs do século XVIII sem sobrancelhas e com olhos esbugalhados. No meio do salão, vejo uma escada ao estilo *E o vento levou*.

De repente, um homem vestindo um *kilt* aparece no topo da escada, segurando uma gaita de foles, e começa a tocar "Wild Mountain Thyme" enquanto desce. Atrás dele, vêm Jane e Hugo e, ai, meu Deus, Hugo está de *kilt*! O tartã xadrez verde-escuro vai até seus joelhos gordos, e ele também está usando meias brancas compridas, grossas com elásticos e penas nas pontas. As panturrilhas dele são inchadas como pés de piano. Jane retirou o véu e está usando uma tiara brilhante. Eles sorriem e descem os degraus em meio a assovios e aplausos animados.

Max grita:

— Ele é escocês? Eu não sabia!

Eles passam pelos convidados como se fossem celebridades e são cercados por fotógrafos lançando flashes, depois desaparecem pelas enormes portas duplas na lateral do salão. Dou um passo para trás e me recosto em um aquecedor da decoração, sentindo-me um pouco zonza; esses saltos são grandes demais. São o que Lucy chamaria de "sapatos para sentar". O tocador de gaita aparece de novo na porta, termina a música com um som agudo desafinado e afasta o instrumento dos lábios para fazer um anúncio.

— Senhoras e senhores, por favor, dirijam-se à sala de jantar para o buffet do casamento.

Max entrelaça o braço no meu e seguimos em frente.

— Nossa! Isso aí! Estou morrendo de fome.

Ele me leva por um carpete com estampa de rosas e o salão parece tombar. Um dos irmãos alegres de Hugo está enfiado em um terno

embuscadoamor.com

e está ao lado da mesa da recepção; damos a ele nossos nomes e ele nos indica a nossa mesa. Max aperta a mão dele com força, dizendo:

— Você deve estar muito orgulhoso.

As mesas redondas dos convidados estão dispostas em um semicírculo para dar a melhor visão da mesa principal. A nossa está na beirada e, por um momento, me sinto magoada com isso — pensei que Jane e eu fôssemos próximas, mas como nos conhecemos porque Hugo e Rob jogavam rúgbi juntos, acredito que Rob seja "o amigo". O salão todo brilha, prateado e branco, com duas esculturas de cisne de gelo reluzindo nas duas pontas do local. As toalhas brancas de linho têm pequenas lantejoulas prateadas, garrafinhas de champanhe e rojõezinhos. Em todas as mesas, há um vaso de cristal com rosas brancas se abrindo. A decoração está incrível, com guardanapos muito bem-dobrados e lembranças para os convidados embrulhadas em papel brilhante. Na parte de trás das cadeiras, cartões com rosas e nomes estão belamente presos com enfeite cintilante. Ao caminhar para o meu assento, percebo a mesa à minha frente, com o nome de Rob e o de Sam. Eles ficarão sentados bem de frente para mim. Sinto a euforia causada pela bebida desaparecer, deixando algo amargo em seu lugar. Eu me afundo na cadeira e sinto meu estômago se contrair e revirar. Max está se apresentando a todos. Uma mulher de olhos arregalados chamada Dawn está encantada com ele, sorrindo sem parar a cada palavra que diz, enquanto seu marido, envergonhado, se distrai com o guardanapo. Dou um puxão na perna da calça de Max e ele se senta, terminando sua piadinha:

— Então, eu disse: só pode ser da Escócia! — A mesa toda, menos o marido com vergonha, ri histericamente.

Max se vira para mim, com os olhos brilhando.

— O que foi?

— Pode parar, fazendo o favor?

— Com o quê?

Emma Garcia

— De tentar ser o centro das atenções. Por que precisa ser mais irlandês ainda quando está contando uma piada, hein?

— Não sei... acho que fica mais engraçado.

— Não fica, não; faz parecer que você tem necessidades especiais.

— Eu tenho necessidades especiais! — declara ele à mesa. — Preciso especialmente de uma bebida!

Dawn olha para ele com um largo sorriso. Ele aponta um rojãozinho na minha direção e os confetes prateados se prendem em meu cabelo e escorregam pelo meu rosto. Olho para a mesa de Rob e percebo, com uma pontada de ciúme, que todos ali são jovens e bonitos. Ele se inclina para Sam e pousa a mão cuidadosamente sobre a dela, sussurrando em seu ouvido. Ela olha para baixo, sorri de modo tímido, e então responde algo parecido com "eu também".

Max estala os dedos na frente do meu nariz.

— Volte. Não olhe para lá. Seus olhos parecem os de uma bruxa má. Tome mais um pouco de champanhe. — Ele despeja a bebida em minha taça. Faz-se uma pausa enquanto observo as borbulhas subirem e estourarem, e então ele retira, delicadamente, alguns confetes do meu cabelo.

— Meu Deus, você é uma coisa linda. Não nos vimos antes? — ele sorri.

— Não.

— Tem certeza?

— Acho que teria me lembrado. — Eu bocejo.

— Já sei. Você não se formou na Liverpool University em 2001?

— Pode ser.

— Eu também! Nós não... — Ele faz um movimento para a frente e para trás com o quadril.

— Não! — rebato.

— Você está a fim?

embuscadoamor.com

— O quê? De dar uns amassos?

— Não, sabe como é... — Ele repete o movimento de quadril. Fico olhando para ele por um momento.

— Olha, eu adoraria, ainda mais quando você explica assim, mas estou um pouco ocupada.

Os patês de salmão da entrada estão chegando depressa e em grande quantidade. Nosso garçom, um adolescente rechonchudo com cabelos pretos despenteados, os coloca sobre nossa mesa. Um prato balança na minha frente, a decoração de pepino desmorona. Sinto fome e enjoo ao mesmo tempo. Olho para Rob e nossos olhares se cruzam! Meu coração salta quando ele sorri brevemente, e então se inclina para responder a uma pergunta da moça com cara de sueca à sua esquerda. Sam permanece acanhada ao lado dele, com as mãos no colo. Ela irradia boas maneiras e bom gosto. Rob sempre reclamava de mim nas festas — sou alegre e falante demais, ao que parece. Sam sorri educadamente quando seu prato é servido e espera que a noiva e o noivo comecem a comer antes de experimentar a comida. Isso significa educação de berço, sim, e não posso competir. Passei a infância sendo jogada de um lado a outro pelos adultos, como se fosse um bastão em uma corrida; como poderia aprender as regras de etiqueta? Viro a taça inteira de champanhe e não consigo controlar um arroto. Max aperta o meu joelho ao explicar a beleza dos montes de Moher para a moça de olhos esbugalhados. Ela está praticamente molhando a calcinha de tanta animação. À minha esquerda, está um homem chamado Richard, que tem alguma coisa a ver com a Granada Television. Ele vira o rosto triste na minha direção e tenta puxar papo.

— E então, Viv, você tem filhos?

Pedacinhos de patê de salmão brilham em seu bigode. Ele tem cheiro de pinguim.

— Não, porque meu noivo me trocou por outra. — Ele afasta a cabeça como se eu tivesse mordido seu nariz. — É, ele foi embora com ela antes que eu tivesse tempo de... sabe como é...

Richard fica perdido e começa a conversar com um arranjo de flores.

— Ah, entendi. Bem, temos três. O nosso mais velho, Josh, tem 14 anos; ele gosta de música.

Olho ao redor do salão, sorrindo sem parar. Jane está muito bonita e calma. Hugo parece um bobo superentusiasmado, mas, ao olhar para seu rosto corado e seus dedos gordos, sinto uma onda de pena dele. Rob agora está servindo um pedaço de pepino de seu prato a Sam. A sensação que tenho é de que ele pegou a faca de manteiga e enfiou no meu peito. Quando mexo a cabeça, tenho a sensação de estar no mar. Sorrio para Richard, que ainda está falando, aparentemente com um amigo imaginário.

— E temos a Ruby, que está com 4 anos...

— Está falando comigo? Olha, não estou interessada. — Abro um sorriso.

— Como?

— Não estou interessada em saber dos seus filhos. — Ao ver a cara de horror dele, sinto uma certa inquietação e euforia, então, passo manteiga em um pão. Richard dá as costas para mim.

Como o pão enquanto os pratos da entrada são retirados e substituídos por pratos de rosbife. Mastigo pensativa e analiso o prato. Vejo uma fatia de carne parecendo a língua de um sapato de couro, rodeada de folhas e um pudim Yorkshire nadando no meio de um molho meio grudento. Agarro a garçonete.

— Sou vegetariana.

Ela parece confusa.

— Oh, não sabíamos. A senhora pediu uma refeição vegetariana?

embuscadoamor.com

— Não, mas quero uma. — Entrego o prato de carne para ela e volto ao meu pão, sentindo uma fome enorme, de repente. Não como pão há mais de uma semana. Na verdade, não como quase nada há mais de uma semana. Pego o pão de Richard também.

Max está me irritando querendo ser engraçado, por isso eu o interrompo.

— Ele está morando na Inglaterra há dezesseis anos, sabe?

Max passa o braço pelos meus ombros e me abraça com força contra ele.

— Ah, mas não tem como esquecer, não é?

Dawn ri e Max olha para mim.

— E como você está? — Ele olha para as costas de Richard. — Estou vendo que conseguiu fazer amizade com todo mundo.

— Vamos beber mais champanhe.

— Tem certeza? — Ele levanta a mão. — Quantos dedos você está vendo?

— Onze. Pega uma bebida para mim.

As pessoas estão limpando o prato e terminando de comer quando minha refeição chega. É um pimentão vermelho pela metade, recheado de arroz, com um pouco de sopa de cogumelo. Richard olha para o prato com nojo. Espeto o pimentão com o garfo, tentando imaginar se poderia trocar de novo pelo rosbife, quando o tocador de gaita solitário aparece ao lado da mesa principal. A faca bate na taça e ele pede "silêncio para o pai da noiva". O pai de Jane fica de pé. É estranho ver como ele se parece com Hugo; mais do que o próprio pai de Hugo. Observo a mãe de Hugo — *será* que ela teve um caso com o pai de Jane? Porque, nesse caso, ela deveria contar agora, e impedir que Jane desse prosseguimento a um casamento de mentira com seu meio-irmão. Talvez eu diga isso a Jane mais tarde; ela vai me agradecer, no fim das contas.

O pai de Jane fala de modo carinhoso a respeito da filha. Encho a minha taça novamente. Slides são apresentados, de Jane em uma bicicleta e sorrindo, banguela, enquanto ele conta a história divertida de como ensinou a filha a andar de motoquinha. Jane aparece já adolescente com uma sombra de olho azul berrante e aparelho nos dentes. O pai dela nos conta que ele a levava para todos os lados da cidade. Fico tentando imaginar se meu pai já me amou ou se um dia soube de meu nascimento. Penso no meu avô e em como ele permitia que eu guiasse o carro enquanto ele controlava os pedais e trocava a marcha. De repente, desejo poder ver meu avô uma última vez, e me sinto um pouco emotiva. Olho para Sam, que se aconchega perto de Rob, e o braço dele pousa casualmente ao redor do corpo dela, e a mão dá tapinhas suaves em seu quadril. Fecho meus olhos e tomo alguns goles de champanhe. O pai de Jane está dizendo que ama a filha, que sente orgulho dela, e alerta Hugo, dizendo que ela nunca dá o braço a torcer em uma discussão. Ele propõe um brinde ao amor verdadeiro, e todos nos levantamos. Rob e Sam batem as taças e olham nos olhos um do outro. Então, todos nos sentamos e eu fico de pé, balançando como uma árvore ao vento. O salão se silencia. Sinto um choque quando todos se surpreendem. Rob olha dentro de meus olhos, e vejo que ele está assustado.

— Quero dizer uma coisa! — Fico surpresa ao escutar a minha própria voz. Olho para Jane, que parece um pouco preocupada. — A respeito do amor verdadeiro... porque às vezes não percebemos... — Max pega a minha mão, mas eu me livro dele. — Nós só percebemos que encontramos o amor verdadeiro quando já é tarde demais, e então... ele desaparece. — Olho para Rob com o que espero ser uma expressão de muito significado, e falo diretamente para ele. — Não é tarde demais para nós dois. — Sam faz cara de quem acabou de ser atacada. — Sinto muito a sua falta, Rob. — Faz-se um silêncio tenebroso, e então, de repente, Max está ao meu lado, erguendo sua taça.

embuscadoamor.com

— Vamos fazer um brinde: ao amor verdadeiro! Nunca é tarde demais! — Os convidados, aliviados, ficam de pé com suas taças erguidas e eu fico parada olhando para Rob, que também olha para mim. Escuto vozes ao meu redor.

— Ao amor verdadeiro! Nunca é tarde demais! — Ele olha para mim por alguns segundos com uma cara de profunda tristeza, depois balança a cabeça, e eu volto a me sentar.

A conversa animada demora muito tempo para acabar. Hugo está de pé batendo sua taça nas outras como um doido, esforçando-se para olhar para mim. Permaneço imóvel, olhando para a frente. Meu couro cabeludo pinica e sinto um calor ao redor das orelhas.

Max me abraça.

— Você está bem?

Fungo e seco os olhos com as costas da mão.

— Não. — Olho para Sam; ela assente com um movimento de cabeça conversando com o homem que está ao lado dela e, ao olhar para mim, sorri de modo malicioso. Eu me levanto de repente e todos se sobressaltam e se calam. Ela se recosta na cadeira como quem espera por mais diversão. Daria para escutar uma agulha caindo no chão, enquanto todos esperam para ver se direi alguma coisa.

— Eu... só vou ao banheiro.

Os sussurros e risadinhas começam quando me afasto, tentando manter a cabeça erguida entre os murmúrios de "Que vestido é esse?" e "Ridícula!". Quando fecho a porta do salão, resmungo e corro para os banheiros. O feminino tem mármore no chão, com um espelho muito iluminado que toma toda a parede. Eu me vejo diante dele, uma bailarina esquisita e desengonçada, uma boneca que alguém largou na chuva. Fico observando meu reflexo: o olhar escuro, a boca vermelha dominando. Levo as mãos aos cabelos, alisando as pontas e tentando dar volume à parte amassada pelo capacete. Apoio os cotovelos na pequena prateleira embaixo do espelho e encosto a testa nas palmas das mãos. De repente, sinto-me totalmente exausta. Tento vocalizar um pouco.

— Ai, Deus. Aaaaaiiiii, Deus. — Sinto-me melhor, então tento mais um pouco. — Ah, nãããããoooo.

Escuto a porta do banheiro sendo aberta e rapidamente levanto a cabeça, fingindo passar maquiagem. É ela! Olho para o seu reflexo enquanto passo mais batom vermelho.

— Era você que estava gritando agora? — pergunta ela, fingindo preocupação.

— Não.

— Ah, pensei ter escutado alguém gritar "Ah, não" ou algo assim.

— Não fui eu — digo rapidamente.

Ela não entra na cabine; apenas fica ao meu lado diante do espelho e pega um brilho labial. Nossos rostos são tão diferentes — ela tem uma cor de mel natural, eu sou pálida como um fantasma e estou toda montada. Em comparação com a dela, a minha cabeça parece estranhamente grande. Tento não olhar. Ela lava as mãos.

— É difícil, não é? Você quer usar sabonete para lavar as mãos, mas não quer molhar a joia — diz ela, olhando para a mão perfeitamente bronzeada. Há algo brilhante ali e eu viro a cabeça levemente para ver melhor. Ela estica os dedos um pouco. Está usando um anel de noivado reluzente, um diamante rosa, com aro prateado. Olho para o anel e depois para o rosto dela, que sorri. — Pois então... parece, minha querida, que *está* meio tarde demais para você e Rob, sabe?

Por dentro, sinto minhas vísceras se retraírem e reajo de modo incontrolável.

— Vocês estão noivos? — pergunto. Ela arregala os belos olhos e confirma com um movimento de cabeça. — Vocês vão se casar... você e Rob? — O choque da notícia cai sobre mim como um balde de gelo. Fico paralisada, com o batom na mão, a boca aberta, horrorizada.

embuscadoamor.com

— Sinto informar que sim. — Ela olha no espelho e desliza o elástico de seu rabo de cavalo, jogando os cabelos castanhos e sedosos para um lado como se estivesse em uma propaganda de xampu. — Sei o que está pensando. Todo mundo está dizendo que ainda é cedo, mas ele está insistindo, então vamos nos casar em Bali no mês que vem. — Ela espirra um pouco de perfume atrás das orelhas e se vira para mim, com a cabeça inclinada. — Então, acho que está na hora de você superar e seguir em frente... afinal, ele já fez isso. — Ela caminha até a porta, vira-se e acena rapidamente. — Ciao!

Fico olhando para as costas dela. O sangue em minhas veias corre gelado; não consigo assimilar aquilo. Ele vai se casar? Há menos de três meses ele era o meu noivo. Ele vai se casar com ela depois de três meses, mas não pôde se casar comigo depois de cinco anos? O que ele está tentando fazer comigo? Será que não basta ter deixado meu coração em frangalhos? Ainda precisa pisar em cima? Meu Deus! Ando de um lado a outro, deixando marcas de salto no tapete bege, balançando a cabeça e tentando compreender tudo aquilo. Não pode ser verdade, ele não faria isso... mas e aquele anel? Não posso permitir que isso aconteça, ela *não pode* roubar meu futuro marido. Sinto-me meio tonta e preciso me sentar por um momento, mas fico zonza até sentada. Escuto alguém me chamando, mas o mais esquisito é que minha visão entra e sai de foco sem parar. Olho para a frente e vejo Max de pé, ali.

— Então é aqui que o pessoal bacana fica! — Ele escorrega as costas pelo espelho até se sentar ao meu lado. Sorri. — Como você está?

Olho para ele com os olhos semicerrados.

— Este é o banheiro das mulheres. O que você está fazendo aqui?

— Tentando pegar umas mulheres.

— Oh. — Dou risada e então me lembro daquela vaca. — Eles estão noivos. Ela está usando uma merda de aliança.

Ele olha para o tapete e dá um tapinha em minha perna.

— Posso chamar um táxi para nós?

— Noivos. — Balanço a cabeça, negando, e o banheiro gira. — Ela está noiva de Rob!

— Ah, isso não vai durar. — Ele segura a minha mão e aperta. — Não vai para a frente. Você viu o tamanho da bunda dela?

— Max! Ela deve vestir 38!

— Em cada perna.

Ele olha para mim, sorrindo, tentando me fazer rir, e eu não consigo me controlar. Ficamos sentados no chão do banheiro, rindo. O lugar parece girar e girar. Fico de pé com dificuldade. Estico a mão para ele.

— Vamos beber alguma coisa! — Ele sorri e eu, de repente, começo a achar que ele é muito bonito.

Quero ir para o bar, mas, quando saímos do banheiro, encontramos um monte de mulheres reunidas. Jane está de pé na escada, segurando o buquê. Os murmúrios e as risadas contidas do jantar foram substituídos por algo sinistro; as mulheres gritam e riem enquanto Jane chacoalha o buquê sem parar. Alguns homens caminham com nervosismo. O fotógrafo passa pelas mulheres tirando fotos.

— Estão prontas? — pergunta Jane.

— Sim! — todas gritam e começam a brigar para ver quem fica na frente. Eu me encosto em Max e tentamos passar. E, então, eu vejo Sam. Bem no fundo, com os braços finos erguidos, como uma beldade do vôlei de praia. Rob está recostado na parede atrás dela, rindo. Algo dentro de mim estala. Alguma coisa que está por um fio foge do controle e me vejo correndo para longe de Max. Se eu conseguir pegar aquele buquê, vou provar para Rob que ele deve se casar comigo. Não posso deixar que ela consiga pegá-lo. Ela não pode conseguir, não enquanto eu ainda estiver viva. Se ela pegar, tudo estará perdido. Jane joga o buquê gritando, e ele sai voando por cima dos

embuscadoamor.com

penteados e dos dedos de unhas bem-feitas esticados, e ganha velocidade, cumpre uma trajetória em arco graciosa e cai quase diretamente nos braços de Sam. Eu salto para a frente, lutando com todas as minhas forças. Ela está muito concentrada e não percebe a minha aproximação. Os dedos dela tocam os ramos, mas eu logo agarro o buquê e caio em cima dela. Ela grita, e, enquanto caímos no chão, sinto uma dor aguda no nariz, quando o cotovelo dela bate no meu rosto. Por um minuto, lutamos, pois ela tenta arrancar as flores das minhas mãos, mas fico de pé, balançando o buquê bem alto e pulando sem parar.

— Peguei! Peguei! — Faço uma minivolta olímpica na frente de Rob e sinto um friozinho na barriga ao vê-lo sorrir. Seguro o buquê como se fosse a noiva e me aproximo dele.

— Fiz isso por você, sabia? — Lanço o meu sorriso mais sensual.

— Nossa, Viv! Belo condicionamento físico. — Ele ri e me estende um lenço. — Pegue isto, você está deixando escorrer sangue em cima de seu prêmio.

Olho para baixo. Enormes gotas vermelhas caem em cima das rosas brancas e delicadas. Levo a mão ao rosto; meu nariz está jorrando sangue. Levanto a cabeça, apertando as narinas para fechá-las.

— Ai, meu Deus, meu nariz está sangrando!

Eu me viro. As mulheres reunidas estão em silêncio, olhando para mim boquiabertas.

— É... oi! Meu nariz está sangrando. Alguém pode trazer um pouco de gelo? — Eu me viro para Rob, mas ele está abraçando Sam, rindo e acariciando os cabelos dela. — Ei, você! Você machucou meu nariz! — Ela olha para trás e Rob a afasta dali, protegendo-a com seu braço. Max entra no círculo que se abriu ao meu redor e me dá um guardanapo.

— Bem, aconteceu o que já era esperado — diz ele, baixinho, e me leva em direção à porta.

CAPÍTULO SETE

Trilha sonora para uma decepção amorosa

1. Tristeza

Goodbye My Lover — James Blunt*
Nothing Compares 2 U — Sinead O'Connor
I Can't Make You Love Me — Bonnie Raitt
Ex-Factor — Lauryn Hill
All Out of Love — Air Supply
* Atenção: Conteúdo extremamente triste

2. Ódio

See Ya — Atomic Kitten
I Never Loved You Anyway — The Corrs
Survivor — Destiny's Child
I Will Survive — Gloria Gaynor*
Go Your Own Way — Fleetwood Mac
* Acompanhada de muito vinho tinto e uns passinhos de dança

3. Recuperação

Sail On — The Commodores
I Can See Clearly Now — Johnny Nash
1000 Times Goodbye — MegaDeth*
Believe — Cher
Goody Goody — Benny Goodman
* Evite se alimenta ideias de vingança

Primeiro, vejo uma luz atrapalhando a minha visão e, depois, um som alto. Minha língua está enorme. Muito quente. Procuro mudar

embuscadoamor.com

minha posição, mas ainda assim sinto uma dor aguda. Meu cérebro dissecado quer explicações. Parece que um caminhão passou em cima de mim. Fui surrada e largada em um deserto. Tenho consciência do peso ao meu lado e sinto o calor de um ser vivo. Ao virar minha cabeça na direção dele, um peso bem grande escorrega dentro de meu crânio. Semicerro os olhos na luz e consigo ver a silhueta de Dave, o gato de Max, na cama comigo. As lembranças começam a se encaixar como cartas de baralho sendo distribuídas; flashbacks doloridos, bem claros.

Enfio a mão embaixo das cobertas. Ainda estou de calcinha, e também com uma camiseta do Arsenal. Eu me apoio em um cotovelo e minha cabeça lateja. Olho para Dave. Ele parece uma esfinge. As patas da frente posicionadas sob o corpo. Ele pisca e começa a ronronar. As cortinas verde-ervilha lançam uma luz feia no quarto de Max. Nunca senti tanta sede na vida. Ao lado da cama, encontro um balde, lenços, um pouco de suco de laranja e uma caixa de paracetamol. Pego a garrafa de suco e bebo metade do líquido. Minhas mãos tremem quando tiro dois compridos e os engulo com o resto do suco, então me deito de novo e fecho os olhos. Dave está apertando os cobertores com as patas; eu o empurro, e ele interpreta isso como um convite e tenta se aconchegar em meu peito, batendo a cauda de espanador de pó no meu nariz.

— Vá se lascar, Dave! — Eu o empurro para fora da cama. Ele se segura, tentando desesperadamente voltar, mas acaba caindo no tapete cinza. Pelos de gato voam para todos os lados e me fazem espirrar sem parar, então vejo coágulos de sangue na minha mão. Os ossos de meu crânio doem, até meus dentes. Meu Deus, estou muito doente. Volto a me deitar, tentando afastar a dor e não pensar, mas já vi e não tem jeito. O vestido de mil libras está todo amarrotado em cima de uma poltrona velha, o corpete sujo de sangue, a saia com uma mancha escura, a barra meio queimada. No chão, está o buquê de flores de Jane, desgrenhado e sujo de sangue. Parece a fantasia da Noiva de Drácula. A realidade me atinge como um soco. *POF*, e, de repente, eu me lembro da linda namorada nova de Rob. *POF*, eu me levantei e fiz um discurso. *POF, POF*, o buquê! Depois, uma pancada na cabeça faz meu cérebro girar como uma bolinha de pingue-pongue... ELE VAI SE CASAR! Sinto meu coração vazio.

Estou pequena, sem esperança, derrotada. Lentamente, eu me deito e fico olhando para uma teia de aranha pendurada no abajur de papel. Estou tentando encontrar um momento de decoro, talvez um instante no qual eu não tenha sido uma vergonha total, mas... nada. Escuto alguém puxar a descarga. Max bate na porta e, em seguida, aparece, com calça jeans e uma camiseta desbotada. Viro a cabeça como uma morta-viva para olhar para ele. Ele sorri e se senta na cama.

— Bom-dia.

— Ajude-me — sussurro.

— Está muito mal?

— Não desejo isso a ninguém.

Ele afasta meus cabelos da testa. A mão dele está fria.

— Quer comer alguma coisa?

— Urgh. Não. — Meus olhos estão marejados. Olho para as minhas mãos.

— Uma torrada, talvez?

Balanço a cabeça lentamente.

— O vestido está destruído. — Nós olhamos para ele.

— Bom, vai servir para as festas de dia das bruxas.

— E ele vai se casar. — Uma lágrima escorre.

— É. — Ele se deita ao meu lado, apoia a minha cabeça em seu ombro e assim ficamos por vários minutos. Sinto cheiro de sabão em pó. As cortinas balançam com o vento que entra pela janela. Um cachorro late na rua.

embuscadoamor.com

— Você tirou a minha roupa? — pergunto, de repente.

— Sim... você apagou.

— Você tirou meu sutiã.

— Sim, Viv, tirei.

— Mas me deixou de calcinha.

— Bom, eu a vesti depois que abusei de você.

— Ah. Legal.

— O que você acha que eu fiz? Só coloquei você na cama. — Ele ri.

— Obrigada.

— De nada.

— Estou agradecendo por tudo... por cuidar de mim ontem.

— Não foi nada.

— Eu fiz papel de palhaça.

— Não... — Ele pensa por um minuto. — Bom, fez, mas de um jeito bom.

Escuto os batimentos cardíacos de Max, fortes como uma batida na porta. O lustre de papel roda em sentido horário e depois, anti-horário. Estou paralisada e aterrorizada com minha falta de ânimo. Sempre sei o que fazer — sou assim. Simplesmente faço. Agora, estou vazia. Estou dependendo de outra pessoa, Max.

Olho para o rosto dele — olhos fechados, boca entreaberta, roncando baixinho.

— Max!

Ele se sobressalta.

— O que foi?

— Não me deixe.

— Ah... nunca farei isso. — Ele me dá um tapinha meio forte na cabeça.

— Estou falando de agora. Estou totalmente perdida... e muito, muito mal. — Ele se apoia em um cotovelo, olha para mim e franze a testa.

— Saiba de uma coisa. O menino risonho não vale a pena. — Começo a interromper, mas ele levanta um dedo e o posiciona sobre meus lábios. — Por mais vergonhosas que tenham sido as coisas que você fez e, vamos dizer a verdade, elas foram, mesmo, você ainda assim é mais graciosa do que qualquer outra moça de lá. Agora, repita.

— Repetir o quê?

— O menino risonho não vale a pena e eu sou mais graciosa do que qualquer outra moça de lá.

— Não vou dizer isso. — Mas digo.

— Você só está se sentindo mal porque bebemos pra caramba. Sabe o que faremos? Vamos jantar no Eagle e beber mais para curar a bebedeira.

Meu estômago revira, sinto o suco de laranja subir. Max se deita de costas, erguendo a minha cabeça para ficar apoiada em seu peito de novo.

— Ainda estou mal. Não posso simplesmente dizer "ele não vale a pena". Consigo pensar isso, mas meu coração... está *sangrando* por ele. O que me diz agora?

— Suicídio. — Dou as costas para ele e me encolho como uma criança. Ele me abraça e fala bem perto do meu ouvido: — Em minha experiência com decepções amorosas, que é enorme...

— Quem magoou você?

— Muitas. Mais recentemente, a moça do café perto do metrô Ladbroke Grove.

— O que aconteceu?

— Eu a vi com um namorado.

— Você nem a conhece — digo.

— Mas, ainda assim, sinto dor. Você precisa *alimentar* o coração com música, poesia e arte.

embuscadoamor.com

— Ah, sei.

— Principalmente música country. O sofrimento faz a sua situação parecer bem melhor. Como "quando me deixar, caminhe de costas para eu pensar que você está entrando".

— Não acredito que isso é música.

— Mas é. "Amar você torna fácil te deixar". É linda. "Amuuuu você, por que você torna isso tão difícil de fazer?", ele canta.

— Você disse que o suicídio é a única alternativa?

— Bom, ajuda saber que outras pessoas também sofreram. Você não está sozinha.

— Você já pensou em fazer carreira criando cartões com mensagens de amor?

— Sua bruxa sarcástica. Está querendo apanhar?

Sorrio. Então, eu me lembro de Rob. Sempre que me lembro, começo a analisar a evidência, tentando me convencer de que não é verdade. Simplesmente não consigo aceitar. Ele é meu. Não tem nenhuma cueca que não tenha sido comprada por mim, nem fronhas. Percebo que deve ser um engano e meu coração para de doer. E, então, lembro da aliança no dedo de Sam. Ele *vai* se casar — é verdade e não tenho como mudar isso. Sinto minhas entranhas se contraírem. Max está enrolando uma mecha de cabelos meus nos dedos. Mudo de posição, usando sua barriga como travesseiro e olho para ele.

— Ele vai se casar em Bali, sabia?

— Desgraçado.

— Ele nem gosta do calor. Quando fomos à Sicília, ele não foi a nenhum passeio de barco comigo porque precisava dormir do meio-dia às três.

— Desgraçado preguiçoso.

— É que ele tem medo de ter câncer de pele. Mesmo com protetor solar, ele tem a pele muito delicada.

Max olha para mim com atenção.

— Vou pintar seu retrato.

Desde que conheço Max, há muitos anos, ele quer me pintar, mas sempre me recuso. Tenho a impressão de que isso pode estragar as coisas, ser embaraçoso. Agora, deitada ali, vazia como um tambor, sentindo a respiração dele, sinto vontade de me entregar e entrar totalmente no mundo dele — e também não tenho nada a perder.

— Pode pintar.

Ele se senta rapidamente.

— Jura?

— Sim.

— Ótimo, que ótimo... Agora?

— Está bem.

Ele se levanta e sai do quarto como se a casa estivesse pegando fogo. E logo volta.

— Você está bem? Quer alguma coisa?

— Chá. Um balde de chá.

Depois de um tempo, eu o sigo para fora do quarto, evitando olhar para o vestido destroçado e para o espelho, e atravesso o pequeno corredor até o estúdio dele. Há uma poltrona de veludo cinza na frente da janela. Escuto o tilintar de uma colher em uma caneca. Uma tela em branco espera em cima de um cavalete. Tubos de tinta acrílica foram alinhados ao lado de um copo com pincéis e alguns tecidos exalam o cheiro de aguarrás. A sala é quente e confortável, e o sol da manhã deixa partículas de pó à vista. Há uma pilha de artefatos e coisas de todos os tipos em um canto e uma bicicleta está encostada contra a parede, e uma parte de seus trabalhos recentes está empilhada ali perto. Eu me aproximo para ver uma bela mulher nua de cabelos pretos. Ela está deitada em um sofá verde-escuro, uma das pernas pálidas flexionada e a outra esticada languidamente. Seus braços finos estão erguidos acima da cabeça. Seus seios pequenos

embuscadoamor.com

têm os mamilos rosados, a cor combina com seus lábios em forma de coração. Olhos verde-escuros olham para a frente. Ela é insolente, sensual, de tirar o fôlego. Olho nos olhos dela; eles são muito fortes. Ela me deixa envergonhada de olhar. Max entra e fica de pé atrás de mim por um momento. Sinto a respiração quente dele em meu pescoço e dou um passo para o lado. Ele me entrega o chá e dou um gole, e nós dois olhamos para o quadro.

— Quem é ela?

— É a Lula.

— Você nunca me falou sobre nenhuma Lula. Eu soube de uma Mary-Jane e de uma Stephanie... e aquela Patti horrorosa.

— A Pat fedida?

— Sim, a Pat fedida, mas nunca disse nada sobre a Lula.

Ele sorri e dá de ombros.

— É só uma modelo que posou para mim.

— Ela é muito bonita. Tem certeza de que quer me pintar, de ressaca e vestindo sua camiseta do Arsenal?

— Você é muito bonita. E pode tirar a camiseta.

— Não, obrigada.

— Bem, sente-se, então. — Ele aponta para a poltrona cinza.

Sinto o veludo quente contra minhas pernas nuas. Ele analisa meu rosto por alguns segundos.

— Está confortável? — pergunta ele. Eu faço que sim.

A expressão dele se torna séria enquanto rascunha; seus olhos parecem mais escuros. Ele olha para mim como se eu fosse um objeto, analisando o formato da cadeira e meu corpo como se estivesse me vendo pela primeira vez. Quando ele olha para mim e depois para a tela, a luz do sol bate nas pontas de seus cílios pretos, e em suas costeletas.

— Você sabia que é um pouquinho ruivo? — Ele não responde. — É porque é um imigrante celta, não é?

— Hum, é.

Não consigo irritá-lo. O sol quente, o cheiro de tinta e o roçar suave do lápis são hipnóticos. Seguro a caneca entre as palmas das mãos e observo Max trabalhar. Parece que o conheço desde sempre. Ele foi expulso de nosso condomínio por fabricar cerveja no guarda-roupa. Nós nos conhecemos quando ele fundou a "Sociedade de Valorização da Poesia", e eu fui a única integrante por seis semanas. Fazíamos reuniões, bebendo sidra barata e recitando poemas. Antes, eu sabia a ode "Ao Outono", de Keats, de cor, mas agora só consigo me lembrar das rimas bobas do Max. Recito algumas. — "Eu conheci uma moça do Brasil, que usava dinamites mil. Encontraram sua vagina no Alasca e pedaços dos peitos na ponte que partiu."

— Ah, a sociedade da poesia. Nós éramos tão inteligentes. — Ele sorri.

Uma nova participante entrou no semestre seguinte: bonita, usava óculos, e tinha sardinhas nas laterais do nariz. Isso não impediu Max de seduzi-la e de me contar que ela uivava como uma loba na cama.

— Você se lembra da menina que entrou? Qual era o nome dela?

— Sei lá!

— Você transou com ela. Aquela que uivava como uma loba.

— Ah, sim, a Jane. — Ele semicerra os olhos, lembrando.

— Janet.

Ele coloca tinta na tela, franzindo a testa e não responde. É incrível, penso, que eu e ele sempre tenhamos sido amigos. Porque eu o amo. Ele é meu melhor amigo em muitos aspectos e eu consigo ver a atração que ele exerce — é alto, não é feio, mas eu o conheço bem demais. E ele é sujo. Não acredita em datas de validade, e, certa vez, pegou pulga de gato e *não* percebeu. A ideia que ele faz de prato especial é mostarda em cima de um prato pronto. Ele acha que a moda infringe os direitos humanos. Além disso, ele já me disse coisas demais sobre as mulheres com quem ficou e o que fez com elas. Sei que uma

embuscadoamor.com

das ex-namoradas dele ainda envia fotos dela nua e eu sei que ele as guarda. Além disso, ele é um Artista e está sempre sem dinheiro. Observo enquanto ele espalha tinta na tela. Ele pousa a faca, acende um cigarro e olha para mim.

— Você se importa se eu fumar?

— Acho que não, desde que você saiba que está aumentando as suas chances de ter câncer em cinquenta por cento a cada tragada, e também de me matar.

— É assim que eu gosto, linda. Não quero viver para sempre. — Ele pisca e fica ali, sorrindo. Eu observo a fumaça formar um ponto de interrogação, saindo dos lábios dele. Olho para seu lábio inferior vermelho e, de repente, me imagino beijando-o. Eu me remexo na cadeira.

— Já acabou? Meu pescoço está doendo.

Ele joga os pincéis dentro de um copo e pousa o cigarro em uma tampa.

— Sim, terminei. Acho que capturei sua essência. — Ele estende os dois braços acima da cabeça, arqueando as costas. Sua camiseta sobe e eu percebo uma linha de pelos pretos desaparecendo dentro da calça jeans.

— Posso ver?

— Não, não está terminado. — Ele tira a tela do cavalete e sai do quarto com ela, deixando-me ali. — Venha, vou emprestar umas roupas para você. Vamos ao bar.

CAPÍTULO OITO

Peça conselhos

7 de julho, 06:11

De: Lucy Bond
Para: Vivienne Summers
Assunto: Re: Pergunte a Lucy

Oi, V.,

Lembra que falamos que eu podia ser a conselheira do site? Bem, aqui está uma amostra das minhas habilidades!

Cara Lucy,

Recentemente, descobri que meu namorado tem enviado mensagens de texto de conteúdo sexual a uma colega. Ao ser confrontado, ele disse que estava "apenas se divertindo um pouco". Então, descobri que o destinatário é um homem de 40 anos chamado Nigel, para quem telefonei, e ele me pareceu muito engraçado e bacana.

Vou me casar com meu namorado no ano que vem, mas agora me sinto confusa. O que devo fazer?

Bjo,

Cara M,

Relação a três?

Lucy

embuscadoamor.com

É manhã de segunda-feira, nublada e com uma garoa fina. Estou ficando doente. Minha garganta está irritada, meus olhos doem, sinto pressão no rosto. Estou usando minha camisola azul de veludo, lendo os e-mails, e nenhum deles foi enviado por Rob. Envio uma mensagem rápida a Lucy: "Lucy, foi bom o seu conselho para a 'confusa com o namorado'. Uma relação a três. A resposta a todos os nossos males. Viv."

Preciso me preparar para o trabalho, por isso entro no banheiro e abro o chuveiro. Puxo as pálpebras para baixo diante do espelho — estou anêmica, não há cor nenhuma. Na verdade, isso é muito preocupante — como posso ainda estar viva? Entro embaixo do chuveiro, sinto as agulhadas da água e passo xampu de frutas em meus cabelos. Tem propriedades afrodisíacas e deveria levar ao orgasmo. Sinto enjoo. Saio, envolvo meu corpo em uma toalha de banho cor-de-rosa enorme e me sento no vaso sanitário, segurando a cabeça. Por que estou me sentindo tão mal? Max e eu tomamos, cada um, meia garrafa de vinho tinto no bar ontem, mas eu estava sóbria quando cheguei em casa às dez e fui direto para a cama. Envolvo os cabelos em uma toalha para colocar a chaleira no fogo. Enquanto penso no que posso vestir, um e-mail aparece: "Eu sei... sou a rainha das conselheiras sentimentais."

Faço chá e tento me vestir, mas o esforço de vestir a calça me deixa exausta, e agora são oito e quinze e vou me atrasar. Deito com meu telefone celular e, sentindo uma imensa onda de alívio, concluo que não posso ir trabalhar.

Encontro uma mensagem de texto de Max, enviada à meia-noite. "Você é adorável, é, sim." Viu? É por isso que Max é um de meus melhores amigos: ele sabe exatamente o que preciso ouvir e quando. Percebo que paro de sorrir ao telefonar para o trabalho. Fico surpresa quando Christie atende.

— Barnes and Worth, departamento de compras, aqui é Christie. Como posso ajudar?

— Oi, Christie, aqui é a Viv. Você chegou cedo.

— Ah, obrigada por perceber, Viv. Estou tentando começar tudo do zero! — Acho que isso quer dizer que ela não vai mais chegar às dez e tomar o café da manhã sentada em sua mesa. — Acho que está na hora de me concentrar em minha carreira! — Ela dá uma risada alta, porque aquilo com certeza é uma piada.

— Ótimo. Que bom para você. Olha só, eu...

— Sim, é que depois da advertência que levei, vou ser bem sincera, pensei, ah, que se foda... vou cair fora! Mas sabe como é, pensei em tudo no fim de semana e falei para mim mesma: "Christie, você precisa se concentrar e continuar tentando."

— Ah, entendi. Bom, que ótimo, Christie. Olha, pode dizer a todos que não vou trabalhar hoje? Estou com uma gripe horrível e tenho um pouco de trabalho que posso fazer daqui de casa. Se alguém precisar de mim, pode me telefonar no celular.

— Ah, muito bom.

— O que é muito bom?

— Essa voz rouca que você está forçando! Sou eu, Viv, não precisa fingir que está doente.

— Eu estou doente!

— Ah, claro que está.

— Não, é verdade, estou anêmica e com princípio de amigdalite. Ela ri de novo.

— Ah, tudo bem, Viv. Vou dizer que você não vem hoje.

— Ótimo. E tem uma pilha de papéis para arquivar perto da minha mesa. Pode fazer isso hoje?

— Ah... sim.

— E pode também fazer os relatórios de segurança a respeito dos guarda-chuvas, das contas africanas e do kit de manicure?

— Todos eles?

— Bem, você chegou cedo.

embuscadoamor.com

— Tudo bem.

— É só isso, por enquanto. Ligo mais tarde, se tiver mais alguma coisa.

— Tudo bem. Espero que você melhore logo.

— Tchau, Christie. — Desligo quando ela ri mais uma vez.

Eu me deito nos travesseiros e coloco a máscara de olhos. Se eu pudesse dormir algumas horas, tudo ficaria melhor. Mas, mesmo agora, enquanto me concentro para acalmar a respiração, minha mente começa a me atormentar. A luz está clara demais e o barulho do trânsito, muito alto. Eu me levanto, me vis'o e corro para pegar o próximo trem para Kent.

Andar nas calçadas largas desse bairro arborizado é como voltar no tempo. Ao dobrar a esquina na direção da casa de minha avó, eu me sinto criança de novo. A casa fica no fim de uma rua, espalhada na ponta como um homem gordo à cabeceira de uma mesa — pálida, cheia de árvores e muito receptiva. Passo por um rapaz que empurra uma menininha em um carrinho. Eles olham para mim. Eu me lembro de meu avô segurando minha bicicleta naquele mesmo local, quase trinta anos antes. Piso no chão de pedras da entrada da casa, aperto a campainha, espio pelo vidro embaçado da porta e então volto a apertar a campainha. Penso que vai ser ruim demais se ela não estiver, mas não pensei em telefonar antes. Espero no calor abafado, sinto meu vestido de algodão começar a grudar em meu corpo. Ela deve estar no jardim. Caminho entre as maçãs caídas para olhar por cima do portão lateral, mas não consigo vê-la. Aperto a campainha mais uma vez, já convencida de que ela não está; fico apertando por alguns segundos. Percebo uma movimentação, e então vejo sua sombra aproximando-se da porta.

Enquanto ela se atrapalha com a maçaneta, escuto seu grito:

— Espere um momento, espere... — Por fim, ela abre a porta. — Oh, Viv. Oi. — Ela me puxa contra seu corpo. Sinto os ossos de seus ombros enquanto nos abraçamos. Ela segura meu rosto nas duas mãos e sinto um cheiro leve de flores de seu hidratante. — Que surpresa! Estávamos esperando você ontem. — Engraçado ela ainda dizer "nós". Meu avô faleceu há dois anos. Na manhã em que ele morreu, ela levou uma xícara de chá e conversou com ele durante meia hora, e só então percebeu que ele havia falecido.

— Eu sei, sinto muito. — Ela sorri, esperando uma explicação, mas não tenho nada o que dizer, além de que sou péssima, mesmo. Seco as mãos em meu vestido. Em um instante, estamos no corredor acarpetado, com fotos, quadros, lembranças e fantasmas.

— Bem, você está aqui agora. Que beleza. — Ela analisa meu rosto e então apoia as mãos em meus ombros, me puxando para mais um abraço. Ao me soltar, diz: — Entre, entre. Adoro quando você vem.

Desço as escadas com ela até a cozinha, percebendo como ela se segura no corrimão a cada passo, e os tendões de suas mãos ficam protuberantes como varetas quebradas de um guarda-chuva.

— Aposto que você adoraria tomar um café! — Esse jeito que ela tem de exclamar uma pensamento como uma maluca costumava me deixar envergonhada. Ela parava de repente e gritava: "Ai, que linda!", porque tinha visto uma teia de aranha, ou "Vamos comer bolo!" quando eu estava tentando me concentrar na lição. Penso em como me sentia envergonhada por uma senhora me buscar na escola. Eu queria uma mãe, como meus amigos tinham, uma que usasse maquiagem e botas de salto alto. Todos os dias, ela estava lá, com sua túnica comprida, de pé no parquinho, apesar de eu pedir para ela esperar dentro do carro, e todos os dias eu tentava rejeitá-la.

A cozinha tem um cheiro permanente de Natal, de festa. Plantas secas ficam penduradas do teto acima de um balcão de azulejo de maçãs vermelhas. Escorrego no banco, perto da enorme mesa de carvalho e olho para o jardim. O sol está entrando em feixes, dando destaque aos vasos de gerânio no quintal. Minha avó assovia baixinho

embuscadoamor.com

enquanto coloca café na máquina, uma confusão de canos antiga. Ela começa a funcionar, fazendo barulho, produzindo cappuccinos excelentes. Ela dobra o vestido azul de linho ao redor das pernas como se fossem as abas de um envelope e se senta de frente para mim, bebericando seu café, deixando a espuma branca em cima de seu lábio superior.

— Ah, Viv, o jardim está tão lindo! É verdade, essas rosas não param de florescer!

Repouso minha xícara.

— Elas estão sempre lindas.

— Mas este ano, elas estão... excepcionais. — Seu rosto brilha. — E o perfume! — Olho para a margem do jardim. — O gramado cresceu, as folhas estão espalhadas.

— Você não se sente sozinha aqui?

— Ah, querida, esta é uma daquelas conversas do tipo "está na hora de você ir para um asilo"?

— Claro que não! Eu só estava pensando... é assim que você pensou que as coisas ficariam?

Ela sorri, inclinando a cabeça para um lado.

— Procuro não pensar em como as coisas podem ficar.

— Você não se arrepende de nada?

— Não muito. Acho que consegui ter paz comigo. Tenho sido feliz, tenho feito meu melhor. — Ela esfrega uma marca da mesa. — Por que está perguntando isso? — Ela olha dentro de meus olhos. — Você tem arrependimentos?

— Sim — respondo suspirando.

— Oh! Fiz biscoitos de gengibre! — Quando ela se levanta para pegá-los, percebo que seus movimentos estão mais rígidos e sinto uma onda de irritação. Ela fala atrás da porta do armário. — Você me disse ao telefone que Rob estava com outra?

— Sim, está. Ele vai se casar. — Apoio o queixo na mão para evitar tremê-lo.

Ela se senta com um prato de biscoitos e olha para mim por um tempo, e então pergunta com cuidado:

— E como você está?

— Péssima. Desolada.

— Porque você queria se casar com ele?

— Eu *ia* me casar com ele... há três meses.

Ela suspira e olha para o jardim.

— Olha ali! Você viu aquele passarinho? — Tento procurar, e ela repousa a xícara na mesa e segura a minha mão. — Ai, querida, eu sei que parece o fim do mundo. Mas isso vai passar, você vai ver. — Nós nos entreolhamos, meus olhos estão marejados, e os dela estão extraordinariamente azuis e brilhantes. Ela aperta a minha mão com força e dá um tapinha nela. — Com o tempo, você vai conseguir ver como ele é um cretino.

Eu me surpreendo.

— Vovó!

— O que foi? Há muitos cretinos por aí.

— Você não pode dizer isso! — Ela parece satisfeita com a minha reação. Balanço a cabeça ao olhar para ela. — Eu o amava... quer dizer, eu o amo.

— Será que não percebe como é linda? Que é engraçada, inteligente e simpática? Pode encontrar outro homem em um minuto.

— Mas quero ele.

— Eu sei. — Ela tira a espuma do lado de dentro da xícara com um dos dedos e o lambe. — E, conhecendo você, sei que vai consegui-lo. A questão é: e depois?

— Vou me casar com ele e ter filhos — digo rapidamente.

— Vai? — Ela olha com tristeza para o horizonte.

embuscadoamor.com

— Vovó, é diferente de sua época. Eu tenho 32 anos, ele é o único homem que me pediu em casamento, e não tem uma fila na minha porta.

— Na minha época, a mulher deixava de ser filha, se tornava esposa e, depois, mãe. — Ela olha para um porta-retratos perto da janela, de uma foto dela e de meu avô ainda jovens, sentados em um muro de uma praia. Ela está segurando seus cabelos para que eles não caiam em seu rosto. Parece que ele ganhou o maior prêmio de todos. — As mulheres têm muito mais opções hoje em dia.

— Opções... sei. Não é bem o que parece.

— Bem, siga seu coração, eu digo... mesmo que tudo se torne um desastre. — Ela sorri e fica de pé para recolher as xícaras. — E tem uma fila, sim, Vivienne, você que não consegue ver.

Entro na pequena sala de estar perto da cozinha. A poltrona de meu avô está de frente para a janela. Uma camada de poeira cobre um aparador com fotos da família. Pego uma de meu avô e limpo com meu vestido. Ele está sorrindo, usando um chapéu panamá. Embaixo da imagem, está escrito "Lawrence, 2006"— um ano antes de sua morte. Há algumas minhas, de quando eu tinha 7 anos, depois de ter sido abandonada de pijama, para sempre. Uma fotografia é dolorosamente familiar: minha mãe criança. Eu deixava essa foto ao lado de minha cama. Sorrio ao me lembrar disso; eu acreditava que, se a amasse mais, ela voltaria. Devolvo a foto ao aparador e não sinto nada. Há algumas de minha mãe comigo, e uma rara, na qual ela aparece sorrindo.

Escuto a campainha e minha avó grita:

— Deve ser o Reg! Eu o convidei para o almoço.

Por que isso me irrita? Coloco os porta-retratos onde estavam e volto para a cozinha. Reggie aparece, segurando um saco de ervilha-de-cheiro. Seu corpo grande parece tomar boa parte do cômodo, como um guarda-roupas. Ele fala com sotaque de comediante inglês.

A chegada dele muda a energia; minha avó conversa e gorjeia como um passarinho. De repente, ela começa a preparar o almoço.

— Comprei uma bela peça de presunto, Reg.

— Que ótimo! Olá, Viv. Tudo bem, querida? — Ele tem o rosto marcado de alguém que passou a vida fumando; e ele se enruga ao me cumprimentar.

— Bem, obrigada. — Minha avó me lança um olhar. Eu me sento à mesa da cozinha.

Reg olha para o jardim.

— Bem, o dia está lindo!

— Hum.

— O que pretende fazer hoje?

— Nada de mais.

Minha avó leva os pratos para a mesa.

— Ela está fazendo uma visita surpresa para a vovó, certo, querida?

Eles se entreolham e então se viram para mim, sorrindo, e eu percebo que estou sobrando.

— Olha, vovó, na verdade, vim só dar um oi. Preciso ir.

— O quê? Você veio de Londres! — Reg ri.

Minha avó pressiona meu ombro para tentar me manter sentada.

— Não vá agora, Viv, você acabou de chegar.

— Eu sei, mas tenho coisas para fazer, de verdade... e nós nos veremos no domingo. — Dou um abraço nela, fechando os olhos para não ter que olhar para Reg. — Pode ser até que eu traga o Max.

Ela me acompanha até a porta, com cara de preocupada.

— Ah, mas não quero que você vá! — Ela se aconchega a mim como um passarinho; de repente, ela se torna a criança que precisa de cuidados.

— Eu sei, mas o Reg está aqui e voltarei no domingo.

embuscadoamor.com

— Eu não sabia que você viria. Se soubesse, poderia ter cancelado com o Reg. — Ela parece triste.

— Não se preocupe com isso. — Secretamente, fico um pouco satisfeita por ela ter percebido a relação entre uma coisa e outra. Saio da casa. — Até mais.

— Amo você! — grita ela conforme me afasto. De repente, sinto uma vontade forte de fugir da vida dela. Ao virar a esquina, olho para trás e ela acena da porta.

No caminho para casa, recostada no assento do trem em direção a Londres, sinto um nó na garganta, mas não sei o motivo. Não compreendo por que agi daquela maneira na casa da minha avó. Sinto-me muito mal por deixá-la desconfortável. Acho que simplesmente não aguentaria ser deixada de lado de novo, e talvez não faça sentido, mas gostaria que ela estivesse sempre pronta para me receber, não importa o que aconteça; queria que ela mandasse Reg embora. Talvez ela não tenha conseguido perceber que preciso de ajuda. Como demonstrar tristeza? Como pedir ajuda? E quem deve ajudar? Percebo agora que minha família e meus amigos não aprovavam muito Rob. Mas, só porque não gostavam dele, estão agindo como se eu também não devesse gostar, e não estão prestando atenção à minha dor. Será que preciso carregar um cartaz? "Aviso! Estou triste. Pode ser que eu chore". Mas eles conseguem perceber, só não podem ajudar. Preciso passar por isso sozinha.

É muito solitário sofrer por amor, por isso o site é uma boa ideia. Outras pessoas podem estar se sentindo assim. Quero que ele seja feito de modo que uma pessoa possa mostrar a todas as outras pelo que está passando. Pego meu caderno e anoto "sala de bate-papo, hotel das decepções" e imediatamente me sinto uma derrotada. Dentro de uma sala de bate-papo assim, você teria que aceitar a perda, certo? Teria que perceber que foi largada, que foi, na verdade, "o fim".

No meu caso e de Rob, não é bem assim. Afinal, sei que ele vai se casar e tal, mas *ele* não me contou, não conversamos.

Se eu conseguisse encontrá-lo, conversar com ele, sei que ele perceberia o erro. Talvez esteja na hora de engolir meu orgulho e entrar em contato. Encosto minha testa na janela e leio o grafite em um muro na rua, quando o trem para, fazendo barulho. Um enorme jovem loiro entra no trem e, apesar de o vagão estar meio vazio, se joga no assento ao meu lado. Sinto cheiro de fumaça de cigarro e puxo a bolsa para o meu colo, encostada na janela. Dos fones de ouvido dele sai um som alto. Ele abre uma marmita de frango frito oleoso no colo e começa a comer, jogando os ossos a nossos pés. Olho pela janela e vejo a cidade triste passar. O cheiro do frango embrulha meu estômago. Olho para ele, que lambe os lábios, amassa a embalagem engordurada e a joga no chão também. Ele olha para mim e faz um meneio de cabeça. Faço um sinal para que retire os fones de ouvido e aponto para o lixo no chão.

— Olha, quem você acha que vai recolher isso?

Ele olha para o chão e então para mim, e então responde com um sotaque jamaicano exagerado.

— Você pode pegar, querida, e fazer um boquete em mim enquanto estiver abaixada.

— Ah, que legal!

Ele concorda.

— Isso mesmo.

— E as outras pessoas que têm que usar este trem?

Ele dá de ombros.

— Cara, tô nem aí se elas quiser comer frango também!

— Certo. Quero sair. Chega pra lá, mexa-se. — Ele escorrega as pernas para o lado. Saio do assento com dificuldade, sentindo um calor subindo por meu pescoço. Estou tentando uma maneira de entrar em contato com a segurança, e então percebo um botão diante

embuscadoamor.com

do rapaz. Aperto o botão e fico olhando para o cara. Escuto uma voz abafada.

— Segurança.

— Oi. Estou no quarto vagão, creio eu, e um rapaz está comendo frango e jogando os restos no chão!

— Certo, senhora, vou pedir para o pessoal da limpeza cuidar disso quando chegarmos ao ponto final.

— Mas você não quer conversar com a pessoa? O cara ainda está aqui — digo, irritada.

— Senhora, a limpeza cuidará disso.

— Sim, mas e a pessoa que fez a sujeira?

— Não podemos fazer nada, senhora. — Escuto mais um barulho e vejo que a pessoa desligou.

Fico encarando o cara e me sento na frente dele, porque, se a segurança chegar, posso mostrar quem é. Ele murmura algo e eu me viro.

— Desculpe, mas não entendi o que disse.

— Eu disse que você precisa relaxar... na boa!

Olho diretamente para a frente, percebendo, de repente, que os outros passageiros estão olhando para mim, mas, quando olho para cada um, eles desviam o olhar. Eu quis ajudar, tentando manter a limpeza do trem, e agora estão me tratando como doida! Passo o resto da viagem queimando de indignação, enquanto o rapaz não para de repetir "na boa", como se estivesse enfeitiçado.

Finalmente, chego em casa. Fecho a porta e me encosto nela como quem foge de lobos. Por que saí? Está claro que estou enlouquecendo de tristeza. Estou fora de sintonia com o universo.

Gostaria de ter um animal de estimação. Um gatinho com um sino na coleira, que viria correndo ao escutar a chave sendo enfiada na fechadura. Seria bom... afastaria a solidão. Eu compraria comida de gato cara, como a dos comerciais. Nós ficaríamos juntos na frente da TV. Mas e a caixa de areia... com todas aqueles cocôs cobertos de areia... argh. Não, fico melhor sozinha com a minha dor.

Decidi entrar em contato com Rob, então isso é bom — uma atitude positiva. Vou enviar um e-mail para ele. Largo minha bolsa e ligo o computador. A tela se acende e a caixa de mensagens faz um clique. Tenho algumas mensagens — algumas de Christie, uma de uma loja e outra dele! Hesito e me inclino mais para a tela, com o coração aos pulos.

Oi, Viv,

Espero que tenha se recuperado do sábado. Foi uma baita performance!

Fico feliz que tenha conhecido Sam. Fiquei sabendo que ela contou que vamos nos casar. Sinto muito por você ter descoberto dessa maneira. Eu mesmo queria contar e até tinha pensado em convidar você para jantar ou algo assim. Muita coisa aconteceu recentemente.

Bem, deseje-me sorte.

Rob

A sensação que tenho é de que ele atravessou a tela e me esganou. Digito rapidamente.

Oi, Rob,

Parabéns! Acho que sua nova noiva é uma pessoa muito interessante.

Seria legal sair para jantar. Gostaria de desejar sorte a você, cara a cara.

Viv

embuscadoamor.com

Eu deveria demorar a responder, pensar bem no assunto. Passo o mouse em cima da palavra "enviar", clico e pronto! Ótimo, pelo menos, estou em contato com ele. Estou tremendo. Ele é o único homem no mundo que eu quero e ele vai se casar, e está me contando por e-mail. "Vamos nos casar" foi escrito de modo tão casual, como se os últimos cinco anos em que planejamos nosso casamento tivessem sido um ensaio.

Ele responde imediatamente.

Onde e quando podemos jantar?

Ele ainda quer me ver, então — um bom sinal, uma resposta tão rápida significa que ele estava esperando por um contato meu esse tempo todo. Sinto uma onda de excitação. Onde seria bom jantar? Não em um restaurante... seria formal demais. Nenhum lugar aonde costumávamos ir... sentimental demais. Acho que precisamos de um bar com boa comida, casual e bacana.

Que tal o Shy Horse, na King Street? Li coisas boas sobre ele.
Pode ser na sexta, às 19h30?

Uuufa. Enviado.

Espero cinco minutos, encarando a tela, mas não recebo mais nada. Abro as mensagens de Christie, nenhuma delas a respeito de trabalho. A primeira é para dizer que ela sente minha falta e que foi à nossa casa de lanches preferida no almoço, mas não pediu o "café da manhã do dia todo", porque percebeu a quantidade de calorias, que era maior do que as calorias das necessidades diárias de um gorila. A segunda era para dizer que ela espera que eu volte amanhã, pois as liquidações estão começando.

Começo a responder, mas escuto o *ding* suave de uma mensagem que está chegando... não é dele. É de um fotógrafo com um link para

107

vermos as fotos do casamento de Jane e Hugo. Respiro profundamente e clico.

Os noivos aparecem em diversas poses do lado de fora da igreja. Algumas beiram o ridículo, nas quais ele está virando uma estrela e ela está correndo no vento com o véu. Há uma bonitinha dos dois se beijando em cima de um poço dos desejos. Então, sinto uma pontada ao ver uma foto de Rob com Sam, posando no pátio da igreja. Ele está lindo, o sol clareando seus cabelos; ela parece uma modelo, de pé, com uma das pernas para a frente, a barriga para dentro e a cabeça para trás. Olho para ela, murmurando:

— Sua vaca, sua vaca, sua vaca.

Acho que vou imprimir a foto e mostrar a Christie.

Rolo mais para baixo e me vejo em uma das fotos pequenas. Ali estou eu, com um sorriso sem graça e segurando um braço de Max, quase soltando uma taça de champanhe. Em outra, estou ao fundo de uma imagem do casal feliz. Estou sentada à mesa, com a maquiagem borrada nos olhos e a boca aberta, tentando morder um pãozinho. Há uma de Max comigo, nossas cabeças encostadas na altura da têmpora, sorrindo como bobos. Finalmente, apareço ali, segurando o buquê de flores ao lado de Rob e Sam. Ai, meu Deus. Sou transparente perto dela, com o nariz inchado e vermelho e com o batom borrado. Ele está olhando para outro lado, mas ela olha bem para a câmera com um sorriso desafiador e discreto, com sobrancelhas simétricas, cabelos brilhosos, bem-arrumada e linda. Parece que ela está prestes a me fazer desaparecer com um movimento de seu braço magro. O título da foto é "Rob e Sam com uma amiga". Não me lembro de ter visto essa foto sendo feita. Que tipo de fotógrafo tira fotos assim? Cubro o rosto com as mãos, cubro também os olhos e espio de novo entre meus dedos. Sim, ficou *bem* horrível.

Ding!

Tudo bem, até lá.

CAPÍTULO NOVE

Amigos, favores e transas casuais

Como saber se ele está a fim de você:

1. Ele escuta tudo o que você diz?
2. Ele comenta sobre a sua aparência?
3. Ele lambe os lábios mais do que o normal quando você está por perto?
4. Ele olha em seus olhos por mais de dois segundos?
5. Ele sorri muito e ri de todas as suas piadas?
6. Ele pergunta se você está saindo com alguém?
7. Ele muda o trajeto para passar perto da sua casa?
8. Ele tenta parecer mais importante/forte/inteligente/engraçado/rico do que realmente é?
9. Ele envia mensagens de texto o tempo todo?
10. Ele tenta tocar em você?

Se você respondeu sim a três ou mais das perguntas acima, está rolando um clima.

Está superquente no escritório; o ar parece um cobertor grosso. A foto em cima de meu computador, de Rob e eu, se ergue e balança suavemente com o ar do ventilador oscilante. A mentalização é uma habilidade que venho tentando dominar há alguns anos; em minha mente, crio uma imagem do que quero, torno-a o mais vívida possível, acrescento cor e vejo a imagem em animação. Funciona de verdade e dá para usar com qualquer coisa — para fazer alguém conversar com você, ter bom desempenho em entrevistas de emprego, até conseguir uma vaga no estacionamento. Essa foto trará Rob de volta. É um close de nós dois sorrindo. Estávamos no topo da Primrose Hill, e ele a tirou esticando o braço. O sol forma uma auréola ao redor da cabeça dele, e seus olhos azuis brilham, e seu sorriso perfeito de propaganda de pasta de dente faz meu coração acelerar. Beijo meu dedo e o pressiono no rosto dele.

A meu lado, Christie está observando com uma lente de aumento a foto impressa de Sam. Estou surpresa com a eficiência dela no dia anterior. Já arquivou tudo, escreveu os relatórios que pedi e até começou a planejar a oferta de presentes de Natal. Criou um quadro bem bacana e colou fotos das principais tendências das coleções de moda outono/inverno. É só uma coisa popular mais luxuosa e estampa de animal em tartã e tweed.

Obviamente, essa é a nova Christie, melhorada, mas, surpreendentemente, ela começou a usar óculos com lentes de vidro transparente. Segundo ela, dá um ar de pessoa inteligente; eu não gosto de contrariar. Digo que estou fazendo chá.

— O chá tem muita cafeína, que pode desidratar você. Eu não quero, Viv. — Pergunto se ela quer café. — Café? Pior ainda! — Ela quer uma infusão de ervas com leite de soja. E eu me arrependo de ter oferecido. Ao voltar da cozinha, coloco a bebida de cheiro esquisito em cima da mesa dela e me sento, bebericando meu Nescafé. Ela afasta a lente de aumento e olha para mim com cara de sofrimento.

— Ela é bonita, não é? — Concordo assentindo com a cabeça. — Quero dizer, tentei encontrar um defeito, tentei de verdade, mas ela é de arrasar, não é? — Confirmo de novo. Christie olha com tristeza para a foto mais uma vez. — E ela também é muito estilosa, não é? Queria saber onde ela conseguiu esse vestido. — Ela analisa a imagem. — Caramba! Olha o corpo dela! Eu faria qualquer coisa para ter um corpo assim. Você também? — Arranco a foto da mão dela. Ela olha para mim, surpresa. — Mas aparência não é tudo. Como você disse, ela é uma vaca. Na verdade, essa deve ser só uma boa foto dela.

embuscadoamor.com

Evitando olhar em seus olhos, eu me afasto da mesa de Christie, dou dois passos até a minha e me jogo na cadeira. Olho para a foto, amasso o papel e jogo no cesto de lixo; erro e a bola de papel rola para o corredor, parando ao lado dos sapatos de bico fino de Paul, da TI. Ele pega o papel, desamassa e assovia.

— Que cara de sorte. Eu também não ia me importar de pegar essa mulher! — Ele entrega a foto para mim como quem lança um *frisbee*. Amasso o papel de novo e, dessa vez, consigo acertar o lixo, e sorrio de modo sarcástico. Ele levanta as mãos e começa a se afastar de nossa baia, mas, ao perceber as pernas de Christie, ele para.

— Você está usando meia arrastão, jovem Christie? — Ela sai da cadeira e estica as pernas.

— Sim, Paul, são meias 7/8, na verdade, por quê? — Ele tenta enfiar um punho na boca e, com a outra mão nas partes íntimas, vai embora. Ela ri, observando enquanto ele se afasta.

— Você deveria denunciá-lo. Isso é assédio sexual.

— Não é se eu não me importar. — Ela ri.

— Bem, você deveria se importar! — digo.

Ela ri e se volta para a tela.

Olho para a cidade quente e vibrante lá fora. O domo do Museu Madame Tussauds aparece acima dos telhados desordenados. Um ônibus vermelho que parece de brinquedo passa ao fundo. Do lado de fora, milhões de vidas estão seguindo seu rumo. As pessoas estão respirando, amando, comendo, transando, morrendo. Andando de ônibus, barco, bicicleta e táxi, e também de metrô; conversando ao telefone, fechando negócios, na fila do café. O mundo segue seu ritmo enquanto eu estou sentada aqui, com a sensação de que engoli uma pedra enorme e cheia de pontas.

Pego o telefone e envio uma mensagem de texto para Lucy. "Está a fim de almoçar?". Ela responde: "Tenho meia horinha livre a partir das 13h, ou então posso sair depois das 15h." Fico olhando para as palavras. Parece que todo mundo está em um ritmo diferente do meu, atravessando com muita determinação o mar da vida, e eu estou abalada e afundando aos poucos. Concordo em sair às 13h. Observo as mensagens em minha caixa de entrada, sentindo-me desanimada. Tenho muito trabalho para fazer, e Christie e eu precisamos nos sentar para decidir o que divulgaremos nos presentes de inverno, mas não paro de ter ideias novas para o site. Anoto: "Uma loja de conveniência para os sofredores."

De repente, isso parece mais importante do que qualquer outra coisa. Decido que vou xeretar o Michael Assustador, do TI, para saber como montar sites. Sei que ele é a fim de mim desde a festa de Natal com tema havaiano. Vencemos a competição de passar por baixo da corda, apesar de eu ser quase trinta centímetros mais alta. Digo a Christie que tenho uma reunião e pego o elevador para descer até o departamento de TI. A porta do elevador se abre e eu leio o aviso impresso.

Departamento de TI.

Antes de entrar, tente desligar sua máquina e religá-la

Uso meu crachá para abrir a porta e sinto o frio do ar-condicionado. Há três fileiras de mesas: na primeira, os atendentes do *help desk*, que registram as reclamações e prometem retornar na terça-feira; na segunda fileira, o pessoal da manutenção, que aparece e religa todas as tomadas nos plugues, ou remove a máquina sem dizer nada; e na terceira, os técnicos da pesada, que têm linguagem e cultura próprias. Eu me aproximo da terceira fileira, vejo os óculos de Michael brilhando sob a luz da tela. No queixo, ele mantém uma barbicha comprida, parecida com uma cauda de rato, retorcida e trancada, presa com uma miçanga. É o único indício de que ele é do lado negro, porque, normalmente, ele se mistura com as pessoas comuns, usa um terno cinza levemente brilhante e sapatos bacanas.

— Oi, Michael.

embuscadoamor.com

Ele olha para mim e levanta a mão, em um sinal para eu parar. Continua a digitar freneticamente. Observo seus dedos pequenos trabalhando com rapidez, uma unha amarela comprida em cada dedo, e penso em roedores rolando na poeira. Fico ali, de pé, esperando.

Um cara magricela da mesa ao lado, de roupa roxa e rabo de cavalo ralo, fala com alguém atrás dele.

— Se o sistema veidtsjf klkafjakdf estiver nalkdjal, o que devemos fazer: wothg ou buyvts?

Está frio como num necrotério ali e escuro como o fundo de um poço, com cheiro de patchuli, puns curtidos e fiação. Ninguém desvia o olhar das telas por mais do que poucos segundos. De repente, Michael se manifesta.

— Desculpe, Viv, não consigo largar essas coisas. Do que você precisa?

Ele é um dos caras que não conseguem parar de se mexer. Se estiver sentado, treme as pernas ou batuca com os dedos. De pé, ele balança de um lado para outro ou dá pulinhos. Explico sobre o site e e dou as anotações a ele. Ele lê tudo, tremendo e batendo uma caneta nos dentes.

— Sim, pode ser que funcione.

— Bem... eu queria saber se você pode criar um site para mim.

— Sim, poderia.

— Certo... pode, então?

— Depende.

— De quê?

— Do que vou ganhar.

— Entendi! O que você quer?

Seus olhinhos furtivos analisam meu rosto.

— Bem, eu teria que fazer várias camadas. Não é algo que eu poderia fazer usando um template.

— Ah, sei.

Ele analisa as anotações e suas pernas em movimento fazem a mesa vibrar.

— Você precisaria de muitas páginas e links no meio. Tudo isso demora.

Ele balança a caneta nos dedos, em um movimento ritmado. Sinto minha energia se esvaindo. Eu me sinto como o peixinho que sobrou sozinho no aquário.

— E então, pode fazer isso por mim?

— Olha, vou querer algo em troca. — Ele se recosta na cadeira e sorri sem mostrar os dentes.

— Sei... bem, pode dizer. — Eu dou uma risadinha.

— Jantar. Com você. Você paga, eu escolho o lugar.

Não sei muito bem quanto custa fazer um site, mas acredito que custe bastante, ou pelo menos bem mais do que um jantar com Michael custará, financeira ou pessoalmente. Sinto dificuldade em aceitar, mas concordo.

— Quando poderei ver alguma coisa?

— Na próxima semana... e você paga quando eu concluir.

Decido me preocupar com isso depois, então.

— Ótimo. Muito obrigada.

Ele parece satisfeito e lambe os lábios, com a língua saindo para fora como uma enguia saindo do buraco. Eu me afasto.

— Tchau, Vivienne. — Ele remexe os dedos e eu me viro para sair.

Antes de entrar em um corredor, olho para trás e ele acena mais uma vez com um sorriso. Corro para o elevador, apertando o botão de "subir" como se disso dependesse a minha vida, e sinto um terror percorrer minhas costas, como se tivesse acabado de levantar uma pedra e visto os corpos rastejantes de um milhão de criaturas subterrâneas.

Estremeço ao chegar a meu departamento. Christie está rindo ao telefone e me entrega um recado escrito em um post-it. *"Viv!*

embuscadoamor.com

A Ranhosa está procurando você." Ela desenhou olhos e cílios ao lado. Por que a Ranhosa está atrás de mim? Ela não costuma vir pessoalmente. Paro perto da mesa de Christie, finjo estar desligando o telefone, e ela começa a encerrar a conversa.

— Olha só, preciso ir, minha chefe está bufando no meu pescoço e tal... não, não a chefe de boca torta. — Os olhos dela analisam meu rosto. — Isso, essa mesma! Tudo bem... Até logo... sim, até mais, um beijão... tchau... tchau. Não, você primeiro!

Pressiono o botão, cortando a ligação.

— Quem era?

— O Stuart, da Printech. — Quando ela olha para mim, fico imaginando como ela consegue manter o brilho labial de atriz pornô nos lábios. Ela bate um dedo na lateral do nariz. — Não importa o que você sabe, mas, sim, quem você conhece nos negócios, não é mesmo?

— É mesmo? Bem, parece que você conhece o "Stuart da Printech" muito bem, na verdade.

Ela olha para o nada, perdida em suas lembranças.

— É...

— Christie! O que a Ranhosa disse?

— Ela disse: "Onde está a Viv?" e eu respondi "Em uma reunião", e ela: "Com quem?", e eu "Eu não sei", e ela, "Confira a agenda", e foi o que fiz, e não tinha reunião marcada, e então ela pediu para eu avisar que ela estava procurando você.

— Ah, merda. — Confiro meus e-mails. Nenhum da Ranhosa e percebo que também não há nenhum de Rob. Direi a ela que estava tendo problemas técnicos e precisei descer até o departamento de TI. É verdade, mesmo... mais ou menos. Sinto receio ao telefonar para a linha direta dela. Sei que está de olho em mim nesse momento; depois da advertência da Christie, parece que ela está observando todos os meus movimentos. Minha chamada cai na caixa postal, por isso deixo uma mensagem simpática.

Passamos o resto da manhã conversando com fornecedores, pedindo amostras e calculando os custos. Estamos pensando em criar estojos compactos de couro vermelho, lenços com estampa de leopardo e zebra, e colares de miçangas étnicas. Também há velas perfumadas com estampas tradicionais escandinavas, bolsas a tiracolo com listras de tigre, e minikits de fondue de chocolate com marshmallows. Percebo, quando Christie sai para o almoço, que não pensei em Rob por duas horas inteiras.

Está tão quente que o tecido de meu vestido gruda em minha pele quando me inclino para o quadro, ajeitando as fotos. Apresentaremos ideias de presente aos compradores principais na segunda-feira. Não será apenas Ranhosa dessa vez, mas também Verruga, que é impenetrável. Devo alertar Christie para ela não falar. Se eles sentirem cheiro de sangue, ficarão malucos.

Encontro Lucy no "Noodles Quick!", perto da rua Bond. Ela está usando uma roupa sexy para trabalhar, uma blusa branca com saialápis cinza. Dividimos uma mesa comprida com alguns caras jovens vestindo calças justas. Lucy pede uma tigela de um ensopado com criaturas do mar flutuando entre o macarrão, como em um aquário macabro. Escolho um prato chamado "chick-a-doodle": macarrão frito e frango chegam em segundos. Ela come com hashis, chupando a comida e fazendo barulho, com a cabeça abaixada em direção à tigela. Reviro meu frango, tentando descobrir uma maneira de dizer que vou encontrar Rob na sexta. Além disso, quero mostrar a foto que peguei do cesto de lixo para ela dar uma olhada em Sam.

Tenho que gritar para ser ouvida.

— E então, quem estava na sua cama naquele dia?

Ela franze a testa, sugando alguns macarrões.

— Como? Na minha cama?

— É, você não podia falar porque estava acompanhada.

Por um momento, ela parece confusa, mas logo se lembra.

— Ah, sim, o Reuben — diz ela, suspirando.

embuscadoamor.com

— Você não me falou dele antes. Como ele é?

— Baixo. Colombiano. Maravilhoso na cama.

Não consigo deixar de admirar Lucy — ela insiste que todos os homens que ela leva para casa lhe deem pelo menos um orgasmo e, se eles não dão, ela os coloca para fora.

— Então vai vê-lo de novo?

— Claro que sim. Somos amigos de transa. — Ela sorri desajeitada e se levanta para pegar uns guardanapos. Seu corpo perfeito não passa despercebido. Os rapazes se calam, embasbacados, para observá-la. Ela me dá um guardanapo e se senta de novo.

— Então, você só se encontra com o Reuben para...

— Transar. Isso.

— Então vocês nem jantam, apenas...

— Transamos.

— Mas vocês conversam, algo assim?

— Não muito. Só transamos.

— Está bem! Chega de dizer "transamos". As pessoas estão olhando.

— E daí? — Ela abaixa a taça de vinho branco. — Sinto muito, querida, tenho que correr. Preciso sair em um minuto. — Empurro o meu prato e ela pede a conta. — Como estão as coisas na sua vida? Já superou o casamento?

— Nunca vou superar enquanto continuar viva e vou me encontrar com o Rob na sexta.

— Certo, então... deixa eu tentar entender, você é uma daquelas mulheres malucas que gostam de se machucar?

— Ai, meu Deus! Talvez — digo, fazendo cara de chocada.

Lucy balança a cabeça. A conta chega e ela coloca o dinheiro em cima da mesa. Saímos na rua silenciosa e ela me abraça; seus cabelos têm cheiro de creme de coco. Ela fala perto do meu ouvido:

— Olha só, eu amo você e não quero que se machuque, só isso.

— Eu sei. — Ficamos de pé de mãos dadas, como namorados em um aeroporto. Então, pego a foto. — Quer ver minha concorrente? — Ela olha rapidamente para o papel e me devolve.

— O que você acha?

— Muito bonita. Por que faz isso? Está andando por aí com uma foto de seu ex-namorado e a nova noiva dele. — Ela olha para mim com muita pena. — Esqueça, Viv. Isso vai acabar te deixando doente. — Nós nos abraçamos de novo e ela beija meu rosto. — Vamos sair para dançar um dia desses. Precisamos de uma noite na gandaia. — Então, ela sai correndo pela rua, levanta a mão para acenar e entra em seu edifício de vidro como uma princesa que entra em um castelo.

CAPÍTULO DEZ

O que fazer e o que não fazer para impressionar seu ex

1. *Use todos os recursos disponíveis para estar totalmente linda.*
2. *Em nenhuma circunstância declare seus sentimentos. Seja simpática e gentil quando encontrá-lo e dê a impressão de já ter superado.*
3. *Fale sobre sua vida social, sobre um novo passatempo ou um projeto no trabalho. Você precisa parecer ocupada para ser desejável de novo.*
4. *Não telefone para seu ex sem parar e não implore.*
5. *Sempre seja a pessoa que interrompe a conversa ou o encontro, para que ele queira mais.*
6. *Não tente dar um beijo de língua nele. Aliás, não toque nele.*
7. *Não se gabe de um novo namorado que seja mais rico/mais bonito/mais engraçado/mais peludo/muito bem-dotado, ainda que ele exista.*
8. *Não faça nenhuma maluquice com seus cabelos.*
9. *Não chore, não faça ameaças nem atire objetos.*
10. *Quando o encontro terminar, não grude nele, nem tente prendê-lo.*

Estou à espera de sexta-feira como se ela fosse salvar a minha vida, e parece que ela está cada vez mais longe. Por que sugeri na sexta? Por que não disse terça, para me poupar desse sofrimento? A resposta sussurra em meus ouvidos. Se nós reatarmos e acabarmos na cama na sexta-feira, teremos todo o fim de semana para fazer amor, tomar café da manhã na cama, ler os jornais e dar longos passeios. Foi por isso que enchi a geladeira de salmão, cream cheese, morangos e croissants. Comprei um café muito caro. Limpei o apartamento e troquei as roupas de cama.

Quando a manhã de sexta-feira chega, estou totalmente preparada. Visto com cuidado um vestido cor de areia e scarpins pretos. Acaba me ocorrendo que estou tentando copiar a roupa que Sam usou no casamento, mas afasto esse pensamento. Não, se ele quer elegância, posso oferecer. Faço uma trança nos cabelos e prendo-os, passando laquê em todas as pontas eriçadas, e faço uma maquiagem bem suave. Pego uma bolsa a tiracolo clássica, preta, e coloco ali os itens essenciais: meia-calça extra, estojo de maquiagem, desodorante, perfume, spray para o cabelo, antisséptico bucal, escova de dentes e calcinha limpa, para o caso de eu acabar indo para a casa dele.

O clima ainda está agradável, e um vestígio da lua permanece no céu claro da manhã. Estou tomada de calma e paz, sentada em postura perfeita dentro do ônibus, e sorrio para um ciclista que está brigando com o motorista. Caminho até a Barnes and Worth e me observo caminhando pelos vidros de um quarteirão de edifícios comerciais. Sou uma mulher que sabe o que quer e está prestes a conseguir. Provavelmente, eu deveria ter uma música tema. Enquanto o elevador sobe, deixando funcionários em todos os andares, penso em meu dia. Resolver a papelada, responder e-mails e me preparar para a reunião dos compradores. Caminho serenamente em direção à minha mesa e sou recebida por Christie, que corre na minha direção como uma ave descontrolada.

— É hoje! É hoje! Eles adiantaram!

Sorrio de modo tranquilo. Ela não vai estourar minha bolha de calma.

— Bom-dia, Christie. Venha e sente-se. O que será hoje? — Mexo a cabeça cuidadosamente, sentindo que um dos grampos de meu cabelo está se soltando. Ela me segue e vejo que está usando um vestido estilo toga, diáfano, de várias cores, com um cinto na cintura que parece um cordão de prender cortina. — Uau, que vestido lindo!

— A reunião dos compradores é hoje! Eles adiantaram!

embuscadoamor.com

Olho, por um momento, para o rosto abalado dela, sentindo minha fina camada de calma se espatifar e desmoronar.

— Como?

— Hoje à tarde! — grita ela.

Escuto minha própria voz, fraca e rouca:

— Ai, cacete! Ai, não! Não estamos prontas!

— Eu seeeeeiiiii! — Christie começa a dar uma corridinha sem sair do lugar.

Começamos a nos atarantar, como se o chão estivesse em chamas, e gritamos "Ai, nããããããooooo!" como carpideiras profissionais, e corremos para o quadro das tendências e abrimos as abas, procurando amostras.

— Tenho cachecóis! — Christie balança alguns cachecóis de lã de estampa de zebra. Eles parecem meio coisa de vó; pensei que fossem de chiffon, mas acredito que podem dar um ar de *nerd bacana*.

— Coloque tudo em cima da minha mesa. — Retiro a fita marrom de um pacote vindo da China. Está embrulhado em camadas de papel com cheiro esquisito. Por fim, no centro, vejo um espelho compacto vermelho pequeno, uma decepção. Eu o abro.

— É um espelho de aumento! Não pedimos isso, pedimos? — Procuro em meu computador, checando os custos dos pontos propostos e imprimo formulários de pedidos.

— Bom, é isso. Só isso. — Eu me viro. Christie está sentada em meio a um monte de papel rasgado, com cara de choro. — Só temos os cachecóis e o espelho compacto para mostrar! — grita ela.

— Merda. Merda! Certo. Veja no armário de amostras. Pegue o que acha que serve e vamos dar um jeito.

Ela sai se debatendo como um pássaro tropical. Volto para a planilha, tentando calcular as margens de lucro em porcentagens. Acredito que podemos resolver isso mostrando o quadro de tendências e os números da projeção, dando a eles outras ideias do armário de amostras, fingindo que as encomendamos especialmente para a ocasião. Podemos resolver isso. Pedirei para a Christie preparar as amostras enquanto cuido do relatório. Digito números e a planilha calcula o total. Olho para a foto de Rob. Tudo ainda pode ficar bem.

Não está nada bem. As mãos de Christie tremem quando ela fica diante de Verruga, encolhendo-se, visivelmente, sob seu olhar incisivo. Não faço ideia de como posso intervir. Se eu tirar Christie de cena, vou fazer com que ela pareça incompetente. Se não fizer isso, vou parecer uma imbecil. Observo Verruga, tentando ler seus pensamentos e imaginando sua vida. Acho que seria difícil ser menos atraente do que ela. Parece que ela fez um projeto para ser tão feia. Deveria carregar um cartaz: "Diga não à pinça! Deixe suas manchas aparecerem!" As três verrugas parecidas com uvas-passas de seu rosto, como as estrelas do cinturão de Órion, não são nada perto da mancha peluda, em forma de moeda, localizada entre as dobras de seu queixo duplo. É chocante ver aquilo, parecendo um carrapato nas ondulações de sua pele. Seus olhos azuis marejados analisam as amostras que apresentamos. Ela começa a desembrulhá-las. Christie olha para mim com cara de pânico e eu tento acalmá-la. Ranhosa está calada. Está sentada, com a boca vermelha enrugada como o ânus de um cachorro, escrevendo algo em seu bloco de anotações. Verruga retira uma calcinha comestível cor-de-rosa do pacote. Ela abre a peça com seus dedos gordos, dá uma mordida e mastiga pensativa.

— Acho que elas não têm um gosto muito bom — murmura Christie.

Verruga mastiga lentamente e engole. Ela vira a embalagem, procurando os ingredientes.

— Extraordinário. De que são feitas?

— É... acho que de papel de arroz e aromatizantes — responde Christie, fingindo consultar suas anotações.

embuscadoamor.com

Ranhosa, percebendo uma chance de brilhar, pega seu pacote e lança seu olhar mortal.

— Calcinha comestível, Christine? Calcinha comestível? Pode me explicar como acha que isso está em sintonia com a marca Barnes and Worth? — Ela sorri de modo conspiratório para Verruga.

— É que...

— Você tem ideia da nossa base de clientes? Já andou pela loja e reparou no tipo de pessoas que compram em nosso departamento de presentes?

Christie encara a mesa, remexendo-se com inquietação. Eu me preparo para me levantar e explicar, mas não faço a menor ideia do motivo que a levou a escolher aquela maldita calcinha comestível entre todas as coisas do armário de amostras. Sei que havia um relógio carrilhão e até uma bolsa de água quente fofinha, em formato de lua. Por que ela não os escolheu? Estou aprendendo, mais uma vez, que devo conferir tudo o que ela faz. Sinto uma camada de suor cobrir minhas costas. Não me importo com isso! Eu só queria estar bonita para Rob. Na segunda-feira, o restante das amostras chegará. Eu estaria pronta na segunda. O dia de hoje deveria ter sido calmo, tranquilo. Eu deveria ter podido me concentrar no encontro, em me preparar. Agora, estou suada, estressada e Christie está ferrando tudo. De novo.

Quando afasto minha cadeira, ela, de repente, reage, falando mais alto do que a Ranhosa.

— É só para descontrair um pouco. Uma novidade para o Natal e, nunca se sabe, pode apimentar um pouco algumas vidas.

Verruga observa Christie com interesse renovado e então começa a rir, uma risadinha surpreendentemente adolescente. Ela olha para a cara amarrada de Ranhosa e ri ainda mais.

— Ela rem razão! Eu adorei! Tem para homens? — Ela pisca para mim, lambendo o canto da boca. Sorrio, aterrorizada pela imagem de Verruga arrancando a cueca de alguém com os dentes. — Quero amostras, meninas, *pra ontem.* Quero cores de Natal, slogans engraçados. Quero para os dois sexos. Quero uma embalagem divertida e precisamos saber do que elas são feitas. Será que já foram testadas, para saber se são seguras?

Christie se surpreendeu. Respondo que não, eles ainda não fizeram isso.

— Quero essas calcinhas na loja este Natal, então, vamos lá, Viv. Me diga quais são os custos. — Ela arregala os olhos em minha direção, e então se vira para Christie. — Bom trabalho, jovem.

Christie fica corada e se senta em sua cadeira.

Verruga se vira para Ranhosa.

— Esta é uma boa oportunidade de relações-públicas. Vamos à imprensa com algo... algo do tipo... "B&W ficou apimentada este Natal"... Alguma coisa assim.

Ranhosa assente e escreve sem parar. Nós nos entreolhamos quando ela fecha o caderno e desvia o olhar rapidinho.

Seguimos ao longo da tarde, produto por produto. Os cachecóis entram, mas as contas étnicas são postas no projeto de verão. Elas checam os números em detalhe, analisando cada margem de lucro e fazendo perguntas sobre os fornecedores. Querem reduzir os custos. Querem saber quanto ganharão se comprarem a granel ou se contratarem fornecedores menos éticos. Elas mandam buscar pizza às seis. Às sete, estão discutindo a respeito do custo da embalagem dos kits de fondue. Elas me fazem mil perguntas, entrando em mil detalhes. Preciso ir embora. Como? Imagino Rob entrando no bar e escolhendo uma mesa. Quanto ele vai esperar? Elas querem saber se há um fornecedor de tartã ou tweed na China. Digo que vou pesquisar. Sugiro fazermos outra reunião quando eu tiver mais informações. Elas me ignoram e continuam o bombardeio. Anoto tudo, observando os ponteiros de meu relógio em movimento, as batidas

embuscadoamor.com

de meu coração. Tenho mais alguns produtos para mostrar e cada um deles está levando meia hora, no mínimo.

Olho para a porta e penso em partir, quando Verruga ergue a mão acima da cabeça, alongando as costas. Olho para a sombra cinza dos pelos raspados de suas axilas e para a renda preta e cara através da manga de seu vestido largo.

— Certo! Está tarde. Hoje é sexta-feira. Vamos ao bar para tomar uma garrafa de vinho.

Christie, feliz com o sucesso das calcinhas comestíveis, bate palmas.

— Eba! — Ela olha para mim com animação.

— Não posso ir, infelizmente. Tenho um encontro. — Fico de pé, reunindo meus papéis.

— Que pena! — diz Verruga.

Ranhosa me acompanha até a porta. Enquanto a mantém aberta, ela murmura:

— Acho que, em momentos como este, valeria a pena trabalhar em equipe, Viv. Aproveite a sua noite. — Ela sorri de modo desapontado.

— Tenham um bom fim de semana — digo quando ela volta para dentro da sala, deixando a porta se fechar na minha cara. Não posso me preocupar com isso agora. Corro para o elevador, tentando arrumar meu cabelo pelo caminho.

O Shy Horse mantém a tradição. Em uma rua de bares e lanchonetes simples, suas lâmpadas vermelhas agradáveis brilham de modo convidativo através de janelas com treliça. Os últimos grampos que seguravam meus cabelos se soltaram na correria de atravessar a cidade. Retiro os grampos frouxos enquanto caminho e faço o que espero ser um rabo de cavalo improvisado e moderno. Paro de pé por um momento diante de uma vitrine. Consigo ver um grupo de garotas com tops tomara que caia e salto alto no bar, alguns casais sentados nos bancos e caras velhos nos bancos individuais. E meu coração acelera. Ele está ali. Sentado, lendo o jornal, na cabine ao lado. A luz ilumina metade de seu rosto, suavizando seu belo perfil e seus cabelos levemente despenteados. Sua pele dourada é valorizada por um terno cinza-claro e gravata azul-bebê. De repente, me sinto mal-vestida. Aliso o vestido e prendo alguns fios de cabelo soltos atrás das orelhas. Respiro profundamente, ouvindo uma música de Christina Aguilera em minha mente.

— Eu estou bonita — digo a mim mesma enquanto abro a porta. Escuto as conversas e as risadas. Sinto o cheiro de álcool exalando do tapete e da madeira, e fico desesperada para beber alguma coisa. Mas não o meu Pinot de sempre, algo nostálgico, que leve uísque. Parece que tem uma bigorna no meu estômago. Ela sobe, bate no meu coração, e desce. Estou de pé na frente dele agora. Ele ainda não parou de ler; ainda tenho tempo para fugir. Sinto uma vontade repentina de sair correndo como um macaco. *Ai, saco. Meu Deus.*

Lanço meu sorriso mais sensual.

— Oi, Rob.

Ele olha para mim, franzindo o belo rosto.

— Olá! Finalmente! Você está quinze... — Ele olha para seu Cartier — Não... está dezessete minutos atrasada!

— Sinto muito mesmo. Mas que bom que você esperou. — Eu me sento na cadeira diante dele e pouso a minha mão em cima da sua. Está quente e seca. Ele puxa a mão e bate os dedos indicadores. Sinto um perfume que não reconheço. Aposto que foi algum que ela comprou; marcando o território, como uma gata no cio.

— Que perfume gostoso. É novo?

— Olha, acho que se atrasar é o cúmulo da falta de educação.

— É mesmo. Você tem razão. Olha, foi inevitável.

embuscadoamor.com

— As pessoas que se atrasam não respeitam o tempo das outras. Desperdicei dezessete minutos de minha vida esperando você hoje.

— Faz-se um longo silêncio. Eu não estava preparada para aquela reação. Eu me sento, morrendo de vontade de tocá-lo, mais certa do que nunca de que preciso reconquistá-lo. Olho para o seu belo rosto algumas vezes, tentando estruturar alguma frase, sem conseguir. Percebo que ele, durante a espera de dezessete minutos, não pediu uma bebida. Essa é a minha "deixa". Eu me inclino para a frente e percebo que ele olha brevemente para meu decote.

— Rob. Sinto muito por ter me atrasado. Não espero que me perdoe, mas talvez eu possa comprar uma bebida para você, para me desculpar. — Olho dentro dos olhos dele.

Ele ri e fica mais lindo do que nunca.

— Bem... já que está oferecendo, quero uma vodca com tônica, muito gelo, sem limão.

De modo triunfante, caminho até o bar e vou dando cotoveladas até chegar à frente. Sei como lidar com isso; tudo ficará bem. Rob sempre precisou ser acalmado; ele precisa de mim para trazer à tona o melhor que tem dentro de si. Como um bálsamo, eu o acalmo e faço rir.

Pego a bebida dele e um uísque Mac com cereja para mim. Ele dá um gole e me observa fazer careta ao beber a minha. Eu havia me esquecido de que essa bebida era forte demais.

— Que diabos você está tomando?

— É uísque Mac. Uísque com vinho de gengibre, muito quente. Estou em clima de Natal.

— Estamos em julho.

— E daí? — Olho bem no fundo dos olhos dele. Sem dúvida, vejo uma faísca aparecer neles quando sorri.

— Você é uma menina esquisita, não?

— Única.

Ele olha para mim e logo fecha a cara. Toma um gole de sua bebida. Olha ao redor. Está descontrolado, mas resistindo.

— Quer comer alguma coisa? A comida daqui é boa, eu acho. Estou morrendo de fome, e você? — digo rapidamente.

Ele se ajeita em sua cadeira.

— Viv...

— Vou pegar os cardápios! — Levanto e vou quase correndo ao bar. Há um espelho atrás das garrafas e observo o reflexo de uma cena feliz de sexta-feira: um cara gordo passando uma cantada desesperada em uma das meninas de tomara que caia. Rob está olhando para o relógio. Vejo uma pessoa pequena, com o rosto rosado e um rabo de cavalo malfeito. Eu me endireito, percebendo que sou eu, e viro a cabeça levemente para mostrar meu lado mais favorável.

"Não olhe", digo em minha mente. "Esse espelho é horrível. Como aqueles espelhos finos que eles colocam nos vestiários... mas diferente." Olho de novo para Rob; ele está conferindo o telefone. Pego os cardápios. *Não o perca! Concentre-se.* Volto para a mesa, recomposta.

Ele guarda o telefone.

— Viv, sei que falamos sobre jantar, mas acho que não posso ficar para comer. Preciso ir a outro lugar. — Quando a cara de pena dele desaparece, percebo que não tenho poder sobre ele. — Ele queria me encontrar para... quê? Um rápido adeus? Um tapinha nas costas e um aperto de mãos do tipo "sem mágoas"? Rob já tem uma merda de compromisso para mais tarde! É impressionante como ele nunca deixa de ser insensível. Quero dizer que eu também tenho um encontro mais tarde, com um oligarca que tem um pinto de jegue, mas (a) não é verdade, e (b) não vou aguentar se ele for embora. Se ele se for, sei que meu coração vai explodir. Não é hora de ser orgulhosa.

Rob está terminando a bebida quando toco seu braço.

embuscadoamor.com

— Por favor, Rob, não vá — peço.

— Viv... — Ele dá um tapinha em cima de minha mão.

— Apenas coma algo comigo primeiro. — Olho para ele. Meu Deus, pensei que olharia para aquele rosto no dia de meu casamento e que meus filhos teriam aqueles cílios. Ele olha para mim de modo inexpressivo. — Por favor. Pelos velhos tempos — digo.

Ele pega o cardápio.

Um garçom um pouco perturbado, de calça jeans larga, traz duas tortas e batatas fritas com talheres enrolados em guardanapos de papel e um saleiro com molho escorrido na lateral. Ainda estou ali com Rob! Ele tirou o paletó e a gravata. Está na terceira vodca grande e parece estar se divertindo.

— Adoro o jeito como você come, Viv.

— É mesmo?

— Sim, você come como um homem. Afinal, que mulher come torta e fritas com cerveja? — sorrio, sem saber aonde ele está querendo chegar. — Mas você come. Gosto disso. Gosto do fato de você não passar a vida contando calorias e comendo folhinhas de alface.

— Penso na dieta de limão e vinagre que fiz, certa vez, e dos irregulares meus hábitos alimentares.

— Não, eu não! Tudo isso é muito chato, não é? — Espero estar insultando Sam ao dizer isso. A pele do pescoço dele e os pelos do peito visíveis são tão familiares que sinto uma pontada no coração.

Sinto um certo alívio, como quem acorda de um pesadelo. Ele está ali, está tudo bem. Conversamos sobre trabalho e família, conseguindo evitar o assunto que parece uma rocha entre nós, até ele soltar o garfo e a faca e recusar mais bebida. Ele diz que precisa ir. Vai encontrar Sam e "alguns amigos". Sinto uma dor pungente sob as costelas. Não tenho mais nada com o que prendê-lo ali.

— Então... parabéns pelo seu noivado! — digo de repente.

Ele sorri.

— Você não está sendo sincera.

Alinho os porta-copos com muita precisão.

— Não, mas eu quero que você seja feliz. — Sorrio.

— Bem... obrigado.

— E você está? Feliz?

Ele olha para mim tentando calcular o nível de dor que posso suportar.

— Acho que sim.

Ele está abrindo uma brecha ao dizer isso? Existe a esperança de mudar a situação?

— Mais feliz do que quando nós éramos noivos?

— Viv, por favor. Não quero falar disso. É passado. Estou com outra pessoa agora.

— Claro, eu sei. Mas, bem, você está aqui agora. Comigo. Deve haver um motivo. — Seguro a mão dele. — Deve representar algo.

— Só achei que eu tinha o dever de contar a você pessoalmente, de me despedir direito.

Ai, meu Deus, isso é difícil, é como levar vários socos no nariz. Mas coração mole nunca ganha os homens. Tento manter minha voz tranquila.

— Não quero dizer adeus, Rob.

— Preciso ir. — Ele fica de pé.

— Quero que fiquemos juntos. Acho que...

— Terminou, Viv. — Ele passa as costas das mãos delicadamente em meu rosto. — Sinto muito, querida, mas você me deixou... não se lembra? — Ele joga o paletó bem-feito sobre um dos ombros, de modo elegante, e sai. Sem olhar para trás.

CAPÍTULO ONZE

Arrasada: Parte um

1. *Chore muito.*
2. *Uive como uma doida.*
3. *Quebre objetos.*
4. *Não ligue para ele. Você vai se arrepender.*
5. *Nem pense nisso.*

O táxi para no fim da rua. Procuro dinheiro dentro da bolsa, empurrando para o lado a calcinha extra que agora está enrolada na escova de dentes.

O taxista me observa com paciência.

— Não é o fim do mundo, querida. Tudo estará melhor amanhã de manhã.

Minhas lágrimas escorrem quando entrego a ele uma nota de vinte.

— É, sim, é o fim do meu mundo.

Ele me entrega o troco.

— Cuide-se, querida.

Balanço a cabeça para assentir rapidamente e vou me arrastando até a porta, chorando como um cachorro ferido. Meu nariz escorre e as lágrimas continuam descendo enquanto procuro a chave. Dentro de casa, deito no sofá, abraçando meus joelhos. Uma breve lembrança me ocorre de que deixei Rob, meses atrás, e eu estava lidando bem com a situação. Mas só porque eu tinha certeza absoluta de que ele voltaria atrás. Agora, *ele* me abandonou de verdade. Ele nem tentou me reconquistar. É o fim. Em minha mente, ideias e situações se alternam. Ao pensar em Rob indo embora, choro alto. E, então, penso *nela*! Como posso competir com aquela supermodelo? Não posso ficar parada com essa dor. Preciso de uma bebida.

Na geladeira, encontro meia lata de Coca-Cola sem gás, e uma garrafa de vodca. Não tenho tempo para misturá-los em um copo, então bebo um e depois o outro e caminho como um tigre enjaulado. Que tola eu fui de pensar que tinha o controle da situação, quando, na verdade, ele nunca me quis. Vai se casar com outra pessoa, alguém *mais jovem*, levando todas as minhas esperanças de me casar, depois de roubar bons anos de fertilidade de minha vida e derrubando tudo o que construímos.

— Estou no fundo do poço — grito, caminhando e me balançando. — Fui trocada! — Como cheguei a esse ponto? O que fiz para merecer isso? Deixo escapar um grito e escuto o som reverberar nas paredes vazias. Olho pela janela enquanto a vodca desce queimando, olho para todos os quadrados iluminados nas construções ao meu redor, as casas, as lâmpadas e as televisões, imaginando as refeições sendo preparadas, os casais aconchegados.

Fico de pé no escuro, com a sensação de que meu coração se abriu como um zíper quebrado e a escuridão desesperadora da noite está entrando. Eu me abaixo perto do sofá, com as mãos ao redor dos joelhos. Tenho medo de ficar sozinha. Não sei lidar com isso.

— Não é justo! — grito. — Não consigo passar por isso. — Eu me balanço para a frente e para trás, e grito por ele. Grito por ele como se ele estivesse dormindo no quarto ao lado ou então como se ele pudesse me ouvir do outro lado da cidade.

Bebo mais vodca, pego o telefone e vejo a luz esverdeada na tela. Digo o nome de Rob e o sussurro de novo. Procuro o nome dele na lista de contatos. Se eu pudesse apenas explicar para ele, escutar sua

embuscadoamor.com

voz, ele viria. Não me deixaria sofrer; certamente, ele viria. Escuto a gravação na secretária eletrônica:

"Você ligou para Robin Waters. Infelizmente, não posso atender. Por favor, deixe sua mensagem após o sinal, ou pressione jogo da velha para ser atendido por minha secretária. Obrigado. Tchau."

Aquela voz linda, linda. Só quero escutá-lo dizendo meu nome. Desligo e ligo de novo.

"Você ligou para Robin Waters..."

E de novo. E de novo. E de novo e mais algumas vezes.

CAPÍTULO DOZE

Arrasada: Parte dois

1. *Fique de pé diante de um espelho, nua, respire profundamente e diga de modo muito calmo e suave: "Sou uma princesa guerreira e mereço amor. Serei mais forte e melhor da próxima vez."*
2. *Repita o número 1.*
3. *Compre um animal de estimação ou uma planta, qualquer coisa, cuide de algo.*
4. *Comece a praticar um novo esporte.*
5. *Redecore sua casa.*

Quando abro os olhos, estou olhando para debaixo do sofá. Vejo uma argola dourada que havia sumido, um prato, poeira e uma meia enrolada. Minha cabeça mais parece uma noz em um quebra-nozes, e o cérebro parece solto lá dentro, com o conteúdo todo bagunçado. Estou com dor de cabeça. O sol forte que entra pela janela banha meu corpo, e as fibras de lã do tapete roçam meu rosto. Deito de costas. Partículas de pó circulam e caem da luz em cima de mim. À minha direita, a garrafa de vodca brilha como água da montanha; eu a coloco de pé com meus dedos, e o gole que restou cai no fundo. Inferno. Bebi muita vodca.

Tento me lembrar da noite. Acho que só voltei para casa e me embebedei. Certo, não foi um ponto alto da minha vida, mas, pelo menos, não me humilhei. É um consolo. Fico deitada, concentrada em meu corpo, sentindo a onda de tristeza e ressaca surgir, e sinto algo pressionado contra meu ombro esquerdo. Vou para o lado,

embuscadoamor.com

tentando manter os olhos firmes, e encontro meu telefone. Levanto a cabeça um pouco e olho para a tela. Sinto dor na cabeça, pontadas atrás dos olhos como um raio. Que fracasso total e completo. Por quê? por quê? Por que uso o telefone como louca quando bebo? Isso só causa desastres — como quando tentei voltar com meu ex de infância, Ginger Roge, que agora é gay.

O telefone vibra, com um toque baixo. Eu me atrapalho para atender, pressionando botões aleatoriamente. *Faça parar. Faça parar.*

— Alô? — atendo com uma voz rouca de bruxa.

— Oi, é o Rob.

Imagino um cartaz maluco aparecendo com os dizeres: "Ele quer você de volta!" Fique fria, fique fria.

— Sim? Como posso ajudar?

— Bem, pode começar parando de me ligar sem parar e desligando na minha cara.

— Oh, fiz isso? Sinto muito. Devo ter me sentado sobre o telefone sem travar o teclado.

— Sei, bom... você está bem?

— Eu? Sim, bem.

— Pensei que pudesse estar chateada. Sabe como é, depois de ontem à noite.

— Não! Estou bem... estou saindo para correr.

— Correr?

— Sim. Tento correr meia hora por dia. Estou adorando, na verdade.

— Não consigo imaginar você correndo, Viv.

— Bem, estou apenas começando. Preciso cuidar dos músculos.

— Bem, vou deixá-la em paz. Mas você não vai ficar me ligando, não é? A Sam não gostou nada... estávamos vendo um filme.

Sinto meu coração se rasgar como uma boneca de pano velha.

— Nãããooo, não vou. — Um soluço está preso em minha garganta, me sufocando.

— Bem, olha, aproveitando que estamos conversando, tenho algumas coisas suas comigo... gostaria de saber o que você quer que eu faça com elas.

— Algumas coisas?

— É, apenas álbuns de fotografias, algumas plantas do quintal e a cadeira vermelha.

— Mas comprei a cadeira vermelha para você. Você adora essa cadeira.

— Sim, mas... Sam não gosta muito. Ela está redecorando a casa. Aliás, tem muito talento como designer de interiores.

— É mesmo? — Imagino Sam caindo de uma escada. Uma lágrima escorre pelo meu rosto e cai no tapete.

— Bem, pense nisso e me mande uma mensagem quando souber o que quer que eu faça com as coisas, certo?

— Sussa. — *Sussa?*

— Tchau. — Ele desliga.

— É, tchau.

Deito de costas, deixando meu rosto ficar ensopado de lágrimas. Sem soluços nem gritos, apenas água. Tento imaginar até quando é possível chorar. Será que existe uma categoria no *Livro dos Recordes?*

CAPÍTULO TREZE

Será que conseguirei superar?

Pati Docinho:	Terminei com meu namorado há dois meses e pensei que agora eu já estaria me sentindo melhor. Vocês têm alguma dica para eu poder esquecê-lo?
Loura sueca:	Pergunte a si mesma: "Eu realmente amava esse homem ou será que amo apenas a ideia de estar com alguém?" Você sente falta do cheiro dele, ou de sua maneira de andar, ou está apenas brava por estar sozinha?
Meu ex é estúpido:	Para passar por cima dele, você precisa ficar por baixo de outro.
Bela Rendinha:	Tantos homens e tão pouco tempo. Saia de casa, anjinho. Ocupe-se. Frequente clubes. Faça uma reforma. Finja que já superou e, logo, vai superar.
Meu ex é estúpido:	Pergunte a si mesma — vou me importar com isso daqui a um ano?
Feiticeira vodu:	Posso fazer uma poderosa poção de amor para fazer seu amado se apaixonar perdidamente por você de novo. Também vendo diversas efígies de cera... mas você precisa de um fio de cabelo dele.

Já que não sou amada, já que não estou nos braços de meu noivo, fui para a boate com Lucy. Estou percebendo depressa que não existe nada tão deprimente quanto sair para badalar em Londres em um sábado se você está sofrendo por amor. De onde saem essas pessoas? É como se a população comum da cidade tivesse sido trocada por pessoas de roupas chiques. As boates ficam cheias de turistas, visitantes e pessoas que querem se divertir à vontade. Lucy me levou para um lugar chamado "Nite Spot — aparentemente o nome é irônico e, assim, überlegal. Quando sugiro que podemos simplesmente ir a um bar, ela grita: "Ação!" Ela me acolheu, então eu estou ali, com os saltos dela, com um Long Island Iced Tea aguado na mão e com a animação de uma porta.

— Certo, Viv, você gostou de alguém daqui? — Lucy remexe o quadril no ritmo da música. Olho ao redor. Há grupos de homens reunidos na pista, onde as moças se movimentam como *strippers*. De vez em quando, um lobo solitário se afasta da matilha e começa a dançar de modo sugestivo perto de uma das moças e é ignorado ou incentivado. A única coisa que falta à cena é a voz do narrador explicando o acasalamento no mundo animal.

Lucy agora está subindo e descendo com seu vestido justo e brilhante, cantando com a música a respeito de quebrar, quebrar, quebrar o coração de alguém.

— E aí? Viu alguém?

— Sim, você. — Faço uma dança engraçada na frente dela.

— Não, estou falando sério. Se você precisasse dar em cima de alguém aqui ou morrer, quem você escolheria?

— Ainda assim, você.

— Estou falando de um homem!

— Eu sei do que você está falando. Mas não acho que esteja ajudando.

— Porque você não está tentando! — Ela me dá uma dose de tequila. Termino a bebida em três goles enquanto ela vira a dela

embuscadoamor.com

de uma só vez, grita "Yeah!" e bate o copo em cima do balcão. — Certo, escolha, ou direi ao barman que você quer transar com ele.

Olho para o polonês sorridente atrás do balcão e, então, rapidamente analiso as mesas, e acabo localizando um cara de óculos e sorriso meigo.

— Certo, aquele ali.

— De camisa preta? Bacana! — Ela sorri para um modelo com um cinto de tachas.

— Não, ali, sentado. Óculos. Cara de bonzinho.

— Ai, meu Deus, você está *brincando*! — Ela olha para mim. — Você não está brincando!

— Ele tem cara de quem sabe conversar.

— Você não deveria querer *conversar* com ele, Vivienne!

— Não?

Ela segura meus braços e me puxa para perto.

— Oh, coitadinha. Quando foi a última vez que você berrou de prazer? — Ela dá a impressão de que isso acontece todos os dias, como comprar leite.

— Não acho que já...

— Foi o que pensei... Vamos resolver isso esta noite, minha querida. Vamos beber mais!

Estamos na terceira rodada de algo que tem gosto de remédio. Estou sentindo um formigamento começando no estômago e radiando para fora, para todas as extremidades, e também estou... tão linda! Partimos para a pista de dança e desço e subo com as costas grudadas nas de Lucy. Enquanto giro na pista, sei que todas as moças dali gostariam de estar usando uma blusa de gola alta como eu. Então, alguém dança perto de Lucy e eu giro sozinha. A música está ótima, então eu preciso *dançar*. Grandes sapatos pretos se remexem na minha frente. Tem alguém dançando comigo e ele está sentindo a mesma vibração — suas pernas, calça preta, passos no ritmo. Olho para a frente, vejo uma camisa listrada desabotoada, e então um pomo de adão enorme. Seguro a nuca dele e grito "Que maravilha!" em seu ouvido. Ele concorda, tocando minha cintura. Eu o agarro de novo e grito: "Pomo de adão!" Ele segura a minha cintura e dança mais perto de mim. Percebo seu nariz grande. E gosto! As pontas dos dedos dele começam a tocar minhas nádegas. Dou alguns passos para trás e aponto para ele, gritando: "Danadinho!" Ele se aproxima de mim e sinto sua respiração na lateral de meu pescoço. Sinto o cheiro bom da sua loção pós-barba. Levanto os braços acima da minha cabeça e remexo o quadril. Sou a mulher *mais desejada* do mundo inteiro!

Agora, ele está atrás de mim, sem se mexer, parece uma parede. O som reverbera, as luzes se movem, e ele está segurando meu quadril, puxando-o de um lado para o outro. É meio esquisito, na verdade. Ele roça os lábios em meu rosto. Eu me viro para me afastar, e ele beija a minha boca, usando uma sucção desconfortável para me manter ali. Sinto a textura estranha da ponta de sua língua como uma enguia se aprofundando. Eu me afasto, virando a cabeça, e ele chupa o meu pescoço.

— Ei, não faça isso. — grito eu. Ele tenta mais uma investida, dessa vez sugando minha orelha como um peixe limpador.

— Não, obrigada! — grito e danço um pouco mais, tentando afastá-lo. Ele sorri e parte para cima de novo. Vejo a boca molhada se aproximando e desvio.

Vejo Lucy dançando com o modelo. Ela está se remexendo perto dele com os olhos fechados. E canta "Faça amor e dance...". Eu grito "Banheiro!" no ouvido dela.

Tento fazer xixi enquanto seguro a porta fechada sem encostar na tampa cheia de pingos de urina. Não é nada fácil fazer isso de salto alto. Lucy grita do banheiro ao lado.

embuscadoamor.com

— Vou levar o meu para casa... ele é gostoso! E você? — Saio da cabine, mas Lucy continua fazendo muito xixi. Não era à toa que seu apelido na faculdade fosse cachoeira.

— Meu Deus, não! — Ele parece um cara do *Guerra nas estrelas*.

— E não no bom sentido?

— Ele parece um alienígena chupador de rostos.

Finalmente, ela aparece, ainda descendo o vestido.

— Está pronta para ir, então? — Ela sorri de modo safado. Ela encontrou alguém, então a noite chegou ao fim.

— É, não. Quero dançar. — Ela parece desapontada. — Você mesma disse que eu precisava de uma noite bem agitada. É só uma da manhã. — Olho fixamente para ela enquanto abro a porta, mas, quando me viro, fico cara a cara com o assustador chupador de rosto. Ele parte em minha direção, lábios entreabertos, tentáculos esticados. Consigo fechar a porta a tempo. Eu me recosto na madeira, sentindo-me a própria Sigourney Weaver. — Não posso sair! — Lucy abre a porta, mas ele bloqueia o caminho.

— Olha, amigão, minha amiga não está a fim. — Ele sorri de modo vago. — Pode dar licença, por favor? Ela não está a fim. — Ela se vira para mim. — Acho que ele não fala a nossa língua. — Espio pelo canto e ele sorri, com a boca vermelha e molhada. Bato a porta na cara dele.

— O que está fazendo, Viv? Não podemos ficar aqui dentro.

— Não... ele já deve ter ido embora. — Abro a porta com confiança, mas ele entra ali, aproximando-se de nós. Só há uma coisa a fazer. Preciso dizer algo relacionado à ficção científica. Algo adequado para um monstro chupador de rosto. Dou um passo à frente, mantendo a mão em riste, sinalizando para ele parar.

— Você vai nos deixar passar! — digo solenemente.

Ele hesita. Mantenho a mão erguida e repito o comando, evitando olhar nos olhos dele, e então ele se afasta como uma cobra escaldada.

Emma Garcia

* * *

No fim da noite, penso que talvez precise de um terapeuta. Consultar alguém. Talvez eu esteja deprimida. Quando a música lenta toca, eu fico sozinha, enquanto Lucy troca beijos com o modelo na pista de dança. Ele está passando a mão no traseiro dela, e ela massageia a nuca dele. As luzes não param e eu, de repente, me sinto exposta e com calor com a minha blusa. Sinto-me a mãe de Lucy, que foi buscá-la de Fusca.

O atendente do guarda-volumes não consegue encontrar meu blazer e eu acabo apertada no banco de trás de um minitáxi em alta velocidade, escutando os sons emitidos por Lucy e pelo modelo, que exploram um ao outro. Eles insistiram em me deixar em casa. De vez em quando, o modelo para de beijar Lucy e faz uma pergunta educada, como: "Há quanto tempo você mora em Londres?", enquanto sobe a mão por baixo do vestido de Lucy. Encosto a testa no vidro embaçado, observando restaurantes de kebab e táxis passando. Uma menina de vestido preto se segura a um poste e vomita nos sapatos. Imagino o tipo de noite que Rob e Sam tiveram: jantar em algum lugar exclusivo e caro, champanhe, conversa animada e casa. E eu estou aqui, me remoendo de inveja e sofrimento.

CAPÍTULO CATORZE

Família e amigos

1. Você tem uma rede de apoio de pessoas com quem pode contar quando a vida fica difícil?

a. Sim, tenho um grande círculo de amigos e uma família amorosa.

b. Não, até mesmo meus colegas de trabalho pararam de me escutar.

c. Sim, mas eles não podem ficar sabendo o quanto fui uma idiota.

2. Você acha que compartilhar um problema ajuda a torná-lo menor?

a. Sim, é sempre melhor poder desabafar a respeito do que está nos preocupando.

b. Não, não consigo pensar em ninguém com quem dividiria um problema.

c. Não existem problemas que não possam ser resolvidos em uma festa.

3. Você tem alguém especial em sua vida para ajudá-la a descobrir seu real valor e potencial?

a. Sim, meus amigos mais próximos.

b. Sim, meu ex.

c. Não tenho valor nem potencial.

Respostas

Maioria A — Você está tomando decisões certas. Criar novas e felizes lembranças com familiares e amigos vai colocá-la no caminho para a recuperação.

Maioria B — Pode ser que você precise se conectar ao mundo exterior. Não sofra sozinha. Faça coisas divertidas.

Maioria C — Procure ajuda profissional.

A manhã de domingo é um momento para os namorados. Não há uma única rádio que não se dedique a eles. Por que as pessoas telefonam para dizer como estão "apaixonadas"? Quem elas querem enganar? É bem ridículo, na verdade.

Estou praticando a quietude do corpo e da mente. É o quarto capítulo do livro *Encontre **seu próprio** caminho, seja livre*, a respeito de como silenciar as vozes da mente e conseguir uma alma tranquila. O autor mostra uma mulher com cabelos arrumados, do tipo confiável. O sorriso dela diz *Eu entendo*. Estou na cama percebendo que ficar quieta é muito difícil. Estou atingindo o que acredito poder ser o começo da calma quando Lucy telefona.

— Como você está? — pergunta ela.

— Uma merda — respondo, sem mexer muito a mandíbula.

— Pior do que ontem?

Penso na pergunta. Nunca antes pensei nos níveis de merdice.

— Provavelmente menos merda do que ontem. Como foram as coisas com o modelo?

— Um pênis inviavelmente pequeno.

— Oh.

— Mas a noite foi boa, não é? E você mandou ver!

— Sim... péssima... será que alguma coisa em mim atrai outras formas de vida?

— Acho que eles sentem seu cheiro. E, então, está a fim de ir a um almoço de solteiros hoje? Será no Jug and Goblet. Todo mundo perde a cabeça, fica doidão e ninguém volta sozinho para casa. Garantido!

— Nossa! Parece bom, mas não posso.

— Por quê?

— Não quero.

— Então, o que vai fazer em vez de sair? Chorar pela casa, olhando para as fotos de Rob?

— Não.

embuscadoamor.com

— Analisar as fotos da nova namorada de Rob? Fazer uma camisa de arame farpado? Ficar na cama lendo livros de autoajuda?

Dou uma olhada para o *Encontre seu próprio caminho, seja livre*.

— Talvez.

— Viv, vamos. Você precisa retomar a sua vida!

— Na verdade, vou à casa da minha avó. — Vou ligar para ela em um minuto... vai dar tudo certo.

— Certo, bem radical.

— Convidei o Max. — Vou ligar para ele também.

— Nossa! Você está arrebentando!

Não sei por que ela acha que essa coisa de amor bruto está funcionando. Penso que ela pode não ter coração.

— Você não tem que encontrar seu amigo de transa hoje?

— Não. É para isso que serve um amigo de transa. Você não *tem* que fazer nada.

— Oh.

— Você está bem? Parece estranha.

— Sim, estou bem. Nós nos falamos mais tarde.

— Até mais. — Ela desliga. Fico escutando o *tu-tu-tu* do telefone e tento imaginar o que virá em seguida e quanto vai demorar. Depois de um tempo, quando nada mais acontece, eu me arrasto até a cozinha e abro a geladeira. As prateleiras sorriem. Pego um pacote de salmão defumado. Leio palavras como "da melhor qualidade" e "selvagem" na embalagem reciclada. Ele prometia muito na sexta-feira. Seguro o pacote como se fosse um livro de orações e olho pela janela da cozinha para o céu de verão. Abro a vidraça e olho para o beco lá embaixo, onde caixas de pizza e latas vazias se acumulam. Vejo uma camisinha usada pendurada em cima. Analiso o salmão no qual investi tantas esperanças e o deixo cair. Ele pousa entre os restos da noite de sábado, um pedaço de coisa boa no meio do lixo. Pego o cream cheese e os croissants e os jogo também. Pego os morangos e lanço todos, um a um, para cima. Alguns batem na janela e rolam para o chão. Penso no champanhe, e então seguro a garrafa pela parte fina e rasgo o papel que a envolve. Quando a rolha sai, não faz barulho. Rob me disse que é vulgar fazer barulho ao abrir o champanhe. E pensar que — antes de ele me ensinar —, eu fazia barulho e gritava. Recostada no balcão, bebo uma taça de espumante. Então, deixo a taça cair no chão da cozinha. Ela se quebra, espalha os cacos de modo espetacular. Fecho a porta da geladeira com o pé e saio dali, para me vestir.

Max chega cedo. Não é comum ele fazer isso. Até penteou os cabelos e, quando eu lhe dou um beijo no rosto, percebo que ele fez a barba e passou um perfume esquisito, cítrico. Sua calça jeans está limpa e ele vestiu uma camisa que eu nunca tinha visto: xadrez azul. Olho para ele de cima a baixo.

— Olha só para você.

— O que foi? O que há de errado? — Ele olha ao redor como se eu tivesse acabado de gritar "Lá vem a polícia!".

— Nada de errado. — Sorrio. — Você está bem bonito.

— Bem, sabe como é: as vovós adoram esse tipo de coisa, não? — O sorriso dele parece o de um pirata, com o dente lascado.

— As vovós gostam?

— Ah, cale-se, Viv. E você está vestida do quê, hein?

— Eu? É... de garota que não lavou as roupas e precisou pegar peças do fundo do armário. — Sei que minha calça jeans manchada de três anos deixa o meu traseiro enorme, e a blusa sem mangas está mais para "triste fracassada" do que para "floral retrô".

— Quer beber alguma coisa?

— Você tem uísque?

— Não. Bem, é domingo de manhã.

— Qualquer coisa, então.

embuscadoamor.com

— Tenho champanhe. É rosa.

— Ótimo. — Ele me acompanha até a cozinha. — Você me ligou na sexta. Tentei ligar de volta. — Minha bota de caubói espatifa um caco de vidro. Max não diz nada. — Você está bem?

— Sim.

— Sim? Porque não parecia nada bem.

— Rob quer se livrar daquela cadeira vermelha.

Ele balança a cabeça e demonstra não ter ideia do que estou falando.

— Comprei aquela cadeira para ele... Saímos para passear em um lindo dia de outono e passamos por uma lojinha de móveis usados. Entramos e eu vi o braço dessa cadeira sob uma pilha de tranqueiras. Era de um vermelho cor de tomate tão gracinha. — Olho para Max. Ele está olhando para o chão. — Era quase laranja, na verdade. Fizemos o dono da loja tirá-la dali e pronto, era uma cadeira de leitura perfeita, antiga e com encosto de cabeça. Sem que Rob soubesse, eu a comprei para dar a ele de aniversário, e mandei limpar e colocar estofado novo, coisa e tal. Ele adorou, e agora a namorada dele não gosta da cadeira, por isso ele quer saber o que eu quero fazer com ela.

— Diga a ele para enfiar no rabo.

— Perguntou isso, o que eu quero fazer com ela. Inacreditável. E isso me fez perceber: não é que ele não quisesse se casar, ele só não queria se casar *comigo*. — Olho para o rosto de Max, tentando não chorar, e lentamente olho para a sala de estar, fungando e imaginando a cadeira ali. — Não posso colocá-la aqui. Seria como um fantasma enorme sentado no canto, me fazendo lembrar dele. Mas não consigo me livrar dela... — Percebo minha voz falhar e me pergunto por que esse lance da cadeira virou algo tão importante para mim.

— Olha, eu posso ir até lá, pegar a cadeira com ele e deixá-la na minha casa até você decidir que você ama a cadeira, mas que ele é um otário. Então, nós a traremos de volta e faremos uma festa da cadeira.

— Meu Deus. Como deve ser isso?

— Uma festa da cadeira? Bem, seríamos eu, você e a cadeira, e poucas roupas...

— Não... como deve ser a sensação de perceber que ele é um otário?

Ele me abraça pelo ombro.

— Ah, Viv, eu prometo que um dia você será tão amada que não vai nem se importar.

Repouso a cabeça no ombro dele.

— Você promete, mesmo?

— Prometo.

A rua de minha avó está protegida pelas árvores. O asfalto está quente por causa do calor. Quando nos aproximamos da casa, ela abre a porta da frente e fica de pé na porta, com seu vestido azul-pavão, e os braços finos estendidos.

— Max! Max Kelly! — diz ela, como uma atriz shakespeariana.

Ele a abraça, balançando de um lado a outro.

— Olá, Eve. — Ela fica pequena como uma criança no abraço forte dele. — Que bom vê-la.

— Max, você está *tão* bonito. Não está, Viv?

Ele se vira para mim, com um sorrisão.

— Sim, acho que sim — murmuro.

— Estou bem, Eve. E como você está?

— Olha, não posso reclamar. Agora... — Ela nos guia até a casa e descemos a escada até o calor da cozinha. Sinto cheiro de carne assada. Ela me beija e pergunta o que queremos beber. A presença de Max a deixa feliz e sorridente, e eu sinto uma pontada de vergonha. — Leve esse homem adorável para o jardim, Vivienne, e eu levarei a bandeja.

Abrimos as portas francesas e entramos no quintal banhado pelo sol. As pedras estão rachadas como os contornos de um mapa,

embuscadoamor.com

e cobertas de lodo. Uma mesa enferrujada e quatro cadeiras estão protegidas por um guarda-sol velho. Max vira o rosto para o sol e coloca os óculos escuros.

— O dia está lindo — diz ele.

— Você é muito popular.

— Bem, eu e Eve nos entendemos.

Eu faço cara de quem não gostou, sentindo-me deixada de lado, meio imatura.

— Ela deveria cuidar deste jardim — digo baixinho e avanço três degraus até o gramado. Max me acompanha. Passamos ao lado de um jasmim cheiroso, e paro por um momento na frente da estátua de anjo de minha avó. Ela está no meio do gramado. Encaro seu olhar bondoso e volto a ter 7 anos, sussurrando segredos para seus olhos tristes de pedra e pendurando correntes de margaridas em suas asas. Eu acreditava que, se conversasse com a anja, minha mãe escutaria. Coitadinha de mim. Árvores frutíferas lançam sombra sobre o gramado e maçãs derrubadas pelo vento se destacam na grama alta, exalando um leve perfume. Caminhamos até o fim do jardim, onde rosas antigas se emaranham, mexendo-se com o pouso das abelhas. — Amo rosas inglesas — digo a ele. Observo sua mão bronzeada acariciando a lateral de um botão cor de pêssego e branco.

— Eu também — diz ele. Olho para seu rosto. Ele sorri me observando, com os olhos calorosos e bem-humorados. Eu me viro para as rosas. Ele se mexe e diz: — Vou ali ajudar a sua avó com as bebidas.

Eu me viro enquanto ele desce os degraus. Tirando minhas botas, caminho descalça pela grama fria e úmida, e passo pela horta esquecida para voltar ao anjo.

— Quem diria? — pergunto a ela, tocando a ponta de seus dedos lascados.

Ouço gritos e risos vindos da cozinha, e então minha avó sai usando um chapéu branco de aba grande, seguida por Max, que usa um chapéu fedora de palha, carregando uma bandeja na altura do ombro. Minha avó protege os olhos e me chama, sua voz muito alta e caprichada.

— Olhe só, Viv, estamos bem modernos. Fiz margaritas!

Max fica de pé atrás dela, sorrindo; os dentes brancos e o rosto bronzeado dele, emoldurado pelos cachos escuros escapando das laterais do chapéu, fazem com que ele fique parecendo um garçom grego pronto para seduzir turistas que caiam em seu papo.

— Vocês dois estão ridículos. — Vou até o quintal quente e bebericamos as margaritas embaixo do guarda-sol. Max acende um cigarro e a minha avó pega o maço.

— Posso?

— Claro. — Ele passa o isqueiro para ela.

— Você não fuma! — exclamo.

Ela faz uma careta ao tragar. Segura o cigarro de modo desajeitado para longe do corpo, o filtro manchado com batom coral. Ela tosse levemente ao inspirar.

— Bem, eu sempre quis fumar, mas tenho esperado até completar 70 anos. — Ela se senta com a saia levantada, expondo ao sol as pernas cheias de veias aparentes.

— Por que quer fazer isso?

— Porque pode matar, sabe — diz ela, dando mais uma tragada, dessa vez tossindo a fumaça. — De qualquer modo, acho que não gostei. Quer de volta, Max?

Ele se inclina para a frente e pega o cigarro, colocando-o em um cinzeiro.

— Quer experimentar mais alguma coisa, Eve? Voar de asa-delta? Drogas pesadas? — pergunta ele.

— Drogas, sem dúvida. Principalmente aquela que é boa para a artrite. Não quero voar de asa-delta, não, mas talvez em um balão. Eu queria ter me casado em um balão de ar quente.

— Ela é muito exibida! Você tem medo de altura, vovó.

embuscadoamor.com

— Mas é essa a beleza de um balão, não é preciso ir muito alto e não cabem muitas pessoas no cesto.

— Boa ideia, Eve! Vou fazer isso quando me casar. — Ele enche nossos copos de novo.

— Quem vai se casar com você? — pergunto.

Ele olha para a frente.

— Tem montes e montes de mulheres atrás de mim, não se preocupe. Mas sou seletivo, só isso. — Ele pisca para a vovó.

— Que bom, Max! — exclama ela.

— Olha, Max, você é muitas coisas, mas eu nunca diria que você é seletivo. — Eu me recosto com minha bebida, rindo dele.

— Ah, mas tem muita coisa que você não sabe sobre mim, Vivienne — diz ele, baixinho.

— Tem? — sorrio.

— Tem... — Ele repousa o copo e vira o rosto para o sol. Estremeço de repente, sentindo meus braços arrepiados. Nós permanecemos sentados em silêncio por um tempo, escutando os sons do jardim, e logo minha avó anuncia que a carne assada está pronta.

— Ainda que seja a última coisa que você queira em um dia tão quente.

Na cozinha, decidimos transformar o almoço em um buffet de pratos frios. Max prepara uma salada com batatas assadas com maionese e mostarda francesa. Faço algo esquisito com as cenouras, gratino-as e acrescento coentro e suco de laranja. Comemos com fatias de carne fria. Minha avó pergunta a Max, com a boca cheia:

— E então, Max, fale sobre seus quadros. Está planejando alguma exposição?

— Eu exponho alguns o tempo todo, uma pequena galeria ao norte de Londres os recebe.

— E consegue vender?

— Às vezes. Dá para pagar o aluguel.

Penso em seu apartamento feio, calculando que ele deve vender muito pouco.

— E as encomendas?

— Não chega a esse ponto. Espero poder fazer parte da exposição de arte que eles farão na Academia. Se eu for selecionado, seria uma ótima forma de expor meu trabalho.

— Eu me lembro de um que você me mostrou, certa vez... um homem nu segurando um gato. Era muito impressionante.

— Aquele fez parte de minha primeira exposição. Eu o vendi.

— Acho incrível ter esse talento, Max. Você não deve desistir nunca.

É estranho ouvir Max falar de seu trabalho dessa forma. Parece que ele tem ambições. Eu sempre disse a ele para conseguir um emprego de verdade.

Ele olha para mim.

— A Viv acha que pessoas criativas são grandes fracassadas.

— Eu nunca disse isso!

— Vivienne, estou surpresa por saber disso. — Minha avó franze a testa, e Max ri.

Eu tento me defender:

— Eu gosto das suas peças. Aquele quadro de Lula é bonito.

— Obrigado. Não é o melhor. Aquilo acontece quando você realmente sente algo pelo modelo, como se uma energia saísse dele... e então algo bonito se torna possível. — Ele sorri para mim, seus olhos estão incrivelmente escuros. Olho para o jardim, com o rosto corado. Fico surpresa por descobrir que quero que ele fale sobre o meu retrato.

— Nossa! Está tão quente hoje! Levo a minha cadeira para o espaço onde está batendo sombra.

— Bem, Max, queria que você fizesse um desenho de mim hoje.

Ele olha para a minha avó e eu tenho a sensação de que me safei da cadeira elétrica.

embuscadoamor.com

— Claro! Tem papel?

Retiro os pratos enquanto eles se ajeitam. O artista com a calça jeans enrolada, revelando pernas peludas e finas, desenha silenciosamente enquanto a modelo posa, olhando para o jardim. Ela tira o chapéu. Ele rasga uma folha. É típico de minha avó, de repente aparecer com um caderno e lápis, dessa maneira. Às vezes, eles param por alguns minutos e escuto uma conversa animada; os dois são muito simpáticos. Troco a água e começo a lavar as panelas. Ela está olhando diretamente para ele agora. No desenho, há uma sombra da bela jovem que ela foi. Uma tampa de panela escorrega do secador e os dois se viram.

— Ei, você. Será que pode me trazer uma bebida aqui? — grita Max.

— Tem vinho branco na geladeira, querida — diz minha avó.

Pego a garrafa e as taças e olho um dos desenhos. As linhas embaçadas captam a essência da vovó.

— Que lindos.

— Espero que ele tenha me desenhado bem bonita.

— Só desenho o que vejo. — Max solta o lápis e despeja o vinho.

— E não tem como transformar um monstro em princesa — acrescenta ela.

Comemos queijo no lugar da sobremesa. Minha avó traz o brie e, ao colocar a tábua ao sol, ela corta uma fatia enorme, raspando a parte do meio e mordiscando a casca. Acho que ela anda muito feliz ultimamente. Fecho os olhos e deixo o sol banhar meu rosto, escutando enquanto ela conversa com Max a respeito de seus planos de viagem.

— ... e então pensamos em Santander. Reg nunca foi lá.

— Adoro a costa norte — diz Max.

— Você disse que Reg nunca foi? — Mantenho os olhos fechados enquanto falo.

— Sim.

— Então, vocês dois vão sair de férias juntos, agora? — Eu me sento.

— Bem, sim.

Eu me recosto, suspirando.

— Algum problema, Viv? — pergunta ela.

Abro um dos olhos e depois o fecho de novo.

— Não, nenhum, é só que... Bem, o vovô não morreu há muito tempo, e você já está indo se divertir com outra pessoa.

— Faz dois anos que ele se foi, Viv. Dois anos é muito tempo para ficar sozinha.

— Bem, talvez seja só eu. Ainda sinto falta dele, só isso.

— E eu também. Mas ainda estou viva e, enquanto estiver, vou aproveitar ao máximo! — Ela fica de pé, juntando alguns pratos, e parte para a cozinha. Escuto o clique de um isqueiro.

Max solta a fumaça.

— Ai, ai — diz ele.

— O que foi?

— Parece que você deixou sua avó chateada.

— Bem! Essa história toda com o Reg é ridícula. — Olho para ele. — Ela o paquerava mesmo quando meu avô ainda era vivo, sabe?

Max está calmo. Olho para a cozinha, mas não consigo ver minha avó.

— Acho que ela começou a sair com ele pouco depois do enterro. — Eu me recosto, sentindo o calor do dia em cima de minha cabeça enquanto ele termina de fumar. — E ela nunca disse nada. Nunca anunciou nada. Eles simplesmente se encontram escondidos.

— Por que será?

— Porque ela se sente culpada!

— Ou... talvez ela não queira magoar você.

— Não tem nada a ver comigo.

embuscadoamor.com

— Bem, você tem razão nesse ponto. — Ele sorri. Olho para o jardim, sentindo-me abalada. Sinto a dor de cabeça fazendo minhas têmporas latejarem. Por que eu me importo se minha avó e Reg estão saindo? Quero que ela seja feliz. Mas me sinto traída de um jeito que não sei explicar. Max não entenderia; ele tem pai e mãe, vivos e ainda casados, e quatro irmãs doidas e centenas de sobrinhos e sobrinhas. Todos eles o amam com tanta carência e intensidade que faz com que ele evite ir para casa. A minha história familiar é um vidro frágil e Reg está batendo nas margens com um martelo.

Eu me esforço para chegar à raiz de meus sentimentos e, quando acho que posso explicar, o sentido desaparece, deixando um pensamento pela metade, como uma cauda desconectada do corpo. Desisto e vou para a cozinha pegar água. Minha avó está guardando os pratos no armário e percebo que suas mãos estão tremendo quando ela ergue os braços para alcançar as prateleiras mais altas.

— Posso ajudar? — pergunto.

— Estou quase terminando. — As tigelas batem umas nas outras na prateleira e eu paro ao lado dela, sem saber o que fazer. Ela fecha a porta de vidro, levemente ofegante pelo esforço, depois se vira para mim e sorri, seus olhos azuis repletos de compreensão, e coloca a mão em cima da minha e a aperta de leve.

— Precisamos ir daqui a pouco — digo.

— Como você quiser, querida — diz ela e acaricia meu rosto com as costas dos dedos.

O calor do dia parece ter sido absorvido pelas ruas quentes de Londres. O cheiro de coisas fritas se mistura com a fumaça e a poeira. Max conversa comigo em direção ao metrô. Digo a ele que não preciso de acompanhante, mas ele acha que preciso.

Ele está falando sobre sair da cidade, tirar um período sabático, fazer uma peregrinação de moto.

— Por que você não vem comigo?

— Não tenho moto.

— Você iria na garupa, boba.

— Onde dormiríamos?

— Sob as estrelas.

— O quê? Juntos? — Faço uma careta.

— Certo, eu durmo sob as estrelas sozinho, você pode se hospedar em um hotel cinco estrelas.

Dobramos a esquina. Olho para a janela aberta da cozinha de meu apartamento, pensando que Rob me mataria por ser tão descuidada com a segurança.

— Um hotel cinco estrelas com spa. — Digo quando chegamos à minha porta. Tenho um pouco de dificuldade com a fechadura e, quando me viro, Max voltou para a rua.

— Ah, você não vai entrar?

— Não... tenho coisas para fazer. — Ele sorri.

— Como o quê?

— Planejar a viagem de "estrelas e spas". Ele começa a se afastar, e fico sozinha na porta do prédio.

— Eu não vou! — grito.

— Ah, você diz isso agora...

Observo enquanto ele se afasta, desaparecendo de vista como um urso grande. Tenho a sensação de que ele levou o sol embora ao partir.

CAPÍTULO QUINZE

Seguindo em frente

É importante não idolatrar seu ex. Concentre-se nos defeitos dele e faça uma lista de tudo que você não gostava nele. Leia a lista sempre que começar a sentir sua falta.

"Meu ex-namorado, Shaun, sempre dizia que meus pés o deixavam enojado. Ele fazia uma piada, dizendo que eu sobrevoava um local e pegava as coisas com minhas garras. Olho para os meus pés, me lembro dele rindo e pronto! Paro de sentir saudade."

Becka, 20, Harrow

"Minha ex-namorada queria que eu dormisse com ela e com seus dezoito bichinhos de pelúcia. Eu acordava no meio da noite, pressionado contra a parede, com todos aqueles olhos de vidro me encarando. Sinceramente, não sinto falta dela, principalmente quando me lembro do macaco malvado."

Simon, 25, Leeds

"Quando sinto saudade dele, simplesmente penso 'Costas cheias de espinhas, costas cheias de espinhas, costas cheias de espinhas'."

Tanya, 30, Newcastle

"A melhor coisa a fazer é simplesmente sair com outra pessoa. Pode ser qualquer um — simplesmente saia e transe."

Katie, 39, Staines

É segunda de manhã, e chego no trabalho com a sensação de que algo ruim vai acontecer, mas não sei o que é. Está tudo como deixei antes do fim de semana — carpetes cinza, iluminação, mesa cheia —, mas parece que estou a caminho da guilhotina. Vejo que Christie não está — deve ter esquecido a história de começar do zero. Olho para o céu perfeito de verão; vestígios brancos de nuvem pontuam o azul. Está um dia lindo, um dia para fazer piquenique com o namorado, para atravessar um lago de jet-ski, ou para dirigir pela costa em um conversível... se eu não estivesse total e completamente sozinha.

Olho para a foto de Rob, para seu sorriso perfeito. Um sorriso que não é mais meu. Eu o retiro do quadro de fotos e o coloco dentro da gaveta.

— Adeus, meu amor — sussurro e fecho a gaveta. Certo, vou buscar cada pedaço de mim que ainda espera por ele e darei a eles um tratamento de choque. Permitirei que Rob saia da minha vida. Só de pensar nisso, sinto vontade de gritar.

Ligo o computador. Ele reclama que eu não o desliguei adequadamente e mostra a planilha com a qual eu estava desesperada na sexta-feira. Sexta-feira! Eu estava tão cheia de esperança. Eu o veria naquela noite. Como um fim de semana pode mudar tudo... Agora, não tenho futuro. Estou desolada. Só tenho o trabalho. Vou me jogar de cabeça nele. Escrevo "Slogans para calcinhas comestíveis" em meu bloco de notas e confiro os e-mails. Dois de fornecedores, um me dizendo que o tartã que escolhemos para as bolsas está fora de estoque. O outro diz que as velas com desenhos escandinavos são feitas por detentos na Noruega. Eles querem saber se isso se encaixa com os padrões éticos da Barnes and Worth. Penso a respeito. Os detentos têm que fazer algo, não têm? Não estamos arrancando os órgãos deles, nem nada disso. Terei que verificar isso antes de fechar o pedido. Levanto para fazer café usando a cafeteira presa à parede, pensando que Rob me disse, certa vez, que essas cafeteiras transmitem doença do legio-nário, e procuro na geladeira, em vão, um leite que tenha a etiqueta "Presentes". Uso aquele que tem a etiqueta "Contabilidade. Nem

embuscadoamor.com

pense nisso!" Enquanto lavo a colher, escuto Christie rindo. Saio da cozinha e a encontro conversando com Ranhosa, que hoje combinou meia soquete de estampa de leopardo com *sandal-boots* de estampa de zebra.

— Não, eu acho que você deve simplesmente se jogar nisso! A vida é curta demais — diz Christie. As duas se viram para mim e a conversa termina.

Sorrio e digo:

— Bom-dia!

— Bom-dia, Vivienne — diz Ranhosa. Ela aperta o ombro de Christie antes de se afastar, e fico olhando para ela.

— Acho que ela está levando muito a sério essa coisa de estampa de animal, você não acha? — pergunto.

— Eu acho que hoje ela está bonita — afirma Christie.

Sinto um pânico, como um búfalo que se encontra longe do bando e escuta roncos na mata.

— O que está acontecendo? — pergunto enquanto caminhamos de volta para as nossas mesas.

Ela fica corada.

— Nada.

— Como assim? Você está muito amiga da Ranhosa agora.

— Não, é só que... — Ela joga alguns papéis em cima da mesa.

— O que são esses papéis?

— Ah, Viv. A Ruth, quero dizer, a Ranhosa, me chamou para uma reunião no café da manhã... sabe como é, para termos ideias para os produtos.

— Reunião no café da manhã?

— Sim, e ela comprou croissants.

— Croissants?

— Sim, aqueles com chocolate.

Fico olhando para Christie. O que Ranhosa está fazendo convocando reuniões com minha assistente sem que eu saiba e discutindo assuntos criativos que são de meu interesse? Tem alguma coisa acontecendo. Ela queria que a Christie fosse para o olho da rua na semana passada. Só consigo imaginar que a Verruga gostou de Christie depois da reunião de sexta-feira e armou isso. A Ranhosa não gosta de ninguém. Vejo uma mancha vermelha subir pelo pescoço de Christie. Ela abre a boca para falar, e então muda de ideia.

— Então, vocês se divertiram no bar na sexta-feira? — pergunto.

— Sim — responde ela, meio incerta.

— Sobre o que vocês conversaram? — Ficamos cara a cara e eu começo a bater os dedos na mesa.

— Bem, o bar estava cheio e Marion... Verruga, conhecia quase todo mundo ali. Foi muito divertido, Viv... você deveria ter ido.

— Sei, sei, e vocês falaram sobre trabalho?

— Bem, um pouco.

— Certo, e então, o que ela disse?

Ela começa a pegar fiapos de sua cadeira.

— Elas estavam falando sobre a oferta de Natal e como esta pode ser uma oportunidade de carreira para mim, porque tenho boas ideias, coisa e tal.

— É?

— E foi quando a Ranhosa me chamou para a reunião de hoje.

— E ela ofereceu a você alguma oportunidade de carreira?

— Não, só falamos sobre calcinha, na verdade. — Ela não consegue olhar para mim.

— Entendi. Bem. Eu só posso dizer para você tomar cuidado, Christie. Lembre-se de que "Ruth" só quer saber dela própria. — Ela aparenta estar desanimada. Está murcha e fui eu que furei seu balão. Sei que, independente do que estiver acontecendo, Christie não faz a menor ideia. Não é culpa dela; elas a transformaram em um peão. Ela olha para seus saltos Mary Jane. Sorrio para ela, repentinamente arrependida. — Mas com certeza elas lhe farão uma oferta...

embuscadoamor.com

— Bem, elas disseram que o *seu* trabalho tem deixado a desejar, ultimamente — diz ela, logo em seguida. — Sim, elas disseram que você tem errado a mão... que você deixou que assuntos pessoais interferissem em seu trabalho.

— Elas disseram isso?

— Sim.

— E o que você disse?

— Eu disse que você está passando por um momento difícil.

— Isso. — Sinto algo arranhar minha garganta. Olho para um cartaz a respeito das regras de segurança contra incêndio que está atrás da cabeça de Christie, tentando afastar as lágrimas. — Certo, Christie. Preciso de um momento sozinha e, em seguida, faremos nossa reunião a respeito dos produtos. Tudo bem? — Eu me viro para a minha mesa, olhando para a tela e engolindo em seco.

O que está acontecendo comigo? Não posso começar a chorar! Estou furiosa por elas terem falado sobre mim no bar dessa maneira... Sei que não tenho sido tão comprometida quanto costumava ser, mas estou lidando com uma crise pessoal. Será que elas seriam mais compreensivas se eu estivesse me divorciando? Estou perdendo o amor da minha vida, não sei o que será de meu futuro, então, perdoe-me se eu não estou *tão* interessada nos presentes de Natal... assoo o nariz e um novo e-mail aparece na tela.

Bom-dia, Vivienne,
O site está pronto para ser usado... quando eu vir você.
Mike

É só o que me faltava. Como ele conseguiu deixar até mesmo um simples e-mail assustador? Respondo rapidamente.

Oi, Mike,
Muito obrigada! Mal posso esperar para ver o que você criou.

Tenho reuniões a manhã toda, mas você está livre depois do almoço?

A resposta dele aparece quase instantaneamente.

Até mais tarde, às 18h, depois do trabalho.

Ele quer que eu pague o jantar hoje à noite? Pensei que o site estaria no ar antes de eu "pagar". Tenho escolha? Eu devo isso a ele, e um jantar na segunda à noite é um sacrifício menor do que em qualquer outro dia. Eu concordo e, com a sensação de que acabei de fechar negócio com o diabo, fecho o e-mail e imprimo nossa planilha de produtos. Tenho errado a mão? Não mais. Eu me viro na cadeira e fico de frente para a mesa de Christie. Ela percebe a minha presença e rapidamente fecha um site de moda.

— Podemos nos reunir agora? — pergunto. Ela se vira, preparada.

— Acho que sim.

— Ótimo. Então vamos falar das calcinhas comestíveis? — Sorrio de modo incentivador.

— Na verdade, quero cuidar dessa linha sozinha. A equipe de compras acha que eu deveria contribuir com as minhas ideias sozinha.

— A equipe de compras?

— Sim.

— Quem? Ranhosa e Verruga? R e V?

— Isso mesmo.

— Olha, não é um ótimo plano? Posso saber se você encontrou um fornecedor?

— Ainda não.

— Certo, já criou algum slogan?

— Já, sim. Criei alguns que acho que podem funcionar.

embuscadoamor.com

— Quer mostrá-los para mim?

Ela parece se soltar um pouco, até sorri ao pegar um caderno. — Bem, tem o "Natal cabeludo"... É uma brincadeira com a música de Feliz Natal, mas, como fala de roupa íntima, vai ter a ver com pelos pubianos...

— Entendo.

— E tem também "Chupe e veja". E "Proteja as bolas" — esta seria para a linha masculina — ela lê.

— Certo...

— Depois, comecei a pensar em variações dos pratos tradicionais de Natal. Não serão os de sempre, mas eu pensei que, em vez de "torta de lentilha", poderíamos usar "torta na virilha", em vez de rabanada, poderíamos ter "xoxotada" — diz ela, com o rosto sério.

— Ou então, em vez de peru de Natal, podíamos usar o "saco do Papai Noel"? — dou risada.

Ela olha para o teto, mordendo a ponta do lápis enquanto pensa, e então franze a testa.

— Não, Viv, não entendi essa. — Ela olha para o caderno de anotações. — "Cobertura de cereja?"

— E por que não apenas "abertura"?

— Olha, você não está entendendo o tema, Viv. Estamos falando de pratos de Natal. — Ela fala pacientemente, como se eu fosse uma imbecil. — Bem, essas são minhas ideias por enquanto. Aviso se precisar de mais ajuda.

Olho para ela, procurando um traço da Christie que conheço, mas a Ranhosa a substituiu por uma androide.

Continuamos ao longo da manhã, finalizando a linha de produtos. Christie se desvia de tudo que eu tento delegar, dizendo ter que se concentrar em sua própria "linha". Deu à linha o nome de "fantasível", porque é uma "fantasia comestível", segundo ela. Christie está muito irritante, por isso insisto para que ela cuide das velas decorativas e confira a questão do "feito por detentos", e então fico em paz com os outros dez produtos. Será bom me ocupar... distrair a mente. Serei heroica, trabalhando até o fim do expediente. Todos ficarão surpresos. Sonho acordada pensando em Rob na Sicília, em nossas últimas férias, mas essa lembrança dourada e doce logo se espatifa como uma bolha de sabão contra a parede de concreto da realidade. Vida real: trabalho, e um encontro com Michael assustador.

As portas do elevador se abrem e ali está ele, encostado na parede de mármore com confiança ensaiada, balançando uma das pernas. Sinto o desejo de passar correndo como uma corça assustada e desaparecer na mata rasteira das pessoas que voltam para suas casas, mas apenas caminho lentamente pelo hall. Os olhos dele me observam, mas, de modo bizarro, ele finge não ter me visto. Olha ao redor de modo casual; agora, as duas pernas se estremecem. Ele me cumprimenta com uma reação falsa de surpresa quando paro diante dele, e se inclina para a frente, segura meu cotovelo e beija o ar ao lado de minha orelha. Sinto o cheiro fraco de legume em seu hálito e de pimenta em seu colarinho. Ele evita olhar em meus olhos e faz um meneio de cabeça em direção à saída, e então ocorre um momento de embaraço quando nos aproximamos da porta giratória e acabamos pressionados na mesma divisão da porta, e rodamos em silêncio até sermos recebidos pela noite quente.

— Aonde vamos, então, Michael? — pergunto casualmente.

— Mike.

— Desculpa... Mike — digo. Ele olha para a rua, estreitando os olhos como quem avalia uma zona de combate, e então se vira e olha para o outro lado.

— Acho que podemos beber alguma coisa no O'Malley's primeiro — responde ele com satisfação, e então se afasta, com passos

embuscadoamor.com

curtos e rápidos. Dou uma corridinha para alcançá-lo, contente por estar usando sapatos sem salto; os olhos dele ficam na altura de meu pescoço. Olho para sua barbicha rabo de rato enquanto ele olha para a frente.

— O'Malley's. Acho que nunca fui lá.

— Ah, você saberia se já tivesse ido! — Ele ri para o nada.

Olho para a calçada, para as minhas sandálias e para os sapatos de couro sintético dele. Caminhamos pelas pessoas, passando entre elas. Em alguns momentos, ele caminha na frente, sem olhar para ver se estou acompanhando. Pelo menos não parecemos estar juntos caminhando dessa maneira. Sinto uma mistura estranha de ansiedade e medo, com uma pitada de curiosidade. Tento lembrar a mim mesma que não tinha nada melhor para fazer esta noite e que é importante que eu saia de minha zona de conforto — é o que diz o *Encontre seu próprio caminho, seja livre*. Além disso, preciso me lembrar de que ele me fez um enorme favor. Eu o alcanço quando subimos na calçada de novo.

— E então, Mike, como está o site?

— Tudo bem.

— Mal posso esperar para vê-lo.

Ele olha para mim de canto de olho, como se eu estivesse tentando armar alguma para ele. Ficamos em silêncio até ele parar diante de uma escada com corrimão preto e aparência formal. Os degraus de concreto levam a um piso de madeira lá embaixo. Ele desce a escada correndo como um apresentador de *gameshow* e vejo seu couro cabeludo entre os fios ralos da cabeça. Olho com saudosismo para a noite ainda iluminada pelo sol da tarde, como alguém que respira fundo antes de afundar na água, e vou atrás dele.

Mike empurra a porta e somos recebidos pela atmosfera barulhenta de um bar do submundo, com madeira escura e estofado cor de vinho. Meus olhos se ajustam à luz fraca e vejo sombras curvadas em cabines nos cantos; aqui e ali, vejo o brilho de piercings faciais. Atrás do balcão, vejo uma bela morena obesa recostada, sua pele alva brilhando como cream cheese na escuridão, seu colo pálido contrastando com um corpete preto e brilhante.

— Tudo bem, Mike? O que vai ser? — Pergunta ela, quando nos aproximamos.

Ele olha para mim de modo triunfante. Pede uma caneca de cerveja, pega seu copo e se dirige a uma cabine, deixando-me ali para pegar a minha bebida e pagar. Eu me sento no banco na frente dele com minha vodca e tônica.

— Eu já peguei ela — diz ele, lambendo a espuma de cerveja de seu lábio superior e fazendo um meneio de cabeça em direção ao bar.

— Bem, ela é muito bonita.

— Adoro mulheres grandes.

Sinto a mesa vibrar com as pernas dele, que não param de balançar, e tomo um grande gole de vodca. Olho ao redor do salão e de novo para ele, sorrindo levemente.

— Você provavelmente não é grande o suficiente para mim, mas tem uma bunda grande. Gosto disso — explica ele.

— Obrigada, isso é... bem... bacana da sua parte.

— Sem problema. Mas você não tem muito na frente, para dizer a verdade.

— Oh. — Sinto a pele de meu inadequado decote murchar. Minha camiseta listrada me mantém coberta, mas é justa. Observo quando ele desvia os olhos de meus mamilos. Seus dedos ossudos batem na mesa e ele olha ao redor encurvado, balançando a cabeça em uma batida que só ele ouve. Então, ele ri de repente, um tipo de zurro que termina em risada.

— Você não está à vontade aqui, não é?

— Estou bem.

embuscadoamor.com

— Aqui é bem doido.

Eu olho ao redor para outras pessoas que estão bebendo em silêncio, pensando que algo deve estar prestes a acontecer e eu não sei. Talvez toque um sino e todos tenhamos que trocar de calça uns com os outros dançando "Macarena".

— Mike... quanto ao site...

Rapidamente, ele mostra um pedaço de papel com um endereço eletrônico anotado.

— Tudo aqui para sua... análise.

— Ótimo! — Eu tento pegar, mas ele tira da minha mão, com os dedos nervosos roçando os meus.

— Só depois que *eu* tiver uma noite legal, amiga! — Ele sorri. — Você precisa saber uma coisa sobre mím: eu conheço as mulheres. Sei como vocês são. — Ele coça o nariz e balança a cabeça. — Se eu der o que você quer logo de cara, você vai correr para casa assim que puder, não é? — Fico olhando para ele. Isso quer dizer que ele tem o costume de subornar mulheres para saírem com ele? Será que sabe que qualquer uma fugiria dele como fogem de uma candidíase se ele não tivesse o que elas querem? Ele se mexe em sua cadeira. — Tenho o que você quer — ele dá um tapinha no bolso —, então você deve me dar o que eu quero... justo, não?

— Eu não ia correr para casa! — E dou risada. — Só pensei que pudéssemos falar sobre o site, só isso. — Ele olha para mim como um lobo espiando o galinheiro. — E você queria comer, não é? — De repente, sinto a necessidade de deixar bem claro.

— Isso mesmo. Banquete chinês, creio eu. — Ele estala os lábios.

— Beleza. — Viro minha bebida. — Vamos?

— Só depois que as dançarinas se apresentarem.

Depois de muita vodca, estou sentada no Golden Garden, sentindo uma onda de disposição e conversando animadamente com Michael a respeito de pelos faciais. Ele tem um caminho aparado de pelinhos logo abaixo do lábio inferior, acima da barba comprida.

— As mulheres adoram — diz ele. Ele roda o tampo giratório da mesa para que eu possa pegar os frutos do mar empanados. Pego alguns com hashis de plástico, e acrescento um rolinho primavera dos pratos do dragão vermelho.

— Que tipo de mulher adora pelos faciais? — pergunto, abismada.

— As mulheres *de verdade*. — Ele sorri. Eu dou risada e os patos cor de caramelo da janela parecem girar e dançar. Ele suga o chop suey, reunindo os fios de macarrão pendurados em seu queixo com a língua. Fico olhando para a língua dele, que parece obscenamente comprida. Encho a cara de camarão. Ele se inclina para a frente de modo conspirador. — Elas dizem que é meu massageador de clitóris.

— E ri. Olho para os pelos brilhantes, imaginando. De repente, ele mostra a língua.

— Minha nossa! — exclamo com a boca cheia, e então engasgo com um pedaço de camarão. Mike se levanta e começa a bater em minhas costas com tanta força, que tenho a impressão de que meus olhos podem sair das órbitas. Acho que ele me machucou. Consigo balançar a cabeça e digo: — Estou bem! — e ele para e volta para sua cadeira. Tomo um gole de água.

— Pensei que teria que executar a manobra de Heimlich. Tenho treinamento avançado em primeiros socorros.

— Mike, você é tudo com que uma mulher sonha! Sabe aplicar os primeiros socorros e... — Mal consigo completar a frase — ... você tem um massageador de clitóris! — Estou obviamente histérica. Não consigo parar de gargalhar e ele também está rindo, cuspindo pedacinhos de macarrão. Ficamos ali, como duas crianças bobas, e nos calamos e começamos a rir de novo. Alguém se aproxima da mesa.

embuscadoamor.com

— Oi, Viv. Está se divertindo? — Viro e olho para cima, secando os olhos. Rob está diante de nós dois, surpreso. De repente, fico sóbria e tudo perde a graça. Vejo Sam com um vestido brilhante, seus olhos de bambi grandes e inocentes.

— Oi, Rob. — Começo a pigarrear.

— Pensei que alguém teria que vir e jogar um balde de água em vocês dois. — Ele sorri, olhando para Michael.

— Ah, Rob... este é Michael, um colega de trabalho. — Eu me viro para Michael. — Michael, este é Rob, um... é... um amigo, e a noiva dele, Sam. — Tenho a sensação de que ele está segurando o balde.

— Beleza? — pergunta Michael. Rob olha para mim, para ele, e de novo para mim.

— Bem, bom ver você — diz ele de modo formal e pousa a mão na parte inferior das costas de Sam, guiando-a em direção à porta. Seus sapatos fazem um barulho no chão como os cascos de um puro-sangue conforme ela dá alguns passos. — Vai me avisar quando resolver buscar as suas coisas, então? — acrescenta ele. Sam joga a crina marrom e olha para trás para conferir minha reação.

— Claro. Que tal amanhã? — respondo, olhando para Sam.

— Amanhã? — Ele confere com ela, que sorri para mim. — Pode ser amanhã, Viv — diz ele. — Até lá, umas sete e meia? — Eu concordo. Ele olha para mim por um momento e sorri de modo levemente íntimo. Observo quando os dois partem. Ele diz algo a ela, que ri, e ambos saem para a rua. Eu me viro para Michael, sentindo meu coração apertado. Ele está pegando um pedaço de lula com os hashis; é nojento.

Estremeço quando atravessamos Chinatown e Michael coloca o blazer sobre meus ombros. Passamos pelo cheiro de pum dos cestos de lixo do lado de fora, no fundo dos restaurantes. Ele está me levando em direção ao metrô, tentando me convencer a ir para sua casa. Parece que ele tem um aquário que eu deveria ver.

— Dá pra dar uma volta de trezentos e sessenta graus ao redor dele — diz ele ao chegarmos na entrada da estação Leicester Square.

— Michael, obrigada pela ótima noite — digo, com sinceridade. Ele fica olhando para mim. — Estou falando sério. Dou um beijinho em seu rosto e sinto que ele está meio embriagado. Não é à toa que não consegue parar quieto.

Ele pega o pedaço de papel com o endereço do site de seu bolso e o entrega a mim.

— Este site, minha amiga, é excelente. Navegue por ele e vamos colocá-lo no ar, beleza?

— Muito obrigada.

— E olha só: aquele cara que abordou você, sabe? — Mike balança a cabeça. — Não é um cara legal. — Sorrio para ele e sinto meus olhos marejarem. — O cara poderia simplesmente ter saído. Mas quis torcer a faca.

Seguro a mão dele nas minhas, sentindo a pele escamosa e as unhas duras como conchas.

— Obrigada — digo e vejo seus olhos escuros me observando, olhando para quem passa e, finalmente, focando-se em mim, mas logo se afastam de novo como moscas, e compreendo algo muito sutil: as pessoas menos improváveis podem se tornar salvadoras em tempos difíceis, e as pequenas gentilezas que elas oferecem podem ser decisivas.

CAPÍTULO DEZESSEIS

Mal me quer

Se você escutar uma destas frases, ele com certeza está terminando com você. Afaste-se com o máximo de dignidade que conseguir.

1. *Não é você, sou eu.*
2. *Você é uma pessoa tão doce...*
3. *Preciso de um tempo para mim.*
4. *Simplesmente não estou pronto para um relacionamento sério, nem casual, nem de qualquer tipo que seja... com você.*
5. *Você vai ficar melhor sem mim/é boa demais para mim/é inferior a mim.*
6. *Vou me mudar/não tenho muito tempo de vida.*
7. *Não posso mais sair com você. Tudo isso está me deixando doente.*
8. *Se você fosse mais magra, tivesse cabelos ruivos e não tivesse o dedão do pé deformado, acho que poderia amá-la.*
9. *Acho que sou alérgico a sua saliva.*
10. *Quero estar livre para conhecer alguém que concorde comigo em algumas coisas.*
11. *Não é culpa sua, simplesmente sinto que não quero mais ver sua cara gorda.*
12. *Se eu estivesse pronto para amar, não seria com você.*
13. *Se você quisesse transar com mais frequência, eu não teria que dormir com mais ninguém.*
14. *Seu cheiro me broxa.*
15. *Minha ex está me assombrando.*

Estou de pé do lado de fora de minha antiga casa, olhando para a janela iluminada, o coração pulando como um peixe fora d'água.

Tudo bem. Posso me acalmar. Só estou aqui para pegar o resto de minhas coisas e partir, só. Então, por que acabei de gastar quarenta pilas para fazer escova no cabelo? Enquanto observo, Sam aparece e puxa uma cortina. *Intrusa! Saia da minha casa!*

Hesito na pesada porta de entrada, tocando o número de latão, 7. Sorte minha — foi o que eu disse quando nos mudamos e nos beijamos na entrada. Agora, há dois vasos redondos de argila italiana; bonitos, organizados, simétricos e que não têm nada a ver comigo. Levanto a alavanca em formato de leão e a solto em seguida. Espero como um fantasma, escutando gritos abafados e alguém descendo a escada. Rob abre a porta usando um avental listrado sobre uma camisa clara, sem gravata. Uma nuvem de curry e frango frito flutua pela rua fria. Ele sorri e fico surpresa ao vê-lo tão belo. Olho para o contorno perfeito de seu rosto, para o cabelo caindo em sua testa que o torna quase lindo demais. Eu me inclino para a frente para beijá-lo, mas ele já se virou e está subindo a escada.

— Suba — diz ele, como se eu tivesse chegado para ler o contador da energia.

De pé na sala de estar, vejo que ela se mudou para lá. Tudo de repente se tornou fresco e decorado. Há um abajur estampado com contas feias de vidro penduradas ao redor da base. Almofadas peludas como as bolas do homem da neve estão espalhadas em cima do sofá. O vapor se espalha da cozinha em estilo americano. Olho para as panelas de cobre e para os ímãs de geladeira nos quais se lê que o vinho faz a pessoa cozinhar melhor.

— Muito confortável — digo.

— Ah, sim, todas as coisas estão no quarto extra... pega o que quiser e o resto nós tiraremos. — Ele apoia o peso do corpo em um dos pés, depois no outro.

— Tirar?

— Vamos transformar aquele quarto em um quarto de bebê. — Ele corre a mão pelos cabelos, sem olhar para mim.

embuscadoamor.com

— A Sam está grávida? — Quase engasgo. Ele demonstra desconforto. — Não precisa me poupar.

— Não, mas ela... queremos tentar na lua de mel.

— Oh. — Sinto um nó na garganta como uma rã venenosa.

— Olha, sinto muito, Viv. Não há uma maneira boa de fazer isso, não é? É meio como arrancar um curativo, não acha? Melhor se for rápido.

— Se está dizendo...

Sei que não tenho orgulho; é bom e ruim. Faço papel de tola por causa disso, mas, por outro lado, não me ofendo facilmente e não guardo mágoas para salvar minha vida. Mas, nesse momento, é algum ruim, bem ruim; no auge de minha dor, praticamente sem conseguir me colocar de pé, estou tirando as minhas coisas dali para abrir espaço para o *quarto do bebê dela*.

Sinto vontade de gritar com ele. E os meus bebês? Quero exigir que ele devolva os anos que tomou, mas, para sair viva, preciso cortá-los como se fossem um membro preso. Ele me leva ao quarto extra onde os restos de outra vida estão empilhados como sucata em cima da cadeira vermelha. Piso entre as coisas descartadas; é como entrar no sótão de uma mulher que já morreu.

— Você não quer isto? — Pego uma foto emoldurada que tirei dele no Monte Snowdon. Ele olha para o chão. Entro um pouco mais no quarto. — Nem isto? — Jogo uma vela de grife em uma caixa de papelão repleta de cartas, álbuns de fotos e outros detritos de nosso relacionamento.

— Viv... por favor...

Percebo que não consigo manter a calma; é como tirar o veneno de uma ferida — com uma colher. Estou perdendo o controle. De repente, começo a chorar.

— Ah, desculpe... isso é difícil. — Meu Deus! Recomponha-se. Todos os livros dizem para não demonstrar emoção. Mas não estou nem aí para o que está nos livros. Aquilo é real e não consigo... — Eu... eu cometi um erro. Não quero nada, nada disso. Pode jogar fora ou fazer o que quiser com isso. Queime! — Eu me viro para descer a escada e fugir, mas ele está bem atrás de mim e segura o meu braço quando chego à porta. Posso jurar ter visto Sam passar pelo corredor como um duende sorrateiro.

Ele me segura com firmeza pelos ombros, fazendo-me olhar nos olhos azuis assustados dele e fazendo-me reviver a dor de perdê-lo. Não consigo controlar minha expressão facial, apesar de dizer a mim mesma: "Você não vai chorar".

— Viv, querida, não chore.

Solto um soluço baixinho. Ele me abraça, pressionando o peito e o quadril contra o meu corpo. Não acredito que ele não sente a minha falta.

— Terminou mesmo, não é? — pergunto. Ele parece surpreso e, logo depois, envergonhado, mas não responde. — Rob, você não sente nem um pouquinho de saudade? Você não sente *nada*? — Respiro profundamente e sinto o cheiro delicioso de seu pescoço, como uma viciada.

— É muito... triste — diz ele por fim, mas fica rígido e se afasta do abraço dando um tapinha em minhas costas.

— Só isso? Sou eu, Rob. Você não me conhece mais? — Olho no rosto dele, mas ele desvia o olhar para a rua.

— O que você quer, Viv? O que você quer?

— Quero você! — Tento sorrir com o nariz escorrendo e o rímel borrado, e estico a mão para acariciar seu rosto. — Você não entende? Sempre quis você, desde que nos conhecemos.

Ele suspira, segura meu rosto com uma das mãos e passa o polegar sobre meus lábios, borrando meu batom. Fecho os olhos, esperando pelo beijo. Sinto o hálito dele em minha orelha.

embuscadoamor.com

— Eu... não estou disponível — sussurra. Olho nos olhos dele, que estão frios como vidro. — Sinto muito, Viv. — Ele me pressiona como um assassino que empurra a faca para o fundo. Eu me afasto.

— Não diga que sente muito. — Eu choro e emito um som que nunca emiti antes na vida, um uivo rouco. Corro para fora, meio torcendo para que ele me segure de novo. Ao chegar à esquina, olho para a casa, mas a porta está fechada. O rosto pálido de Sam espia da janela, e ela esboça um sorriso perfeito.

CAPÍTULO DEZESSETE

Dormir com amigos

Doce Boneca:	Eu estou muito, muito a fim do meu melhor amigo. Não consigo parar de pensar nele, e ele diz que estou agindo de modo estranho. Será que devo contar e colocar a amizade em risco?
Minissaia:	Nossa! É complicado, eu sei. Eu arrisquei, dormi com meu melhor amigo e agora ele é meu marido!
Monstrengo:	Muito bonitinho, Saia. Boneca, eu diria para você tentar se acha que pode lidar com todos os resultados possíveis!
Doce Boneca:	Mas eu odiaria se ele deixasse de ser meu amigo.
Monstrengo:	Não, não faça o que está pensando em fazer.
Macaquinho de Pelúcia:	É meio radical, não acha, Macaco? Conte para ele, mas não espere nada. Não contar pode estragar a amizade e você pode se arrepender.
Macaquinho de Pelúcia:	Nada a ver. Amizade é sagrada.
Doce Boneca:	Entendo o que estão dizendo, mas eu preciso fazer alguma coisa, ou vou explodir!
Macaquinho de Pelúcia:	Você é jovem, vai aprender.
Monstrengo:	Yoda? É você?

Vago pelas ruas, ferida, passando por bares e restaurantes lotados, chegando aos diques e ao Tâmisa poluído. Eu me recosto no muro

embuscadoamor.com

das estátuas, sentindo o cheiro salgado e metálico, observando a água bater no seixo. Lembro-me de uma exposição que certa vez vi, de coisas feitas com a argila do leito do rio: os restos de uma menina que havia morrido no parto, um esqueleto minúsculo preso dentro dela. Muito triste. A vida é simplesmente muito triste. Solitária, cruel e triste. Fico olhando para a água, permitindo que minha visão fique borrada. Meninos de skate passam por ali: "Vai fundo!", gritam eles. Um barco de festa passa por ali, com lâmpadas verdes e vermelhas e música alta.

Eu me viro e começo a caminhar para o norte, fechando a mente como uma loja abandonada. Não posso pensar no que acabou de acontecer; então, eu me concentro no ritmo dos meus passos. Dobro esquinas, recebendo vento encanado, correndo pelo trânsito, passando por anúncios, jornais e convites. Desço para o subterrâneo e pego o metrô, percorro dez estações e saio no meio de uma garoa fina. Pego o atalho por um labirinto de vielas até ficar de frente para o prédio de Max.

Aperto o interfone até a porta se abrir. Graças a Deus ele está em casa. Entro e sinto cheiro de gesso úmido, e olho para cima, para a escada de pedra em espiral. Começo a subir lentamente até o apartamento dele, que abre a porta de calça jeans e com uma camiseta velha dos Ramones.

— Ah, é você. — Ele olha além de mim com inquietação e então me convida para entrar. Fico de pé, em silêncio, no corredor. Escuto a entonação de um comentarista de futebol na TV.

— Você estava esperando alguém?

— Não... é que... às vezes aparecem umas pessoas sem avisar.

— Pessoas?

— É.

— Pessoas do sexo feminino?

— É, ou pessoas da polícia.

Fico olhando para o pescoço dele, imaginando situações em que isso poderia acontecer. Ele alisa os cabelos e a camisa, depois puxa a calça jeans para cima.

— E aí, o que foi?

— Só queria te ver.

— Ótimo. Bem... nunca lute contra essa vontade. — Ficamos ali, por um momento, em silêncio. — Quer entrar, então? — Confirmo como uma criança assustada. Ele passa um dos braços por meus ombros e entramos na quitinete. — Você está bem?

— Eu... bem... não. — Ele olha para o meu rosto ao abrir uma garrafa de vinho com um saca-rolhas de mulher pelada. Observo enquanto ele une as pernas da boneca, e depois as solta. A rolha sai.

— Meu Deus! Se ela fosse de verdade, estaria no hospital.

— Se ela fosse de verdade, seria milionária. — Ele pisca e procura copos; encontra uma caneca e um copo que parece uma taça, despeja o vinho e me oferece um. Tomo um golinho e sinto o cheiro amadeirado. É um vinho forte, mas bebo mais, agradecida.

— O que foi? — pergunta ele de novo.

— Sou uma pessoa legal?

— Olha, eu sou suspeito para falar, eu sei, mas... sinceramente? Você é péssima.

— Eu me sinto... arrasada, prejudicada. Rejeitada. Como um ovo rachado.

— Certo.

— Como se minha casca estivesse quebrando e algo pesado e terrível estivesse prestes a cair no chão, algo assim.

— Saia de baixo, querida. — Ele sorri.

Olho para o peito dele, sentindo uma grande tristeza. Olho para seu rosto gentil e começo a chorar. Ele atravessa a sala com rapidez, largando o copo para me segurar quando caio.

embuscadoamor.com

* * *

Assistimos ao segundo tempo da partida comendo comida tailandesa que compramos pronta. No sofá estreito, eu me apoio nele, enfiando os rolinhos primavera no molho agridoce. Dave está a meus pés, piscando de modo esperançoso.

Sinto o coração de Max batendo em minhas costas, suas mãos apertando e relaxando meu pescoço, seus dedos com cheiro de sabonete. Sua respiração faz cócegas em minha orelha, causando arrepios em meus braços e fazendo meus cabelos dançarem contra a luz da tela. Sinto o corpo dele mais tenso conforme o barulho da TV fica mais alto.

— Oh, vamos, que merda de defesa! — Ele grita e aperta meu pescoço com força.

Estou surpresa pelo tanto que chorei. Terminamos de beber o vinho sentados no chão da cozinha, e agora eu me sinto cansada e pesada. Suspiro, fechando os olhos inchados. Eu já havia quase me esquecido de como é fisicamente prazeroso apoiar-se no corpo de outra pessoa, a essência de outra vida tão próxima, a solidez de músculos, o ritmo da respiração e dos batimentos cardíacos, osso contra osso, bloqueando o medo de estar "lá fora". Aproveito o momento, sentindo o cheiro de colônia e tabaco da camiseta dele, deixando minha mente voar, e vejo um pouco de paz.

— Viv, venha, está tarde. — Abro meus olhos; Max está ajoelhado perto do sofá. A televisão foi desligada, as bandejas de comida tailandesa foram retiradas dali.

— Devo chamar um táxi para você?

Eu me sento lentamente. Ai, o táxi para casa; a escuridão de meu apartamento vazio. Olho para o rosto de meu amigo, o contorno de sua mandíbula, suas sobrancelhas escuras como pinceladas grossas, e concluo que não vou embora.

— Não me faça sair lá fora.

— Pode ficar — diz ele. — Vou dormir no sofá.

— Não posso dormir com você, na sua cama? Não posso *ser* você só um pouquinho? Ser quem sou é muito solitário, é uma droga.

Ele sorri.

— Viv, lembre-se de que você pode dormir comigo sempre que quiser.

— Sem sexo.

— Você pode dormir comigo quando quiser, com ou sem sexo.

— Isso é muito solidário da sua parte.

Vamos para o quarto dele, que ajeita os cobertores e me dá uma camiseta para dormir.

— Vou pegar água — diz ele enquanto eu me troco e deslizo para baixo do lençol frio. Eu me viro em direção à parede, fecho os olhos e sinto alívio por não ter que encarar aquela noite sozinha. Ele sobe na cama ao meu lado e se ajeita. Depois de um minuto, apaga a luz. Escuto sua respiração rasa e o barulho distante de um ônibus na rua. Tento pensar nas consequências de estar na cama com Max, mas só sei que não posso ficar sozinha.

— Max? — sussurro.

— Hum?

— Me abraça? — Ele se aproxima por trás e passa o braço sobre meu ombro, mantendo o corpo distante. Eu o cutuco com o cotovelo. — Me abrace direito.

— Não posso.

— Por quê?

— Estou de pau duro.

— Oh.

— Foi mal, mas acabei de ver sua bunda quando levantei o cobertor. Não se preocupe, eu não ofereço perigo; mas, se não se importar, vou ficar longe de você, no meu lado da cama.

embuscadoamor.com

Do lado de fora, ouço meninas gritarem e começarem a cantar. Escuto a voz delas diminuindo pela rua e, então, o silêncio. Não consigo relaxar. Estou alerta, distraída pela presença de Max; sua presença masculina, deitado tão perto, seu corpo, a barba, o peso de seu braço. A ideia de me virar e fazer amor com ele se espalha como fogo. Sinto minha pele ganhar vida e arder com a possibilidade. Minha boca está seca; passo a língua pelos lábios.

— Eu me importo.

— O quê?

Escuto nossos corações batendo forte no escuro e engulo seco.

— Eu me importo se você ficar do seu lado.

Faz-se uma pausa e escuto sua respiração ficar mais intensa. Ele se deita de costas e pergunta com cuidado:

— O que você está dizendo?

Abro os olhos, observando a sombra cinzenta da janela. Sinto meu coração na boca. Eu me viro, apoiando a cabeça em seu peito, erguendo o joelho para roçar suas pernas peludas, sentindo a ereção contra seu short de algodão. Levanto a cabeça e encosto os lábios no rosto dele.

— Quero você. — Eu o beijo de novo no canto da boca. Ele se vira, erguendo-se lentamente para apoiar-se em um dos cotovelos, e passa os lábios contra os meus. Max hesita, e eu observo seus contornos; as ondas dos cabelos e dos ombros.

— Tem certeza? — sussurra ele.

Eu o beijo, sentindo o gosto de pasta de dentes. A ponta da língua dele roça meus lábios, e eu me sinto derreter e fluir. Fico mais perto dele, tocando seu rosto, sentindo seu coração bater. A mão dele passa por minhas coxas, levantando a camiseta, causando uma corrente de excitação em meu corpo. Sinto um calor irresistível entre as pernas. Arqueio o corpo quando ele passa a mão pela renda de minha calcinha. Ele para.

— Viv, tem certeza? — Passo os dedos por cima do short dele, e seu pênis salta.

Respiro perto de sua orelha.

— Max... vem me foder — suspiro.

Já amanheceu. Não estou em casa. Penso em Rob, esperando a pontada familiar no coração, que vem, porém mais fraca. Abro os olhos e vejo o brilho esverdeado das cortinas de Max iluminadas pelo sol. Estico as pernas até os pés da cama e encontro minha calcinha com os dedos. Max se mexe, ainda adormecido, e passa o braço por minha cintura. Examino sua mão relaxada; dedos compridos e unhas limpas, quadradas, restos de tinta no polegar. Tento assimilar o fato de ter dormido com Max, esperando entrar em pânico. No entanto, me sinto totalmente calma. Dormi com Max! Não me sinto esquisita. Estou ali, nua, na cama dele e minha mente está... tranquila. Olho para as linhas das palmas de sua mão, a mão que conheço tão bem. Coloco minha mão na dele, e ele a aperta com carinho. O sexo com ele foi tão tranquilo, como beber um copo de água fria no deserto, algo curativo e natural. Fico escutando sua respiração e me viro para olhá-lo.

— Bom-dia — sussurro. Ele funga, ainda dormindo. Analiso seu rosto: os pelos escuros de sua sobrancelha e a curva de seus cílios, o contorno da boca, o nariz grande e comprido. Já olhei para esse rosto muitas vezes, mas nunca *enxerguei*. A pequena cicatriz perto de sua orelha é nova para mim; assim como a marca de espinha na divisão de seu queixo.

Mexo no lábio inferior dele, que segura a minha mão, sorrindo, com os olhos ainda fechados.

— O que está fazendo?

— Você tem orelhas bem grandes, não é?

embuscadoamor.com

— Hum.

— Elas ficam maiores com o passar do tempo, sabia? — Eu me apoio em um cotovelo, esfrego os olhos, e então olho para ele. — Ei! — grito.

Ele abre os olhos e olha para mim ainda sonolento.

— Oi! O que acha que está fazendo nua na minha cama?

Eu me aproximo do pescoço dele e sinto um cheiro de homem, forte.

— Estou me escondendo — respondo. Ele passa os dedos pela extensão de minha coluna. — Que horas são?

Ele estica o braço para pegar o telefone e semicerra os olhos.

— Quase oito — diz ele, dando um tapinha em meu ombro.

Olho para a luz do sol que está deixando a colcha mais pálida e penso em sair correndo para o trabalho. Eu me espreguiço de barriga para cima.

— Não vou trabalhar. — Ele acaricia meu braço e ficamos deitados no quarto quente, escutando trechos dos programas matinais das rádios enquanto os carros passam, e também o barulho de trens e ônibus em seus rumos.

Ele se vira para mim e acaricia meus cabelos.

— Viv, sobre ontem à noite...

— Não diga nada. — Puxo o cobertor e cubro a cabeça.

— Você está bem?

— Sim.

Ele abaixa o cobertor.

— Tem certeza?

— Por quê? Vai devolver meu dinheiro?

— Não faço devolução. Você não leu as letrinhas no fim do contrato? Não quero que pense que tirei vantagem nem nada assim.

— Você não fez isso. Fui eu quem começou. — Eu o tranquilizo.

— Mas eu não deveria ter permitido. Você estava triste.

— Max, cale-se. — Aperto o nariz dele.

— Então... você não está mal com isso?

— Deus! Eu disse que está tudo bem, não disse? Por quê? Você não curtiu? — Espio com os olhos semicerrados.

— Curti pra caramba. — Ele olha com carinho para mim e percebo que estou sorrindo como um macaco. — Lindinha. — Ele sorri. — Vou fazer um pouco de café.

Ele rola para fora da cama e eu observo seu traseiro enquanto caminha até a cozinha, e admiro suas costas largas e bronzeadas, chegando até a sentir afeição pela tatuagem feia de tigre que ele tem no ombro. Volto a me deitar, sorrindo. Dormi com Max. Dormi com Max e foi bom. Dormi com ele e acho que gostaria de repetir a dose. Enquanto eu ficar ali, perto de sua energia calorosa, nada pode me atingir. É como se fosse um tipo de campo de força. Tento me concentrar nas preocupações de ontem, no sofrimento e na decepção, mas volto a pensar em Max, em sua cama e na noite anterior.

Ele volta, ainda nu, com uma bandeja. Não consigo evitar e noto seu pênis batendo contra a coxa. Nós nos sentamos na cama com canecas de café forte pela metade. Ele coloca uma colher de açúcar em cada uma e toma o seu café em dois goles.

— É um soco nas ideias, não é? — pergunta ele. — Não entendo quem gosta de chá.

Brinco com os cachos de sua nuca.

— Sabe que sempre adorei seus cabelos?

— E, em todos esses anos, nunca me disse. — Ele aperta a minha perna; observo sua mão bronzeada sobre minha pele clara, percebendo a sensação boa que percorre meus dedos dos pés.

— Tenho certeza de que já disse... — Sinto os dedos dele passando por minha coxa, acariciando e parando, voltando. Mexo a perna levemente, permitindo que ele suba mais.

embuscadoamor.com

— Bem, vou admitir também. Tem muita coisa que eu não disse antes que acho que posso dizer agora — murmura ele.

— É mesmo? Tipo o quê?

— Tipo o quanto eu acho que você é linda. — Olho dentro dos olhos escuros dele, que me observam. Max beija minha orelha. — E que você tem um cheiro delicioso. — Sinto um arrepio descer por meu pescoço. Ele passa a mão sobre meu peito, circulando meus seios, e olha para eles, um olhar intenso. — Você é linda. — Fico deitada, totalmente parada, quase sem respirar de tanto desejo, sentindo o peso dele sobre mim, surpresa com o efeito que ele causa em meu corpo, sentindo-me instantaneamente entregue. — Que sonhei em transar com você mil vezes. — Ele abre as minhas pernas e sinto quando me penetra lentamente. — E que sempre amei você. Como eu amo você, Vivienne Summers! — diz ele, contra meu pescoço.

De pé e nua diante do espelho do banheiro, analiso meu corpo enquanto falo ao telefone. Meus cabelos estão arrepiados em mechas grossas na parte de trás, meus lábios estão vermelhos e mordidos, meu queixo está sensível por ter sido arranhado pela barba.

"Minha avó está muito doente", deixo a mensagem na secretária eletrônica de Ranhosa, "e só eu posso cuidar dela, não há mais ninguém. Acredito que precisarei de alguns dias, mas telefonarei amanhã de novo... Peço desculpas mais uma vez, obrigada. Tchau". Fecho o telefone dentro de minha bolsa, sentindo-me um pouco desconfortável, tentando imaginar se minha avó está bem ou se essa mentira poderia, de certa forma, estar desafiando o futuro. Abro o chuveiro e a água cai, levando um fio de cabelo preto e enrolado para o ralo. O banheiro fica tomado pelo vapor, e eu me coloco sob o jato quente, deixando-o bater em minhas costas. Viro o rosto para o jato, cuspindo a água que entrou em minha boca. O que estou fazendo faltando o trabalho, transando com meu melhor amigo, recusando-me a ir para casa? Encontro uma barra fina de sabonete e tiro o cheiro de sexo de minha pele. Max disse que me ama, mas alguma coisa nisso é desconfortável. Não sei lidar com o amor. Eu me sinto viva e livre, e com certeza estou com uma cara que Lucy chamaria de cara de quem transou. Transei com o Max! E quando eu poderia imaginar que seria tão bom? Mas não consigo pensar em amor. Eu só quero me sentir bem. E eu mereço me sentir bem sem pensar em mais nada, não é? Saio do banheiro e gotas frias pingam em meu ombro, condensadas nos azulejos baratos do teto. Eu me enrolo em uma toalha grossa e entro no quarto.

Max, ainda nu, está sentado na beira da cama, dedilhando um violão. Ele mantém os olhos semicerrados e prende um cigarro com os lábios.

— Oh, não, nada de "All Along the Watchtower"! — Sorrio, lembrando da humilhação a que ele se sujeitou em um show de talentos da faculdade. Eu lembro que ele estava se apresentando com seriedade. E que as pessoas jogaram objetos nele.

— Poderia ter sido. Agora, você não tem como saber. — Ele coloca o violão no colo e apaga o cigarro.

— Não é a única que você sabe tocar?

— Não. Também sei "Parabéns a você".

Abro a janela para afastar a fumaça. O ar frio entra, doce e claro, apesar do trânsito de Londres. O sol é um olho claro no céu branco.

— Vai fazer calor hoje.

— Então, quais são seus planos para este dia, srta. Summers? — pergunta ele. Eu me desenrolo da toalha e uso-a para secar meus cabelos molhados.

— Com você, pensei.

— Ah, então você acha que vou largar tudo só porque você está sem alternativas? — Ele observa meu corpo.

— Isso.

— Tudo bem, vou mesmo.

embuscadoamor.com

Caminho até ele e beijo seus lábios.

— Muito obrigada. E eu estou a fim de ver o mar.

— Vamos fazer isso. — Ele se inclina para me beijar de novo, mas eu me afasto.

— Então, preciso de umas roupas emprestadas.

Caminhamos pela orla de Brighton de braços dados. O calor remexe o mar azul-turquesa, acalmando-o como a um gato. A água brilha, reunindo-se de vez em quando e quebrando na praia, espalhando pedrinhas e fazendo as crianças gritarem. Estou usando uma calça jeans e a camiseta de Max com os sapatos de salto de ontem, e me sinto meio tola ao passarmos por meninas bonitas de patins usando biquínis. Percebo que ele nem olha para elas. Ele não me emprestou um short, porque viemos de moto.

— Quero tudo o que tenho direito do litoral — digo.

— Como berbigões e mariscos vivos? — Ele para na van que vende mariscos.

— Ah, não... eles parecem órgãos genitais.

— Eu adoro! — Ele compra um cone, pegando os corpos cinza-amarelados com um garfo de madeira. Balança um deles diante do meu rosto, dizendo: — Hum, gostoso!

— Precisamos comer peixe e batatas fritas no jornal, algodão-doce e sorvete, e você precisa ganhar algo para mim no píer.

— Essa é a sua definição de "tudo do litoral"? — Ele ri.

— E qual é a sua?

— Uma espreguiçadeira na praia, algumas cervejas... e um cone de órgãos genitais.

— Precisamos de balas, daquelas compridas.

— E um cartão-postal obsceno.

Faço cara de brava para ele, que continua caminhando com sua jaqueta de motociclista, e o vento sopra seus cabelos.

— Qual é o seu problema? — pergunto, e ele ri, me abraçando. Descemos até a praia e pagamos por duas espreguiçadeiras, e as montamos viradas para o sol. Ele se deita e relaxa os braços, olhando o céu. Eu enrolo minha calça jeans e penso em tirar a camiseta, sem saber ao certo se meu sutiã parece um biquíni. Observo uma senhora gorda com uma roupa de banho cheia de babados caminhar, com as pernas roliças parecendo argila esculpida. Alguns jovens se exibem diante de uma menina bonita, que parece ser espanhola. Eu me viro para observar Max e sinto um frio na barriga. Seu nariz comprido e o sorriso amplo definitivamente formam uma combinação sensual, mas é mais do que isso. Fico tão à vontade com ele, não existe constrangimento entre nós dois. Passo os dedos em cima das pedras da praia e pego uma delas.

— Ai, meu Deus, essa pedra é igualzinha a sua cabeça!

Ele abre os olhos e volta a semicerrá-los.

— É muito mais bonita do que eu. Essa pedra poderia fazer filmes!

— Acontece que ela nunca teve essa ambição e agora está ultrapassada.

— Engraçadinha! — Ele fecha os olhos de novo. Eu atiro pedrinhas nele, e erro o alvo todas as vezes.

Observo as ondas passarem por cima do cascalho, e deixo o ritmo me acalmar por um tempo. Um pouco depois, escuto um ronco suave.

— Max! Vá buscar peixe e batatas fritas! — resmungo.

Ele se espreguiça.

— É para eu trazê-los aqui?

Confirmo com um movimento de cabeça, protegendo os olhos do sol. Observo quando ele tropeça em um monte de cascalho e sobe os degraus para a rua, e então me concentro no horizonte além da beira do píer. Fecho os olhos e suspiro. Londres e todas as preocupações que me esperam estão em outro mundo. Sei que terei que enfrentar

embuscadoamor.com

tudo, mas não hoje. Penso em Rob, como quem enfia a língua no espaço deixado por um dente que caiu. Dói, sinto que algo está faltando, mas não vou morrer por isso.

Max ganha um orangotango laranja na barraca de derrubar os patos no píer. O brinquedo tem mãos e pés com velcro e eu me recuso a carregá-lo, por isso Max o prende em seu próprio corpo, como uma criança feliz. Max o chama de Maurice e compra um donut para ele. No fim do píer, nós nos sentamos em um bar, bebemos cerveja gelada e observamos o mar. Sinto que ele está olhando para mim, por isso me viro e sorrio.

— O que foi?

— Adoraria desenhar você agora. — Nós trocamos um olhar, como em uma cena clichê.

— Max, estou com medo de me afastar de você — digo de repente, segurando a mão dele. — Tenho a sensação de que você me salvou e, se você me deixar, terei que enfrentar tudo.

— Não vou deixar você. — Ele aperta a minha mão. — A decisão está nas suas mãos.

— Você sabe que eu nunca machucaria você. Não quero... que o que aconteceu entre nós machuque você. — Sinto meus olhos inesperadamente marejados e coloco a mão no pescoço dele, puxando-o para mim e beijando seus lábios. — Estou... um pouco perdida.

— Viv, não se preocupe — diz ele, segurando minha mão. — Está tudo bem. Sei que você ainda não se decidiu. — Aperto os dedos dele. — Não estou com pressa. Eu amo você há muito tempo... desde que nos conhecemos.

— Você me ama porque não me conhece de verdade. — Faço uma cara de boba.

— Eu conheço você.

Max olha dentro de meus olhos. Desvio o olhar e recosto na cadeira. Ele toma um gole da bebida. Olho de novo para ele, que faz um meneio de cabeça, erguendo o copo.

Emma Garcia

* * *

No caminho de volta para casa, eu me prendo às costas dele, cobertas com a jaqueta de couro, e corremos por Downs. Maurice, o orangotango, vai preso em minha cintura, com uma perna solta atrás. Sinto um tipo de liberdade inebriante até as ruas cheias de Londres começarem a nos envolver, como uma armadilha. Max para em um mercadinho para comprar o jantar e eu fico ao lado da moto enquanto ele entra. Ligo meu telefone pela primeira vez no dia. Christie telefonou, a minha avó telefonou, Lucy e então Christie de novo. Escuto as mensagens.

"Oi, Viv! Sou eu, Christie. Só quero saber se está bem. Olhei em sua agenda e vi que você tinha uma reunião com fornecedores, então cancelei. Me avise se houver alguma coisa que eu precise fazer. Tchau!" Merda. Eu me esqueci da maldita reunião com os fornecedores. Mas vou remarcar. Afinal, é o que eu teria que fazer se realmente estivesse doente, não é?

Depois, a mensagem da vovó. "Oi, querida. Ouça, acho que fiz algo errado. Telefonei para o seu celular agora mesmo e você não atendeu, então telefonei para o seu trabalho. Parece que eles achavam que você estava comigo porque estou doente! Eu não soube bem o que dizer, então simplesmente desliguei. Sinto muitíssimo se causei algum problema. Quando puder, me telefone... porque agora estou querendo saber onde você está..."

Ela ligou para o meu trabalho! Ela nunca liga para o trabalho. Sinto a tensão conhecida aumentar. Isso é ruim. Haverá consequências.

E, então, a mensagem de Lucy, que fala e come algo ao mesmo tempo. "Oi, aqui é a Luce. Olha só, me liga, quero saber como foram as coisas com Rob. Espero que você tenha pegado suas coisas e mandado o cara se lascar. Eu tive a melhor experiência do mundo com Reuben — ele fez um movimento com a língua e com um pequeno objeto de borracha e... ai, meu Deus! Bom, me liga!"

190

embuscadoamor.com

Olho para dentro da loja; Max está na fila. O fato de Lucy ter feito algo maravilhoso no sexo não é novidade. Mas o fato de eu estar fazendo sexo de ótima qualidade, no entanto... observo quando ele coloca as compras na esteira, sorri para a atendente e diz algo. Percebo como ela inclina a cabeça e mexe no rabo de cavalo. Max é, realmente, o que podemos chamar de um cara gostoso e, de repente, passei a gostar muito dele depois de todo esse tempo.

E Christie de novo: "Oi, Viv, eu de novo, me desculpa por incomodá-la. Só queria avisar que uma velhota que afirma ser sua avó telefonou. Eu disse que ela não podia ser sua avó, porque a sua avó está doente no hospital, e você está com ela, e a vaca mal-educada desligou na minha cara! Então, não sei do que se trata. Só sei que a Ranhosa está fula da vida e quer saber quando você volta. Me liga!"

Graças a Deus Christie atendeu o telefone — se tivesse sido qualquer outra pessoa, eu estaria ferrada.

Telefono para a minha avó. O barulho longo da secretária eletrônica surge, começando com a vovó conversando com alguém: "... não sei bem... espere, acho que agora foi... alô? Olá, você ligou para o número sete um oito nove zero zero. Não tem ninguém aqui agora. Bem, esta é uma gravação. Pode deixar seu nome e número de telefone e retorno a ligação quando chegar em casa... só isso? Não fez o bipe..." Digo para a secretária eletrônica dizer à minha avó para não se preocupar, pois ligarei para explicar tudo em breve.

Max aparece com uma sacola de compras.

— Comprei o jantar.

— É uma batata-doce.

— Sim, fui com a cara dela. — Ele coloca tudo dentro da caixa da moto. — O que houve? Você está com cara de menininha repreendida. — Ele coloca o capacete.

Seguro o telefone.

— Só... coisas da vida.

Ele pega o telefone, coloca dentro da caixa da moto, ao lado da Batata-Doce e gira a chave. Em seguida, monta na moto, e a empurra para trás com os pés, e então faz um sinal com a cabeça para eu montar.

— Suba, linda. — Seus olhos ficam apertados dentro do capacete. Eu me posiciono atrás dele, repousando a cabeça em suas costas, e partimos, e minhas preocupações saem voando como grandes pássaros pretos.

A luz fraca no apartamento de Max está desaparecendo quando entramos. Dave nos olha do sofá, mas não se mexe. Max acende um lâmpada fraca e algumas velas, e eu caminho pelo estúdio enquanto ele prepara bebidas. No cavalete, vejo uma nova pintura. Uma lona grande, as costas e o traseiro enorme de uma mulher, pinceladas grossas de roxo, dourado e verde. O rosto está levemente virado para a direita e o nariz reto contrasta com as curvas voluptuosas. Um dos seios fartos aponta para cima. Fico embasbacada com a feminilidade e a graça da imagem.

Max aparece na porta.

— Gostou?

— Adorei. — Eu me viro para ele. — Tem vendido muito?

Ele me dá uma taça de vinho.

— Mais do que antes.

— Quanto cobra por este?

— Bem... dois mil, pra você.

— Dois mil? — Olho para as cores, tentando imaginar como ele pintou a luz.

— Certo, se me der mil, fechamos.

— Acho que vale mais.

— Ah, sou péssimo negociador.

— Você não tem um agente, nem nada?

— Estou cuidando disso.

embuscadoamor.com

— Se está vendendo mais do que antes, deve estar bem.

— Bem... antes, eu não vendia nada.

Vou mais para o fundo da sala, e paro para admirar o quadro de Lula, com seus membros parecidos com marfim e o olhar distante. Max me acompanha.

— Você dormiu com ela.

— Não.

— Eu sei só de olhar para ela. Parece satisfeita.

— Não por mim.

— Não acredito. Você seduz todas as suas modelos... é óbvio. — Odeio parecer uma criança ciumenta.

Ele balança a cabeça.

— Ela é doida.

— Doida e linda, não? — Olho para seus lábios carnudos.

— Hum... doida do tipo que decepa as bolas de um cara.

— E onde está o meu quadro?

— Não está aqui. Está na exposição.

— Na Academia? — Ele confirma. — Max! — Ele sorri, os braços soltos ao lado do corpo. — Que maravilha!

— É.

— Estou em uma exposição!

— Está, sim.

— Espero que não tenha me feito feia.

— Não teria como, para ser honesto.

Eu o abraço.

— Então, você não é tão fracassado, afinal, hein?

— Ah, não, continuo sendo. — Ele sorri.

— Sim, você é, mesmo — digo. Ele encosta a testa na minha. — Parabéns. — Beijo seus lábios.

— Pelo quê? Por ter conseguido entrar para a exposição ou por ter pegado você?

— Bem... você não me "pegou".

— Não? — Ele aperta meu traseiro.

— Não. Eu peguei você, na verdade.

— Não importa — diz ele e me beija delicadamente. — Não acredito que você está aqui. Comigo.

— Sim, é inacreditável *mesmo*. Você é um cara de muita sorte. — Eu o beijo, separando os lábios um pouco. Ele levanta a minha camisa e eu o ajudo a tirá-la até estar apenas de sutiã. Ele me vira e abre o fecho, soltando as alças e beijando meus ombros ao afastá-las. Passa a mão por meu umbigo. Estremeço. Ele levanta meus cabelos e beija a minha nuca.

— Você é linda — sussurra ele, perto de meu ouvido. Sua mão escorrega por baixo do meu cinto, e os dedos exploram e descobrem minha umidade. Sinto que minha respiração se torna mais curta conforme seus dedos pressionam meu corpo. — Minha amiga linda — ele murmura ao abrir meu cinto. — Não acredito que você é minha. — A calça jeans cai no chão e eu a afasto com os pés. Escuto quando ele tira a camiseta e então sinto o calor de seu peito contra as minhas costas, e suas mãos continuam escorregando entre minhas pernas, fazendo-me arfar, causando ondas de prazer. Olho para a tela — o traseiro dourado e roxo, o mamilo eriçado e o sorriso discreto. Max se inclina sobre mim, morde meu ombro; sou impulsionada para a frente e me sustento sobre a mesa dele, com as mãos batendo nos copos de pincéis. Sinto suas carícias em minhas nádegas, o calor de sua respiração ali, roçares suaves. Ouço a fivela de seu cinto sendo aberta, o som feito pelo tecido quando ele se despe. Ele não diz nada ao se aproximar de mim por trás. Estou ansiosa e ele finalmente me penetra ali em seu estúdio, sob o olhar invejoso de Lula.

Depois, nós nos deitamos no chão de madeira empoeirado, e estou tremendo. Ele me abraça e acende um cigarro com a outra mão. Parece que tem muita prática nisso e eu, de repente, me sinto uma tola.

que está fatiando o queijo com uma faca enorme. Ele olha para a frente e sei que estou sorrindo, encantada, pronta para ouvir tudo o que ele disser.

— O que se faz com a batata-doce? — pergunta ele. — Você sabe? — Balanço a cabeça, negando, observando quando ele corta um pedaço de pão. Ele o coloca na minha frente e coloca o queijo por cima. Em seguida, enche meu copo. — Saúde — diz, com seu suave sotaque britânico, olhando em meus olhos. Agora, para mim, ele se tornou incrível, com a luz fazendo sua pele nua brilhar. Em seus olhos, brilham o bom humor, o sexo e... a vida. De repente, tomo consciência de uma transformação de poder; ele me mataria se me desprezasse um pouco que fosse.

Ele abre um sorriso amplo e sensual.

— O que foi?

— Nada... é só... você.

— O quê?

— É que... quem diria?

— Eu. Eu diria. — Ele ri.

— Todo aquele tempo...

— Mas você não sabia.

— Então por que não me disse?

— Eu dizia... o tempo todo.

Penso nisso e percebo que sempre soube que ele gostava de mim um pouco. Simplesmente nunca pensei nele dessa forma. Um artista com dificuldade para se manter não era exatamente a minha ideia de par perfeito e, ainda assim, ele fazia sexo com outras mulheres, mulheres que telefonavam chorando para encontrá-lo de novo. Como o sexo pode mudar a maneira como vemos alguém? Ele continua atrapalhado, desorganizado e... pobre; mas, olhando para a curva de seu ombro, para a bagunça do estúdio, para as belas telas, só consigo ver seu talento.

— Você sempre faz isso?

— O quê?

— Fuma depois do sexo?

— Não. — Ele beija meus cabelos. Tento me afastar, mas ele me mantém perto dele.

— Com quantas mulheres você transou aqui?

— Milhões. — Eu me viro para olhar para ele, mas ele está olhando para o teto. — É, elas ficam loucas pelo lance do artista perturbado... pego umas telas bem comuns e *boom*! Elas caem como bobocas. — Tento me afastar mais uma vez, mas ele me segura com força. — Acho que já comi todo mundo que entrou neste estúdio: homens e mulheres. — Percebo que ele está sorrindo quando solta a fumaça. Dou um soco em seu peito, e ele tosse.

— Não me provoque.

— Viv, o que você acha que eu sou?

— Não sei. Estou um pouco vulnerável.

— Olha, não fique. Mal acredito na sorte que tive. — Eu volto a me aconchegar a ele e observamos o restinho da luz do dia desaparecer. Ele acaricia meu braço. O ar está quente, mas estou arrepiada. Ele se levanta, acende algumas velas e coloca um cobertor velho em cima de nós.

— Max?

— Oi?

— Tem alguma coisa para comer?

Ele se espreguiça. Observo quando se levanta. Ele olha para mim e sorri.

— Verei o que posso fazer.

Permaneço enrolada no cobertor e observo meu reflexo na janela escurecida. Estou nua no estúdio de Max, e estou adorando isso. Quem diria!

Ele traz pão e queijo, e volta para pegar o vinho, e monta um pequeno piquenique no chão. Não consigo parar de olhar para ele,

embuscadoamor.com

* * *

De manhã, acordo cedo. Está claro lá fora e me visto enquanto Max está acordando. Antes de sair, me aproximo para beijá-lo. Ele afasta o cobertor, resmungando.

— Fica comigo.

— Preciso trabalhar.

— Venha aqui. — Ele dá um tapinha na cama.

— Preciso ir. Venho mais tarde. — Acaricio seu peito.

— Fique comigo.

— Vou fazer o jantar para nós.

Ele se deita de barriga para baixo e coloca as mãos atrás da cabeça enquanto procuro a minha bolsa.

— Não vá. Vou morrer.

— Ligo para você. — Sorrio.

— Vivienne! — Ele grita enquanto atravesso o quarto. — VIVIENNE! — O grito dele faz Dave parar de lamber o traseiro. Ele está sentado perto do corpo selvagem do orangotango Maurice, e pisca com desdém quando fecho a porta.

Uma manhã de verão no norte de Londres está apenas começando. As pessoas correm para o metrô; uma van de entrega com bandejas de croissants está parada do lado de fora da cafeteria. Penso no trabalho, organizando uma lista de afazeres na mente, esperando pelo pânico de sempre, mas não sinto nada. Penso em Rob e permaneço calma. Sei que é clichê, mas, pela primeira vez em meses, estou caminhando nas nuvens. Sinto uma felicidade enorme. Max me tirou de um pesadelo, e percebo que, quando estou com ele, tudo se torna certo, brilhante e colorido.

CAPÍTULO DEZOITO

Vocês são compatíveis?

1. Vocês realmente gostam um do outro e procuram passar tempo juntos?
2. Vocês se revezam no papel de quem ama e de quem é amado?
3. Vocês dois conseguem pedir desculpas e conversar a respeito de como melhorar o relacionamento?
4. Vocês riem das mesmas coisas?
5. Vocês conseguem falar sobre dinheiro sem brigar?
6. Vocês dois estão dispostos a mudar hábitos que irritam seu parceiro?
7. Vocês têm planos e expectativas de vida parecidos?
8. Vocês são de uma das seguintes combinações de signos: leão + áries, touro + virgem, gêmeos + libra, ou câncer + escorpião?

Respostas:
Maioria "sim": altamente compatível (oba!)
Maioria "não": não invista muito (que pena!)

Às oito da manhã, já estou em minha mesa. O escritório está deserto. Só faltei um dia — o que poderia ter dado errado? Leio meus e-mails. Nenhum de Rob. Alguns fornecedores não podem cumprir os preços que prometeram. Um concorrente comprou todo o tartã do mundo, e a Ranhosa quer falar comigo assim que possível. Deixo uma mensagem meio puxa-saco em sua caixa postal, principalmente para que ela perceba que eu cheguei às oito.

embuscadoamor.com

Em pouco tempo, me pego olhando pela janela, para o céu azul. Olho para o meu telefone para ver se tem alguma mensagem de Max. Tem.

"Vivienne, sua coisa linda! Estou com seu cheiro em minha pele. M bjo."

Sinto meu corpo reagir quando respondo: "Tome um banho! V bjo bjo."

Abro a planilha e olho para alguns custos, tentando concluir se ainda podemos comprar a linha de produtos como está, mas minha mente começa a divagar. Decido dar uma boa olhada no site. Não consegui explorá-lo ainda. Digito o link que Michael me deu e uma página aparece; o título está em azul-escuro, uma fonte de letras unidas se destaca contra um fundo cinza-claro. A página principal é bacana, com suas opções de "Dicas quentes". Clico em "Como terminar" e vejo uma lista e um fórum onde cada um pode postar sua história e conselho. Clico em "Namore meu ex" e vejo uma foto de Michael. Ele olha para a frente de modo sério, e me faz lembrar daqueles doidos que saem dando tiros em escolas. Acho difícil de acreditar que uma ex-namorada dele tenha escrito esse perfil. *Se você gosta de sexo e bons momentos, este é o cara certo. Ele é muito divertido e muito bem dotado.* " Navego pelo fórum de desilusões amorosas, onde os e-mails de rompimento são postados. Tem a página "Pergunte à Lucy" com a história da minha vida detalhada como exemplo da semana. Sinto-me mais animada mais a cada página. Envio uma mensagem a Michael, agradecendo e perguntando quando o site pode ser lançado. Ele responde: "Está no ar ;)". Digito o endereço e lá está!

Clico no fórum "O que você está pensando?" onde há uma enquete aberta, para postar uma mensagem ao Max: "Já faz duas horas. Você já morreu?" Envio para ele o endereço do site, e peço para dar uma olhada.

Emma Garcia

Já são nove horas e as mesas ao meu redor estão se enchendo. Fecho a página como quem dobra uma carta secreta e volto a checar os e-mails.

Tem um novo de Ranhosa. "Venha ao meu escritório agora, Vivienne". Enviado às oito e quinze.

Ela está ao telefone quando apareço diante da janela de vidro de seu escritório, mas faz sinal para eu entrar. Sento-me diante de sua mesa, abro meu caderno e passo a mão na primeira página, colocando a caneta por cima, tentando parecer eficiente e no controle da situação. Ela está sentada com as pernas cruzadas. O sol que entra pela janela panorâmica destaca uma parte fofa de seu rosto coberto por pó compacto. Olho para os pés dela, que hoje que está usando um híbrido de sandália e *ankle boot* com uma meia de náilon com a costura nos dedos aparecendo. Alguma coisa ali faz com que eu me lembre de minha avó — e tenho uma visão das meias coloridas e suadas que ela costumava deixar espalhadas pela casa como ratos mortos.

Ranhosa olha para mim sem expressão, os lábios vermelhos contraídos em uma linha fina enquanto escuta o que diz a pessoa do outro lado da linha. Olho ao redor do escritório bonito, surpresa ao ver alguns livros sobre assertividade na estante. Do lado de fora, as construções tremeluzem no calor. Penso em Max e de repente me lembro dele em cima de mim.

— Vivienne! — exclama Ranhosa ao desligar o telefone. — Que bom que você pôde vir.

— Bom-dia. — Sorrio.

— Sua avó está melhor?

— Muito melhor, obrigada.

— Sim, ela nos *pareceu* bem quando telefonou ontem. — Ela sorri e seus olhos brilham.

Agora, estou confusa. Com quem minha avó conversou?

— Ela ligou para cá?

— Sim, ligou. Procurando você.

embuscadoamor.com

— Bem, ela está meio... confusa.

Ela sorri por um tempão, parecendo um gato doido. Quando volta a falar, sua voz está bem baixa.

— Vivienne, se eu sonhasse que você não estava dizendo a verdade, eu a demitiria no ato. Muitas pessoas adorariam ter o seu emprego e ainda assim parece que você não o valoriza muito. — Eu me sinto com 15 anos de novo, dentro da sala da diretora. Minhas bochechas ardem. — Notei uma queda acentuada em seu desempenho recentemente. Sei que você está passando por momentos difíceis em sua vida *pessoal*... — Ela sorri — ... mas mesmo assim. — Mais uma vez, ela abre o sorriso forçado. Demoro um pouco para perceber que ela quer que eu fale.

— Compreendo o que está dizendo...

— O que estou dizendo é uma advertência verbal — rebate ela.

Abro e fecho a boca.

— Certo, tudo bem. Por quê? Só porque passei um dia fora para cuidar de minha avó?

— Não, por causa de seu desempenho nos últimos tempos.

— Pode ser mais específica, por favor?

— Sim, posso. — Ela pega um arquivo e lê as datas seguidas por anotações do tipo "chegou tarde", "telefonou dizendo que não viria", "saiu mais cedo", "esqueceu uma reunião". — Quer que eu continue?

— Não.

— Então, para ficar totalmente claro, esta é uma advertência *verbal*; a próxima será uma advertência *por escrito* e, depois disso, seria um direito nosso *demiti-la*.

— É uma forma de se desfazer das pessoas? Demiti-las por justa causa? É mais barato assim, certo?

— Vivienne, não estou gostando do seu tom de voz.

— Você sabe que sempre trabalhei com afinco nesse cargo. Você sabe disso.

— Estou me referindo a seu desempenho *recentemente*.

Fico de pé.

— Isso é ridículo. — Abro a porta. — Ridículo — repito ao sair. Sinto uma fúria enorme dentro do peito subindo pela minha garganta. Uma merda de advertência verbal? Que tipo de empresa é esta? Quantas vezes fiz mágica para salvar a reputação de Ranhosa? Caminho pelo escritório, e rostos se viram na minha direção, erguidos atrás das baias cinza, e voltam a se esconder como coelhinhos. Paul, do TI, mete o bedelho onde não é chamado.

— Bom-dia, preguiça!

— Vá se danar, Paul — rebato, e ele se retrai como um menininho repreendido.

Finalmente, chego à minha mesa. Christie está sentada, digitando; seus cabelos estão divididos em duas tranças, uma sobre cada orelha, e ela está usando sombra prateada — sua versão de garota do espaço. Ela se vira para mim, sorrindo.

— Que merda aconteceu ontem, Christie? — exijo saber, tirando aquele sorrisinho do rosto dela. — Porque recebi uma advertência verbal.

Ela se mostra confusa e, então, preocupada.

— Eu não sabia disso! — Ela vira a cadeira, balançando a cabeça. — Sei como você se sente, Viv... já levei advertência verbal.

— Eu sei! Fui eu que dei!

— Então acho que é justo.

— Você conversou com a minha avó ontem?

— Não.

— Conversou, sim, Christie! Ela ligou aqui... a velhota?

— Oh, pensei que não tivesse sido ela.

— Bem, mas *foi*. Como a Ranhosa soube?

— Ah! — Ela ergue o dedo em um gesto de "eureca!" — Provavelmente porque ela estava bem atrás de mim quando atendi. Acho que ela pensou que realmente era a sua avó.

embuscadoamor.com

— E era! — Por um momento, Christie franze a testa. Eu me sento na cadeira, e a fúria começa a se transformar em desespero. — Olha, não se preocupe, Christie — suspiro.

— Tudo bem. — Ela levanta as mãos. — É que eu também me meti em um problema ontem.

Apoio o queixo nas mãos, analisando-a. Há uma ponta prateada em seus cílios, nos dois olhos. Quanto tempo será que ela gastou?

— Apresentei nossas ideias para a linha de calcinhas. Sabe os slogans? A Ranhosa não gostou de nenhum. Disse que eles são grosseiros. Fez um leve escândalo, para falar a verdade.

— *Nossas* ideias?

— Sim, as ideias do "Natal peludo" e tal.

— Ah, sim, as *suas* ideias.

— Bem, eu mostrei todas elas a você, e a ideia do "saco do Papai Noel" foi sua.

— Diga que você não falou as palavras "saco do Papai Noel" para a Ranhosa, por favor.

— Não posso dizer isso... porque falei. — Ela hesita.

Olho ao redor no escritório, para as pessoas do departamento de contabilidade, as luzes piscando e o barulho do ar-condicionado, e então volto a olhar para a cara pálida de Christie. Imagino Ranhosa escutando os slogans e sinto uma onda de histeria tomando meu corpo. Sorrio e depois começo a rir a ponto de gargalhar, sem conseguir falar quase nada.

— Você disse "proteja as bolas"?

— Eu disse tudo. — Ela fica séria. Levo as mãos à barriga, chorando de rir. — O que foi? Não tem graça, Viv. — Balanço a cabeça, tentando me recuperar, suspiro e seco os olhos. Olho para ela por um tempo com seriedade.

— "Saco do Papai Noel!" — Grito e volto a rir. Demoro alguns minutos para conseguir olhar para Christie de novo, mas, quando consigo, ela parece meio chateada. Eu me recomponho. — Tudo bem.

— Minto. — Nós duas estamos em situação delicada, mas vamos sair dessa. Não se preocupe, Christie. Entendeu? — Ela parece estar em dúvida. — Tudo bem? — Ela assente. — Você e eu somos a equipe dos sonhos da administração de produtos e, se eles não conseguem ver isso, bem... — Não sei como terminar a frase. — Bem, é problema deles!

— Certo. — Ela sorri.

Nós nos cumprimentamos e eu relembro os fatos; nós duas temos advertências. A empresa está fazendo cortes. Mas estou otimista.

Respiro fundo e ligo para a minha avó.

— Sete um oito nove zero zero?

— Oi, vovó.

— Querida! Sinto muito por ontem, por ter telefonado no seu trabalho. Você teve problemas por isso?

— Não muito. Com quem você falou, consegue se lembrar?

— A menina que atendeu parecia meio lerda. — Olho para o cabelo de Christie, graciosamente dividido ao meio, e sinto uma onda de afeição. — Ela estava meio desconfiada ao falar comigo, e então uma senhora fria pegou o telefone e perguntou um monte de coisas. — Coço a sobrancelha. — Para ser sincera, não gostei dela.

— Certo. Bem, é melhor evitar ligar aqui no trabalho.

— Tentei seu celular antes, mas você não atendeu...

— Vovó, passei o dia com Max. Eu disse a eles aqui que você estava doente, e que eu estava com você — sussurro.

— Oh! — sussurra ela também.

— Por que ligou? Está tudo bem?

— Ah... é que senti uma dorzinha no peito e fiquei com medo. Está tudo bem agora, nada com que se preocupar.

— Tem certeza? Você ligou para o médico?

— Não, não. Reg veio aqui, tomamos uma bebidinha e ficou tudo bem. E você? O que aconteceu para faltar no trabalho e passar o dia com Max? Detalhes, por favor.

embuscadoamor.com

— É uma longa história. — Sorrio.

— Bem, traga-o aqui no domingo.

— Vamos ver. Preciso ir. Até mais.

Desligo o telefone e me recosto na cadeira. Penso no dia anterior, no estúdio de Max, e me lembro dos ótimos momentos com ele. Meu coração dispara, como se eu fosse uma menininha apaixonada; é maluquice. Acesso meu site, e clico no link "O que você está pensando?".

> Vivienne Summers,
>
> Se eu tivesse os tecidos bordados dos céus
>
> Ornamentados com luz dourada e prateada,
>
> Os azuis e negros e pálidos tecidos
>
> Da noite, da luz e da meia-luz,
>
> Eu os estenderia todos a seus pés:
>
> Mas eu sou pobre e só tenho os meus sonhos.
>
> Estendi meus sonhos a seus pés;
>
> Pise suavemente, pois está pisando sobre meus sonhos.
>
> Quero você. Sempre quis você e nunca quero deixar de querer. M.

Fecho a página rapidamente, depois volto a abri-la e leio de novo, sentindo uma ternura crescente. Penso nos dedos sensuais dele digitando essas palavras e me imagino fugindo, indo embora com ele para um mundo boêmio onde possamos passar nossa vida praticando o amor e a arte. Mas estou morrendo de medo de me apaixonar por Max. Eu me lembro do pouco tempo que passei com minha mãe em uma quitinete feia que não tinha nada. Sei muito bem que a paixão não paga o aluguel e que o amor com certeza não nos sustenta. Penso em Rob e na vida que eu havia planejado. A dor por ter perdido esse futuro seguro ainda me atinge com força. Meu Deus, sou ridícula por deixar a solidão e o desejo me cegarem.

Emma Garcia

Não, seria bom me empolgar, mas poesia e sonhos não substituem o futuro seguro que perdi. Agora, estou, provavelmente, prestes a perder meu emprego. Só estou confusa, só isso. Muitas coisas aconteceram e o melhor a fazer é me comportar com calma e tentar ver tudo de forma racional. Preciso de tempo para pensar. Fecho o site sem responder e finalmente me concentro no trabalho.

São seis da tarde quando saio do prédio. A rua está tomada pela luz do sol e também pela sombra. Entro em uma lojinha na última esquina antes da estação e escolho alimentos adoráveis, como pimentões pequenos recheados com cream cheese, pão caseiro, salame caro e vinho. Sempre quis fazer isso: comprar alimentos sensuais. Imagino um piquenique com Max. Sei que deveria apenas me acalmar e pensar, mas só estou me preparando. Não sou escrava de meus impulsos. Provavelmente vou cancelar meu encontro com ele e passar a noite sozinha. É isso, vou escrever todos os meus objetivos na vida e os prós e contras de transar com meu melhor amigo.

Então, sinto um leve tremor imaginando seu corpo bronzeado nu em minha cama, como ele ficará em contraste com o algodão branco, e não consigo acreditar que ele me afete dessa forma.

Entro no metrô, enfiando-me entre uma mulher rechonchuda e as portas que começam a se fechar. Dou uma olhada no telefone e leio as mensagens:

"A que horas a senhora vem me pegar? M. Bjo."

"O que você fez comigo, sua bruxa? Não consigo trabalhar, não consigo pensar. M"

"Vivienne! Meu coração! M"

"Quero sentir seu gosto de novo... M"

Oh, algumas delas são um pouco grosseiras. Olho para o rosto rosado da mulher quando o trem parte da estação. Ela desvia o olhar de meu telefone; ergue uma sobrancelha e sorri. Eu hesito e me sinto corar quando olho para fora, tentando entender o que causei

embuscadoamor.com

e desejando que essa ansiedade deliciosa dure para sempre. Envio uma mensagem a ele.

"Acho que preciso de uma noite sozinha... para colocar as ideias no lugar. V". Faço uma careta ao ler a chatice que escrevi.

"O que quer dizer com 'acho'? Não tem essa de 'acho'. Faça o que quiser", responde ele. "O que você quer?"

Respondo sem pensar: "Você."

— Boa-noite para você — diz a mulher do metrô quando piso na plataforma. Eu me afasto. Quando o trem entra em movimento de novo, olho para a frente e ela está olhando para mim. E pisca.

Estou assustadoramente descontrolada. Mal posso esperar para vê-lo. Sinto um frio na barriga, coisa de adolescente. Isso tudo definitivamente não é nada sensato. É apenas desejo e vai acabar em desastre, mas estou impotente. Terei de deixar as coisas acontecerem e ver como me sinto depois. Corro um pouco, arrastando os pés, atravesso a rua ensolarada e entro nas ruas paralelas em meu atalho para chegar em casa. Vou tomar um banho assim que chegar, vou lavar os cabelos e usar aquela loção corporal que a Lucy me deu de Natal. Usarei aquele vestido comprido de verão — Max me disse que gostava dele uma vez. Mais um quarteirão de casas. Entro na rua de trás e vejo meu prédio. Tem alguém esperando na entrada.

Ele se recosta na parede, está sem paletó. A luz reflete em seus braços bronzeados, e ele desvia o olhar do relógio prateado de pulso. Seu perfil é o de uma escultura clássica, e ele olha em direção à rua de cima. Seu nariz afilado, lábios protuberantes e óculos de grife são perfeitos, como os de um modelo de revista. Paro de andar. Fico parada, só olhando. Ele reluz como ouro na porta de meu prédio e receio que possa estar escondendo uma adaga, preparando-se para um novo golpe. Ele se vira, me vê e se endireita. Ergue o braço para acenar. Está me chamando, como em meus sonhos.

— Oi, Viv. — Ele abre aquele sorriso de menino.

— Rob! O que você está fazendo aqui?

CAPÍTULO DEZENOVE

Tudo o que as mulheres querem*

Bem, já que estão perguntando... [respira profundamente] Café da manhã na cama, viagens de fim de semana, lençóis limpos, velas, sexo oral, Manolo Blahniks, um telefonema, uma faxineira, tempo livre, dormir de conchinha, um homem que saiba dirigir e consiga fazer curvas com apenas uma das mãos no volante, um homem que saiba consertar as coisas e saiba brincar com um bebê, ombros largos, um plano, alguém que conheça bem o corpo de uma mulher, que sussurre obscenidades durante o jantar, alguém engraçado, um bom livro, um sutiã confortável, cartas de amor, flores, gotas de orvalho sobre rosas e bigodes de gatos.

* Válido só hoje.

Rob caminha lentamente na minha direção, estendendo os braços para me abraçar, segurando minha cintura. Olho por cima do ombro dele, segurando as sacolas no alto até meus bíceps doerem. Ele sente o cheiro de meus cabelos. Eu me afasto.

— Meu Deus, como senti sua falta, Viv.

— Uh... — digo. Tento ignorá-lo, destranco a porta enquanto meu coração bate forte.

— Posso subir? — pergunta ele. Eu me viro. É ele mesmo. Ele está aqui. Quer entrar na minha casa. O que devo fazer? O que devo fazer?

— Pode — respondo.

Enquanto subimos as escadas, escuto os sapatos dele rasparem no carpete barato. O que ele quer? Por que está aqui? Minha bunda está legal? Abro a porta e ele dá alguns passos para dentro, como quem entra em uma galeria, observando o templo de minha vida. Então, mais passos, calcanhar e ponta, calcanhar e ponta pelo piso de madeira. Ele se vira com um pé só, como um ator.

— Que legal, Viv. Muito... casual chique. — A opinião dele, que não pedi.

— Obrigada. — Olho para os olhos dele, para o azul brilhante deles. Ele me observa intensamente. — Quer alguma coisa em especial? — Falo baixinho.

— Sim — responde ele. — Você. — Coloco as sacolas no chão, esfrego as mãos e espero por uma conclusão da frase, e pela dor. — Percebi, quando você foi à minha casa naquela noite, foi um baque e tanto. Eu pensei: "Eu quero ela." Não consegui parar de pensar em você. Não posso ficar sem você. Vamos nos casar, Viv! — De repente, ele está de joelhos, segurando minha antiga aliança de noivado, o diamante reluzente. Sempre adorei essa aliança e vê-la de novo é como rever um velho amigo. Quero pegá-la e sair correndo. Ele caminha de joelhos na minha direção. Fecho os olhos e volto a abri-los. Ele ainda está ajoelhado na minha frente, sorrindo, me encantando. Penso que posso estar tendo alucinações, que estou com febre, alguma coisa assim. Toco seus cabelos. É verdade.

— Por favor, fique de pé, Rob — digo. Ele se levanta, segurando a aliança como um hipnotizador. Dou dois passos em direção ao sofá e me apoio no braço para me controlar. — E a Sam?

— Terminei com ela. É você que eu quero. — Ele se senta ao meu lado e segura minha mão. — Sinto muito por tê-la magoado. — Olho para seu belo rosto. Talvez eu tenha sido atingida por um táxi e acordarei daqui a um dia, no hospital. Talvez tudo isso seja uma piada e a Sam esteja rindo em algum lugar, assistindo por uma webcam.

— Isso é uma piada?

— Nunca fui tão sério em toda a minha vida.

— Porque não tem graça. Não vou permitir que você tire sarro da minha cara.

— Case-se comigo, Vivienne. — Ele espera. Fico olhando.

— Não sei o que dizer.

— Diga sim! — O rosto dele está iluminado, desconcertante, com aquele sorriso de dentes branquinhos e a mandíbula bem-desenhada. Observo seu rosto familiar, o rosto que amei e desejei e sinto algo mudar em meu coração.

— É meio repentino... — digo.

Ele fica de pé e caminha até a janela.

— Por favor, Viv! O que você quer? Você disse que me queria de volta e aqui estou eu, de joelhos! Não sei mais o que fazer... — Ele se apoia na janela, cruzando as pernas na altura dos tornozelos.

— Você não pode simplesmente entrar aqui e dizer que quer se casar comigo.

— Mas fiz isso.

— Bem, as coisas não funcionam dessa maneira.

Ele levanta a cabeça, olha para o teto e ri.

— Certo, estou aqui, vamos lá. Você pode me dizer, meu amor. Pode me dizer como as coisas funcionam, Viv.

— Eu não sei. — Que diabos está acontecendo? Sinto meu coração bater forte.

— Quer que eu implore? Vou implorar. Eu cortaria fora as minhas bolas com uma faca de pão enferrujada se você me pedisse.

— Não! Não precisa disso! Eu não sei. Estava tentando esquecer você há um minuto.

— Você não está vendo? Estou arrependido. Sinto muito por tudo e estou aqui para consertar as coisas.

— Mas não tem como consertar as coisas... não é assim. — Eu estalo os dedos. Ele simplesmente se recosta e sorri. Olho para ele, desvio o olhar, olho de novo e, nesse olhar, vejo todos os meus sonhos de ter

embuscadoamor.com

uma vida com ele. Eu me lembro de quando começamos a namorar, de quando ele não era esse grande empresário, quando era apenas o Rob, meu Rob, que vestia calça jeans e tênis. Ele era divertido. Nós tínhamos planos. Íamos comprar um cachorro. Já tínhamos nome para nossos quatro filhos (apesar de eu não saber bem se gostava do nome Horatio). Planejávamos aprender jardinagem para cultivarmos nossas verduras. Até plantamos uma mini-horta na varanda, mas todas as plantas morreram. Aonde está esse cara? Olho para Rob agora e não o reconheço com suas roupas de grife.

— Estou falando sério. Estou aqui. E não vou embora — diz ele, dando um tapinha no próprio corpo.

— Preciso beber alguma coisa — resmungo, meio para mim mesma.

Ele procura dentro de sua bolsa e tira uma garrafa de champanhe Bollinger.

— Vamos abrir esta. Eu deixei gelando... sabia que você diria sim. — Ele tira a rolha com maestria e eu me lembro que quebrei todas as minhas taças de champanhe. Saio para pegar as de vinho.

O que está acontecendo? Se eu beber o champanhe dele, estarei aceitando seu pedido? Mas e o Max? Fico de pé na cozinha, paralisada, segurando as taças.

— Merda! — sussurro dentro da lava-louças. — O que ele está fazendo aqui? Que inferno! — Na sala de estar, ele pigarreia e eu volto correndo.

— A nós — diz ele, batendo a taça na minha. Olho para a bebida brilhante e então dentro dos olhos lindos dele.

— Você acha que podemos simplesmente continuar de onde paramos? — pergunto.

Ele segura a minha mão e a beija com delicadeza.

— Não, não como antes. Eu não amava você direito antes. Dessa vez, vou fazer de você a mulher mais feliz do mundo. Prometo, Viv.

Quase perder você me mudou. Eu estava errado e consigo ver agora. — Fico imóvel quando ele se aproxima, acariciando meus cabelos. — Sinto muito.

Sinto o cheiro salgado familiar de sua pele. Ele beija meus olhos. Seu hálito quente sopra meus lábios e ele me beija com delicadeza uma, duas vezes. Beijinhos suaves. Beijos que desejei receber.

— Você me magoou. Não sei se...

— Nós magoamos um ao outro, linda. As pessoas apaixonadas fazem isso. — Ele me beija de novo e dessa vez eu retribuo, como um alcoólatra que sofre uma recaída. Eu o beijo, sentindo meu estômago revirar. Ele segura meu rosto. — Vamos partir para algum lugar. Vamos simplesmente pegar um avião e fugir.

— Para onde, algum lugar como Bali?

— Bem, tenho duas passagens de primeira classe sobrando. Hotel cinco estrelas, com spa, para quinze dias... podemos aproveitar. — Ele sorri. Vejo que está falando sério.

— Acho que não curto Bali, Rob.

— Sim, compreendo. Bem, nós não precisamos decidir agora.

Dou um passo atrás.

— Não diga "nós". Vamos com calma, tudo bem?

— Desculpe! Desculpe, Viv. Você está certa, precisamos conversar direito. Eu sei. É que quero recuperar o tempo perdido. — Olho para a janela, para a noite que chegou. Isso é surreal. Ele se senta e levanta os pés. — Você estava certa quando me deixou, amor. Foi o empurrão de que precisei.

Não consigo acreditar. Quantas vezes eu o imaginei aqui? Quantas vezes vivi esse momento? Mas agora, eu me sinto... um pouco irritada.

— Vou ao banheiro — digo e me afasto. Procuro em minha bolsa, encontro meu telefone e ligo para Max.

— E aí, gostosa? — Ele atende.

embuscadoamor.com

— Max. Olha só, aconteceu uma coisa, então não venha aqui, tudo bem?

— Você está bem?

— Estou.

— Tem certeza? Está parecendo meio... esquisita.

— Não, não, está tudo bem, é que... olha, eu explico depois. Não venha... vou sair.

— Tudo bem, como quiser... mas estou com saudade. — Fecho os olhos, escutando. Vai ficar tudo bem, vou explicar para o Max mais tarde.

Rob bate na porta.

— Viv, com quem está falando? Venha, tenho uma surpresa para você!

Eu me recosto na parede.

— Também estou com saudade — sussurro e desligo quando Rob bate com mais força.

— Viv! — grita ele. Abro a porta. — Com quem você estava falando, querida?

— Sozinha. — Ele segura a minha mão e me leva de volta para o sofá. Ele organizou os produtos que comprei sobre a mesa da sala e encheu as taças de novo. Ao lado de minha taça, há uma pequena e bonita caixa turquesa com um laço branco.

— Abra — diz ele com a voz emocionada. Minhas mãos tremem enquanto desfaço o laço. Levanto a tampa e, ali dentro, encontro uma bolsinha amarrada com um cordão. Olho para ele; seus olhos estão brilhando. Ele me observa tirar o cordão. Uma corrente filigranada cai como água em minha mão, e um pingente de diamante com esmeralda reluz. Olho para o sorriso estonteante dele.

— Coloque-a. — Eu abro o fecho e levanto os cabelos enquanto ele prende a corrente em meu pescoço. O diamante pesa em minha pele. Ele olha para a pedra e para mim, e eu me lembro de Max em cima de mim, seus olhos escuros e ombros largos.

— Não posso aceitar isto...

— Tem que aceitar, comprei para você. É um dos benefícios de ser bem-sucedido: posso encher minha mulher de joias.

— Sua mulher?

— Sim. Você vai voltar a ser minha mulher?

— Não posso. Não sei.

— Olha, fique com a corrente, um sinal de meu respeito. Eu insisto.

Olho para o chão.

— Obrigada, Rob, mas eu...

— Beijo — diz ele, fazendo biquinho.

Eu me inclino para a frente e ele enfia a língua em minha boca. Sinto sua mão em meu seio. Eu me retraio e me sento, tocando a pedra fria com os dedos.

— Esta pedra... é uma esmeralda, não é? — Eu pergunto e bebe-rico do champanhe.

Ele se recosta.

— Provavelmente.

— É muito linda.

— Dois mil de beleza, Viv.

Toco a corrente.

— Tem certeza de que quer me dar?

— Claro que sim. — Ele segura a minha mão. — Viv, posso ficar aqui esta noite? — Ele olha dentro de meus olhos. — Ela está saindo da casa, sabe? Vai ser melhor se eu não estiver por perto.

— Oh. — Lembro-me do dia em que fui embora e quase sinto pena dela. Olho para esse homem lindo que voltou para mim e vas-culho meu coração, pesando meus sentimentos, querendo que eles

embuscadoamor.com

não mudem. Mas ele parece mais baixo do que eu me lembro, diminuído, de certa forma. Em meu coração, Rob era um deus, mas aqui está ele, carne e osso, rompendo com sua noiva, como um desconhecido com o rosto de alguém que amei. Não pode ser que eu não o ame... é o choque, afinal... depois de tudo pelo que passei.

— Na verdade, preciso de um lugar onde possa passar alguns dias. Poderia ir para um hotel, mas... Viv, quero passar o resto da vida com você, então por que não começar agora? — Olho para a mão dele segurando a minha e me lembro de como me senti quando ele me pediu em casamento pela primeira vez. Fiquei radiante, foi o dia mais feliz da minha vida. Será que voltarei a sentir tudo aquilo?

— Rob, é claro que pode ficar aqui...

— Você é um anjo! — Ele me beija de novo. Tento sentir algo, beijando-o com os olhos abertos, analisando a perfeição de seus cílios em seu rosto, sentindo sua língua contra a minha... mas só consigo pensar em Max. E me afasto.

— O que foi?

— Vamos ter que ir com calma. — Ele abaixa a cabeça e sinto um nó na garganta, um pânico já familiar. Ele pode ir embora! Posso perdê-lo de novo. — Mas que bom que você está aqui — acrescento baixinho, e ele sorri como um menininho que ganhou o primeiro lugar na fila.

Comemos com faca, garfo e prato. Com uma pontada de culpa, penso no piquenique sensual que eu havia planejado e não sinto fome. Ele coloca algumas músicas de amor para tocar no computador, acende algumas velas, como se estivesse na própria casa, se acomoda e começa a me contar sobre Sam, como se eu fosse um robô que não sente dor. Eu o interrompo. Não quero saber que ele a conheceu uma semana depois de minha partida, que ela o deixou encantado, também não quero saber sobre a dieta de feijão-da-china que ela faz, nem sobre os amigos idiotas que ela tem.

Ele fala sobre o trabalho — vai se tornar sócio este ano e está no caminho para ser um milionário antes dos 40. Observo a noite lá fora e parte da minha alma voa pelo teto, à procura de Max, como uma pipa amarrada. O telefone de Rob toca, o som parecido com o de um mosquito voando.

— Desculpe, mas preciso atender — diz ele. Abre o telefone e o leva à orelha com um movimento suave e ensaiado. — Rob Waters. — Olho ao redor da sala escurecida e percebo que ele fala mais baixo. — Certo, acalme-se. — Ele caminha para o corredor. Limpo os pratos, deixo a água correr dentro da pia sobre eles. Observo quando começam a flutuar e os deslizo para o fundo e dou uma olhada no telefone. Vejo uma mensagem de Max.

"Pode me ligar? Você está bem? Está presa na cobertura nas garras de um gorila peludo? Acho que vou dar um pulo aí."

Respondo rapidamente.

"Estou bem. Por favor, não venha. Explico tudo amanhã."

Volto para a sala de estar, onde o computador está tocando uma melodia triste, uma mulher cantando com a voz rouca a respeito de um amor perdido. Desligo a música e escuto Rob discutindo, sussurrando algo. Acho que escutei ele dizer: "Não tente fazer uma porra dessas!", e então "Você não ousaria". Caminho lentamente pela sala, murmurando.

— Não acredito que ele está aqui! Ele quer voltar comigo! — Toco o pingente de diamante, correndo-o pela corrente. Eu poderia simplesmente voltar para a vida que havia planejado, uma vida de segurança, casada com um marido rico e bonito. Eu seria a anfitriã de enormes festas em uma cozinha enorme em algum lugar por aí. Haveria filhos e cachorros... e Max olhando de modo doce... quero dizer, Rob... *Rob* olhando de modo doce. Repasso a imagem, substituindo os filhos, percebendo que todos eles pareceriam miniaturas de Max.

embuscadoamor.com

Olho para a rua, observando um gato que não é muito diferente de Dave, com suas manchas de tigre. Ele caminha rente à parede, e então para e olha bem para mim, demonstrando estar assustado, seu olhar parecendo um laser sobre mim, e então se embrenha nas sombras. O que Max está fazendo agora? Não paro de pensar nele. Sinto muita saudade e obviamente por causa da situação, certo? Não se trata de uma circunstância comum. Ele é meu amigo querido e acabamos de dormir juntos. É claro que vou pensar nele por um tempo. Mas, sinceramente, se quero a minha vida de volta, devo me concentrar em Rob. Dou mais uma volta na sala; ele está falando com alguém, está alterado.

— Se ela acha...

Acesso o embuscadoamor.com, animada quando a página se abre. Nossa! Michael fez um trabalho e tanto! Clico em "O que você está pensando?". Nada de novo, mas leio o recado de Max mais duas vezes. Acho que vou responder para ele. Meu telefone toca, vejo "Lucy" na tela, bem na hora em que Rob volta, com cara de poucos amigos. Ele faz um sinal para que eu desligue. Recuso, balançando a cabeça, e ele revira os olhos quando saio correndo para o banheiro.

— Alô? Alô?

— Estou aqui, Luce.

— Minha nossa, é muito difícil conseguir falar com você! Por onde andou?

— Você não vai acreditar. Adivinha quem está aqui em casa neste exato momento?

— Hum... o Papai Noel? Jesus?

— Rob!

— Oh.

— Ele me pediu em casamento!

— Inédito.

217

— Ele terminou com a Sam e me comprou um colar de diamante.

— Paro. Silêncio. — Então, estou um pouco chocada! Estou meio perdida... não sei o que fazer.

— Diga não. Ele já teve a chance dele. Coloque-o para fora.

— Eu disse que ele pode ficar enquanto ela sai da casa dele.

— Ai. Que horror.

— Por isso que gosto tanto de você... você é tão simpática, tão compreensiva.

— Desculpa. Não suporto esse cara. Ele não é bom pra você, querida.

— Além disso, transei com o Max.

— Cacete!

— Algumas vezes. Três, na verdade.

— É mesmo? Você e o Max?

— É.

— Bom, vai contando... como ele é?

— Muito bom, na verdade.

— Eu sabia! Eu sabia que você era a fim.

— Mas o Rob voltou!

— Ah, por favor, não me diga que está pensando em voltar com o Rob.

— Não sei o que fazer.

— Ah, menina, está na cara... livre-se do Rob. Ele é um fracasso total e você sempre amou o Max. Desde a faculdade.

Mordo a lateral de meu polegar, pensando que ela faz tudo parecer muito simples. Brinco com meu diamante. Lucy sempre comentava sobre o dinheiro de Rob, dizendo que ele não merecia. Sinto-me uma tola por falar com ela sobre isso.

— Você não conhece o Rob de verdade.

— Conheço, sim. Ele é um idiota completo.

— Enfim. — Mudo de assunto. — E você?

embuscadoamor.com

— Meu Deus! O Reuben está acabando comigo.

— É mesmo?

Rob bate na porta.

— O que está fazendo, amor?

— Olha, Luce, podemos almoçar amanhã? — pergunto sussurrando.

— Diga a ele que está no telefone!

— Ligo para você amanhã. Vamos almoçar, combinado?

— Não. — Escuto os passos de Rob quando ele se afasta da porta.

— Tudo bem, ele se foi — digo a ela. — Continue me contando sobre o Reuben...

— Viv, ele é o melhor na cama...

— Que bom que você está feliz. Preciso ir. Até amanhã?

Na sala de estar, Rob está diante do computador, digitando. Ao perceber a minha presença, ele fecha a janela, fica de pé e me abraça.

— Quem era? — pergunta ele, beijando meu pescoço.

— Lucy.

— Você ainda é amiga *dela*?

— Sim.

— Ela é meio vulgar, não? Deu em cima de mim, certa vez.

— Bem, ela é humana. Você viu meu site? Faço um meneio de cabeça para o computador. Ele me solta e se senta no sofá.

— Não. Seu site? Eu estava só checando uma informação jurídica. — Ele coça o nariz e suspira.

— Do trabalho?

— Não, a Sam está achando que pode pôr as mãos no meu dinheiro. — Ele olha para a mesa. — Se eu e você nos casarmos, teríamos que fazer um acordo pré-nupcial, com certeza. — Ele olha para o nada. Eu me recosto na parede e o observo. Como assim, *se?* Há um minuto, ele não podia viver sem mim.

— Esses acordos não são para celebridades?

— São para todas as pessoas que não gostam de ser roubadas.

— Oh.

Ele me observa por um segundo.

— Venha aqui. — E sorri. Eu me sento ao lado dele, que segura as minhas mãos entre suas palmas frias e macias. Olho para os nossos pés. As meias de caxemira dele e minhas unhas pintadas. Nossos papéis são tão familiares. Ele é tão adorado, já que tem poder, dinheiro e beleza, e eu tenho que ser feliz e agradecida. Acho que fui assim por cinco anos, e agora estou... bem, estou surpresa por ver que não sou mais. Depois de um momento, ele tira uma mecha de cabelo de meu rosto. — Viv?

— Hum?

— Você... dormiu com alguém?

— Como assim, desde que terminamos e você passou a morar com a Sam e quase se casou com ela?

Ele ri um pouco, mas não para de olhar para mim, com cara de cachorrinho, esperando a resposta.

— O que foi? — pergunto.

— Preciso saber.

— Por quê?

— Você... dormiu?

— Não, fico aqui dentro de casa todas as noites bordando seu nome em minhas calcinhas.

Ele aperta meus dedos.

— E o Max?

— O que tem ele? — Sinto um calor subir pelo meu couro cabeludo e estou corando como se tivesse sido flagrada roubando alguma coisa.

— Você já... com ele?

embuscadoamor.com

Fico de pé e atravesso a sala, deixando a mesa de centro entre nós.

— Não quero falar sobre isso, Rob. Afinal, não é da sua conta.

— Bem, teoricamente, *é* da minha conta. Estamos voltando, então...

— Passamos cinco anos juntos, você me pediu em casamento, e então disse que não estava pronto para se casar e ficou noivo de outra pessoa. Agora, diz que quer se casar comigo de novo. — Olho fixamente para ele. — Você brincou com meu coração como se fosse uma bola. Estou tentando entender sua presença aqui. Não vou falar com quem posso ou não ter transado na sua ausência, tudo bem?

— É justo. — Ele ri. — Mas deve ter transado com alguém, para reagir desse jeito! — Olho para os dentes brancos dele. Está reclinado, relaxado, pernas abertas, divertindo-se. Ele olha para mim de cima a baixo. — Mas vamos voltar, Viv. Você sabe e eu sei. Você nunca conseguiu resistir a mim.

— Você está muito seguro de si. — Pego uma almofada e a jogo nele. — E fico feliz por ver que está bem confortável nesse sofá, porque é onde você vai dormir esta noite, querido.

CAPÍTULO VINTE

Os dez mandamentos do rompimento

1. *Encararás teu ex e serás firme e justo.*
2. *Evitarás frases tolas.*
3. *Terminarás depressa.*
4. *Evitarás ser flagrado com outra pessoa.*
5. *Não telefonarás. (Não tem como melhorar.)*
6. *Explicarás seus motivos de modo honesto, mas não recomeçarás discussões a respeito dos porquês.*
7. *Não farás sexo em nome dos velhos tempos para romperes de novo depois.*
8. *Não aceitarás presentes/jantares/convites de alguém com quem estás rompendo.*
9. *Não recorrerás a palavrões e gritos, independentemente do que for dito; permanecerás calmo.*
10. *Não atingirás ninguém com um estilete.*

Nossa! Dois homens me querem. Sempre sonhei em estar exatamente nessa situação. Bem, não exatamente assim — em meu sonho, havia dois cavaleiros e eles disputavam.

Não é tão bom quanto se pode imaginar. Não posso negar que há uma certa emoção nessa ideia, mas vamos falar a verdade? Parece meio ruim e desonesto e me sinto um pouco mal e covarde.

Max enviou uma mensagem de texto à meia-noite: "Reserve a noite de amanhã para mim, linda. Tenho uma surpresa para você. M. Bjo".

embuscadoamor.com

Meu Deus, preciso ver o Max. Terei que me sentar com ele e explicar, dizer que preciso de tempo para entender o que está em minha mente. Ele vai compreender, com certeza. Vai ter paciência.

Rob deixou uma mensagem na porta da frente hoje de manhã. "Vou levá-la para sair esta noite. Vista algo especial."

Ele se foi hoje cedo, muito antes de eu acordar. Encontrei suas roupas usadas perto da pia e um par de sapatos ao lado da porta. Pensei que, se ele voltasse, seria como antes — melhor, até —, mas agora estou duvidando que dê certo. Não é a mesma coisa e, definitivamente, não melhorou; é esquisito.

Acho que apenas vou levar um tempo para encontrar uma nova maneira de estar com ele. Se realmente ficarmos juntos... Penso em Max.

Entro no ônibus para ir trabalhar. As ruas de Londres passam entre as paradas. O céu está cinza-amarelado; o ar está quente e abafado, como minha cabeça. Haveria uma maneira de me encontrar com os dois esta noite? Por exemplo, sair com Rob primeiro, depois encontrar Max? Ligo para Max, deixo chamar, mas ele não atende. O ônibus passa pelo gramado verde do Regent's Park, os corredores seguem nas trilhas amarelas, e os turistas formam fila para entrar no ônibus do tour. Passamos pela parte alta da Matylebone High Street; conto as Ferraris e penso em Rob. Entramos na Baker Street e desço na parada seguinte, passando pelo Angelo's, sem entrar para um café — temos uma reunião com compradores logo cedo —, e atravesso suas pistas de carros para chegar a meu prédio. Confiro meu reflexo nas portas de vidro escuras — tentei adotar um estilo Audrey Hepburn, chique clássico, mas agora não sei se a echarpe seria um pouco demais.

Entro no elevador quando ele está se fechando, e as pessoas ali dentro suspiram. Um homem de cabelos crespos aperta o botão de "fechar portas" como se, com ele, conseguisse produzir dinheiro. Olho sem graça para as pessoas apertadas dentro do elevador e vejo

Michael. Ele está sorrindo, assentindo e mascando chiclete, tudo ao mesmo tempo, e está pressionado contra o braço macio e gordo como um pernil da Verruga. Quando o elevador para no andar dele, percebo que aperta a coxa dela. Ele balança a cabeça ao me ver confusa, passa e deixa para trás uma nuvem de patchuli. Eu observo quando ele cruza o andar; e as portas se fecham, então olho para Verruga. Ela sorri; vejo batom da cor de sangue em seus dentes.

— Oi, Viv. Décimo segundo andar, não é?

Todos se viram para mim.

— A reunião? Sim.

Eles se viram para ela.

— Vamos torcer para ter café da manhã! — exclama ela. Sorrio e analiso os botões do elevador. A luz passa lentamente do dois ao dez e o elevador se esvazia. Chegamos ao décimo segundo e caminhamos juntas para a reunião. Ela anda depressa, apesar dos pés impressionantemente pequenos, enfiados graciosamente em *scarpins* vermelhos de veludo.

— Então você conhece Michael? — Não resisto.

— Está dizendo no sentido bíblico da palavra? — Ela ri alto. — Sim, por acaso, conheço Michael. Muito bem, na verdade. E você?

— Um pouco. — Quero vomitar.

— Bom, vale a pena conhecê-lo! — Ela ri de novo. Imagino uma cena grotesca dos dois abraçados, rolando como cachorrinhos em uma cama de lençóis de cetim com Barry White de fundo musical.

Apesar do ar-condicionado, a sala de reuniões cheira a corpos sujos. Há um carrinho abandonado com canecas de café instantâneo, água quente para o chá e um prato de salgadinhos oleosos. Verruga prepara um café puro com um damasco na boca e se esparrama em uma cadeira na cabeceira da mesa oval. Abre uma pasta de cartões e tira uma pilha de pautas impressas.

— Faça o favor de distribuir estas folhas. — Coloco uma ao lado de cada cadeira, espiando os itens. O primeiro tema da reunião

embuscadoamor.com

é "Demissão". Melhor eu ajudar bastante hoje. Christie e Ranhosa chegam com um minuto de diferença uma da outra. Ranhosa, em um assustador vestido-envelope cheio de pequenas listras amarelas, com meias de estampa de corações e sandálias de veludo verde, faz um meneio de cabeça para mim. Christie está bonita, vestindo um colete preto e calça harém de cetim. Ela se senta ao meu lado, com um perfume de flores de verão.

— Tudo bem? — sussurra ela.

Aponto para a pauta. Ela faz uma careta.

Verruga começa.

— Recebemos a incumbência de criar um plano de demissões. Enquanto estivermos passando pela "reestruturação", precisamos reduzir custos. Isso quer dizer que não devemos mais fazer pesquisas de mercado nem pegar táxi e colocar na conta da empresa, tampouco pagar almoços para os fornecedores. Vamos cortar os gastos em um terço e nos concentrar na questão de relações públicas.

— Viv, quero que você cuide da imprensa. Quero que algum produto apareça em todos os jornais de domingo e em pelo menos três revistas.

— Temos a possibilidade de dar brindes? — pergunto. Ranhosa faz uma anotação, e fico nervosa. — Pergunto porque os jornalistas meio que esperam por isso.

Verruga concorda.

— Faça o que precisar para conseguir o espaço na mídia.

Ranhosa sublinha algo. Ela solta a caneta com ênfase e começa a falar sobre os produtos, item por item, explicando quais linhas trabalharemos.

— A calcinha comestível... seguiremos adiante, mas não com as ideias que já foram apresentadas. Viv, achamos que, apesar de este ser um projeto da Christie, você deveria supervisioná-lo.

Emma Garcia

Concordo, sentindo-me humilhada por Christie. Olho para a esquerda, mas ela parece não se abater, escrevendo "bronzeamento artificial" e "removedor de esmalte" em uma lista de compras.

— As velas com estampa escandinava... Não. — Ranhosa continua, e Christie se ajeita de repente e escreve em meu bloco de anotações.

Fiz uma encomenda de dez mil! E desenha uma cara de preocupação ao lado.

Sinto meu peito apertar ao responder. *Você checou a questão do "feito por detentos"?*

Esqueci!, ela responde e desenha uma cara triste.

Ai, merda. Sinto a pele de meu pescoço se arrepiar. *Cancele o pedido!*, rabisco.

Já estão a caminho!

Respiro profundamente e olho para a sala de reuniões ao redor. Olho para Ranhosa e penso na advertência verbal. De repente, sinto vontade de rir. Será que devo interrompê-la e explicar, calmamente, que ferramos com tudo de novo e agora dez mil velas antiéticas estão vindo para o estoque central? Fale. Diga alguma coisa.

— Hum, em relação às velas... — Ranhosa olha por cima dos óculos. — Fiquei com a impressão de que iríamos adiante com elas, por isso acredito que elas já foram encomendadas. — Sorrio.

— Cancele — rebate ela.

— Bem, claro que poderíamos fazer isso, mas a House of Fraser está fazendo uma ótima oferta de velas, por isso acho que não podemos ficar para trás e deveríamos colocar velas entre nossos presentes. As nossas são melhores... e mais baratas.

— A House of Fraser está fazendo isso?

— Ah, sim — Christie reforça. — Com glitter e toques natalinos, e, quando elas são acesas, o ambiente todo entra em clima de Natal.

— As nossas velas, por outro lado, são chiques. São minimalistas... acompanham as tendências atuais de design de interior. Acho que elas aparecerão na próxima edição da *Living Today* — minto,

embuscadoamor.com

mas conheço uma assistente de edição da *Living Today*. Ranhosa olha para a própria planilha e rabisca algo.

— Tudo bem, faremos duas mil e veremos como elas vendem.

Ai, merda, estamos ferradas.

Olho para Verruga, que está comendo seu terceiro salgadinho. Observo Christie desenhar espirais em seu caderno. Olho pela janela para um quadrado de céu azul. Sinto uma onda de animação pensando em Max e me lembro de Rob. Rob, o amor da minha vida, a pessoa em quem pensei sem parar durante meses, quer me levar para sair hoje à noite. Eu vou, claro, mas... eu adoraria ver o Max. Fico imaginando qual seria sua surpresa... Ranhosa continua falando, e eu tento sentir entusiasmo para saber como embrulharemos os estojos de couro e quais serão os itens da linha "compre dois, leve três", mas estou bem distante. Estou escolhendo o que vestir em meu encontro de hoje à noite e tentando decidir com quem ir.

O pessoal de relações públicas telefona. Deteto todos eles. Preciso tentar vender uma história a respeito de nossos presentes simples de Natal. A ousadia da calcinha comestível! Os acessórios de moda modernos! Não posso parecer desesperada, mesmo que estejamos prestes a encalhar como baleias na praia. Tenho uma lista de revistas e nomes de contatos e dou uma olhada rápida procurando por nomes que eu possa reconhecer. Acredito conhecer uma moça chamada Donna do *Sunday Read*. Ela não estava falando sobre casamentos com o belo namorado na festa de dia dos namorados? Vou telefonar para ela primeiro.

— Donna Hayes? — Ela me pega de surpresa. Eu esperava uma gravação.

— Oi, Donna. Aqui é a Vivienne Summers, da Barnes and Worth.

— Oi.

— Olá. Nós nos conhecemos na festa da B and W. Não sei se você se lembra?

— Ah, sim, foi uma noite legal.

— Alguém tinha que beber todo aquele champanhe rosé, não é?

— Hum, foi divertido.

— E como está o seu lindo noivo? — Faz-se silêncio, e fico pensando se, sem querer, eu a interrompi. — Quando será o grande dia?

— Ele... é... não estamos mais juntos.

Ai, droga. Desenho pontos de exclamação perto do nome dela.

— Sinto muito — digo.

— Sim, ele acabou não querendo se casar.

— Ai, não. — Essa conversa está indo muito mal. Como direcionar a conversa para as calcinhas comestíveis?

— Mas ele vai se casar com outra pessoa agora. Cinco meses depois de nosso rompimento. — A voz dela está séria.

— Foi exatamente o que aconteceu comigo!

Quarenta minutos depois, Donna, do *Sunday Read*, concordou em fazer uma matéria a respeito do embuscadoamor.com. Que ótima notícia! Mas não é trabalho. Já está quase na hora do almoço e eu rabisco possíveis manchetes: "B&W apimentada neste inverno", "Coisinhas, calcinhas e B&W". Telefono para Graham, da *Weekend*: Tenho certeza de que ele se interessaria pela matéria, principalmente se fizermos uma sessão de fotos com modelos másculos.

— Graham Jackson...

— Oi, Graham! Aqui é a Viv Summers, da Barnes and Worth.

— ... não posso atendê-lo no momento. Por favor, deixe sua mensagem ou tente de novo mais tarde. — Deixo uma mensagem a respeito de duas matérias possíveis, mas percebo, depois de desligar, que, mais uma vez, passei um pouco mais de tempo falando sobre meu site do que sobre a B&W. Estou ficando obcecada. Acho

embuscadoamor.com

que precisamos de um tópico a respeito de namorar dois homens ao mesmo tempo — talvez eu inicie um. Vou parar para o almoço agora e, depois, telefonar para todos os jornais da lista e impulsionar o lance da Barnes and Worth.

O telefone toca. Lucy. Aposto que ela teve uma ideia de lugar incrível para o almoço.

— Oi, Viv. Olha, você se importa se marcarmos o almoço outro dia?

— Sim, na verdade, eu me importo muito. Preciso conversar.

— É que... tenho muito trabalho para fazer e não posso ficar até mais tarde hoje. Vou encontrar o Deus do Amor.

— Então, você está colocando sua satisfação sexual na frente de nossa amizade.

— É... acho que estou... me desculpe.

— Você é uma péssima amiga.

— Eu sei, sou mesmo. Vou compensar isso e, de qualquer modo, você só quer falar do Rob, não é?

— Sim, e daí?

— Bem, tudo o que eu poderia dizer é para você se livrar do idiota. O que mais?

— Bem, e do Max.

— Vai fundo.

— Bom, tudo bem, então. Obviamente estou complicando demais as coisas.

— Não seja dura comigo. Acho que estou apaixonada!

— Que bom pra você.

— De verdade! Ele é maravilhoso, Viv. Sexualmente, é a minha versão masculina, a diferença é que ele tem lubrificante e piercing no pênis.

— Que ótimo! É bom?

— É, ele faz você chegar à beira do orgasmo tantas vezes que, quando você finalmente goza, seus olhos quase saltam das órbitas. — Estou prestes a escutar uma descrição detalhada, e não sei se consigo encarar. — Ele faz uma coisa com a língua...

— Lembra que disse que não queria saber o que tenho a dizer sobre Rob? Então... não quero saber, *de novo*, exatamente como e onde você teve um orgasmo múltiplo. Não me importa o que ele faz com a língua nem o tamanho do pinto dele. Isso é... chato! — Faz-se uma longa pausa. Fico sem saber se ela ainda está ali.

— Não. *Você* é chata, Viv.

— Estou no meio de uma crise, e você não dá a mínima.

— Claro que dou a mínima, Viv. Tenho tentado dar apoio a você há meses. Mas você sempre está passando por uma maldita crise!

— Não é verdade.

— Você *gosta* de passar por crises.

— Retire isso!

— Não.

— Meu Deus. Você é tão egoísta! Sei que você não gosta muito do Rob, mas pensei que pelo menos gostasse de mim.

— Quer saber de uma coisa? No momento, não gosto, não.

Ela desliga.

Não acredito que Lucy desligou na minha cara. Merda, merda, merda. Sinto vontade de chorar. Quanto egoísmo! Mas eu já sabia disso, não é? Durante toda a nossa amizade, eu sempre corri atrás dela. Lucy é a bem-sucedida. É a que tem a vida amorosa mais importante. Meus problemas são apenas engraçados para ela. Ela... ela me considera inferior. Ignora meus sentimentos, é o que ela faz. Bem, não vou telefonar de novo. Sempre passando por uma crise? Pelo menos não sou viciada em sexo! Pego a bolsa, deixando meu telefone na mesa de propósito, para evitar ver os telefonemas dela, caso resolva ligar. Assim, Lucy vai aprender. Não vou atender. Desço

embuscadoamor.com

pelo elevador, passo pelas portas giratórias e corro pela rua até a loja da Barnes and Worth.

Caminhando pelo departamento de maquiagem, eu me sinto melhor no mesmo instante. Maldita Lucy! Preciso de um batom novo para a noite. Quero algo meio cintilante. Um homem na Chanel, com sobrancelhas muito grossas, me convence a escolher um vermelho de tom arroxeado com um esmalte combinando. Em seguida, vejo uma vitrine de lingerie. Um sutiã de seda azul-marinho com laços cor-de-rosa e uma calcinha para combinar depois, e estou pronta para voltar ao trabalho. No elevador, vejo uma mulher que tem alguma coisa que me faz lembrar minha avó. Penso em conversar com a vovó a respeito de Max e Rob, mas sei o que ela diria, e, de qualquer modo, ela não tem se sentido muito bem ultimamente, por isso não quero deixá-la preocupada. Preciso telefonar para saber como ela está.

Estou sentada à minha mesa escrevendo "telefonar para a vovó" na parte de cima da lista de afazeres e sublinhando quando o telefone mostra que uma mensagem chegou. Deve ser Lucy se desculpando.

"Oi, Viv, esqueça hoje à noite, então, acho. M."

Que estranho. O que ele quer dizer? Ligo para ele.

"É o Max. Deixe uma mensagem."

— Oi, sr. Mistério. Não entendi sua mensagem. Onde você está?

Desligo e ligo de novo, para o caso de ele não ter escutado o telefone, mas, de novo, ninguém atende. Esquecer hoje à noite? Nem sequer nos falamos hoje. Será que ele está triste porque eu não respondi à mensagem dele ontem? Queria muito encontrá-lo e preciso muito conversar. Ligo de novo, mas cai direto na caixa postal. Desligo. Um medo estranho toma conta de mim. Fico tentando imaginar se ele sabe sobre Rob. Deixo outra mensagem.

— Max, liga para mim. É urgente.

Estou sentada à minha mesa experimentando o batom nas costas da mão quando Christie retorna, pousando sobre a mesa um copo de papel cheio de um líquido marrom e de cheiro esquisito.

— Que diabos é isso? Parece água de esgoto.

— Ah-ha! Missoshiro com alga marinha e queijo tofu. Faz muuuito bem pra saúde.

— Está me dando ânsia de vômito.

Ela suga a água com uma colher de plástico e pedaços brilhantes de alga verde grudam em seu lábio inferior. Olho para fora da janela, preocupada com Max. Espero que ele esteja bem, e não fulo da vida comigo. Meu Deus! Essa situação é uma bagunça completa e não tenho com quem conversar. Converso com Christie.

— O Rob voltou ontem à noite.

— Ai, meu Deus do céu! — Ela desiste da colher e levanta o copo de papel, obscurecendo momentaneamente o rosto, e deixando uma linha gelatinosa na ponta do nariz.

— Está sujo aí...

Ela limpa o rosto com um lenço de papel.

— O que aconteceu? Ele ia se casar com aquela modelo, não ia?

— Eles romperam. Ele quer voltar comigo.

— Ai, meu Deus, ele é muito rico, não é?

— É.

— E ele é lindo de morrer, não é?

— É.

— Nossa! Sorte a sua, Viv.

— Você acha?

— Lógico. — Ela raspa o líquido gelatinoso do fundo do copo. — Queria encontrar alguém assim. Afinal, é o sonho de toda garota, não é? — Sorrio para ela, que pega um espelho e inspeciona os dentes, para ver se não tem alga marinha grudada neles. — Então, você vai voltar com ele?

— Não sei — eu suspiro.

— Meu Deus, eu aceitaria no ato! — Ela aplica uma camada de gloss brilhante, e seus lábios parecem cobertos por açúcar. Ela espia por cima do espelho.

embuscadoamor.com

— Aceitaria? — pergunto.

— Sim! Afinal, não tem muito o que pensar — diz ela, sem um pingo de ironia.

Estou usando um vestido preto justo e salto alto, tentando fechar o colar de diamante. O taxista toca o interfone, e eu me sobressalto. Acalme-se, acalme-se. É só um encontro. Certo, confiro meus dentes para ver se estão sujos de batom e visto um casaco que não é comprido o bastante para chegar à barra de meu vestido. Não, Rob não vai gostar... vou sem. Desço a escada com cuidado e entro no banco de trás de uma Mercedes que me espera, ajusto o elástico de minha calcinha nova e pergunto aonde estamos indo.

— Não, não, senhora! É uma surpresa. — O motorista sorri pelo espelho retrovisor. Há um pequeno pinheiro ali, que solta o cheiro artificial de desinfetante de banheiro. Nós nos misturamos aos outros carros e caminhamos em direção a West End. — É seu aniversário, senhora? — Ele sorri, mostrando dentes que fazem lembrar uma floresta desmatada.

— Ah, não.

— Então, ele só quer impressioná-la! — Tento imaginar Rob esperando em algum lugar, querendo me impressionar, mas não consigo. Esse tipo de coisa não é comum para ele. Ele nunca duvida de sua capacidade de impressionar. Penso, de repente, em mandar o taxista seguir para a casa de Max. É preocupante que ele não esteja atendendo meus telefonemas nem respondendo às minhas mensagens. Ele nunca deixa de responder — ele é muito curioso. Mordo a lateral de meu polegar e fico pensando. Não fiz nada para chateá-lo, então, ele está apenas sendo grosseiro.

Vou me concentrar em Rob. Tentarei relaxar e aproveitar a noite com o homem que amo... bem, que amava e que posso ainda amar.

O carro para diante das portas duplas de um restaurante no Soho. Alguém de blazer azul-marinho abre a porta. Procuro minha bolsa para pagar.

— Não, senhora — diz o motorista. — Isso já foi resolvido.

— Ah, sim — murmuro.

— Tenha uma boa noite. — Ele sorri. Saio na calçada e alguém abre a porta do restaurante. Entro em um corredor de aço industrial que dá para um salão grande repleto de mesas, com ecos de vozes e risos. Há enormes lâmpadas iluminando canos que serpenteiam parede acima e pelo teto. Um cara absurdamente lindo sorri para mim da chapelaria. O corredor dobra para a direita e forma uma varanda pela extensão de uma parede. Um bar de aço escovado é cuidado por homens esguios com roupas brancas de linho engomado. Rob está sentado a uma das mesas. Sinto uma pontada de nervosismo quando ele pousa o copo na mesa e se levanta para me receber. Quando nos beijamos, penso que eu deveria ter calçado sapatos de salto menor; estamos da mesma altura, o que é embaraçoso. Como sempre, estou chocada ao vê-lo, tão lindo, olhando para mim por baixo daquelas sobrancelhas, como um menino.

— Você está linda — diz ele, puxando a cadeira. — Dois martínis com vodca. — Ele fala para o garçom que está ali perto, sem tirar os olhos de mim.

— Na verdade, quero um vinho branco, por favor! — peço ao rapaz que se retira. — Posso beber um vinho branco seco? — pergunto a Rob.

— Não, você não está acostumada com o lugar. Quero que a noite seja especial. — Ele segura a minha mão, passa o polegar na parte de trás de meus dedos. — Gostaria que você estivesse usando a aliança.

Afasto a mão, sentindo-me repreendida.

— Não posso. — E então, vendo o desapontamento dele, acrescento: — Farei isso... em breve.

embuscadoamor.com

— Quero que o mundo todo saiba que você é minha, Viv. — Ele estica o braço para tocar minha mão de novo, esfregando como se quisesse que um gênio aparecesse. Sorrio. Não sou dele, não mais, e pensar nisso me deixa tão triste que penso em outra coisa rapidamente. Vai levar um tempo, só isso, para amá-lo e confiar nele de novo.

Olho para as pessoas que jantam ali. Garçons de ternos brancos se apressam entre as mesas e na cozinha à vista. No centro, o maître, em uma espécie de tablado, conduz tudo.

— Este lugar é maravilhoso. Nunca estive aqui.

— É só para membros.

— Então é por isso.

— Oito mil por ano.

— Uau. Quando você se tornou sócio?

— Há cerca de dois meses, acho.

Nossas bebidas chegam em taças pesadas. O garçom as posiciona e serve pratos de amêndoas salgadas e um tipo de biscoitos assados.

— Saúde! — diz Rob, erguendo sua taça.

Beberico o líquido frio. O cheiro de química dele quase me derruba, e o álcool puro desce ardendo por minha garganta. Pego alguns salgadinhos para compensar, mas eles estão salpicados de pimenta forte. Seguro o martíni, tomando um gole, e então engulo a mistura horrorosa com os olhos lacrimejando. Sorrio para Rob, e ele ri.

— Meio exótico, não?

— Na verdade, gostei muito. — Sorrio e tomo mais um gole de martíni para mostrar a ele. Tenho um paladar sofisticado: certa vez, comi ostras. Engulo tudo estremecendo. Vejo nos olhos dele que está se divertindo; ele empurra os salgadinhos em minha direção.

— Quer mais um pouco?

Olho para o prato, percebendo o pó vermelho da pimenta.

— Não, obrigada. — Sorrio.

— Ah, Viv, você é hilária! — Ele pega minha taça e olha dentro de meus olhos ao beber de uma só vez. Com a outra mão, faz um sinal para o garçom. Observo a pele perfeita de seu pescoço se retesar quando ele engole. Ele lambe os lábios, olhando para mim, e se vira para fazer o pedido. — A moça quer um Sancerre.

— E um copo de água! — acrescento. O garçom assente e chega a se afastar antes de se virar. Rob olha para mim e balança a cabeça.

— O que foi? — pergunto.

Ele ergue minha mão a seus lábios, vira e cheira meu punho.

— Você tem um perfume incrível — murmura ele, e sinto vontade de rir. Preciso me concentrar. Ele pega meu pingente de diamante entre o indicador e o polegar. — Esta pedra fica maravilhosa em você.

— Obrigada. Um velho amigo me deu. — Brinco.

— Ele deve ser um ótimo amigo — responde, e eu sinto algo esquisito.

O vinho chega e somos guiados escada abaixo e apresentados ao maître. Ele me observa e então sorri para Rob, reconhecendo-o.

— Boa-noite, sr. Waters. Sua mesa de sempre está pronta.

— Obrigado, Patrick. — Rob pisca e coloca uma nota dobrada na mão do homem. Seguimos um discreto garçom, passando pelas mesas, e somos levados a uma mesa no canto mais distante. Rob se senta à minha frente na cadeira de couro antiga e imediatamente pede mais vinho e entradas para nós dois. Olho ao redor, para o espaço parecido com um coliseu, e sinto uma leve irritação. Sei que ele só está tentando me impressionar, mas desde quando ele vem a um lugar como este e tem uma "mesa de sempre"?

— É uma mesa ótima — diz ele, fechando o cardápio.

Sorrio.

— A sua de sempre, ao que parece.

— Bem, sou membro daqui, como disse, por isso venho o tempo todo. Afinal, não valeria a pena se não fosse assim.

embuscadoamor.com

— E eu aqui pensando que você havia me trazido a um lugar especial. — Dou risada.

Vejo um olhar de frieza.

— É pra ser especial, porra. Você já esteve em um lugar assim antes, por acaso? — Sinto um perdigoto pousar em meu rosto. Uso o guardanapo cor de damasco para limpar e, quando olho para a frente, ele está calmo de novo. Ele enfia a mão embaixo da mesa e segura meu joelho esquerdo como se esquentasse as mãos. — Vivienne, você precisa saber que você é tudo para mim, quero o nosso casamento para eternizar o momento.

— Rimou — digo, como uma tola. Ele tira a mão de meu joelho. Olha para o salão e vejo que está irritado.

— Veja bem, Viv, me perdoe. Estou tentando me exibir, mas vejo que você não está impressionada.

— Não, estou, sim. Estou, de verdade. Acho que sinto sua falta. A pessoa que você era antes do... sucesso e tudo mais.

— Mas sou bem-sucedido agora. Sou assim.

— Eu sei. — Olho para as minhas mãos. — Você se lembra dos dias de pastel e cerveja?

— Continuo sendo a mesma pessoa.

— Carpaccio de polvo com junípero... Senhora? — O garçom pousa na mesa um prato muito bem-arrumado. — Senhor? — Rob afasta o guardanapo para abrir espaço, depois pega a faca e o garfo, e faz cortes finos. Leva o garfo à boca, fazendo um bico.

— Delicioso. — Ele beberica o vinho. — O Sancerre o complementa perfeitamente.

Olho para o meu prato e me sinto exausta.

A refeição se arrasta. Cada prato se torna um teste de paciência, com Rob pedindo coisas exóticas, cruas ou as duas coisas. Quando chegamos à sobremesa, que é composta por um tipo raro de geleia de clara de ovo, meu estômago está revirado. Finalmente, ele pede a conta e somos direcionados ao táxi que nos aguarda.

Olho para Rob. Ele está tentando me impressionar, dá para perceber, e decido que estou determinada a me divertir. Se nós dois relaxarmos, pode ser que encontremos o caminho de novo.

Preciso parar de pensar em Max. Já chequei meu telefone e não há mensagens dele. É estranho estar preocupada com ele. Afinal, com Max, sempre tive o poder, mas agora estou desesperada para ter notícias dele, assim como todas as mulheres com quem já saiu. Certa vez, atendi um telefonema de uma delas, que me disse que se afogaria no mar se ele não conversasse com ela.

"Deixe ela fazer isso", dissera ele, acrescentando: "Não vai fazer", quando viu minha cara de reprovação. Passei meia hora conversando com a moça, tentando convencê-la de que Max é um idiota. Agora, eu virei aquela moça...

Quando entramos no táxi, Rob diz ter uma surpresa guardada; não faço ideia de aonde estamos indo. Olho para fora quando passamos pela Piccadilly Circus, e sinto a onda de animação de sempre quando estou no centro de Londres. Sinto que estou meio zonza por causa do vinho. Rob se estica no banco de trás, e seu perfil às vezes é iluminado pelos faróis dos carros na outra via. Ele dá um tapinha suave em minha coxa.

— Você gostou do jantar, querida? — pergunta ele.

— Foi muito bom. — Sorrio.

— Vai agradecer?

Eu me viro para ver se ele não está brincando.

— Como disse?

— Perguntei se não vai me agradecer pelo jantar que acabei de pagar.

Eu me sinto corar.

— Não agradeci no restaurante?

— Não.

embuscadoamor.com

— Bem, nesse caso, obrigada, Rob, pelo jantar delicioso.

— Boa menina — murmura ele. Eu me viro para a janela. Ele pousa a mão na minha coxa como uma tarântula. O táxi entra à esquerda para sair do trânsito e parte como se liberto, fazendo meu corpo ir para trás no assento, repentinamente. Rob olha para meu decote, onde o colar de diamante pulsa levemente, e sorri, olhando em meus olhos. Retribuo o sorriso, arrumando as dobras de meu vestido. O que está acontecendo comigo? Quero sair correndo! Esse é o homem que tanto desejei, por quem chorei durante meses. Agora, ele está aqui fazendo o que eu queria que fizesse e não sinto nada além de irritação. O táxi chega. Demoro um pouco a perceber onde estamos. Rob segura meu braço e caminhamos para dentro de um pátio. Há um quiosque onde ele compra champanhe e, então, nos vemos entre muitas pessoas na recepção de uma galeria de arte. Percebo cartazes a respeito de uma exposição.

— Onde estamos, Rob? Esta é a Royal Academy?

— É a Exposição de Verão. Quero que você escolha uma peça e eu vou comprá-la.

— Oh, não. Não posso entrar.

— Está cheia, eu sei. Mas está tendo um evento de "encontro com o artista" hoje. Provavelmente estará repleto de celebridades. O que você disse?

— Estou me sentindo meio mal. Podemos andar um pouco na rua?

— Não seja tola, Viv. Vamos caminhar... pela galeria. Sei que você ama arte, por isso fiz isso para surpreendê-la. Hum? — Ele dá um tapinha na minha bunda.

— Acho que foi alguma coisa que comi. Estou me sentindo meio quente.

— Venha, você vai se sentir melhor em um minuto. — Ele me guia para dentro da primeira sala. — A maioria dos artistas estará aqui.

É muito interessante ver quem fez o quê. — Ficamos de pé diante de um ovo enorme de vidro azul.

Analiso o ambiente, procurando Max. Esta deve ser a surpresa a que ele se referiu na mensagem. Pretendia me trazer aqui. Queria que eu estivesse a seu lado e eu nem sequer me dei ao trabalho de responder. Merda! Como pude ser tão idiota? Isso era muito importante para ele, e não me dei conta. E fiquei sem saber por que ele não atendia minhas ligações. Sinto meu coração acelerar. Independentemente do que acontecer, não posso encontrá-lo enquanto estiver com Rob.

Olho ao redor. À exceção das duas telas em amarelo e azul, a sala está repleta de esculturas. Se ficarmos aqui, talvez eu consiga evitá-lo.

— Nossa! Adoro esculturas. — Aperto o braço de Rob, fazendo com que ele caminhe mais devagar. Paramos diante de uma escultura de metal enferrujada. O corpo contorcido parece estar derretendo, transformando-se em sal. — Incrível — digo. — Acredito ser um comentário a respeito da humanidade.

— Meio feio, não é? Pense bem: gostaria de tê-la em sua sala de estar?

— Não sei. Acho linda. — Continuo olhando ao redor.

— Está falando sério? — Ele olha para mim. — Estava pensando em um quadro mais bonito. Vamos por ali. — Ele faz um gesto com a taça de champanhe em direção à entrada abobadada de outra sala, repleta de pessoas.

Eu me abano com o guia da exposição.

— Ai, estou me sentindo meio zonza. — Em todas as partes, vejo cartazes nos quais se lê "Conheça o Artista", fotos de artistas sorridentes e com cara de modernos. Torço muito para não encontrarmos nenhum. Eu me sento em um banco. — Deve ter sido a bebida.

Rob franze o cenho.

— O que foi, amor? Você não bebeu muito.

— Acho que só preciso de um pouco de ar fresco — digo. Ele olha ao redor e vê outra passagem.

embuscadoamor.com

— Vamos por ali, tem menos gente. Venha. — Ele me ajuda a ficar de pé. Procuro a passagem: um pequeno grupo de colecionadores e críticos se reúne diante de uma tela enorme. Caminho para a frente com fraqueza, guiada pela mão de Rob em minhas costas. Quando nos aproximamos da entrada, observo a multidão. Um homem de terno de lã dá um passo para trás e meu coração bate dolorosamente quando acredito ter visto Max — um cara alto usando calça jeans preta e camiseta, com os cabelos pretos penteados para trás. O homem se mexe de novo, tampando minha visão. Permaneço imóvel.

— Ah, acho que não encontraremos nada aqui — digo. — Não é bem o nosso estilo. — Rob segura meu braço e me puxa para a frente.

— Bem, vamos dar uma olhada, sim?

— Ai, você me beliscou!

Ele solta meu braço e desliza a mão em minha cintura. O cara do terno de lã dá um passo para o lado. Max se vira, olha em minha direção e então desvia o olhar, mas logo percebe o que viu. Quando se vira de novo para nós, o que seu rosto transparece acaba comigo: mágoa, dor, decepção e ódio. Ele caminha em nossa direção, empurrando as pessoas, tentando passar, e para bem na minha frente. Olha para mim com raiva, e eu me sinto a pior pessoa do mundo.

— Max! — Estico o braço para tocar seu rosto e sinto a mão de Rob apertando a minha cintura.

— Não ouse olhar para mim enquanto estiver com ele, Vivienne. — Ele arreganha os lábios como um lobo feroz.

— Não é o que você está pensando, Max. Passei o dia tentando ligar para você...

— E você, por acaso, se importa com o que eu penso? Que tipo de idiota você acha que eu sou? — Ele observa meu rosto. Toco seu braço, mas ele se esquiva.

— Não fale com a minha noiva dessa maneira! — diz Rob, e Max se vira para ele.

241

— Fica na sua, porra! Se disser qualquer coisa, juro que vou fazer você engolir todos os seus dentes. Isso é entre mim e ela. — Ele me olha como se eu fosse um monstro.

— O que eu fiz? — Sinto meus olhos marejados.

— Você me traiu — diz ele baixinho, olhando para mim e então para Rob. — Boa sorte para vocês dois. — Vejo a dor em seus olhos quando Max se vira e caminha com rapidez pela multidão, deixando-me chocada, trêmula.

— Nossa, isso foi um pouco exagerado — Rob sorri. — Pensei que ele fosse seu amigo. — Eu me afasto dele, tentando seguir Max. As pessoas observam e cochicham enquanto passo por elas.

— Max, espere! — Grito entre a multidão, mas não consigo vê-lo. Eu me viro, procuro mais, entre as esculturas e molduras douradas que se transformam num borrão. — Max! — grito de novo. Mas ele se foi.

CAPÍTULO VINTE E UM

Poções do amor

Coquetel do amor número 1 — Cola para Coração Partido
Despeje uma dose de vodca em um copo com duas colheres de sopa de açúcar e hortelã. Amasse com um socador, complete com gelo e um pouco de água com gás. Acrescente um pouco de suco de limão e mexa. Voilà, chega de coração partido!

Monique, Londres

Coquetel do amor número 2 — O Sedutor
Despeje uma dose de tequila dentro de um copo grande. Complete com gelo, gengibre e suco de limão. Mexa e sirva a sua vítima.

Lizzie, Braintree

Coquetel do amor número 3 — A Bomba do Sexo
Misture duas doses de Baileys Irish Cream com uma de brandy e despeje por cima do gelo. Ao mesmo tempo, sente-se nua em um banco de bar segurando uma garrafa de uísque e veja o que acontece.

Caroline, Perth

Em casa, jogada no sofá, me sinto muito mal. Sinto o estômago revirado... terá sido a bebida, o medo ou os dois? Repasso o tempo todo a cena da galeria em minha mente, tentando ver as coisas do ponto de vista de Max. Ele queria que eu estivesse ao lado dele no evento da noite, é claro, e eu deveria saber que seria naquela noite.

Talvez ele tenha ficado bravo porque não respondi sua mensagem de texto na mesma hora, por isso pediu para eu esquecer o convite

Emma Garcia

e não atendeu meus telefonemas. E, então, eu apareci na galeria com Rob... Mas alguma coisa não se encaixa. Não é uma característica dele ser tão sensível.

Bem, de qualquer modo, não consigo imaginar por que Max não quis nem falar comigo, nem consigo explicar a reação que teve ao me ver... ele parecia me odiar! E agora não atende o telefone, então, acho que terei que esperar até que se acalme. Vou descobrir o que fiz e pedirei desculpas para sempre, até ele voltar a falar comigo.

E o filho da mãe do Rob Waters. Ele me fez entrar ali, apesar de eu dizer que não queria. Onde está ele, afinal? Vou descansar os olhos um pouco. Estou me sentindo meio mole.

Não paro de pensar em Max e na dor que vi em seu rosto quando ele se afastou, e me odeio por isso. Sei que ele deve estar achando que apareci com Rob ali de propósito. Ele acha mesmo que eu faria algo assim. Eu o magoei muito, foi o que fiz, exatamente o que eu nunca queria que acontecesse.

Rob aparece e me entrega uma bebida. Balanço a cabeça, recusando, e a sala gira. Droga, devo estar totalmente bêbada, mas me sinto sóbria. Ele se senta ao meu lado e acaricia meus cabelos.

— Você está bem? — pergunta com delicadeza, e eu confirmo com um movimento de cabeça. — Farei uma reclamação sobre ele. Vou tirar aquelas merdas de quadros dele da galeria.

— Não!

— Ele a ofendeu só porque voltamos.

— Não voltamos... não foi por causa disso.

— Olha, calma... você está aqui comigo agora. Está tudo bem. Vou cuidar de você.

Seu belo rosto está perto de mim, seus olhos brilham, sinto um cheiro suave de perfume. Quando tento me concentrar, meus olhos doem. Ele beija meu rosto. Não posso demonstrar o quanto me importo com Max, o quanto quero sair correndo daqui para

embuscadoamor.com

encontrá-lo. Mesmo se Max não se importar comigo, preciso explicar para ele como fui parar na galeria com Rob.

Ao pensar nisso, fico perturbada: e se ele não se importar comigo? Não consigo imaginar que Max não se importe. É claro que ele se importa, caramba. Mas por que me tratou daquele jeito? Talvez eu estivesse certa ao não me envolver com ele durante todos esses anos.

— O problema é que ele é muito intenso — digo em voz alta e me surpreendo.

— Hum, não se preocupe, Coelhinha — sussurra Rob. Ele está beijando meu pescoço. Sobe a mão lentamente por minha perna, por baixo de meu vestido. Observo a mão como se ele estivesse tocando outra pessoa. Recosto a cabeça, mas a sala gira sem parar. Inclino-me para a frente de novo.

— Estou com tanto tesão agora — diz ele para as minhas coxas.

E aquele papo de Max me amar? Ele não me ama. Se amasse, atenderia o telefone hoje e me diria por que estava irritado. Simplesmente cancelou a noite com uma mensagem de texto! Não é assim que as pessoas que amam as outras se comportam.

Ai, sinto um gosto ácido horrível na boca. Vou me levantar já, já, para pegar um copo de água. Rob está traçando pequenos círculos em cima dos laços cor-de-rosa na parte da frente de minha calcinha nova. Fiz bem em comprar o conjunto. É lindo. E também tive vinte por cento de desconto por ser funcionária. Rob tem cabelos muito bonitos, caídos para a frente, como estão. Ele beija a minha perna agora. Parece um pouco com um passarinho bicando grãos de milho.

Eu o traí! Como o traí? Foi ele quem disse "esqueça hoje à noite". Foi ele quem me deu um pé! Recusar-se a falar comigo foi bem infantil. Se eu continuar semicerrando os olhos para a esquerda, tentando não pensar naquele polvo horroroso que comi, pode ser que me sinta melhor. Rob está de joelhos entre meus pés, abrindo o zíper da calça. Ele fica só de cueca branca. Bela vista. Ele é bonito.

Emma Garcia

O telefone toca e meu coração salta. Deve ser o Max! Certo...
vamos sair e melhorar o clima. Eu me mexo para atender, mas Rob
me segura onde estou. Ele se ajoelha na minha frente, e de repente
percebo que está segurando o pênis.

— Vem, Coelhinha. Vem me chupar — murmura ele. Olho para
o telefone, e então para Rob.

A secretária eletrônica atende.

Para ser sincera, ele é um homem perfeitamente lindo, com
pernas bronzeadas e barriga tanquinho. Parece que estou vendo a
cena de fora e percebo que estou cansada e muito triste. Ele apoia
uma das mãos na parede atrás do sofá e, com a outra, guia seu pênis
em direção ao meu rosto. Olho para ele bem de frente. Não o reconheço mais. O sabonete parece ser outro. Tem cheiro de sabonete
caro. Acho que escuto a voz de minha avó deixando um recado
quando abro a boca.

CAPÍTULO VINTE E DOIS

Sabedoria

"Você está arruinado? Puxa, que pena. Por quê? Abra um sorriso. Não há nada derrubando você. Mas ficar deitado aí é uma desgraça."

Edmund Vance Cooke

"E não gaste tempo procurando algo que você quer, mas não pode encontrar. Pois vai perceber que pode viver sem isso e seguir sem pensar. "

Balu, o urso, *Mogli — o menino lobo*

Não tem como fugir: vomitar no trabalho é uma maneira ruim de começar o dia. Depois, eu me sento no vaso sanitário para ver como estou... a cabeça lateja, o estômago dói, os olhos ardem e... por que está tão quente?

Uma coisa que faço bem com Rob é beber até esquecer. Ele me incentiva. Ai... não consigo me lembrar disso sem sentir ânsia de vômito. Eu deveria estar envergonhada, e estou. Totalmente envergonhada. Afinal, o que há de errado comigo? É isso o que eles chamam de "fora dos trilhos"? Aperto a descarga, viro-me e me apoio na porta. Ai, meu Deus, não tem papel higiênico. Talvez eu tenha uns lenços na bolsa. Sinto meu telefone dentro do bolso e confiro as mensagens. Nunca se sabe, Max pode ter ligado. Mas não... nada. Ligo para a casa dele.

"Aqui é o Max. Deixe seu recado."

— Por favor, Max, fala comigo. Estou me sentindo péssima... — Espero, para o caso de ele atender, mas só escuto um chiado na linha. — Sinto muito, muito, mesmo. Quero explicar tudo. Preciso encontrar você. Max... eu... eu... sinto sua falta. — Desligo e assoo o nariz em um recibo antigo.

Rob estava na minha cama de manhã. Não me lembro como isso aconteceu. Fico tentando imaginar... nós... fizemos? Olho para o azulejo do banheiro até as imagens geométricas se fundirem e tento piscar para normalizar a visão, então escuto alguém entrando; o clique dos saltos e o murmurar. A cabine treme quando a pessoa bate a porta. Vejo um tornozelo marrom, de bronzeamento artificial, e uma sandália de corda trançada com sola de madeira, que aparece no banheiro ao lado.

— Christie?

— Oi, quem é?

— Me ajuda.

Aspirina com limonada é o remédio de Christie. Eu me sento a minha mesa, bebericando, desanimada, enquanto ela paquera Paul.

— Não, nunca tive um colar de pérolas — diz ela.

— Não, você já deve ter tido.

— Não, acho pérolas uma coisa meio antiga para mim. Não acho que usaria pérolas com vinte e poucos anos.

Paul está ficando vermelho, tentando não rir.

— Christie, ignore. Ele está dando uma de engraçadinho — interrompo.

— Oh, não entendi. — Ela olha para ele com os olhos carregados de rímel.

— É claro que não entendeu. Explico mais tarde. — Encosto a cabeça no tampo frio da mesa.

— Vivienne! Não sei do que você está falando. Estamos conversando sobre joias!

— Sim, e eu sou a dublê de corpo da Angelina Jolie. — Fico pensando... se fechar os olhos, vou melhorar? Ai... não, não. Eu me concentro em um ponto fixo.

embuscadoamor.com

— Você está com uma cara estranha, Viv. A noite foi forte, hein? — Viro os olhos para ele, que sorri com cara de fuinha com sua cabeça pequena, pescoço comprido e ombros curvados.

— Cuide da sua vida. — Sorrio com maldade.

— Observe, Christie. Álcool demais não é legal, não é bonito.

— O que você ainda está fazendo aqui? Vá *tecnologizar* alguma coisa. Não é isso o que você faz? — respondo. Ele ri, sopra um beijo para Christie e se senta a sua mesa. A limonada e a aspirina se revoltam perigosamente em meu estômago. Encontro um pacote de bolacha água e sal em minha gaveta e mordisco uma, observando a roupa de marinheira de Christie enquanto ela confere seus e-mails.

— Ai, não. A Verruga quer falar conosco assim que chegarmos. — Ela se vira. — Você acha que pode ter a ver com as velas? Elas serão entregues em breve.

Olho para ela, depois pela janela, decidindo se devo vomitar antes de ir.

— Não se preocupe, Christie. Qual é a pior coisa que pode acontecer? — Saio de minha cadeira e começo a caminhar tentando não cair. — Vamos ver o que ela quer.

Verruga está usando uma roupa verde-musgo. Parece relaxada, com o queixo apoiado na mão, olhando para a tela. Ficamos paradas como tolas diante da porta aberta e, então, batemos.

— Entrem! — chama ela e faz um gesto com a mão gorda para que nós nos sentemos. Não vou olhar para a verruga do pescoço, não vou olhar. Ela analisa os dedos grossos enquanto nos acomodamos nas cadeiras e depois olha para nós duas com cara de solidária e — lá está! — a verruga se destaca como um cocô boiando no mar. Fico olhando sem parar para aqueles pelos até achar que vou vomitar em cima da mesa. Eu me remexo na cadeira, engolindo em seco.

— Agora, vocês duas, queria conversar com as duas juntas, porque vocês são uma equipe, certo? — Christie está assentindo e sorrindo como quem está prestes a receber um prêmio. — É sobre as demissões.

Meu coração bate acelerado a ponto de doer. Os olhos de Verruga passam por mim e por Christie, esperando uma reação. Os lábios vermelhos parecem pequenos demais em seu rosto e também parecem falsos, como se ela os tivesse ganhado em uma caixa de cereal.

— Acho que não gostaria. Não vou aderir à demissão voluntária — responde Christie, olhando de canto de olho para mim. Sinto uma camada de suor cobrir minha pele e tento me concentrar na beira da mesa de Verruga. Se eu mantiver a cabeça firme, posso controlar meu mal-estar.

Verruga toma um gole de água, engole lentamente e pressiona o peito ao prender alguns arrotos.

— Não, querida, não vai. — Ela faz uma careta, olha para alguns papéis sobre sua mesa e de novo para nós. — Não há demissão voluntária.

— Ah, que alívio! Já marquei minha viagem para a Tailândia! — exclama Christie.

— Olha... vou ser bem sincera. Vocês conseguem me dar um bom motivo para não demiti-las?

Nossa! Eu não estava esperando uma coisa dessas. Christie olha para mim e depois para Verruga. Mantenho a cabeça parada, olho diretamente para a frente.

— O que disse? — Christie segura a gola de marinheira de sua blusa.

— Como sabem, a empresa está tirando a gordura. — Verruga olha atentamente para mim e direciono os olhos para ela enquanto meu estômago revira de novo. Tente não pensar em gordura. Não pense em gordura. Engulo fazendo um esforço, sentindo o gosto da mistura de limonada e aspirina. — Bem, vocês duas podem ser consideradas parte dessa gordura, por assim dizer.

embuscadoamor.com

— Somos a gordura? — pergunta Christie.

— Sim.

— Somos a gordura — repete ela, pensando nas palavras. — Oh.

— Sinto muito — diz Verruga. — Temos avaliado o desempenho de vocês. A encomenda exagerada de velas. — Sinto que Christie está olhando para mim. — E também os slogans idiotas, as faltas... poderia continuar, mas não vou. Agora, vou alertá-las pela última vez. Qualquer outro erro e vocês estarão na rua.

— Acho que eles não podem fazer isso, Viv. Vocês não podem fazer isso!

— Você pode conversar com o departamento de recursos humanos para tirar suas dúvidas, claro. — Ela franze a testa ao escorregar dois envelopes em cima da mesa, um para cada uma de nós. Sei que terei problemas se não me mantiver totalmente imóvel. — Enquanto isso, nós explicamos bem nossas regras aqui. — Ela me observa. — Tem alguma coisa a dizer, Vivienne?

— Acho que vou vomitar. — Fico de pé, levo a mão diante da boca e saio correndo.

As cartas de advertência permanecem fechadas sobre nossas mesas. Viro o cesto de lixo de cabeça para baixo e apoio os pés ali. Às vezes, depois de vomitar, nós nos sentimos melhor. Agora, posso até tomar uma xícara de chá.

— Não acredito que ela teve a audácia de dizer que somos a gordura. Olha o tamanho dela! Vaca gorda...

— Shhh!

— E o lance todo da vela foi minha culpa. Por que você recebeu uma advertência?

— Porque eu deveria estar supervisionando você. — Suspiro ao abrir meu envelope. Por que tenho sido tão incompetente? Leio que não podemos mais faltar ao trabalho se não tivermos atestados médicos que justifiquem a ausência. Precisamos encontrar maneiras criativas de acabar com o estoque de velas ao longo do ano. Teremos que preparar arquivos detalhados a respeito de cada um de nossos produtos para que eles avaliem. A situação não está nada boa. — Não é tão ruim... pelo menos ainda temos nossos empregos.

— Preciso pagar a viagem à Tailândia.

— E eu preciso pagar o aluguel.

— Você está tranquila. Tem um marido rico. — Por um momento, não entendo o que ela disse. Então, percebo que ela se refere a Rob.

— Não se pode depender dos homens — murmuro.

— Sim, mas aposto que você está bem feliz por ele ter voltado, não é? — Penso no susto que levei ao acordar com ele nu na minha cama. Em como fui ao banheiro e vesti o pijama. Lembro da tigela de cereal que ele deixou dentro da pia e do tapete do banheiro, todo molhado. Como as coisas chegaram a esse ponto? Fecho os olhos, sentindo-me incrivelmente cansada.

— Viv? Aposto que você está agradecendo aos céus, não é?

— Mais ou menos. — Olho ao redor, para todas as cabeças abaixadas atrás das divisórias cinza. Eu deveria agradecer aos céus. Deveria começar a agradecer neste instante. Agradecer por saber que não terei o mesmo futuro dessas pessoas, porque consegui o sonho de qualquer garota: assim como Cinderela, eu consegui um homem rico e lindo que vai me tirar de tudo isso. "Você não o ama!", algo dentro de mim grita, mas a voz é contida, como uma vítima seques-trada. Não. Eu o amo. Amo, sim. E a enorme vantagem de amá-lo é não ter que me preocupar agora. Eu não estava desanimada com meu emprego, mesmo? Não estava até envergonhada por fazer o que faço, desejando fazer outra coisa? Pois bem... um marido rico... ganhei na loteria.

Mas... sem *mas.*

embuscadoamor.com

Estou olhando lá para fora e pensando nisso quando meu telefone vibra em cima da mesa. É um número que não reconheço. Max! Bem, ele pode estar ligando de um telefone público.

— Oi! — atendo.

— Vivienne, aqui é Reggie, o vizinho. — Ele não é o meu vizinho. Que maneira esquisita de se apresentar.

— Oi.

— Estou ligando para falar de sua avó, querida. — Percebo o tremor da idade na voz do velhote bobo. — Olha, estou telefonando do hospital. Acho melhor você vir até aqui.

— O que aconteceu?

— Bem... ela está... mal.

— Mal?

— Sim, está internada. Pneumonia, os médicos disseram. Ela não me deixava chamar um médico...

O trem para Kent chacoalha, parando em todas as estações do caminho. Jardins com arbustos crescidos e com balanços quebrados e alguns quintais cercados passam.

A vovó vai ficar bem. Ela é forte. Não consigo me lembrar de tê-la visto doente. Ela caiu uma vez e foi quando descobriram a artrite, mas nunca aconteceu algo desse tipo.

Algumas pessoas morrem de pneumonia. Algumas pessoas idosas morrem disso. São internadas e não saem vivas.

Mas a vovó não é idosa. Ela acabou de completar 70 anos. Dizem que os 60 são os novos 40, então... Ela nunca fumou um cigarro na vida, só aquele, outro dia. Seus pulmões são fortes.

Mas ela é magra demais. Na verdade, está abaixo do peso ideal. Tenho pensado muito em sua fragilidade, recentemente. Imagino minha vida sem ela e é como ser tomada por uma sombra tenebrosa. Ela sempre esteve presente. Minha mãe me deixou na porta da casa dela quando eu tinha 7 anos, e minha avó segurou minha mão e nunca mais soltou, sempre me ajudou em tudo. Lembro-me de como ela permaneceu calma e amorosa quando eu tinha 16 anos e pensei estar grávida. Mesmo quando meu avô morreu, ela me consolou. Meus olhos ficam marejados; ela tem sido a única constante em minha vida toda. Sempre contei com seu amor e gentileza. Ela é a pessoa mais gentil que qualquer um pode conhecer. Todo mundo diz que ela é um doce. Começo a lembrar de um milhão de exemplos de sua bondade, voltando no tempo e reunindo todos os momentos como poderes mágicos, tornando-a mais brilhante e forte em minha mente e afastando a sombra até o trem chegar ao ponto final.

No hospital, Reggie me abraça. Sinto um osso de minhas costas estalar quando meus olhos ficam na altura de sua orelha peluda. Ele esteve chorando.

— Onde ela está?

— Na ala doze. — Procuro no quadro de informações. — Ela está inconsciente. — As lágrimas escorrem de rugas profundas.

— Há quanto tempo ela está internada?

— Desde a metade da noite passada.

— Por que você não ligou antes?

— Ela disse que havia deixado uma mensagem. Disse que eu não deveria incomodá-la, muito menos no trabalho. — Saio correndo pelo corredor em tom pastel, seguindo as placas até a ala doze. Viro à esquerda, dando um encontrão em um homem grande e amassando seu buquê de crisântemos. A ala está trancada. Tento abrir a porta duas vezes, até encontrar o interfone. Aperto o botão e uma mulher atende.

— Estou aqui para ver minha avó... Eve Summers. Ela está aí?

A voz me pede para esperar. Momentos depois, a porta da ala se abre e uma enfermeira de cabelos escuros e uniforme azul aparece. Seguro a porta, e ela a fecha com calma.

embuscadoamor.com

— Oi. Você é Vivienne? — pergunta ela com delicadeza.

— Sim. Minha avó está com pneumonia. Fiquei sabendo que está na ala doze. Esta é a doze? Ela está aí dentro? — A enfermeira me guia gentilmente pelo cotovelo na direção de uma pequena mesa com cadeiras perto da porta. Eu me sento, segurando o estofado cor de carne.

— Sou Claire, uma das enfermeiras de plantão hoje. Preciso conversar com você por um minuto, Vivienne, e então você poderá entrar para ver sua avó. — Tento sorrir, sentindo-me pequena e sem controle. O cheiro de repolho cozido se espalha pelo corredor. — Você está bem? — pergunta ela.

— Só quero vê-la — digo, sentindo os lábios tremendo.

— Eu sei. Preciso dizer que ela está muito mal. Estamos administrando antibióticos, por isso ela está com um acesso na veia. E também está tomando soro. — Ela olha para meu rosto com atenção. Faço um meneio de cabeça para mostrar que compreendo, mas não consigo ver a solidariedade em seus olhos. — E estamos dando oxigênio para ajudá-la a respirar, por isso ela está com uma máscara.

— Ela vai ficar bem?

— Está estável no momento. Vou chamar o médico para falar com você assim que ele chegar. — A mulher aperta a minha mão e seu braço parece forte e firme perto do meu. Ela é heroica e útil para a sociedade, além de sensata. Sinto uma pontada aguda de vergonha ao pensar nas últimas 24 horas de minha vida.

— Ela está acordada?

— Não está consciente. — Olho para o chão rosa brilhante. — Tudo bem, agora preciso que você esterilize as mãos e depois podemos ir. — Ela digita um código no teclado da porta, que se abre.

A ala é de um tom verde-claro e tem cortinas azuis da cor dos aventais. Tem cheiro de fezes e antisséptico. As camas se estendem

Emma Garcia

pelos dois lados e em cada uma delas há a carcaça de uma pessoa deitada, como os restos deixados em uma teia de aranha. Olho para a esquerda e para a direita enquanto caminho. Essas pessoas não têm nada a ver com minha avó... por que eles a colocaram aqui?

Paramos ao lado de um homem esquelético, com a pele marrom-escura como se tivesse sido retirado de um sarcófago. Ele olha com cara de mau por cima da máscara de oxigênio. Olho para seus olhos amarelos e tento esconder o horror que sinto com um sorriso educado. Ele assente. A enfermeira afasta as cortinas ao redor de uma cama e vejo minha avó. Minha avó vibrante, amalucada e sempre disposta, deitada de barriga para cima, com os braços ao lado do corpo, com as mãos viradas para baixo, parada como nunca vi. Eu me assusto.

— Você quer uma xícara de chá? — pergunta a enfermeira, tocando meu ombro.

— Ah, sim, por favor. — Sinto uma lágrima rolar por meu rosto. Eu me sento na cadeira de acompanhante e seguro a mão dela, chorando baixinho enquanto passo o polegar sobre sua pele enrugada. Suas articulações atingidas pela artrite. Suas unhas em forma de amêndoa estão estranhamente pálidas sem o esmalte maluco que ela adora. É a primeira vez que aperto essa mão e ela não responde. Beijo a pele, fria e lisa como mármore. As lágrimas caem e eu as seco. A máscara branca de oxigênio está posicionada sobre seu nariz e boca; os olhos estão tranquilamente fechados. Toco a lateral de seu rosto, onde a pele faz uma dobra.

— Vovó — beijo sua testa, afasto seus cabelos e me sento, levando a mão dela a meu rosto. Observo o subir e descer lento de seu peito. O soro pinga silenciosamente de uma bolsa transparente ligada a um tubo preso na pele delicada de seu braço, onde um hematoma já se forma. Olho para a pulseira em seu pulso. *Eve Summers, nasc. 07/05/42.* Essa pessoa, tão valiosa para mim, essa Eve Summers,

embuscadoamor.com

é a minha âncora. — Por que não deixou o Reggie chamar o médico? Ele disse que você não deixou. — Beijo as articulações de sua mão. — Agora, olha só... você está aqui.

A enfermeira traz um copo de chá.

— Você está bem? — pergunta ela.

— Quando ela vai acordar?

Ela olha para a minha avó pensativa.

— É difícil prever. Vou pedir ao médico que converse com você assim que ele chegar à ala.

Ela sorri, e a cortina se mexe atrás dela. O respirador faz um barulho parecido com um assovio seguido de um suspiro ao encher os pulmões de minha avó com ar, mas não vejo sinais de seu espírito. Recosto a cabeça perto das pernas cobertas e fecho os olhos.

— Melhore. Melhore, está bem? — digo a ela. — Não me deixe. — O monitor cardíaco emite bipes baixos. — Não me deixe.

Está escuro quando saio do hospital. Os últimos visitantes se espalham pelo estacionamento, ligam seus carros, acendem os faróis e partem pelas ruas enquanto eu volto para a estação. Detesto ter que deixá-la no hospital, mas não me deixaram ficar. Aqui fora, o mundo parece hostil e frio.

Começo a pensar em Max, desejando que ele estivesse comigo. Desejando que ele tivesse me trazido de moto e me esperado com seu sorrisão. Enfio a mão no bolso e ligo o telefone. Vejo uma mensagem de Rob: "Vou trabalhar até mais tarde, amor. Não faça o jantar." Deleto e telefono para Max.

"Aqui é o Max. Deixe seu recado."

— Max, sou eu. Eu... só liguei para... dizer oi e para saber se você está bem... me liga. — O que poderia dizer? "Minha avó está internada, por favor, sinta pena de mim?" Desligo e desço lentamente a escada da estação para esperar na plataforma vazia, onde um vento solitário balança a placa de "para Londres".

Emma Garcia

* * *

O apartamento está escuro quando abro a porta. Já passa das dez. Encontro um pacote de sopa de cogumelo e coloco água para ferver na chaleira. Ligo o laptop e digito "pneumonia" no mecanismo de busca, depois faço uma lista de perguntas de minha pesquisa. Parece que a septicemia é o maior risco — e pode ocorrer duas vezes mais em pacientes com mais de 60 anos. O médico não disse isso. É um bom sinal? Despejo a água quente em cima do pó e mexo. Cogumelos que lembram pedaços de couro sobem à tona. No laptop, entro no embuscadoamor.com, imaginando se Max deixou alguma mensagem. Entro em "O que você está pensando?" e vejo que houve atualizações. O último comentário foi postado ontem: *"Concordo que é mau, mas ninguém quer um cara de pau!"* Rolo a página, procurando o nome de Max, mas volto para o poema dele. Embaixo, alguém chamado "Gata Risonha" respondeu: *"Esse cara é uma piada. Ele é pobre e só tem sonhos? Fique com eles, querido, porque não vão pagar as contas! Que vergonhoso e exagerado postar poesia! M, fique longe de mim, cometi um erro. Não quero nem você nem seus sonhos! Vivienne."*

Releio. Meu nome. Estou tremendo, olhando para as palavras, tentando entender. Apenas alguém conectado com meu nome de usuário poderia assinar como "Vivienne". Tento me lembrar da última vez em que naveguei no site... li o poema do Max no trabalho. Será que deixei o site aberto? Poderia ter sido Michael? Ele pode ter roubado a senha e logado como se fosse eu, mas por que faria isso? Imagino Max lendo aquilo, e então encontro a mensagem de texto que ele enviou: "Oi, Viv, esqueça hoje à noite, então, acho. M."

Digito, batendo com força nas teclas. "Max, eu não escrevi isso! Não sei como nem quem, mas alguém deve ter se conectado com o meu nome de usuário." O cursor pisca. Independentemente do que eu escrever, a situação é patética. Pego meu casaco e saio correndo do apartamento

embuscadoamor.com

Telefono para Max, rediscando quando cai na caixa postal. Pego um táxi até a casa dele. O que ele pode estar pensando? Primeiro, digo a ele para não ir à minha casa, e então leio aquela mensagem e apareço na galeria com Rob. Meu querido Max. Ele me pareceu tão magoado. Repasso a cena na galeria sem parar, sentindo uma dor profunda todas as vezes, até o táxi chegar.

Saio rapidamente, deixo a porta aberta e o taxista esperando o dinheiro. O carro é desligado quando aperto o interfone do prédio de Max. Continuo pressionando. Aperto no ritmo. Aperto e espero. Nada. Corro para o fundo do prédio e olho para a janela da cozinha. Nenhuma luz acesa. A moto dele não está ali. Tento a porta da frente de novo, toco sem parar. O taxista se reclina no assento do passageiro.

— Ei, querida. O taxímetro está correndo. Quer que eu espere?

Olho para as janelas escuras da casa de Max.

— Estou indo — digo.

Quando o táxi dobra a esquina, olho de novo para a janela escura, e me sinto desolada. Começo a pensar que Max pode ter me deixado. Que ele pode ter ido embora. Imagino minha vida sem ele e só prevejo tristeza.

CAPÍTULO VINTE E TRÊS

Voltando com o ex

Morte na estrada: Estou pensando em voltar com meu ex-namorado. Ele não para de perguntar se podemos nos encontrar. Tenho me sentido muito sozinha sem ele, mas receio que as coisas podem não dar certo. Como evitar um novo rompimento?

Looneytunes: Transformando-se em outra pessoa?

Gata-aranha: Você não disse há quanto tempo estão separados, Morte na estrada. Mas, se passaram bastante tempo sem contato, pode ser possível começar do zero; caso contrário, vocês vão acabar passando pelas mesmas coisas de novo.

Debbo: Meu conselho é que você tome cuidado com o que deseja. Minha ex voltou a morar comigo depois de seis meses de separação. Depois de cerca de vinte minutos, percebi que não a suporto mais.

Gringo: Pensei que, se terminasse com a minha namorada, conseguiria fazer muito sexo com outras mulheres. Como isso não aconteceu, voltei com minha ex. Mas não é sério.

Gata-aranha: Não é sério? Jura? Você é um cara bem irresponsável, Gringo.

Gringo: Tô nem aí.

embuscadoamor.com

Que inferno são esses gemidos? Eu me sento na cama... que horas são? Seis da manhã. Rob está cantando no chuveiro. Levanto e ligo para o hospital. Não houve mudanças, é o que me informam, ela continua inconsciente. Sento na cama e olho para o nada.

Ele aparece como aqueles modelos de comercial de espuma de barbear; com uma toalha enrolada na cintura, com gotículas de vapor pelo corpo e com os cabelos molhados.

— Oi, Coelhinha. Acordei você?

Coço a testa.

— Rob, até quando você vai ficar aqui?

Ele para de se secar e me observa com um franzir de testa, como se me considerasse louca por perguntar. Ele se senta ao meu lado na cama.

— O que foi, Coelhinha? Está chateada porque trabalhei até tarde?

— Não. — Ele tenta me beijar. Eu fico de pé. — Só acho que tem muita coisa malresolvida entre nós. Acho que não conseguiremos resolver se você continuar morando aqui. O que você acha? — Ele abaixa a cabeça. — Quero saber quando ela vai sair de sua casa.

— Eu queria conversar com você sobre isso — diz ele, fazendo cara de cachorro pidão.

— Você escreveu alguma coisa no meu site?

— O quê?

— No meu site. Alguém escreveu algo fingindo ser eu. Eu deixei a página aberta na noite em que você voltou. Você disse que não viu nada, mas não consigo pensar em mais ninguém que possa ter feito o que fizeram.

Ele inclina a cabeça. A água escorre para seus cílios. Pinga de seus cabelos no peito nu e bronzeado. Os olhos dele estão incrivelmente azuis sob a luz do sol.

— Está bem. Você me pegou. — Ele levanta as mãos.

261

— O que foi?

— Fiz isso, sim.

— Fez? — De repente, não sei o que dizer. Sinto uma vontade louca de dar um soco na cara dele. — Por quê? Por que faria uma coisa dessas?

— Olha, não quero aquele Max dando em cima de você, está bem? Ficar escrevendo poemas para a mulher de outro cara... não está certo. Quem ele acha que é com todas aquelas palavras bonitas? Quero você inteira para mim. Nenhum poema meloso vai ganhar de mim. — Ele abre seu sorriso lindamente branco.

Fico olhando para ele.

— Ele não escreveu o poema, estava citando Yeats.

— Sim, obrigado, eu sei.

— Não acredito que fez isso! Não dá para acreditar que você estragaria a minha vida desse jeito.

— Olha, Coelhinha, eu amo você. É simples e vou lutar contra os concorrentes. Como um urso...

— Não, não é isso que um urso faz! Como ousa? — Ele atravessa o quarto e me abraça. Eu o empurro. Seus bíceps perfeitos se contraem quando me abraça com mais força. — Sai! — Dou um soco no ombro dele.

— Coelhinha, por favor... me desculpe! Desculpe, está bem? Amo você. Não devia ter feito isso. — Eu tento me livrar e a toalha dele escorrega. Olho para seu corpo e me distraio por um milésimo de segundo. Ele é mesmo de matar e sabe disso... mesmo em um momento como esse, faz pose. — Foi muito errado de minha parte. Entendo isso agora.

— Foi uma maldade! Como você se tornou isso? Como pode ser tão controlador e cruel?

— Não quero ser cruel. — Ele faz cara de envergonhado.

Um pensamento terrível me ocorre, cai a ficha.

— Você sabia que ele estaria na Royal Academy? Foi por isso que fomos lá? — Ele contrai os lábios e sorri. — Meu Deus, Rob!

— Admito que foi uma coisa feia, está bem? Joguei o nome do cara no Google, vi que ele estaria na galeria e não resisti. Fiz isso por nós. Você perde a noção às vezes! — Ele grita atrás de mim.

Corro para a cozinha e bato a cafeteira no fogão, de tão furiosa que estou, quase sem fôlego. Como ele pôde fazer uma coisa dessas e achar que eu não me importaria? Vou até o laptop e mexo no mouse. Nada. Nenhum recado de Max.

A cafeteira faz barulho; volto para a cozinha batendo os pés e encho uma xícara. Rob aparece totalmente vestido, com uma camisa lilás xadrez e uma calça cinza-escura bem-feita. Ele fica de pé perto de mim, observando, sem nada dizer. Estou ardendo de ódio e não consigo olhar para ele. E, então, caio no choro.

— Ah, linda Coelhinha, não chora!

— Isso não foi legal, Rob. — Ele tira o café de minhas mãos e me puxa para um abraço. De repente, estou chorando no ombro xadrez dele.

— Sinto muito. Desculpe. — Ele me aperta. — Sou um idiota. Olha só, vou ligar para aquele cara. Vou dizer que fui eu. — Eu o empurro. — Caramba, posso até comprar um dos rabiscos dele, se você me perdoar.

— Você não tem ideia do que fez, não é?

Ele olha no relógio.

— Vem aqui, Viv.

— Você não sabe o que é amizade, confiança, amor, nem... qualquer coisa boa, não é?

— Bem, isso é um pouco injusto, não acha? Eu amo você.

— Não, não ama, não. Não de verdade.

— Viv, olha, está tudo bem. Não é um câncer, certo? Sei que você ficou brava, mas está tudo bem. Estou aqui agora...

Emma Garcia

— Não está bem. A minha avó está no hospital, acho que vou perder o emprego e agora, por sua causa, perdi meu melhor amigo. Não tem nada bem aqui.

— Como assim, perder o emprego?

— Ah, claro que você ia se preocupar com essa questão primeiro. — Eu me afasto para poder me arrumar. Coloco um vestido e botas. Prendo os cabelos e jogo uma água nos olhos inchados. A última coisa de que preciso é uma briga idiota. Preciso ir ao hospital. Rob bate com delicadeza na porta do banheiro.

— Viv?

— O que foi?

— Pode sair, por favor? — Abro a porta abruptamente, fazendo com que ele se assuste. — Olha só, quero conversar com você. Telefonei para o trabalho e tenho mais meia hora. — Dou uma risada irônica por sua generosidade, mas o acompanho ao sofá mesmo assim. — Sei que fiz você passar por muita coisa e sinto muito por isso. Sinto mesmo, Viv. Mas quero ficar com você. Sei que estou fazendo tudo errado, mas podemos dar um jeito. — Ele segura uma mecha de meus cabelos e o prende com a presilha. — Podemos. — Olho para os meus dedos. — Hum? — Rob está segurando o colar de diamante. — Pegue, coloque isto. — Ele o prende em meu pescoço como uma coleira antipulgas. — Os preços dos imóveis estão despencando, por isso vou vender minha casa. — Olho no azul hipnótico de seus olhos. — O que eu queria de verdade era vir morar aqui com você e poderemos nos casar o mais rápido possível. — Sinto que um grito de "Não!" se forma dentro de mim, mas o que ele está anunciando é algo que sempre desejei. Sua voz é tranquilizante. Rob coloca a mão em cima de minha barriga. — E então poderemos encomendar um bebezinho, certo? E não se preocupe com seu emprego... afinal, não era uma *carreira* e você não vai precisar trabalhar... a menos que queira. Posso sustentar você, Viv. Posso proporcionar uma vida boa para

embuscadoamor.com

nós, você não vai sentir falta de nada. Teremos bastante dinheiro, e você vai engravidar rapidinho. — Meu Deus, ele faz tudo parecer tão simples. Eu podia simplesmente me entregar, rolar, dar a patinha e ter tudo com o que sempre sonhei. Ele aperta a minha coxa.

— Eu... eu não posso falar sobre isso agora. Preciso ir para o hospital — respondo.

Rob abaixa a cabeça.

— Sim, preciso trabalhar. — Ele pega o paletó e abre a porta. — Mas pense no que eu disse. — Ele dá um passo para fora e volta. — E levante a cabeça, estou aqui por você. Diga a sua avó que estimo a melhora dela. — Ele bate a porta e escuto seus passos em uma corridinha ritmada degraus abaixo.

Pego a xícara de café que ele tomou e a lanço contra a porta; ela bate na madeira pintada. A louça se quebra em duas partes, deixando uma mancha escorrida.

— Eu faria isso, mas ela está inconsciente — digo baixinho.

Permaneço sentada por um instante. Olho para a rua. A luz do sol reflete nos prédios como se fosse um tipo de código. Como fazer com que Max entenda que eu não tive nada a ver com aquilo?

Mas... eu tive um pouco a ver com aquilo. Sou responsável, não sou? Deixei o Rob entrar. Eu podia ter dito não naquela noite, mas não fiz isso, e ele ainda está aqui. Então, é claro que é minha culpa o fato de Max ter ficado magoado. Ele não vai entender. Nem eu entendo direito. Caminho pela sala, tentando pensar em maneiras de melhorar as coisas. Vou fazer com que ele fale comigo. Vou enviar um e-mail para ele. Vou acampar na porta da casa dele. Então, percebo a luz piscando na secretária eletrônica. Paro diante dela, esperando ouvir a voz de Max, respiro fundo e aperto o play.

— Oi, Viv, querida, é a vovó. Olha, não estou me sentindo muito bem. Estou sentindo umas dores assustadoras no peito e ando me sentindo meio zonza. Bem, o Reggie acha que eu deveria ir para o hospital... Viv? Você está aí? Ela não está atendendo... Tchau, querida... Amo você."

Escuto de novo com lágrimas nos olhos. Claro. A mensagem da minha avó! Ela tentou falar comigo, parecia assustada e corajosa, tentando pedir ajuda, e o que eu estava fazendo? Estremeço ao lembrar e parto para o hospital.

CAPÍTULO VINTE E QUATRO

Amor

"Quando o amor acenar para você, siga-o, ainda que seus caminhos sejam árduos e íngremes. E, quando as asas dele envolverem você, entregue-se, ainda que a espada escondida entre suas penas possa feri-lo."

Kahlil Gibran

"Amor é quando a pessoa que o outro vê em você é melhor do que a pessoa que você é, e você sente vontade de ser como é visto."

Jem, 19, Poole

"Tente não prever o amor; ele nunca será como você imagina que será. Certa vez, criei um drama por causa disso. Mas descobri que o amor é calmo e gentil, e que a paixão é silenciosa e profunda. A alegria vem da certeza. Meu amor é pela pessoa com quem posso contar depois de passar por uma das dificuldades da vida. Ele é constante e verdadeiro, perdoa com rapidez e sabe fazer companhia. Sua beleza está em sua dignidade, fé, força e em sua maneira de seguir em frente. Ele me faz rir e ri comigo e de mim. Isso nunca muda e tem sido assim há quarenta anos."

Rose, 62, Yorkshire

— Oi, aqui é a Vivienne Summers. Quero avisar que não vou trabalhar hoje...

— Olá, Vivienne — Ranhosa atende, interrompendo a secretária eletrônica. Droga!

— Oh, oi. Bom-dia, eu...

— Você disse que não vem hoje? — pergunta ela.

— Não vou. Minha avó está internada.

— É mesmo? O que foi dessa vez?

— Ela está com pneumonia. — Falar dessa maneira torna a situação mais real e forma um nó na minha garganta.

— É mesmo? — diz ela de novo, entediada.

— Preciso ficar com ela.

— Ela fica doente com facilidade, não é?

— Por isso não vou.

— Tudo bem! — cantarola ela com uma voz ameaçadora e desliga. Desligo também. Vou me preocupar com o trabalho mais tarde.

A manhã na ala é bem movimentada. As cortinas da cama estão abertas. As enfermeiras estão partindo depois do turno da noite. Penso no homem-sarcófago quando vejo as moças trocando a roupa de cama dele. Vejo Reggie ali, ao lado da cama da vovó, segurando sua mão. Espero atrás dele por um momento.

— Eu estava pensando em podar as flores, mas não fiz isso. Sei que você gosta delas, minha querida. — Ele acaricia as costas da mão dela com sua mão enorme e começa a cantar: — *Dum de dum... troca de olhares... hummm hummm, quais eram as chances...* Aquele gato que você alimenta voltou esta manhã. Parece ter emagrecido um pouco... acho que darei um pouco de comida a ele, se ainda estiver lá mais tarde.

— Ela não escuta o que você diz, sabia? — digo.

— Oh, oi, Viv. — Ele olha sob as sobrancelhas despenteadas. — Não sei... acho que ajuda pensar que ela possa escutar. — Ele sorri com os dentes amarelos de nicotina... Vou para a cama, ajeito os cobertores e as flores. Dou um beijo no rosto dela; sua pele está seca e quente.

— Há quanto tempo você está aqui?

— Cerca de uma hora.

— Bem, pode ir, se quiser. Já cheguei.

embuscadoamor.com

Ele olha para a minha avó.

— Não, acho que vou ficar mais um pouco. — Ele sorri. — Prometi que ficaria com ela, porque ela detesta hospitais.

— Sim, eu sei. — Olho para ele. — Vou pegar outra cadeira, então. — Escuto quando ele começa a cantar de novo e atravesso a ala. Por que ele não pode simplesmente entender a mensagem e me deixar sozinha com a minha avó? Arrasto a cadeira para o outro lado da cama, seguro a mão dela e a beijo. — O médico passou por aqui?

— Ainda não. — Ele sorri com tristeza, como se eu fosse uma intrusa.

— Por que você não chamou um médico para ir à casa dela antes que piorasse tanto?

— Ah... ela não quis.

— Você devia ter feito com que aceitasse — resmungo, franzindo a testa ao ver a mancha roxa ao redor da agulha do soro.

Ele sorri de novo.

— Você sabe que não tem como obrigar a Eve a fazer nada.

— Devia tê-la *convencido*, então. Não sei. Mas ela não deveria estar aqui.

— Você tem razão. — Ele passa o polegar sobre o punho da minha avó e beija sua mão. De repente, sinto vontade de afastá-lo dali com um tapa. Eu deveria cuidar dela.

— Me explica uma coisa, Reg: você e minha avó já estavam tendo alguma coisa antes da morte do meu avô?

Ele se senta e respira fundo. Ótimo, uma reação.

— Sempre a amei, Viv. Desde o primeiro dia em que a vi.

— É... não foi o que perguntei.

— Ela amava o seu avô.

— Mas ele passava bastante tempo fora de casa, certo? Isso facilitou as coisas para você? Você esperou a sua Alice partir, ou não se importava?

Uma pequena veia salta em sua têmpora.

— Não é hora para isso, Viv. — Ele quase sussurra.

— Acho que é a hora perfeita. Você está sentado aqui como se ela fosse o amor da sua vida.

O respirador faz um barulho. Alguém na ala está tossindo.

— Ela foi... é. Estávamos falando sobre nos casarmos antes disso tudo acontecer.

— Ai, meu Deus! Agora já ouvi de tudo. Para quê? — Quase dou risada.

Seus olhos marejados se voltam para ela e a observam por muito tempo.

— Bem, Vivienne, se você está perguntando isso, é porque nunca se apaixonou — diz ele, suavemente. — Você não sabe. — Ele balança a cabeça, fica de pé. — Você não sabe. — E sai.

Pronto, consegui o que queria. Estou sozinha com a minha avó, mas o velho tolo fez com que eu me sentisse mal. Casar! Ela deveria ter me contado. Tento afastar uma sensação de vazio, por isso fico de pé e acaricio os cabelos de minha avó. Estão oleosos. Gostaria de poder lavá-los para ela. Olho para seus cílios e penso que vou comprar um pouco de maquiagem para passar em seu rosto quando ela acordar. Ajeito os cobertores, uma gota pinga no pescoço dela e percebo que estou chorando.

Eu entendo sobre o amor. Sei como é amar alguém e como é pensar que podemos perder esse alguém.

Mais tarde, caminho pelos corredores, e sigo o cheiro que sinto no ar até o refeitório do hospital. Preciso comer alguma coisa. A comida quente transpira, sem cor e sem graça. Em todos os lados, as pessoas estão tomando sopa e caminhando com bandejas. Seria de se imaginar que o refeitório de um hospital fosse mais animador. Não devia ser pintado de laranja e ter um monte de alimentos frescos e saudáveis? Não deveríamos receber um punhado grátis de trigo ao comprar um wrap de alfafa?

embuscadoamor.com

Pego um café e um sanduíche enrolado e branco, encontro um assento afastado e começo a ligar para o Max. Ouço a mensagem de sua secretária eletrônica. No terceiro bipe, deixo meu recado.

— Oi, Max, sou eu. Acho que você não quer conversar comigo... Sou bem esperta, né? Mas gostaria que me deixasse explicar. Além disso, uma coisa aconteceu e... bem, preciso de um amigo, e você é o meu melhor amigo. Será que você ainda quer essa vaga? Hahaha... bem... por favor, Max, ligue para mim.

Quando desligo o telefone, algo chama a minha atenção, como um cisne em um lago cheio de patos: um vestido muito bem-feito com seda cor de tijolo, pernas compridas e cabelos brilhosos. Ela espera no balcão para pagar e vira a cabeça quando sai. A ex-namorada de Rob, Sam.

Ai, merda. Olho para baixo, para a mesa, torcendo para ela não ter me visto, mas, de canto do olho, vejo que ela está vindo na minha direção, rebolando com sandálias elegantes, deixando um rastro de mágica e colorindo o rosto dos mortos-vivos que a observam. Não me surpreenderia se visse um bando de pássaros e bambis atrás dela. Escuto o barulho de seu salto no chão enquanto observo o papel que traz os ingredientes do sanduíche. Clique, clique, clique. Continua caminhando. Passe reto, amiga! Ela para. Eu espero.

— Vivienne, não é?

Faço cara de surpresa antes de responder:

— Pois não? — Como se eu não me lembrasse dela!

— Sou a Sam. Temos Rob Waters em comum. Somos ex-namoradas dele.

— Oh, sim! Mas não sou ex... Não, nós voltamos. — Nossa, que gostoso! Eu me divirto com a ruguinha que aparece entre as sobrancelhas dela. — É, acho que ele finalmente percebeu que não podia viver sem mim... provavelmente precisava de uma mulher de verdade, então... — Por quê, por quê, por que não estou usando a aliança de noivado?

— É mesmo?

— Pois é. Olha, de certa forma, é como se nunca tivéssemos terminado. Lamento que as coisas não tenham dado certo para você. — Sorrio com cara de simpática.

— Não lamente, não — diz ela. — Não sei o que ele disse a você, mas eu terminei com o Rob mês passado. — Ela coloca a salada de ovo sobre a mesa e observa suas unhas perfeitas. — Ele não aceitou bem, coitadinho, mas, sabe como é, eu me apaixonei perdidamente por meu ginecologista. — Ela faz um gesto na direção do balcão para um belo homem de avental branco de médico, sua pele perfeitamente negra, como se fosse feito de ébano.

— Oh.

— Que engraçado encontrar você aqui, é o último lugar que eu poderia imaginar, um hospital de residentes. Troy está dando aula hoje, depois vamos para a França para passar o fim de semana.

— Oh. Troy. — Por que ela não vai se lascar agora?

— E eu ia confessar que... Rob é o cara mais mesquinho que já conheci, mas acho que não devo dizer mais nada. Sabia que ele me fazia agradecer sempre que me levava para jantar? — Sua risada parece o toque de um sino de cristal. O médico se aproxima. Seus movimentos são extremamente sensuais. O sorriso, encantador. Ele passa o braço ao redor do corpo dela, sua mão negra aparece no quadril dela e, de repente, imagino os dois fazendo sexo. É muito bonito, erótico, exótico etc.

— Olá. — A voz dele é tão linda que eu gostaria de ter uma fita com ele dizendo meu nome.

— Oi. — Aceno brevemente, tentando agir de modo casual, mas fico vermelha como um pimentão. Ela não se dá ao trabalho de nos apresentar, apenas sorri olhando para mim e pega sua salada.

— E, a propósito, esse colar que você está usando, o Rob me deu. Não tive coragem de ficar com ele, por isso devolvi quando fui

embuscadoamor.com

embora. Mas fica bonito em você. — Toco o pingente de diamante quando eles se afastam, duas pessoas perfeitas apaixonadas.

— Que vaca! — exclamo. Minha mente começa a funcionar como louca. Sinto que algo está apertando meu pescoço. Ela terminou com o Rob! Então, de repente, ele se viu solteiro e pensou que poderia voltar rastejando para mim, com aquele discurso de "não sei viver sem você" e "nunca parei de pensar em você". Será que ela já saiu da casa dele? Aposto que se mudou há décadas, e ele está usando a desculpa da mudança para se enfiar na minha vida de novo. O pior foi eu ter acreditado. Ele me fez de boba de novo. Tiro o colar e penso em jogá-lo no lixo, mas não estou em um filme. Não posso sair por aí me desfazendo de joias perfeitas. Sinto nojo quando penso em Rob.

Mas, calma. E se Sam estiver mentindo? Meu Deus... logo de cara comecei a pensar coisas ruins a respeito de Rob! É claro que está mentindo. Ela preferiria morrer a admitir que venci. Estou com o homem que ela queria e agora não sabe aceitar a situação. Rá! Por um momento, eu me sinto triunfante, mas logo imagino Rob ao lado do médico Adônis e não tenho mais tanta certeza.

Abro o pão de meu sanduíche. Aposto que Rob mentiu. Tenho quase certeza. Mas será que importa quem deu o pé na bunda de quem? Não estamos no jardim de infância. Ele está comigo de novo como eu queria e, como ele disse, com ele ao meu lado, não preciso ficar com medo de perder meu emprego. Posso fazer o que quiser. Poderia passar mais tempo com a minha avó. Rob e eu vamos nos casar. Era o que eu queria, não era? Ele disse que podemos nos casar em breve. Mas não como faríamos antes... não, dessa vez, seria uma festa pequena e elegante. Eu provavelmente já estaria grávida. Nunca mais teria que me preocupar com dinheiro. Eu seria como aquelas mães ricas com brincos de diamante, que entram nas cafeterias da vida com seus carrões... ou talvez não exatamente assim, mas meu filho teria tudo.

Tento imaginar um bebê com os lindos olhos azuis de Rob, mas não consigo. Encosto a cabeça na mesa.

Estou caminhando por campos irlandeses carregando o filho de Max em um sling de pele de carneiro. Ele é lindo, sorri e tem covinhas, é moreno e tem os cabelos pretos e despenteados do pai.

Quando me dou conta, Reg está me chacoalhando para eu acordar.

Eu costumava pensar que todos os médicos fossem sensuais porque conseguem curar pessoas, mas o que está à minha frente, com nariz vermelho e torto e bafo de café, e seu residente, com ombros curvados e dedos trêmulos, acabou com a minha ilusão. Eles falam sobre a minha avó como se guardassem um segredo enorme e estivessem liberando algumas dicas para nós adivinharmos. Eles mencionam exames de sangue e efusão pleural.

— O que vocês estão dizendo? — interrompo.

— Bem, não gostamos de dizer "preparem-se para o pior", mas estamos com suspeita de septicemia.

— Ela está morrendo?

— A septicemia é uma complicação da pneumonia, é mais comum nos idosos e é responsável por cerca de oitenta por cento das mortes... — O residente deslancha seu texto de manual.

— Ela vai morrer?

— Não sabemos ainda. Pode ser que uma transfusão de sangue seja necessária, e precisamos de uma permissão por escrito.

— Bem, o que disser, doutor... — a voz de Reg está embargada e ele segura a caneta.

— Eu sou da família dela — digo a ele. — O que querem dizer com "não sabemos ainda"?

— Srta. Summers, sua avó está muito mal. Os próximos dias serão decisivos.

embuscadoamor.com

— Mas as pessoas não morrem mais de pneumonia hoje em dia. Vocês devem estar fazendo algo errado. — Eles se entreolham como quem diz "ah, uma espertinha". — Olha, eu li no Google. Eu sei.

— Srta. Summers, eu também já li no Google e também estudei medicina por sete anos e sou médico há dez. Tenha a certeza de que estamos fazendo o nosso melhor. Manteremos vocês informados — diz o Nariz Vermelho e, então, eles desaparecem como espíritos atrás da cortina.

Reg está com os olhos vermelhos, inútil. Olho para a vovó. Ela está muito pálida, até as pálpebras. Encosto meu rosto no dela, sussurrando:

— Aguente firme. Não se vá, vovó. Você precisa ficar comigo. Preciso muito de você. — Não seco as lágrimas. Procuro incentivá-la a melhorar. Há apenas uma semana, eu me dei ao luxo de não valorizá-la.

Sinto a mão de Reg em meu ombro.

— Tudo vai ficar bem — diz ele. — Ela não vai a lugar algum. Nós a proibimos, não é? — Ele me puxa contra seu peito. Sua camisa tem cheiro de sabão em pó e seu coração bate forte. — Tudo bem, está tudo bem.

Sinto quando ele passa a mão em minhas costas e quero abraçá-lo, e chorar, mas, em vez disso, eu me endireito e me afasto, secando o rosto.

— Estou bem. Estou bem. Acho que vou sair para tomar um pouco de ar.

— Viv, você tem alguém que possa cuidar de você? — Seus olhos bondosos demonstram preocupação.

— Já sou grande, Reg. Não preciso de ninguém cuidando de mim — rebato. Que coisa antiga! Alguém para cuidar de mim! Eu me afasto com meu pesar pressionando o peito.

Do lado de fora, a noite úmida está envolvendo as casas. Nuvens escuras de chuva se formam. A rua já está cheirando a chuva. Parto em direção à estação, porque ficar no hospital não está me fazendo bem, ainda mais com Reg atrás de mim como uma sombra. Não, preciso sair. Preciso pensar. Sei que não dei atenção à minha avó nos últimos tempos. Afinal, Rob certamente nunca se interessou muito por ela e, desde nosso rompimento, fiquei muito absorvida pelos acontecimentos. Tenho pensado muito no site. Fiz da decepção amorosa um tipo de projeto: pesquisei sobre ela, escrevi sobre ela e fiquei remoendo. Tentei torná-la mais comum... até mesmo mais engraçada. Mas uma separação é única para quem sofre; cada pessoa sente a dor de um modo diferente. É pessoal.

Agora, enfrento a possibilidade de perder minha avó. Sei como é, e o frio entra em meu coração e se espalha como uma névoa. Tudo parece meio confuso, e eu tenho a sensação assustadora de que isso é minha culpa. Não sei bem como consegui, mas parece que transformei todas as coisas boas em ruins. Queria ver o Max. Queria ter um amigo, uma carreira ou qualquer coisa significativa. Procuro algo, e a única coisa real que tenho é a possibilidade de "casar".

Mas eu vou me casar. Não deveria estar me sentindo uma coitadinha. Vou me casar! Era o que eu queria. Mas não pensei que seria dessa forma. Tenho a sensação de que sacrifiquei a minha vida toda para fazer esse desejo se tornar realidade e, agora, sinto o vazio que se tem quando vemos em oferta, valendo uma mixaria, algo pelo que pagamos muito caro. E continuo me sentindo mal e cada vez pior ao pensar nisso.

Mas, francamente, não posso me sentir mal... devo ter mais fé. Vou me casar. Amo Rob. Minha avó vai melhorar. Vai, sim. O Max vai me perdoar, assim como a Lucy. Vou me esforçar mais no trabalho até conseguir uma promoção, e tudo vai ficar bem. Vai. *Vai.*

embuscadoamor.com

Sinto cheiro de comida sendo feita vindo das casas próximas à estação. Olho para um jardim, onde duas crianças saem de uma piscina de plástico, correm pelo gramado seco com restos de grama grudados nas pernas. Paro para observar. A mãe deles me olha nos olhos e sorri, balança a cabeça e se inclina para pegar os brinquedos. Talvez ela pense que também sou mãe, que sei como é recolher as coisas que os filhos espalham. Eu deveria saber, mas, de repente, deparo com uma verdade assustadora: estou a anos-luz de ter filhos e, se me casar com Rob, talvez demore ainda mais... passaria o tempo todo cuidando do relacionamento e tomando conta dele. Deus! E se ser mãe for tudo o que eu sempre quis?

Em Londres, meu humor fica ainda pior, e a chuva finalmente cai. Grandes gotas se espalham pela calçada, que fica escorregadia em segundos. Entro em um ônibus na estação Victoria, só para poder pensar. Certo, está na hora de enfrentar o medo. E se ela morrer? Minha amável, gentil e engraçada avó. Ela me deixaria arrependida dos milhões de vezes em que não dei valor a ela, as vezes em que respondi mal ou que senti vergonha dela. Nunca poderei dizer que a amo nem vê-la sorrindo de novo. Ela não pode morrer, não é? Não a minha avó! Sinto que vou começar a chorar e me viro em direção à janela para que as pessoas não fiquem olhando para mim. Passo a mão no vidro embaçado a fim de ver lá fora e seco os olhos. O ônibus chacoalha nas praças de Victoria e segue para Hyde Park. Se ela despertasse, eu poderia ser uma neta melhor. Iria mais vezes à casa dela. Seria mais gentil.

Deixamos para trás a estação Green Park, onde um mendigo está vestindo um saco molhado. As pessoas que passam desviam de seu chapéu, onde coleta as esmolas. Meu Deus, Londres é tão implacável. Não dá esperanças se você não for forte. Respiro profundamente e assoo o nariz. Preciso me controlar e parar de chorar. Estamos passando lentamente por Piccadilly agora, presos no trânsito. Vejo vitrines de lojas passando. Passamos pela Royal Academy, e seguimos de novo em direção a Piccadilly Circus.

A Royal Academy! Fico de pé e puxo a cordinha do ônibus para que pare, mas ele segue para o ponto seguinte. Saio na chuva e meu cabelo gruda em meu rosto quase instantaneamente. Meu vestido gruda também, minhas botas ficam escuras. Corro de volta para a galeria, desviando das pessoas na calçada; a água gelada de um guarda-chuva alheio escorre pelo meu pescoço abaixo.

Se eu puder ver os quadros dele, vou me sentir mais próxima de Max... e se ele estiver lá? Pode ser que esteja! Pode ter aparecido para ver se vendeu alguma coisa e então vamos nos encontrar e... ele vai ver que preciso dele. Chego à entrada, torço os cabelos para fazer escorrer a água e tento imaginar Max ali dentro. Os turistas passam e se aglomeram. Se eu for ao local onde o vi pela última vez, acho que o verei ali esperando, como se estivesse em um filme ou coisa assim.

Meus pés escorregam e fazem barulho no couro molhado. Acho que estou no lugar certo; era esta a sala. Olho ao redor e vejo algo familiar. Olho de novo. Sinto uma pontada no coração ao me lembrar da vez em que a vi no estúdio de Max. Fico perto do quadro, analisando as pinceladas, tentando imaginar as mãos dele. Em um cartaz exposto ao lado da tela, está escrito *"Inveja", óleo e acrílica. Max Kelly.* Ela continua linda, mesmo em uma sala repleta de belas artes. Um adesivo mostra que o quadro foi vendido. Fico feliz por ele. Passo o dedo pelo seu nome: Max Kelly. O talentoso, esperto e sensual Max Kelly. Então, vejo outro quadro e, de repente estou olhando para o meu rosto. Eu, um dia depois do casamento de Jane, usando a camiseta do Arsenal.

Estou encolhida de modo esquisito na cadeira, bonita, com cara de triste e distante, com os cabelos bagunçados e os olhos borrados. Ele pintou a luz em meus olhos, por isso pareço prestes a rir. Fico animada. Adoraria ser como a pintura. Seria ótimo ser assim o tempo

embuscadoamor.com

todo, era assim que queria ser. Fico de pé, olhando para o meu rosto e analisando meus olhos, e me sinto tomada de esperança. Ele me pintou como me vê. É assim que me sinto quando estou com ele. Max a chamou de *"Amor"*. Fico parada no meio da galeria, admirando a minha pintura. Mal consigo respirar. Olho várias vezes para os pés, para os cabelos, para as dobras do tecido vermelho. Parece que Max entrou em meu coração e acendeu a luz. Olho fixamente para a pintura. As pessoas passam. A chuva para. Tudo se encaixa.

CAPÍTULO VINTE E CINCO

Como pedir desculpas

1. *Arrependa-se. Não peça desculpas se não for de coração.*
2. *Peça pessoalmente.*
3. *Assuma total responsabilidade por seus atos. Não culpe outras pessoas nem invente justificativas.*
4. *Não espere um pedido de desculpas ou perdão em troca.*
5. *Se você disser "Sinto muito, mas..." ou "Sinto muito que você esteja se sentindo assim...", você não se arrependeu de verdade.*
6. *Um pedido de desculpas sincero fará com que você e a outra pessoa se sintam melhor.*

Estou em casa. Deixo a porta se fechar.

— Olá? — chamo, só para ter certeza. Ninguém responde. Tiro minhas roupas molhadas, entro no banho e deixo a água quente bater em meus ombros. Levanto a cabeça e deixo o xampu escorrer. O vapor sobe e toma conta do ambiente. Alongo o pescoço, levanto os braços e me viro sob o jato d'água, pensando no quadro. Se eu sou daquele jeito, como aquela moça sensual e divertida da pintura, então ainda há esperança. Gosto daquela moça. É daquele jeito que quero ser pelo resto da vida, e o artista é quem faz com que eu me sinta daquele jeito. Nenhum homem poderia pintar aquela moça e depois deixá-la, por isso vou encontrá-lo.

Mas, em primeiro lugar, preciso me livrar de Rob; isso, sim. Sinto uma leve pontada de pena por ele e, então, repasso algumas decepções antigas que ele me causou: nunca me deu um buquê de flores, nunca fez o jantar, nunca fez uma massagem em mim... nem me proporcionou

embuscadoamor.com

um orgasmo decente, pensando bem. Ele age como se eu tivesse sorte por conhecê-lo e acreditei nisso. As últimas gotas pingam do chuveiro quando fecho o registro. Saio do banho, enrolo-me na toalha e tiro o vapor do espelho. Olho dentro de meus olhos. Estou totalmente calma. Visto uma calça jeans e uma bata preta, e penteio os cabelos. Pego meu estojo de maquiagem e encontro o delineador preto. Deixa a mulher poderosa... li isso em algum lugar. Estou aplicando a segunda camada de rímel quando escuto Rob abrir a porta. Percebo que estou prendendo a respiração.

— Coelhinha! Você chegou?

— Estou aqui.

Ele se recosta no batente da porta, com a cabeça inclinada e me observa com aqueles olhos repletos do que ele considera simpatia.

— Como foi seu dia? — pergunta ele.

— Passei o dia no hospital, então, como você acha que foi?

— Ah... certo. — Ele tira o paletó e caminha em direção à cozinha.

— Encontrei uma amiga sua lá. — Isso faz com que ele volte à porta.

— Ah, é?

— Sim, a Sam. — Ele fica pálido. — Você sabe quem é! É a Sam, a mulher com quem você ia se casar!

— Oh. — Ele parece assustado. — Você falou com ela?

— Batemos um papinho.

— Sei... E o que ela disse?

— Ah, ela disse muitas coisas boas a seu respeito. — Ele se mostra aliviado e confuso ao mesmo tempo, e começa a mexer nos próprios cabelos. — Ela largou você, não foi? — Olho para ele pelo espelho.

— Ela conheceu outro cara. — Ele olha para os pés, bate um dos mocassins no outro. Eu me viro para o espelho e passo um pouco de batom.

Emma Garcia

— Foi o que ela disse?

— Foi o que aconteceu? — Olho para ele e parece que sua testa está transparente, porque quase posso ver o mecanismo em seu cérebro enquanto ele inventa mentiras na cara dura. A Lucy está certa, Rob não presta.

Ele coça a ponta do nariz.

— Bem, não foi bem assim, eu...

— Olha, não precisa explicar. Não quero saber.

— Acho que ela conheceu o cara um pouco antes de começarmos a ter problemas, mas eu não sabia que ela me trocou por ele.

— Ah, quem se importa, Rob? — Fico de pé e me dirijo ao guarda-roupas, procurando meus saltos mais altos. — Não consigo acreditar em nada do que você diz. Por um minuto, você me conquistou. Eu estava pronta para acreditar que você me queria de volta, que havia deixado Sam por mim...

— Eu...

— E pensar que eu de fato pensei que você me amava e que queria se casar comigo e ter *filhos*! — Escuto a explosão de minha voz. Respire. Controle-se. Se você chorar, ele vai se aproveitar de sua fraqueza. Rob estreita os olhos e olha pela janela. Jogo o colar de diamante sobre a cama. — Você comprou isto para ela, não foi?

Ele olha para a joia e então para mim, dentro de meus olhos, e confirma balançando a cabeça. Nem se dá ao trabalho de negar. Engulo o choque, calçando os sapatos. Recosto-me na janela e o observo. Ele também olha para mim. Faz-se um profundo silêncio.

— Você vai sair? — Ele olha para os meus pés.

— Sim. — Nós nos olhamos, e todos os sentimentos não expressados e as discussões não resolvidas ardem entre nós. Desvio o olhar. Não pretendo prolongar isso.

— E então, o que você quer fazer? — pergunta ele, baixinho.

— Sobre...?

embuscadoamor.com

— Nós.

— Nós? Não existe nós. — Pego minha bolsa. — Acho que só quero que você vá embora. — Ele olha para baixo. As coisas não estão saindo do jeito que eu planejei. Pensei que eu agiria como Scarlett em *E o vento levou...*, toda firme e poderosa, mas estou triste e com um pouco de pena dele.

— Sei que tudo parece errado, mas eu amo você de verdade. — Ele pega o colar. Seus olhos brilham.

— E eu acreditava nisso. Mas acabei de perceber que você não ama ninguém além de si mesmo.

— Coelhinha, não diga isso! — Meu Deus, ele está chorando. Soluça e se engasga. Acredito que houve um tempo em que isso funcionaria. Eu não teria suportado ver essa cena. Agora, sei que só estou diante de mais uma grande interpretação. Ele caminha na minha direção com os braços estendidos, como um bebê. — Me desculpe! — Ele funga. — Me desculpe, Coelhinha! Talvez eu não tenha sido muito sincero. Vamos conversar. Eu amo você. Você me ama. Somos ótimos juntos.

— Não... não somos.

— Eu posso mudar... eu posso.

— Rob, não quero que você mude. Não há nada que você possa fazer. É tarde demais. Simplesmente não amo mais você.

Ele chora alto como uma criança, balança a cabeça e deixa o nariz escorrer, mostrando para mim o que estou causando.

— Não faça isso.

— Vou sair agora — digo baixinho — e, quando voltar, quero que você já tenha saído. Deixe a chave, certo? — Lágrimas escorrem pelo rosto dele. Eu me sinto meio enjoada.

— Co... Coelhinha! — Ele se aproxima, mas eu me afasto e pego minha jaqueta.

Emma Garcia

— Certo? — repito. Ele balança a cabeça, afirmando, entre os soluços. — Sinto muito — digo, sentindo um pouco de culpa. — Tchau, Rob. — Eu me viro, saio e deixo a porta bater.

Corro até o fim da rua e só então olho para trás. Ele não me seguiu e, de repente, percebo que ele nunca me segue. Ele nunca sequer me procurou depois de uma briga. Não consigo acreditar. Cinco anos e ele nunca veio atrás de mim. E não vou sentir pena dele. Foi ele quem fez isso. Pulou fora do nosso noivado. Mentiu para mim o tempo todo. Sinto uma onda de energia; finalmente estou livre dele, superei, desfiz o encanto que ele tinha sobre mim.

Respiro profundamente. Estou me sentindo poderosa, sinto vontade de sair gritando. Passo por uma senhora indiana e sorrio. Ela retribui. Estou tremendo de alívio. Um táxi dobra a esquina e, de repente, decido fazer sinal para ele parar. Entro no carro e o motorista faz um retorno em direção à casa de Lucy.

Ela abre uma fresta da porta, vê que sou eu e fecha a cara na hora, mas dá um passo para o lado.

— Veja bem, olhe só quem veio...

— Desculpe — digo. Ela cruza os braços e inclina a cabeça, escutando. — Você tem razão, sou chata. Estou sempre em crise e posso estar exagerando um pouco.

— Pode estar? — pergunta ela.

— Definitivamente, andei exagerando. E muito. — Olho para ela, mas não consigo decifrar sua expressão e, por um segundo, tenho a terrível impressão de que ela não vai me perdoar. — Tenho sido uma péssima amiga — digo baixinho. — Estou com saudade.

O tempo passa. Ficamos paradas na porta dela, olhando uma para a outra, e então ela sorri.

— Não, me desculpe. Eu sou uma péssima amiga.

— Não, eu sou, estou sempre falando do Rob e torrando sua paciência.

embuscadoamor.com

— Não, eu é que sempre fico falando de sexo.

— Não! Bem, não o tempo todo.

— Ah, venha aqui. — Ela abre os braços e eu me aproximo. — Quer saber das minhas novidades? — grita ela em meu ouvido.

— Quero. — Ela me solta.

— Você não vai acreditar!

— Certo, mas pare de gritar.

— É demais!

— O que foi?

Ela levanta a mão esquerda e vejo um diamante brilhando. O rosto dela está paralisado em um grito silencioso, esperando a minha reação. Dou uma risadinha, porque a cara dela está muito engraçada.

— Lucy! Parabéns!

— Reuben, o amigo de transas, vai se tornar Reuben, o marido de transas.

— Parabéns! — Eu a abraço. — Nunca pensei que esse dia chegaria!

— Eu sei!

— É uma notícia incrível!

— Ele está aqui! Venha. — Ela dança pelo corredor. Eu a sigo até a cozinha. Que esquisito... ela vai se casar com um cara que eu nem sequer conheço. Uma música latina está tocando, e Reuben está preparando bebidas no balcão. Ele é baixo e tem o quadril estreito, como o de um garoto, os cabelos pretos são curtos e penteados para a frente, e tem uma cor morena bonita e dentes brancos. Ela se aproxima dele, os dois fazem alguns passos de salsa, e ele coloca a mão na cintura de Lucy. Começo a achar que devo sair. Ele se aproxima dançando e eles fazem um sanduíche de salsa comigo no meio. Fico parada, me sentindo mal e bem ridícula; não estou entendendo bem o que está acontecendo. Eu me afasto, e eles saem dançando.

Emma Garcia

— Ei, há quanto tempo vocês estão comemorando?

— O dia todo! — grita Lucy.

— Viv, quer uma caipirinha? — pergunta Reuben, equilibrando dois limões.

— Quero. — Eu sorrio.

— Vem aqui, vem. — Lucy me puxa para dentro da sala de estar e me empurra para que eu me sente no sofá. — Sinto muito por tudo. Detestei ficar sem ver você. Conte as suas novidades. — Ela aperta a minha mão.

— Ah, muita coisa aconteceu. Minha avó está no hospital.

— Ai, não! Ela está bem?

— Pneumonia.

— Oh, Viv, que pena.

— Sim, isso tem sido... difícil, mas sei que ela vai ficar boa. Vai sair dessa. — Paro de explicar. Não quero estragar a alegria dela. Seguro sua mão. — Que anel lindo.

— Não é? É uma loucura eu estar me casando. Mas estou tão feliz! — grita ela, olhando para o teto, batendo as mãos no sofá. Reuben entra, trazendo as bebidas. Ele beija Lucy quando entrega o copo dela. Vejo uma língua e olho para o outro lado.

— Vivienne! Soube muitas coisas sobre você! Como estão as coisas com o idiota do Rob? — pergunta ele ao se ajoelhar no chão e me entregar um copo.

— Ah, nada de mais...

— Ótimo. Chute esse imbecil para fora de sua vida! — Ele ergue o copo para brindar a isso. Sorrio para Lucy. Ela dá de ombros.

— Quer saber de uma coisa, Reuben? Você está totalmente certo. Vamos brindar a isso! — E engulo a bebida.

— Você vai dar um pé na bunda dele? — pergunta Lucy, esperançosa.

— Acabei de dar. Ele se foi. É passado. — Eles olham para mim e eu aceno. — *Adios*! — acrescento, para alegrar Reuben.

embuscadoamor.com

— Ai, graças a Deus! — exclama Lucy. — Eu *odiava* aquele sujeito!

— Eu sei, você dizia isso com certa frequência.

— Tantos anos! Você esperando ele se decidir. Não tinha nada a ver com você, Viv. Ele tirava o seu brilho.

— Bem, estou recuperando meu brilho — digo com voz de heroína.

— Uhul! — grita ela. — Quero dançar. Vamos cantar!

— Ding dong, a bruxa morreu... — começo, mas ela já pegou o iPod e está me arrastando para dançar. Está tocando "Rocket", do Goldfrapp. Nós cantamos o refrão e Reuben bate palmas.

— Ela precisa de mais uma bebida — grita Lucy.

— Amor, não se preocupe. Fiz duas jarras.

A salsa é uma dança maravilhosa. É sério: você só precisa mexer os pés, rebolar e pronto! Reuben é um excelente professor. Lucy fez um tipo de *pole dance* salsa, mas sem o poste, e ele a filmou. Então, eu tive a ideia de ser o poste, e ele filmou nós duas. Não, não curto sexo a três; mas, se curtisse, acho que seria pior do que os dois. Acho que vou dizer isso a eles agora. Dou descarga e derrubo um vaso de flor seca dentro do vaso sanitário. Tento fazer descer com a descarga, mas o negócio não para de reaparecer.

Na sala de estar, eles abaixaram o volume da música e eu vou me sentar com eles no sofá. Reuben é um cara muito, muito legal, e está acariciando o joelho da Lucy e — opa, oi! — o meu também.

— E aí, quando vai ser?

— Passamos o dia fazendo — responde Reuben.

Empurro a perna dele.

— O casamento! — Nossa! Ele é muito engraçado.

— Mês que vem — diz ele. — Antes de o verão terminar.

— O tema vai ser sexo — Lucy me conta. — Estou pensando em tule branco, corpete e meia-arrastão branca.

— Legal. Chique.

— E eu vou só com gravata-borboleta e um sorriso — diz Reuben.

Fico imaginando a cena. Tenho que admitir que não me parece tão ruim.

— Talvez uma meia no seu bilau? — sugere Lucy.

— Ou de calça? — digo.

— Sim, de calça, Reub — concorda ela.

— Certo. Shortinho. — Ele aperta meu joelho. — E shortinho pra você também.

— Pra mim? Não. Não ia ser legal.

— Shortinho branco e botas para a Viv! — Lucy ri.

— Não enquanto eu viver. Vocês não podem determinar o que os convidados vestirão.

— Mas, Viv, você não será só uma convidada. Queria perguntar, mas eu... não tenho visto você nos últimos tempos. — De repente, ela se senta e olha para mim. — Viv, você tem sido uma amiga tão legal ao longo dos anos..

— Obrigada, e você também tem sido ótima comigo. — Seguro a mão dela.

— Vivienne Summers, você já passou por momentos bons e ruins comigo — diz ela, toda solene.

— Não foram muitos bons, não — respondo.

— Bem, houve uma vez em que você brigou com a Julie...

— Ah, sim... e o seu lance da deportação na Espanha.

— Ei, calada. Estou tentando fazer um discurso! Estou dizendo que você é uma amiga leal...

— Como um cachorro. — Reuben se intromete.

— Como um cachorro muito, muito, muito leal. — Ela sorri para Reuben. — Então, queria convidá-la para ser minha madrinha!

— Ou cachorrinha! — exclama Reuben.

embuscadoamor.com

— Sim, claro, Reub... Aceita, Viv? Por favor? — Ela funga e seus olhos ficam marejados.

— Luce... seria uma honra para mim ser sua madrinha. — Sinto um nó de emoção na garganta. E a abraço.

— Amo você — sussurra ela.

— Então, vamos fazer um brinde! — grita Reuben, ficando de pé. — Aos grandes amigos!

Penso no Max. Vejo seu sorriso quando fecho os olhos e termino minha bebida.

— Aos grandes amigos! — digo.

E a encontrá-lo.

CAPÍTULO VINTE E SEIS

Um Poema para o dia

Sociedade de Valorização da Poesia

Ah Max, se você soubesse
O que é falso e o que é verdadeiro,
Com certeza voltaria,
E que saudades sentiu, você diria,
Porque, putz, Max, sinto sua falta o tempo inteiro.

Vivienne Summers

Já passa de meia-noite e sei que é um pouco esquisito eu estar na frente do prédio do Max; mas, como ele não tem respondido meus e-mails nem atendido os telefonemas, não sei bem por onde começar. Será que isso pode ser considerado perseguição?

Olho para a janela dele. Nenhuma luz acesa. Olho para a calçada. Nada de moto. Balanço com a brisa suave, olhando para cima como um romântico desiludido. Jogo uma pedrinha; erro, mas um cachorro começa a latir.

— Onde diabos você se meteu? — murmuro e espero, como se ele fosse responder. Reconheço a batida de "Disco Inferno" vinda de uma boate na esquina. Eu me assusto com o barulho de uma latinha caindo perto do lixo. Viro e procuro na escuridão, sabendo que tem mais alguém ali.

— Olá? — Todos os filmes de terror que já vi se unem na minha mente, até eu chegar a ter certeza de que uma boneca/espantalho

embuscadoamor.com

com facas no lugar de dedos está prestes a aparecer. Estou escutando com atenção e ouço um chiado alto; alguma coisa está se mexendo. Quando já estou prestes a sair correndo e gritando: "Há palhaços do mal morando no esgoto!" um gatinho aparece, com o rabo levantado. Ele se aproxima de minhas pernas e passa por elas como um laço de fita. Levo a mão ao peito, aliviada, em parte, para tentar me acalmar e, em parte, porque é o que fazem nos filmes de terror. — Dave! — Eu me inclino para a frente para fazer carinho em seu pescoço, sentindo seu ronronar, que parece o motor de um barco. Eu o pego no colo e ele se prende em meu braço, com os olhinhos semicerrados, as patinhas balançando. — Coitadinho do Dave. Coitadinho do gatinho. Ele deixou você sozinho! — A porta da frente se abre e um retângulo de luz mostra uma mulher que está usando uma camisola da Minnie. Dave salta de meu colo e desaparece atrás das pernas dela. A mulher olha na minha direção por um segundo e começa a fechar a porta.

— Hum... oi, com licença? — Dou um passo adiante; ela mantém a porta entreaberta. — Oi, estou procurando Max Kelly. Será que você sabe onde ele está? Esse é o gato dele...

— Ah! Todo mundo procura o Max Kelly!

— É? Você o conhece?

— Ele me pediu para cuidar do gato, me deu cem paus e disse que ia viajar por um tempo.

— E não disse para onde?

— Não, se eu soubesse, já teria enviado esse maldito gato para lá. Já me torrou a paciência.

— Quando ele foi?

— Ele está devendo dinheiro para você?

— Não. É meu amigo. — Percebo um arranhão em meu braço, uma linha de pontinhos vermelhos de sangue.

— Ele foi na quarta-feira. Se você é amiga dele, pode ficar com o gato?

8 de agosto, 01:07

De: Vivienne Summers
Para: Max Kelly
Assunto: [sem assunto]

Então, você foi embora. Muito drástico. Quando vai voltar?
Dave está dizendo que te ama.

9 de agosto, 14:22

De: Vivienne Summers
Para: Max Kelly
Assunto: Re:

Max,
Você já deixou bem clara a sua posição parando de falar comigo. Como podemos resolver isso? É total e completamente inconcebível para mim não sermos amigos.
Bjo, V
PS. Envio em anexo o meu álbum de fotos nossas. Gosto mais das fotos da formatura. O que você tinha feito com os cabelos? E essa jaqueta... você sempre foi um bobo, está vendo?

9 de agosto, 14:37

De: Vivienne Summers
Para: Max Kelly
Assunto: Re:

Max,
Se você me telefonar nos próximos cinco minutos, vou te levar para jantar no buffet de comida chinesa. Por minha conta. Eu pago. Você pode até tomar um daqueles drinques com o guarda-chuva dentro.
Bjo, V

embuscadoamor.com

9 de agosto, 14:46

De: Vivienne Summers
Para: Max Kelly
Assunto: Re:

Posso explicar... tudo. bjo

9 de agosto, 15:07

De: Vivienne Summers
Para: Max Kelly
Assunto: Re:

Por favor, Max. Será que podemos nos ver por meia hora, pelo menos?
    bjo

9 de agosto, 15:28

De: Vivienne Summers
Para: Max Kelly
Assunto: Re:

Não seja bobo. Saudade. bjo

9 de agosto, 15:41

De: Vivienne Summers
Para: Max Kelly
Assunto: Re:

Quer que eu te deixe em paz? Beleza, então vai ser assim, esta é a última mensagem.
    Tchau.
    pausa dramática
    Adeus, Max.

9 de agosto, 16:09

De: Vivienne Summers
Para: Max Kelly
Assunto: Re:

Você é teimoso pra caramba. Isso não é nada atraente.

9 de agosto, 16:17

De: Vivienne Summers
Para: Max Kelly
Assunto: Re:

E suas orelhas estão começando a ficar peludas.

O toque do telefone na Irlanda é esquisito. Será que o telefone deles está sempre ocupado? Se não está, eles estão demorando séculos para atender. Em que tipo de lugar devem viver para demorar tanto assim para atender um telefone? Estou aqui em Londres, escutando o toque do telefone, enquanto em algum lugar da Irlanda existe um castelo e um telefone antigo toca em uma sala vazia...

— Alô? — diz uma voz impaciente.

— Oi, é a sra. Kelly?

— É da seguradora Sun Life outra vez? Já disse que não sofremos nenhum acidente!

— Não, sou uma amiga de Max. Sou a Vivienne Summers... é a sra. Kelly?

— Pode ser.

— Olha, não sei se a senhora se lembra de mim.

Nenhuma resposta.

— Nós nos conhecemos quando a senhora visitou o Max na faculdade.

Silêncio.

embuscadoamor.com

— Passei um Réveillon com vocês, uma vez. — Meu Deus, está difícil.

— Qual é o seu nome, mesmo?

— Vivienne.

— Não, não me lembro.

— Puxa, será que ele não falou de mim? Somos amigos há anos.

— Não.

— Tudo bem. É que estou procurando Max. Ele saiu do apartamento dele e foi para algum lugar e eu gostaria de saber se a senhora tem tido notícias dele. — Nenhuma resposta. Nossa! É pior do que arrancar um dente. Talvez ela tenha desligado.

— Alô?

— Sim.

— Então, se o Max entrar em contato, pode dizer que a Viv telefonou?

— Ah, espere um pouco, Viv. Sim, sei quem você é.

— Sim. Oi.

— Você é a morena por quem ele arrasta a asa, não é?

— Sim! Ele arrasta?

— Ele fala muito de você.

— A senhora tem notícias dele?

— Esta semana, não. Juro que ele não deve saber o que é um telefone. Nós o vimos em julho... ele voltou para o casamento de Siobhan, ela se casou com o primo de nosso vizinho...

E continuou falando por mais vinte minutos: da lista de inimizades da tia Hilda, que as costas da irmã mais velha dele nunca mais foram as mesmas depois da cesárea. Que eles o amam e sentem muito sua falta. Assim como eu.

CAPÍTULO VINTE E SETE

Fins / Recomeços

Grupo no Facebook: Cadê o Max?

Informações básicas: **À procura do amor perdido**
Categoria: **Amor, decepção amorosa**

Descrição: **É melhor ter amado e perdido? Não sei, não. Meu nome é Vivienne Summers e perdi meu amor por não ter percebido o que tinha. Foi um mal-entendido; ele acha que eu o traí e foi embora. Preciso encontrá-lo. Se você o conhece, se já o viu, pode dizer a ele que sinto muito e que o amo?**

Perfil

Nome: **Max Kelly**
Sexo: **Masculino**
Nacionalidade: **Irlandês**
Data de nascimento: **5 de abril de 1980**
Cidade: **Londres**
Descrição: **Aproximadamente 1,80m, cabelos pretos e encaracolados, jeito de largado**
Roupas: **As que pega do chão: jeans, moletom, camisetas; todo desarrumado**
Interesses: **Poesia, arte, motos, violão, contar histórias compridas e, geralmente, sem sentido**
Palavra preferida: **Vaga**
Cor favorita: **Vermelho-escuro**

---

embuscadoamor.com

Na sala de reunião abafada do décimo terceiro andar, Christie estoura uma bola de chiclete. Puxa um fio para fora da boca, estica-o na frente do rosto e logo volta a mascar de novo.

— Gostei do seu cabelo — diz ela. — Você foi ao cabeleireiro?

— Faz muito tempo.

Ela dá a volta em minha cadeira.

— Ah, é. — E estoura mais uma bola de chiclete.

— Pode parar de fazer isso? — Ajeito meus cabelos.

— É uma versão de um *mullet*?

— Não sei o que seria "uma versão".

— Hum... — Ela suspira e se recosta na cadeira, estendendo os braços sobre a mesa.

— Então, Christie, vamos pensar um pouco. Como vamos vender dez mil velas antiéticas?

— Não vamos. Estamos ferradas.

— Acha que devo simplesmente escrever isso no relatório que vou entregar para a Verruga? — Finjo escrever "estamos ferradas".

— Por que tudo tem que ser ético? Não existe mais nada ético. Ninguém se importa.

— Exceto as crianças escravas que costuram botões a mão vinte horas por dia.

— Sim, mas estamos falando de detentos fazendo velas. Eles não têm vida!

— Acha que devo incluir isso também?

Christie revira os olhos.

— É a Barnes and Worth; eles fazem tudo direito, lembra? Bem, Verruga e Ranhosa ainda não sabem sobre a parte do antiético. — Olho para as minhas anotações. — Nem sobre a parte das dez mil velas.

— Ai. — Christie começa a tirar o esmalte das unhas.

— Christie! Vamos, elas chegarão daqui a meia hora. Esta é a nossa última chance de mostrar que não somos um monte de cocô.

Emma Garcia

— Ai, meu Deus... eu não sei, não sei... Talvez sejamos um monte de cocô — diz então, esfregando o rosto.

— Podemos levar o estoque para o centro de distribuição das compras pela Internet, e então elas poderiam ser vendidas on-line eternamente. Então, só teremos que dizer onde elas são feitas.

— Vamos fazer isso! — exclama ela, batendo a mão na mesa. — Genial!

— Certo, vou telefonar para o pessoal de TI e ver o que temos que fazer.

Dez minutos depois, Michael chega, vestindo uma camisa de seda roxa e uma calça justa de veludo. Eu o apresento a Christie; ele lança um olhar de especialista para a bunda dela, como um cigano em uma exposição de tendas. Depois se senta ao meu lado, cruzando as pernas na altura dos tornozelos, balançando os pés. A sala é tomada por seu perfume almiscarado. Ele pega meu laptop e abre o site da loja virtual.

— Onde quer que eu coloque as velas?

— Não sei... na seção de Natal?

— Só se não quiser que elas sejam vendidas o ano todo... — Ele se recosta, apoiando a nuca nas mãos. Seus joelhos começam a bater como as baquetas de um baterista. — Caso contrário, elas deveriam ficar na seção de objetos do dia a dia.

— Bom, dia a dia, então.

Seus dedos pairam sobre o teclado.

— Preciso de uma foto — diz ele.

— Vou mandar por e-mail.

— Bem, *c'est possible*. Mas vai ser meio tenso colocá-las no ar do nada... é como admitir que foi um erro de TI, e nós não erramos. Só estou fazendo isso por sua causa.

embuscadoamor.com

— Obrigada, Michael. Fico te devendo uma. — Sorrio. — Uma bebida... fico te devendo uma bebida — acrescento, percebendo que ele passa a língua sobre o lábio.

Ele caminha em direção à porta.

— Não vai rolar, Vivienne. Você teve uma chance, mas deixou passar. — Ele escorrega as mãos por seu corpo.

— É mesmo?

— Sim. Os dias de solteirice cheios de luxúria deste homem estão terminados.

— Que peninha.

— Isso mesmo, Viv. Pena para todas as mulheres com quem não saí. — Ele olha diretamente para mim.

— Então, quer dizer que você está comprometido? — pergunta Christie.

— Sim, certeza, jovem Christie, e eu acho que você conhece bem a dona de meu coração e partes especiais.

— Quem?

— Estou noivo de Marion Harrison.

O aviso paira no ar, e Christie passa um tempo sem entender, até que, de repente, a ficha cai.

— Ai, meu Deus! A Verruga! — exclama ela. Ele para de se gabar e fica pensando no apelido.

— Parabéns, Michael! Eu não fazia ideia que vocês dois... é... — digo.

— Fazíamos loucuras? Pois é, já faz alguns anos, entre idas e vindas. — Seu olhar fica distante. — É engraçado como algumas coisas têm que acontecer. Aonde quer que eu vá, eu sempre acabo encontrando aquela maravilha...

— Que bom, que bom! Parabéns... de novo. — Fico de pé e o acompanho até a porta.

— Té mais... — Ele aponta o dedo para mim como uma arma, e então a vira para Christie e atira.

Quando tento fechar a porta, ele segura minha mão.

— Você está convidada para a festa de noivado, boneca — diz ele, piscando.

— Muitíssimo obrigada, Michael. — Sorrio da porta até ele entrar no elevador. Então, tentamos fazer o ar da sala circular ligando o ar-condicionado. As janelas do décimo terceiro andar não abrem, para o caso de alguém tentar se suicidar.

— Não acredito. A Verruga vai se casar! — diz Christie.

— Eu sei.

— Ela deve ser dez anos mais velha que ele.

— Tem gosto pra tudo.

— Viv, se até ela vai se casar, ainda resta esperança para você.

— Obrigada, Christie. — Sorrio, afundando-me no assento. — Olha, em dez minutos elas estarão aqui. Então, vamos falar sobre os produtos e enfiar a vela no fim.

— Beleza.

— Vamos dar uma olhada nas pastas.

Estamos no meio da tarefa quando Ranhosa e Verruga entram na sala. Verruga sorri, e elas se sentam à cabeceira da mesa em silêncio. Ranhosa está usando botas roxas dos anos 1970, até que razoáveis. Ela olha para mim com frieza.

— Vivienne. — Ela assente. — Christine. — Percebo que não há uma aliança de noivado no dedo gorducho de Verruga, então decido não parabenizá-la. — Gostaríamos que vocês começassem contando as novidades sobre aquelas velas escandinavas, por favor — Ranhosa prossegue. Meu coração acelera. Estou bem acostumada com esse sentimento de pânico. Respiro profundamente.

— Velas escandinavas? — murmuro.

embuscadoamor.com

— Sim. — Ela olha para a frente. A luz reflete em seus óculos pequenos e dentro de meus olhos, como uma tortura.

Confesse, penso. Vamos. Conte tudo.

— Temos dez mil em estoque.

Verruga olha para mim.

— *Dez* mil? — pergunta.

— Sim, isso mesmo. — Finjo conferir minhas anotações, remexendo em alguns papéis. — Além disso, elas são feitas por detentos noruegueses.

— Detentos? — pergunta Verruga.

— Isso.

— Detentos? — repete Ranhosa. Qual é o problema delas? São surdas?

— Detentos por crimes leves. Não são estupradores, nem assassinos — digo. Elas olham para mim com atenção. — Acredito que são apenas ladrões e talvez alguns sonegadores... pois é, nesse nível. — De repente, eu me sinto livre. Olho para as duas e sorrio.

— Você sabia disso.

— Sim, sabia. — Meu Deus, que máximo! A verdade... que novidade.

— Mas vocês pediram dez mil?

— Na verdade, fui eu — confessa Christie. — Eu deveria ter conferido a questão dos detentos. Encomendei dez mil. — Ela faz cara de choro.

— E eu deveria tê-la supervisionado, então a culpa também é minha. — Sorrio, começando a entender por que os católicos se confessam. Faz-se silêncio e, nesse meio-tempo, as orelhas de Ranhosa ficam vermelhas.

— Bem, não sei o que dizer. Vocês têm noção do que fizeram? Depois de todas as advertências que poderíamos dar? — pergunta ela.

— Sim, acho que estamos conscientes. Você está, Christie?

Christie mexe a cabeça, afirmando, e então Ranhosa aponta para ela.

— Christie, você está despedida — anuncia. Christie se assusta como se tivesse apanhado.

— Ah, muito bem. Muito bem. — Eu bato palmas. — Aposto que você estava doida para fazer isso. — Fico de pé e, em minha mente, um sininho de alerta toca. — Pois não vai conseguir dizer isso para mim, porque eu me demito. — As duas abrem a boca como dois sapos. — Sim, eu me demito! — Pego a bolsa e jogo no ombro. — Quero que saibam que Christie e eu fomos sondadas diversas vezes pelos concorrentes. Somos conhecidas no mercado como "a equipe dos sonhos". Então, não precisamos ficar sentadas aqui, sendo perseguidas por gente como vocês duas. Venha, Christie. — Ela hesita, demora para pegar suas coisas, e eu sou obrigada a ficar olhando para a cara de surpresa de Ranhosa e Verruga. — Vamos, Christie. Vamos partir e procurar ambientes mais amigáveis. — Não sei bem se essa frase foi dita em *Os Miseráveis*, mas tem o nível certo de dignidade de que preciso. Por fim, ela dá a volta na mesa e fica ao meu lado, e saímos juntas.

Mais tarde, nós nos sentamos no Crown, com nossa garrafa de vinho para comemorar. O vinho está quente e amarelo como urina.

— Bem, se estamos sendo sondadas... — começa Christie. Ela mais parece um veadinho desgarrado.

— Não estamos. Falei por falar.

— Ah, então... não somos a equipe dos sonhos, não é?

— Nem de longe. — Tomo um gole enorme de vinho. Parece dor de cabeça líquida.

Ela abre e fecha as mãos no colo.

— Você não precisava ter feito isso — diz ela. Espero para ver se ela vai me agradecer por meu ato de altruísmo. — Agora, receberemos referências péssimas, não acha? — Eu não tinha pensado nas

embuscadoamor.com

referências. Ficamos lado a lado, olhando para dentro do bar cavernoso. Um senhor sentado no bar não para de gritar:

— Vencemos a Copa de Ouro! — e ergue a caneca fazendo um brinde. Observo até não aguentar mais.

— Olha, Christie, não precisamos de referências. Vamos conseguir por conta própria. Equipe dos sonhos relações públicas! ESRP!

Ela se mostra em dúvida.

— O quê? Eu e você?

— Por que não? Temos conhecimento e contatos. Podemos promover qualquer coisa. Podemos vender calcinhas comestíveis.

— Acho que podemos falar com Ann Summers — diz ela.

— Boa! Podemos criar uma linha completa de acessórios ousados.

— Isso!

— E seremos melhores do que nunca, porque seremos só nós duas. — Levanto meu copo. — Então, à Equipe dos Sonhos.

— A nós! — Ela brinda comigo e começamos a falar sobre o projeto. É de assustar.

— Tenho uma ideia para o nosso primeiro projeto. É uma campanha de relações públicas. — Eu me viro para ela. — Preciso encontrar uma pessoa.

É tarde quando saímos do bar. Telefono para o hospital e converso com uma enfermeira que acha que minha avó não está em sua ala. Peço para falar com Reg, mas ela afirma não tê-lo visto. Estranho. Decido ligar de novo mais tarde e espero poder conversar com alguém que saiba o que está fazendo ali dentro. Só quero ir para casa. Na noite passada, quando voltei, equilibrando Dave e cinco latas de Whiskas e uma caixa de areia, estava tão cansada que fui direto para a cama. Estou morrendo de vontade de passar um tempo sozinha na minha casa outra vez.

Viro a chave sentindo um enorme alívio. O apartamento está silencioso. Espio a sala de estar.

— Dave! Cadê você, gatinho? — Vejo um papel dobrado em cima da mesa de canto. Jogo minha bolsa no sofá e pego o papel, reconhecendo a caligrafia caprichada de Rob.

> *Viv,*
>
> *Saiba que cometeu um erro terrível. Você é uma menina muito tola. Sou a melhor coisa que já aconteceu ou que vai acontecer a você. Quero que saiba duas coisas:*
>
> *Você <u>nunca</u> vai encontrar um homem como eu — que estava preparado para te dar <u>tudo.</u>*
>
> *Estou me despedindo <u>para sempre</u>. Não pense que vou voltar... você acabou com tudo. Fim.*
>
> *Não tente voltar rastejando. Boa sorte na vida. Quando pensar em mim, lembre-se de que fui o cara que amou você, e você foi a pessoa que jogou tudo no lixo!*
>
> *Rob*

Encosto a cabeça no sofá, olhando para o feixe de luz da rua que passa pela cortina. Dave aparece e se senta a meus pés, enrola o rabo nas patas, pisca e começa a ronronar.

— Você está feliz. O que fez o dia todo?

Amasso o bilhete e o jogo do outro lado da sala. Dave de repente parte atrás dele, deita-se de lado e bate no papel embaixo da mesa de canto com a pata da frente. O telefone toca e a secretária eletrônica é acionada.

— Viv? É o Rob. Olha, Coelhinha, precisamos conversar. Liga para mim. — Dave pisca.

— Eu sei... um horror — digo.

Ele salta, pressionando o sofá com as garras afiadas e brancas. Eu o empurro para o chão, mas ele volta a subir e começa a arranhar o couro de modo ritmado.

embuscadoamor.com

— Não faça isso. — Ele para e parece refletir antes de recomeçar. — Não pode ir lamber seu traseiro ou qualquer coisa assim? — Eu o empurro e saio para me trocar.

O quarto está transformado; um travesseiro de penas foi rasgado como a barriga de um pássaro e meu robe de seda foi fatiado. Dave entra no quarto discretamente. Senta-se a meus pés com cara de surpreso. Pego meu robe.

— Caramba, Dave! Isto custou quase cem paus! — O gatinho de olhos verdes acompanha o cair da seda. — Como você vai pagar, hein? — Chuto o travesseiro. — E este era o meu travesseiro preferido. — Ele bate a patinha em uma pena que flutua enquanto eu me ajoelho para juntar os restos em cima da cama. — Olha aqui, seu estúpido, não pode fazer coisas assim, tudo bem? — Uma pena se prende à boquinha dele, que tenta comê-la. — Precisa de um poste para arranhar? — Penso na melhor maneira de limpar tudo e decido varrer toda a sujeira para dentro de um saco de lixo. — Vamos, suma daqui! — Corro atrás de Dave para tirá-lo dali; ele se assusta, enfia o rabo entre as pernas e se esconde embaixo da mesa de canto da sala.

Caminho pelo apartamento procurando vestígios de Rob. É um alívio tão grande estar livre dele, nem acredito. Eu o amava... não, eu era obcecada por ele. Pensei que ficaria triste, preocupada com o futuro. O futuro que tenho à minha frente no momento: sem emprego, sem dinheiro daqui a pouco, quase sem amigos, solteira. Penso na palavra "solteirona" e analiso... Não, ainda assim, um enorme alívio. Na verdade, é mais solitário estar com a pessoa errada do que sozinha. Sim, porque sozinha, você tem esperança e paz de espírito. Sozinha, tudo pode acontecer, você está no banco do carona; pode aprender trapézio, colocar um piercing, viajar para a Guatemala em uma van, comer peixe no jantar.

Caminho até a geladeira, pensando em diversas possibilidades, para ver se elas me ferem. Rob com outra pessoa... nada. Empurrando um carrinho de bebê? Nossa! Ele seria um péssimo pai! Encontrar Rob enquanto eu estiver solteira, ele com uma supermodelo e o bebê dos dois, e eu, toda suada depois de sair da academia? Despejo água em um copo. Ah, sim, algo me machuca nessa situação, mas é só um pouco; melhor se eu não estiver suada. Dave aparece, olhando para a geladeira com esperança, com as patas brancas da frente unidas.

— O que foi? Não estou falando com você. — Eu o olho com cara de brava e ele chia baixinho. Coloco comida de gato em um pires, e ele ronrona, empurrando pedaços de carne no chão.

— Você não tem modos — digo. — É igualzinho ao seu dono. — Seu dono delicioso e sensual. Como seria perder Max? Encontrá-lo com outra pessoa? Destruidor. Inimaginável. Bem, não vou perdê-lo. Corro para o laptop, acesso o site e começo um post para ele.

Quando termino de digitar, estou chorando muito. Se ele estivesse aqui, tudo estaria melhor. Envio o texto e espero. Mas o que estou esperando que aconteça? Uma mágica? Ele não vai aparecer na minha porta com um enorme buquê de rosas. Ligo a TV para abafar o silêncio do telefone e procuro alguma coisa para comer na cozinha. Encontro um pouco de salgadinho de queijo com validade vencida e um pacote de um outro petisco, e me deito no sofá, mudando de canal sem parar. Dave se acomoda em cima da minha barriga e nós dividimos os salgadinhos. Fico mais relaxada enquanto acaricio o gato; uma sensação de conforto toma conta de nós dois. Estamos interessados em um programa sobre pelos corporais vergonhosos quando o telefone toca. Que medo. Será o Max? Pode ser. Ele leu minha mensagem e está vindo para minha casa. Corro para atender.

— Vivienne? — Ouço uma voz familiar.

— Vovó!

— Oi, amor.

— Como você está?

— Estou bem. E você, minha querida? — Sua voz está fraca.

embuscadoamor.com

— Que felicidade ouvir a sua voz. — Ela ri e começa a tossir. — A que horas você acordou? Queria estar lá.

— Hoje de manhã. Eu não sabia onde estava. Eles precisaram fazer alguns exames, então fiquei sendo levada de um lado para o outro. Estou em outra ala agora. É um pouco melhor, com menos velhotes, sabe?

— Não acredito que é você. Estava tão preocupada.

— Eu sei, me desculpe, amor.

— Não, não... não foi sua culpa. Ai, mal posso esperar para ver você.

— Disseram que talvez eu receba alta amanhã.

— É mesmo? Não é meio cedo?

— Nossa! Não. Quero sair logo daqui, e eles precisam da cama e de todos os equipamentos. Assim que a pessoa desperta, eles a colocam para fora. — Ela está quase normal, só um pouco mais rouca. Sinto vontade de chorar de alívio.

— Bem, se você acha que está forte o bastante... mas não precisa do médico para cuidar de você?

— O dr. Begg trabalha perto de casa.

— Mas vai telefonar para ele se precisar? O Reg disse que você não quis chamar um médico.

— Ah, sim, acho que aprendi a lição.

— Ótimo, porque não faz sentido ser teimosa. Se está doente, está doente e ponto.

— Viv?

— Sim.

— Preciso contar uma coisa e não quero que fique brava.

— Tudo bem. — O que ela aprontou? Mudou o testamento, deixando a casa para os gatos?

— Vou me casar no sábado.

CAPÍTULO VINTE E OITO

BLOG PARA O MAX - I — CADÊ VOCÊ?

Já faz quatro dias e quatro horas. Você se lembra de uma vez, quando disse que, se um de nós não entrasse em contato com o outro em 24 horas, seria porque um dos dois havia morrido, por isso o outro deveria derrubar a porta para checar? Bem, já fui a sua casa, só que a porta é pesada pra caramba, tem duas trancas, e eu não consegui arrombar; mas sua moto não está, então sei que você não morreu. Cadê você? Ficar sem saber está acabando comigo e, se eu morrer, quem vai derrubar a minha porta?

Já entupi sua secretária eletrônica... e sua caixa de e-mails. Liguei para a sua mãe. Falando nisso, ela pediu para você ligar para ela. Você agora tem até um grupo no Facebook! Sei que vai detestá-lo, por isso, se você voltar, prometo fechá-lo. Já sequestrei o Dave e me arrependi — ele é mau e semisselvagem. Talvez ele apenas sinta a sua falta. Eu sinto muito a sua falta. Faria qualquer coisa só para ouvir a sua voz. Comeria um bife de fígado. Cantaria em público.

Se estiver lendo isto, veja como estou me esforçando! Me dá uma chance? Ou, se não puder me perdoar, talvez possa me ligar e gritar comigo. Mas, por favor, não leve embora o seu amor desse jeito. Eu amo você. Eu sei disso agora e sinto muito por não ter sabido antes. Eu amo você de verdade, Max.

---

embuscadoamor.com

Chego cedo à casa de minha avó. O tempo ainda está fresco, e a rua, silenciosa. Bato algumas vezes na porta e tento abri-la; está destrancada, por isso entro.

— Sou eu! — Eu me olho no espelho do corredor e ajeito os cabelos. Seria só a minha imaginação ou a casa está com aquele cheiro de pessoa idosa? É uma mistura de antisséptico com bolor. Tiro uns chocolates e um pacote de laranjas de minha bolsa, pronta para presentear minha avó.

— Oi? — Começo a descer a escada até a cozinha e no meio do caminho encontro Reg. Ocorre um momento embaraçoso, quando nós dois tentamos sair do caminho e damos o passo para o mesmo lado.

— Vamos dançar? — pergunta ele.

— Mas não na escada, né, Reggie?

Ele se vira e desce os degraus com mais cuidado do que pensei que precisaria. Olho para a pele enrugada atrás de seu pescoço e, de repente, ele me parece um pouco frágil. Sinto uma pontada de vergonha pela maneira como o tenho tratado.

— Ela está no jardim — diz ele quando chegamos à cozinha. — Posso pegar essas coisas?

Hesito, sem saber o que dizer.

— Ela... está bem?

— Muito bem. Mais mandona do que nunca! — Reg ri e nossos olhares se encontram; ele parece cauteloso.

— Parabéns — digo.

— Obrigado, Vivienne. Ele ergue o queixo como quem espera um soco.

— É sincero. Estou muito feliz por vocês dois.

— Obrigado. Isso será muito importante para ela. — Ele me olha dentro dos olhos e percebo que os dele têm um lindo tom azul-escuro.

— E eu queria pedir... desculpa. No hospital, sei que não fui educada com você. Acho que foi... o estresse da situação.

Ele pousa a mão em meu ombro.

— Não precisa explicar. Vá lá fora. Ela está ansiosa para vê-la.

O jardim foi transformado desde o dia quente de julho quando
Max e eu estivemos ali pela última vez. O quintal foi varrido, a grama
cortada e as rosas estão se abrindo. Ao longo do canteiro, novas flores
e arbustos foram plantados, e as cores são lindas, parecem uma pintura. Uma treliça foi instalada, com rosas penduradas. Até mesmo
o anjo de pedra está limpo. Reggie tem se ocupado. Hesito na porta
enquanto meus olhos se acostumam com a luz do sol e então eu a
vejo, um corpo pequeno em uma cadeira de rodas sob a sombra da
pereira. Sinto um nó na garganta ao me lembrar da última vez: ela
e Max, com bebidas e chapéus engraçados. Eu me aproximo dela,
tomando o cuidado de disfarçar meus sentimentos. Seu corpo encolhido e frágil contra o fundo desse jardim lindo aumenta o choque;
ela parece uma folha seca em um gramado novo. Observo seus dedos
curvos e cabelos finos. Apesar do calor, ela mantém uma manta de
crochê de cor vibrante sobre as pernas.

— Vovó.

Ela se vira, sua face parece de cera.

— Viv! — Eu me ajoelho à frente dela e seguro suas mãos. — Oi.
— Ela sorri e tira uma mecha de cabelos de meu rosto. Não sei como
agir com ela.

Dou um tapinha na cadeira de rodas.

— O que é isto?

— Ah, não sei. Não é exatamente um belo acessório para uma
noiva, certo?

— Mas pode virar moda.

Ela sorri e me olha.

— Você emagreceu — comenta.

embuscadoamor.com

— Não tanto quanto você. — Com o polegar e o indicador, seguro seu pulso.

— Não. Bem...

Eu me inclino para a frente para beijar a pele macia de seu rosto.

— Bem-vinda, vovó. E parabéns.

— Obrigada. — Ela para. — Fico feliz por você estar contente por nós, Viv. — Olho em seus olhos e vejo um brilho de seu espírito. Uma faísca de alegria.

— Foi meio inesperado, mas...

— Bem, às vezes precisamos de um susto desses para servir de empurrãozinho.

— Acho que sim.

Reg está atravessando o quintal com uma bandeja de bebidas. Ele a coloca nos degraus e eles falam sobre pegar uma mesa, e lá vai Reg realizar a tarefa, murmurando sozinho. Minha avó percebe que o observo se afastar.

— Ele é um homem muito bom, sabe? Gentil. — Sorrio para ela. — E ainda tem alguns bons anos para viver.

— Não estou preocupada com ele. — Aperto a mão dela.

— E não se preocupe comigo — diz ela, um pouco indignada, como se nunca tivesse ficado doente na vida.

— Tudo bem, só porque você está pedindo, não vou me preocupar. Mas pensei que eu me casaria antes de você.

— Bem. Sim. Rob não deu notícias?

— Não, não vai ser com ele. — Sorrio para Reg, que está voltando, trazendo uma pequena mesa. Ele a coloca ao lado da cadeira de minha avó e se vira para pegar a bebida dela.

— Não essa mesa, Reg! Eu falei aquela da cozinha.

Ele revira os olhos para mim.

— Quem quer suco de fruta? — pergunta ele, segurando a jarra.

Emma Garcia

— Tem álcool? — pergunta ela.

— Não, meu amor, eles disseram que você não pode beber... e você sabe.

Ela funga e olha para o gramado.

— Vejam as ameixas! — Nós nos viramos para onde ela aponta. — O pé está carregado.

Fico de pé, pego um copo de Reg e entrego um à vovó.

— Bem, quero propor um brinde — anuncio. — A você, vovó, e a você, Reg, e ao amor. — Eles se entreolham e sorriem, e nesse sorriso vejo um brilho de grande amizade, de afeto de verdade. Ergo meu copo. — E para que eu encontre meu amor... onde quer que ele esteja. — Nós todos bebemos.

— Não é ruim. — Minha avó bebe o suco todo. — Mas um pouquinho de álcool não cairia mal.

— E esse casamento — pergunto. — Vocês já fizeram reserva no balão de ar quente?

— Ah! — ela ri. — A cadeira de rodas é um pouco pesada, creio eu.

— Onde vai ser?

— Bem, a parte jurídica será no cartório, mas a cerimônia de verdade será bem aqui. Esta é a nossa catedral. — Reg move o braço, indicando o jardim. — Faremos nossos votos sob a treliça de flores; as cadeiras para os convidados ficarão aqui, para formar uma espécie de corredor até o altar.

— Perfeito.

— Viv, você vai entrar comigo, certo? — pergunta ela.

— Claro que sim.

— Acho que você vai ter que empurrar minha cadeira.

— Posso fazer isso. Vamos treinar? — Seguro as alças da cadeira e começo a levá-la pelo quintal. É mais leve do que eu esperava e no começo uso força demais e ela dá um tranco para a frente.

embuscadoamor.com

— Também posso fazer a primeira dança, se quiser. — Eu a levo de um lado a outro. — O que podemos fazer se você desistir do casamento? Podemos combinar um sinal... você pode levantar o buquê e, com isso, posso virar a cadeira e podemos fugir.

— Não vai ser preciso! — grita ela e isso a faz tossir. Ela tosse por muito tempo. Reg entrega um lenço a ela, que o segura contra o rosto, mas logo dobra algo dentro dele com cuidado.

— Por quanto tempo você ficará na cadeira?

— Até eu me sentir forte de novo.

— Logo, então — digo.

— Ah, sim, logo, logo. — Ela sorri.

Abro a porta de meu apartamento à tarde. Saí cedo para ir à casa de minha avó e as cortinas continuam fechadas. Sinto cheiro de gato. Dave vem correndo e tenta escapar, passando entre a porta e as minhas pernas. Eu o pego na escada e faço com que ele volte. A caixa de areia está cheia de cocô. Há pratos sujos na pia.

Abro as cortinas do banheiro e o sol entra pelo vidro empoeirado. Pelo menos, nada foi destruído. Eu me irrito com o lugar. O cesto de lixo com a tampa que não se encaixa, o banheiro sem janela e o chuveiro pingando. Não é um lugar ruim, mas eu não queria estar ali. Imaginei que teria uma grande cozinha quadrada, com uma mesa enorme, crianças e cães. Bem, eu havia imaginado isso com Rob. Agora que sei que amo Max, a vida parece dourada e interessante à minha frente, cheia de possibilidades. Se eu conseguisse encontrá-lo e se ele ainda me amar... Eu me sento no braço do sofá.

E se ele não me amar mais? Eu me lembro dele da última vez em que estivemos juntos — não na galeria, antes disso, quando as coisas estavam boas. Ele disse que me amava. Mas quando me lembro do rosto dele na galeria, sinto uma pontada de vergonha. Eu o magoei. Nunca quis isso. Sinto muito ódio de mim ao analisar a bagunça ao meu redor e pego as embalagens de salgadinho ao lado do sofá. Nunca pensei que um dia levaria a minha avó ao altar — mas o que importa o que pensei? Pensei que amava o Rob, pensei que o Max era um fracassado. Pensei que minha casa era bacana e moderna. Percebo marcas de arranhão na perna da cadeira. Pensei que seria divertido ter um gato. Obviamente não posso confiar nas minhas opiniões.

Entro na cozinha. Deteste o fato de nunca haver alimentos ali. Abro a geladeira e tiro um embalagem de algo que no passado deve ter sido *taramasalata*, um prato grego. Ergo a tampa e sinto um cheiro horroroso. Jogo tudo dentro de um saco de lixo, vasculho o apartamento jogando outras coisas fora e completo com a sujeira da caixa de areia. Pego minha bolsa, desço a escada com o saco e o coloco no topo do lixo que já está dentro da lata. Caminho em direção ao minimercado da esquina e começo a encher o carrinho com café, leite, biscoitos, cenouras, tomates, sei lá... tudo o que encontro e que pode entrar em uma refeição. Está na hora de crescer, está na hora de começar a cuidar de mim. Compro um bom vinho, não apenas o mais barato que encontro. Pego uns produtos de limpeza que têm a palavra "Bang" na embalagem. É exatamente o que preciso: um pouco de *bang* na vida. Pego algumas buchas e caminho em direção ao caixa.

Espero enquanto uma moça de cabelos raspados na nuca e uma tatuagem no pescoço lentamente passa cada item pelo scanner.

— São vinte e duas libras e vinte centavos — murmura ela, sem olhar para mim.

— Nossa! Os produtos de limpeza são caros, né? — digo, sentindo um calor repentino. Ela masca chiclete com a boca aberta enquanto insiro o meu cartão e digito a senha, tentando calcular se tenho dinheiro suficiente na conta. Aparece a mensagem de "Transação aprovada" e "Retire o cartão".

Levo as compras para casa, coloco a chaleira no fogo e começo a limpar. Estou no controle da situação agora, então as coisas ficarão

embuscadoamor.com

melhores. Ajeito a cama e jogo "Bang" dentro do vaso sanitário, e o spray que sobe faz meus olhos lacrimejarem. Estou no controle. Vou encontrá-lo. Encho os armários da cozinha com produtos e panelas. Faço um chá e ligo o laptop para entrar no Facebook. O grupo "Cadê o Max?" já tem 102 amigos! A maioria, pessoas muito românticas que me acham meiga e desejam sorte.

Confiro a minha página do Facebook. Fui convidada para a festa de noivado de Michael. Não posso ir e dar de cara com a Verruga, depois da minha saída dramática da empresa, certo? Mas uma estranha lealdade a Michael me faz aceitar. Confiro as mensagens. Nada de Max, em parte alguma. Se ele estiver em uma viagem de arte, transando e dormindo, pode ser que não veja o meu texto, nem a página do Facebook, nem saberá que eu o amo. Ele não entende nada de Facebook e duvido que entraria no site depois do que aconteceu. Preciso de mais alguma coisa, de algo maior. Telefono para Christie, e nós combinamos de nos encontrar em uma loja de chá que ela conhece.

Os sonhos ficaram bem grandes agora, pelo que estou percebendo. Aqui na vitrine, eles estão empilhados em caixas de vidro antigas para bolo, em torres de tom pastel. Dentro da loja de chá, vejo toalhas de mesa de flores e cadeiras de madeira pintada com encostos em formato de coração. O lugar se chama Mad Hatters; todas as chaleiras são enormes. Há um monte de mulheres do mesmo tipo, de estilo menininha, meio infantis. Entre elas, está Christie, com short jeans cortado, um colete comprido de paetê e botas de cano longo, estilo boxeador. Os cabelos estão presos no alto da cabeça, enrolados no que parece uma faixa laranja.

— Christie, você precisa parar de ler a *Vogue*.

— Oh, oi! Oi! — Ela dá beijinhos no ar, dos dois lados. — Não, Viv, você provavelmente não entendeu este look. Vem direto das passarelas. Você se lembra de meu amigo Nigel? — Eu me lembro do vestido arruinado, que estou pagando em parcelas pelo resto de minha vida. — Bem, ele vai fazer uma apresentação na faculdade... e esta é uma das criações dele.

— Hum, bem, acho que você vai ajudar a divulgar. Então, será que vou vestir isso daqui a um ano? — Dou uma olhada na faixa laranja.

— Talvez. De forma mais sutil. Bem, todos os compradores vão às apresentações. A Topshop foi a uma do Nigel... ah, vou pedir um bolo para você. — Ela se levanta e observo enquanto ela faz o pedido, animada. Outras pessoas também estão olhando. Christie tem a capacidade de chamar atenção aonde quer que vá. Ela é bonita, mas não é isso... ela assusta as pessoas, elas simplesmente não *esperam* sua chegada. Fico pensando que talvez exista uma maneira de aproveitar esse talento. Nigel, o estilista, já reconheceu esse traço, claro, por isso dá a ela as roupas que cria. O paetê do colete brilha quando ela pega a bandeja com uma chaleira ridícula, toda cheia de bolinhas, equilibrada no meio, e volta para a mesa.

— Esses paetês... eles devem ter um sentido — comento.

— O sentido deles é brilhar!

— Acho que eles podem nos ajudar na campanha para encontrarmos Max.

— Procurado... irlandês alto. — Ela pensa.

— Sim, ou algo como: "Cadê o Max?"

— Como assim? Você quer colocar "Cadê o Max" escrito em paetês em coletes de marca que custam oitocentos paus? Legal.

— Não, claro que não usaríamos paetês, mas alguma outra coisa.

— Eles são costurados a mão. — Ela puxa um fio solto e o tecido tremeluz como escamas de peixe.

Minha mente está a mil. Estou pensando em uma enorme campanha, um evento de moda, uma cobertura na TV... mas sem dinheiro. Christie me serve chá.

embuscadoamor.com

— Camisetas.

— Isso.

— Camisetas com a frase "Cadê o Max?". Não com paetês, mas com alguma coisa brilhante. Seu amigo Nigel poderia fazer por nós e incluir em sua apresentação.

— Hum... não sei se ele faria isso.

— E então a Topshop compraria e a campanha seria enorme.

— Por que a Topshop compraria?

— Pensei que você tivesse dito que seu amigo faz desfiles para a Topshop.

— Sim, mas...

— E eles sempre estão à caça de novos talentos.

— Bem, posso perguntar.

— Implore a ele, Christie. Durma com ele.

— Ele é gay.

— Faça o seu colega de quarto dormir com ele.

— Ele não é gay.

— Ah, sei lá... pense em alguma coisa! É uma ideia boa demais para perder.

— Beleza. — Ela tira um bloquinho da Hello Kitty e uma caneta combinando de dentro de sua bolsa e começa a escrever. A cabeça da Hello Kitty acende sempre que ela começa uma palavra nova. Fico observando, surpresa.

— Caneta legal.

— Ai, eu amo artigos de papelaria, e a Hello Kitty é tão linda! — Ela franze a testa olhando para o papel. — Só "Cadê o Max?". Você só quer isso?

— Talvez, na parte de trás, poderíamos colocar o nome de nossa empresa, ou apenas as iniciais, ESRP?

Ela enruga o nariz.

— Parece nome de doença.

317

— Certo, então não faremos isso. — Ela fecha o bloco de anotações e passa a mão na capa. Bebemos o chá, e Christie começa um bolo de limão. — Bem, agora, precisamos entrar em contato com aqueles jornais de domingo e fazê-los escrever sobre essa busca quando falarem sobre o embuscadoamor.com... Farei isso. — Pego meu telefone e deixo um lembrete para mim mesma. Então, olho pela janela e vejo um cara do lado de fora. Sinto uma onda de alegria. É alto, com cabelos encaracolados e está olhando para a vitrine da loja do outro lado. A calça jeans desbotada, as botas velhas... ele é bem parecido com o Max. Na verdade, ele *é* o Max. Como pode? Fico de pé e me aproximo do vidro. Sim... os ombros largos, a maneira de parar com os pés afastados. Meu Deus, é ele. Eu bato no vitrine.

— Max! — bato uma, duas, três vezes e caminho em direção à porta, tirando as cadeiras do caminho. E, então, o cara se vira e sorri ao segurar a mão de uma menininha que sai da loja. Ele olha na minha direção, um pouco confuso, obviamente tentando decidir se deve acenar. Decide não acenar, já que não me conhece, e eles continuam caminhando, deixando-me ali, de pé, com as duas mãos pressionadas contra o vidro, como um mímico doido.

Eu me viro devagar, e finalmente consigo falar. Faço um meneio de cabeça para a mulher de avental de babados no balcão.

— Sinto muito, eu... pensei que conhecia aquele cara. — Ela sorri de modo forçado. Duas mulheres sentadas a uma mesa ao lado da vitrine ficam olhando. — Tudo bem, acabou. Podem voltar a comer seus cupcakes. — Digo ao passar por elas na volta para a minha cadeira. A conversa recomeça e eu largo o corpo na cadeira.

— Bom... — diz Christie —, precisamos *mesmo* encontrar o seu homem.

CAPÍTULO VINTE E NOVE

Pensei que ele fosse você

BLOG PARA O MAX — II — PENSEI QUE ELE FOSSE VOCÊ

Dias desde que nos vimos pela última vez: 26

Pensei ter visto você ontem. O cara tinha o seu estilo. Isso seria como dizer que você tem estilo e nós dois sabemos que não tem, mas ele tinha um pouco de sua essência, e eu fiz papel de boba dentro da loja, gritando seu nome. E, quando ele virou, eu vi que ele não era você.

Preciso te ver. Você gosta do bar? Poderíamos ir beber e comer alguma coisa. Ou ficar na... sei lá. Quero fazer tudo com você, mas já me bastaria ouvir a sua voz. Acha que pode me ligar? Não vai acreditar, mas a vovó vai se casar com o Reggie. Você está convidado. Será no sábado.

Você sabe que eu não aceitaria não como resposta, e que você ama isso em mim, não é? Bem, estou começando uma campanha para encontrar você. Sei que parece melodramático, coisa de romance ruim, mas eu tenho que fazer alguma coisa. Tenho que fazer você enxergar a verdade. Você disse que sempre me amaria e que eu decidiria, mas isso não é verdade. Você será a pessoa a decidir. Será você, Max. Amo você.

Bjo, V

PS: Você tem quinhentos amigos no Facebook.

Emma Garcia

Lucy está diante de um enorme espelho de moldura dourada experimentando um vestido de casamento tomara que caia. Estou no sofá com nossa meia garrafa de champanhe gratuita — na verdade, não é exatamente gratuita, já que pagamos vinte paus pela visita. Shania Twain canta "You're Still the One" sem parar.

— Pensei que você quisesse um corpete e meia-arrastão — comento. — Lucy se vira e se olha no espelho por cima do ombro. O vestido tem renda atrás, com fitas de cetim. Ela segura os cabelos no alto e arregala os olhos diante da imagem refletida. Uma mulher gorda de blazer azul-marinho corre para segurar a cauda.

— Este vestido é lindo — diz Lucy.

— É, sim — concordo. — Quer seu champanhe?

Ela analisa seu reflexo, claramente satisfeita, mantendo os braços levemente afastados do corpo, como uma bailarina.

— Do que ele é feito? O tecido é maravilhoso.

— Deve ser seda ou cetim, certo?

— Ele tem um brilho, não tem? Que cor é essa? Pérola? — Ela mexe na saia.

— Pérola? O que é isso? Um tipo de *off-white*?

— Qual é o seu problema? — Ela franze a testa para o espelho.

— Nada. O que aconteceu com a ideia do corpete?

A Mulher Gorda volta com uma tiara de pérolas e um véu, e Lucy se inclina um pouco para a frente para ela prendê-la. Uma renda grossa agora está presa à cabeça de Lucy como um guarda-chuva meio aberto. Ela acerta as bordas com as pontas dos dedos. A Mulher Gorda sobe em um tipo de pedestal acarpetado e arruma o véu diante do rosto de Lucy, que dá alguns passos na direção do espelho, e os saiotes precisam ser ajeitados de novo.

— Por favor — digo —, você pode trazer uma tiara mais brilhante? — A Mulher Gorda atravessa o carpete rosa macio em direção à sala de acessórios.

— Você acha que precisa de mais brilho? — pergunta Lucy.

embuscadoamor.com

— Não, eu só queria me livrar dela por um minuto. Ela deve estar cansada do nosso falatório. — Lucy espia pelo véu. — Você consegue me ver? — pergunto.

— Olha, a renda tem pequenas continhas brilhantes costuradas.

— Ah, sim. O que é uma continha brilhante?

— Não sei. Mas é linda, não é? Você amou?

— Eles vendem corpetes de noiva aqui?

— Viv, para de falar nesse maldito corpete, pode ser?

— Só estou tentando manter você na real.

— Nós estávamos malucos quando dissemos isso! Você acha mesmo que o Reuben vai usar shortinho?

— Não sei, eu não o conheço muito bem. Mas comprei o meu... e as botas.

Ela começa a rir.

— Meu Deus, tire isso da minha cabeça!

Quando a Mulher Gorda volta, estou no pedestal acarpetado tentando soltar a tiara dos cabelos de Lucy. Ela assume a tarefa e, por fim, Lucy aparece meio irritada e com o rosto vermelho, com os cabelos penteados para trás e estranhos.

— Viv, por favor, pode tentar se concentrar? Sei que deve ser difícil para você estar aqui depois de ter sido largada... — Olho para a Mulher Gorda. Ela parece estar bem satisfeita. — Mas não será o seu casamento e deveria estar me ajudando. — Lucy parece estar prestes a chorar e, de repente, eu me sinto mal.

— Sinto muito. Provavelmente é porque sou uma solteirona. Não nos sentimos muito bem em lojas de vestido de noiva.

— Eu sei que você é uma solteirona!

— Beleza. Fale baixo.

— Mas será que não pode simplesmente deixar para sentir pena de si mesma mais tarde? Gostaria de saber a sua opinião a respeito dos vestidos.

Saio do sofá e fico de pé atrás dela, que está diante do espelho.

— Você quer a minha opinião? — Secretamente, estou feliz por saber que ela se importa com o que penso; em momentos mais deprimidos, pensei que ela pudesse ter me convidado para ir junto só para se exibir.

— Foi por isso que pedi para vir.

— Bem, com seus cabelos bagunçados desse jeito, esse vestido está lindo. Não está "passado" demais. Com o véu, acho que você precisaria de um vestido mais ousado... assim, ficaria moderno.

Ela joga os cabelos para trás.

— Você tem razão. — Ela se vira e observa seu reflexo. — Tem razão, tem razão.

Olho para ela de cima a baixo e balanço a cabeça, aprovando.

— Você está linda e bem sexy, mas não indecente.

— Este é o vestido, não é?

— Olhando para você agora, acho que é.

Seus olhos ficam marejados.

— Ai, meu Deus, este é o vestido! — exclama ela.

Ao sentir cheiro de venda, a Mulher Gorda dá um passo adiante. Coloca a mão em cima dos olhos de Lucy.

— Quero que imagine que hoje é o dia do seu casamento... — diz ela, com tom de contadora de história, um sotaque meio americano. — O dia mais importante de sua vida. Seus cabelos e maquiagem estão perfeitos, você está linda, está usando seu perfume preferido. — Ela espirra um pouco de algum perfume no ar nesse momento. — Está segurando um lindo buquê e está diante da porta da igreja. — Vejo, pelo espelho, que estou boquiaberta, então volto para o sofá e termino de beber o champanhe. — Seu futuro marido está ali dentro; mal pode esperar para se casar com você e está olhando com nervosismo em direção à porta. Essa porta se abre e você vê *esta imagem.* — Ela tira a mão dos olhos com um floreio e Lucy olha para si mesma, embasbacada.

— Vou levá-lo — diz ela, ofegante.

E *voilà!* Duas mil libras depois, ela se torna a orgulhosa proprietária de um lindo vestido de noiva Vera Wang.

— Vamos beber alguma coisa para comemorar? — pergunta ela. — Aquele lugar do outro lado da rua, com um bar bem comprido, faz margaritas de melão deliciosas! — diz ela, como se eu estivesse esperando por esse momento desde sempre.

— Ah, então vamos! — Enlaço o meu braço no dela.

Nós nos sentamos em uma ponta de um bar de metal muito comprido. As mesas são de madeira clara e o estofado é de couro. Nossas bebidas chegam parecendo obras de arte, com cerejas e dispostas em porta-copos de papel prateado.

— Consegue imaginar quais são os pré-requisitos para se trabalhar aqui? — Começo a divagar. — Todos são tão lindos. Ex-modelos trabalhando em um bar. Não podem sorrir.

— Precisam saber misturar um coquetel — diz ela.

— Isso deve constar na descrição da vaga.

— Pois é.

Olho para ela por um momento e então decido mudar de assunto.

— Acha que Reuben vai gostar do vestido?

— Vai amar.

— Vocês não farão mais o tema sensual, não é?

— Sim, mas de um jeito mais discreto do que dissemos aquele dia.

— Como vai ser? Um bolo de casamento em formato fálico?

— Isso! — Ela ri.

— E o que acha de calcinhas com frases apimentadas?

— Gosto da ideia. São da Barnes and Worth?

— Não, mas posso conseguir algumas para você.

— Quais frases?

— As que você quiser. Você pode colocá-las em uma brincadeira com o tema de sexo. Por exemplo, sobre posições a testar.

— Sim, com as calcinhas e também um creme.

— Ou uma camisinha diferente.

— Ou um brinquedinho.

Rimos e bebemos nossas margaritas. Estou começando a pensar na possibilidade de uma brincadeira dessas em um casamento. Poderia ser o lançamento do primeiro produto da Equipe dos Sonhos. Poderíamos usar o casamento de Lucy como um ponto de partida e então envolver o mercado todo de noivas.

— Talvez fosse legal incluir alguma coisa sobre amor também... embalagens de doces em forma de coração e biscoitinhos da sorte em formato de coração, alguma coisa assim... — sugiro.

— Ah, sim, o amor, sem dúvida... coração de glitter.

— Certo. — Já estou pensando nos fornecedores, calculando os custos e pensando em um preço realista para uma lembrança de casamento. Percebo que não prestei atenção ao que Lucy estava dizendo sobre seu casamento.

— ...pode ser? — termina ela.

— Claro que sim — respondo sorrindo.

— Bem, vamos brindar a isso. — Brindamos. Viro minha bebida com uma sensação inquietante e percebo o enorme relógio digital na parede. Já são oito horas e eu deveria estar na festa de noivado de Michael às sete. Talvez eu não vá. Lucy está lendo uma mensagem de texto em seu BlackBerry.

— O Reuben está vindo para cá. — Ela sorri e eu penso, como sempre, que ela é muito bonita. — Não conte a ele sobre o vestido.

embuscadoamor.com

— Claro que não. Na verdade, vou fazer companhia até ele chegar e depois preciso ir. Tenho uma festa de noivado... de alguém do trabalho.

O bar Ga Ga é a última porta em uma viela no Soho, o tipo de lugar em que é necessário ter uma senha para entrar. Está meio vazio hoje, e Michael está sentado em uma mesa no centro, iluminada por baixo por refletores de luz roxa. Vejo um cartaz pendurado acima da pequena pista de dança: "Parabéns, M e M!"

Tem alguma coisa errada ali. Por que não estão tocando música? Onde está a Verruga? Poucos grupos de conhecidos estão reunidos nas mesas de comes e bebes, alguns com o mesmo estilo morto-vivo de Michael. Eles se viram para me olhar quando entro no bar. Michael não se vira. Pego meu presente de noivado e o coloco diante dele.

— Parabéns pelo noivado — digo. Ele se vira, com as mãos em posição, em um movimento de jiu-jítsu ou coisa assim.

— Vá se danar, beleza? Ah, é você. — Ele volta a ficar quieto. Eu espero, mas ele continua calado, então puxo um banquinho.

— Como estão as coisas? — Ele forma um triângulo com os dedos, encosta o rosto neles, e balança a cabeça lentamente. — Tão ruim assim? Posso pagar uma bebida para você?

— As bebidas são de graça. — Ele olha para seu relógio digital de plástico. — Até as nove. — Pego um vinho branco com uma garçonete de cabelos curtos e louros oxigenados assimétricos.

— Lugar bacana — digo. Ele olha de canto de olho, então olho ao redor. As pessoas estão indo embora. De repente, Michael se ajeita, e então balança para trás e para o lado e se segura em uma barra para se manter. Pega meu presente e começa a abrir o embrulho como uma criança ansiosa. O papel cai. Uma caixa de papelão. Ele hesita, sorri e, então, a abre, tirando dali o pequeno burro de metal com dois cestos laterais.

— Você pode colocar sal em um lado e pimenta do outro.

— Muito foda.

— Que bom que gostou.

Ele se vira e olha para mim com os olhos embriagados.

— Do quê?

— Michael, está tudo bem?

— Ela não vem. Ela me deixou. — Ele morde o lábio inferior, piscando muito lentamente.

— Oh, sinto muito.

— Não é sua culpa! — Ouço cadeiras sendo arrastadas e me viro para ver os últimos convidados seguindo em direção à porta.

— Saúde, amigo! — grita um deles. Michael levanta a mão sem se virar, mas, quando a porta se fecha, ele se vira e joga o burrinho, que bate no degrau de concreto e para de lado.

— Obrigado por ter vindo — diz ele.

— Bom, acho que ele já aguentou o suficiente — diz a garçonete.

— A bebida é grátis!

— Não mais. Não quando os clientes começam a lançar coisas. Está na hora de ir embora.

— Como assim? Esta é minha festa de noivado!

— Vá embora, lindo...

— Vou levá-lo para casa — digo. — Mas espere um minuto, tudo bem?

Michael apoia a cabeça na barra. A garçonete olha para ele com nojo; torço pelo dia em que o coração oxigenado dela será destroçado.

— Michael? — chamo delicadamente. — Michael?

Ele vira a cabeça, olhos fechados.

— Amo você — murmura ele.

— Michael, vamos?

— Huummm?

embuscadoamor.com

— Vamos, hein? — Eu seguro o seu cotovelo de leve, ele começa a sair do assento e, por fim, fica de pé me abraçando pelo pescoço.

— Dance comigo, Marion.

— Sou a Vivienne, Michael.

Ele abre um dos olhos.

— Dance comigo. — Ele caminha em direção à pista de dança. — Você, música. — A garçonete rola os olhos e aperta o play no iPod. Herb Alpert ecoa pelo salão vazio. "This guy's in love with you", ele canta. Nós dançamos em um círculo apertado enquanto a garçonete desocupa a mesa. — Ela ama este aqui — diz ele. — Marion!

— Vamos! Você comeu alguma coisa? — Consigo direcioná-lo para a porta.

— Espere, espere! — Ele se abaixa para pegar o burrinho e eu o levo para a rua, onde o vento frio bate como um tapa em nós dois.

— Marion, Marion — diz ele, sem parar. Chegamos à rua principal.

— Olha, vou tentar pegar um táxi. — Levanto o braço para um táxi amarelo, mas o motorista dá uma olhada em Michael e segue sem parar. Michael tenta ir para a rua parar um veículo, mas eu o puxo de volta para a calçada, onde ele fica parado, chorando e segurando o burrinho.

— Não chore, Michael. — Eu o abraço.

— Ela me deixou.

— Eu sei.

— Ela não quer se casar comigo.

— Você não sabe se é isso. Pode ser que ela tenha sentido medo de aparecer na frente das pessoas ou alguma coisa assim.

— Ela enviou uma mensagem de texto. Quer ver?

— Não.

— Fui dispensado por mensagem de texto! — grita ele para um grupo de moças que passa, e elas começam a rir. Ele choraminga.

327

Emma Garcia

— Ah, pare, Michael. Olha, a melhor coisa é ir para casa agora. Eu o abraço de novo.

— Ela se foi.

— Eu sei.

— Ela se foi. — Ele está chorando bem alto. — Minha Marion.

— Eu sei, vamos. Eu sei que dói muito, mas você ficará bem.

— E não tenho nada — choraminga ele. — Nada. Só tenho este burrinho saleiro e pimenteiro. — Penso que o presente de noivado pode ter deixado Michael perturbado. Ficamos ali de pé, no vento. Ele chora baixinho e eu tento mantê-lo de pé, procurando um táxi desesperadamente.

Finalmente, um carro encosta e dou dinheiro para o taxista levá-lo para casa. Michael se adianta e parece que vai entrar, mas, de repente, ele para, segurando-se na porta para ter apoio.

— Vivienne, queria saber se você... pode me ajudar a passar por esta noite? — Ele faz um gesto para que eu entre.

— Não, Michael. — Ele olha dentro de meus olhos, com o rosto marcado pelas lágrimas. — É um convite tentador, mas, não, isso seria errado. Boa-noite — digo. Ele assente e se senta no banco de trás. Observo sua cabeça com rabo de cavalo desaparecer quando o táxi dobra a esquina, pensando que as músicas dizem uma verdade: todo mundo sofre, às vezes.

CAPÍTULO TRINTA

BLOG PARA O MAX — III — OS ROMPIMENTOS DAS OUTRAS PESSOAS

Dias desde que nos vimos pela última vez: 27

Estou começando a me perguntar se esse lance de casamento e cerimônia complicam o amor. Sei que é uma grande transformação para alguém como eu pensar em algo assim — afinal, já tive três vestidos de noiva e uma assinatura da revista *Bride* por três anos. Mas, sinceramente, de onde saiu o conceito que faz com que esperemos que outra pessoa se comprometa a dedicar a vida toda a nós e então praticamente vendemos nossa alma para criar um dia perfeito no qual todas as pessoas que conhecemos possam testemunhar esse compromisso? Por que não podemos simplesmente amar até não conseguir mais, independente de a morte ou o instrutor da academia nos separar? Desculpa, sei que estou parecendo maluca, mas esta noite foi complicada.

Eu amo você pura e simplesmente e não preciso de mais nada.

Bjo, V

PS: Seu grupo no Facebook tem oitocentos amigos.

É 30 de agosto, o dia do casamento da minha avó, e acordo na minha cama de solteiro da infância. Não há mais pôsteres da banda Take That, mas a coleção de animais em miniatura continua intacta e eu ainda adoro o esquilo.

Visto a calça jeans e a camiseta da noite passada e abro a janela. É uma daquelas manhãs promissoras — o céu está azulzinho, com só um pouco de frio, que logo se dissipará no calor do sol. Tem uma van na rua — o "Buffet para Dias Especiais" está aqui. Desço a escada e encontro uma equipe muito ocupada na cozinha, sendo comandada por uma mulher baixa, usando uma calça branca na altura dos joelhos e uma camisa listrada com a gola para cima. Eu me misturo a eles tentando fazer café.

— As asas de frango, Dominic! — diz ela a um jovem lento e revira os olhos. Eu sorrio. — É meu filho — diz ela.

— Você não parece ter idade para ser mãe dele — respondo, sendo gentil. Quantos anos ela deve ter? 45?

— Tenho 37 — diz ela. Meu Deus! Só cinco anos mais velha do que eu e com um filho crescido. Na verdade, olhando bem, ela está meio caída para 37. Tem bolsas sob os olhos, bem maiores do que as minhas. Percebo que ela está esperando que eu diga algo.

— Puxa, que beleza! — Balanço a cabeça em um gesto que espero ser simpático e levo o café para o jardim.

Acredito que sou eu a diferente, na verdade, por não estar casada e com filhos aos 32 anos, e a mulher do buffet é normal. Sou "anormal". Atravesso o quintal e me aproximo da estátua, pensando que minha mãe tinha 17 anos quando nasci. Foi um ato muito corajoso dela, de verdade, ainda que não tenha conseguido terminar o que começou. Ter uma mãe adolescente provavelmente me prejudicou de alguma forma. É possível que eu esteja, inconscientemente, afastando o amor. Tenho certeza de que li isso no livro *Encontre seu próprio caminho, seja livre*. Toco as asas da estátua. Parece que minha mãe está percorrendo a América do Sul, por isso não estará presente hoje, o que é um certo alívio, já que ela só causaria uma ceninha, como uma fada malvada e estragaria tudo. Beberico meu café e, de repente, sinto uma vontade de perdoá-la que nunca senti antes.

embuscadoamor.com

O que ela sabia da vida aos 17 anos? O que sabemos em qualquer idade que seja?

Eu me viro em direção à casa. As cadeiras já foram colocadas no quintal: cadeiras simples de madeira, cada uma delas com laço de cetim amarrado no encosto, conforme planejamos. Atravesso lentamente o corredor até o altar e fico embaixo do arco de rosas. Pedi à florista que trouxesse mais rosas com o buquê. Quero decorar a cadeira de rodas de minha avó, uma surpresa, mas preciso tirá-la dali primeiro. Olho para a casa brilhando ao sol com seu charme antigo. Minha avó aparece em uma janela do andar de baixo, espiando o jardim.

— Bom-dia! — digo, e ela acena.

— Algum sinal das mesas?

— Ainda não. Mas o pessoal está ocupado.

— Elas precisam chegar. Quero que as mesas fiquem embaixo das macieiras.

— São só nove horas.

— Não posso fazer nada presa a esta cadeira.

— Espere. Estou indo. — Volto pela cozinha com cheiro de frango com alho e subo a escada, o carpete cor-de-rosa iluminado pelo sol em todos os degraus. Encontro minha avó no banheiro de seu quarto tentando colocar a tampa do ralo na banheira, sentada em sua cadeira. — O que está fazendo? Vou ajudá-la.

— Droga! Não consigo fazer isso aqui... não consigo me abaixar o suficiente.

Fecho o ralo da banheira e abro as torneiras.

— Pode colocar um pouco de óleo de banho aí dentro?

Pego o frasco, despejo, e um cheiro doce preenche o ambiente. Empurro a cadeira de rodas dela até o espelho.

— Que dia lindo para se casar.

— Mas veja a noiva: uma mulher magricela e velha na cadeira de rodas.

— Não diga isso. — Começo a escovar os cabelos dela para enrolá-los em bobes antes do banho.

— Ai, você está puxando!

— Desculpe — digo enquanto ela faz uma careta. — Desculpe.

— Não quero que ele fique todo bufante atrás. Não quero parecer uma velha acabada.

— Fique tranquila. Você está linda.

— Eu costumava *ficar* bonita quando me esforçava um pouco. Mas não acontece mais.

— Você sempre será linda... olha pra essas maçãs do rosto.

— Estou achando que o vestido é um pouco demais agora.

Olho para o vestido pendurado na porta do guarda-roupas. É um vestido longo e simples em tom perolado, com mangas ¾ e um pouco de pano atrás. Perfeito.

— Não é "um pouco demais". O que está pensando?

— Meio jovem demais?

— Não. Por que está tendo esse acesso de falta de confiança agora, de repente?

— Estou nervosa... e estou ficando maluca por não conseguir me mexer. Odeio esta maldita cadeira feia! — Lágrimas enchem seus olhos. Paro no meio de um rolinho e pouso a mão em seu ombro. — E sei que pode parecer estranho, porque estou me casando com Reggie e tudo mais, mas sinto muito a falta de seu avô hoje. — Sua voz está embargada.

— Eu sei.

— Pensei que hoje eu já teria parado de querer dividir as coisas com ele. — Eu me sento ao lado dela e seguro sua mão. — Sei que ele morreu e eu enfrentei esse fato, e estou bem... mas às vezes eu me esqueço e preparo uma xícara de chá para ele ou penso em contar algo a ele, e o choque se repete quando me lembro de que ele não

embuscadoamor.com

está mais aqui. — Ela para para assoar o nariz e eu aperto seu ombro, afastando as minhas lágrimas. Ela nunca falou sobre isso antes. A última coisa de que precisa é me ouvir chorando, mas percebe.

— Não comece!

— Não consegui segurar. — Agora, nós duas estamos chorando como crianças perdidas.

— Sabe, eu acordo, e minha mente ainda está programada ao passado, à vida que eu tinha com ele, então, por uma fração de segundo, penso que ele ainda está aqui. E depois me dou conta, porque estou fazendo algo totalmente inesperado.

— O quê? Casar-se com Reggie?

— Sim! — Ela ri, seca os olhos e nós nos olhamos.

— Mas ele faz você feliz, não faz?

— Sim, totalmente.

— Que bom, porque quero que seja feliz. O vovô desejaria que você fosse feliz.

— Eu sei. — Ela se inclina para a frente e me abraça. Cheira meus cabelos e aperta meu pescoço, depois respira profundamente e solta o ar. Sinto que ela está se recompondo e, quando olha para mim de novo, a vulnerabilidade desapareceu. Ela solta a minha mão.

— Eu estou bem, estou bem. Mas e você, Vivienne? E onde está o Max? — Sinto uma onda de animação ao ouvir o nome dele.

— Bem, essa é uma pergunta que não sei responder.

— Eu li.

— Leu?

— No *Gazette*. — Ela aponta para a mesa de centro. — Parece que sua busca no Facebook causou comoção. — O jornal está aberto na página sete e, no fim da página, há uma pequena coluna. Olho para a manchete.

Mulher apaixonada usa o Facebook para encontrar seu amor.

Emma Garcia

Há uma foto de Max me abraçando no casamento de Jane, juntamente com um texto de meu blog. Leio em voz alta:

— "A procura por Max Kelly despertou a imaginação das pessoas na Austrália e no México. O grupo 'Cadê o Max?' tem mil amigos e não para de crescer..." Nossa.

— Fiquei muito surpresa ao ver seu rosto no jornal.

— Estou surpresa. Não sabia disso. — Ela espera por uma explicação. — Eu estou fazendo uma campanha para encontrá-lo e divulguei um anúncio, mas não imaginei que a história chegaria ao jornal com tanta rapidez. — Fico animada ao ver a matéria no jornal. Interesse da imprensa! Ele será encontrado, verá o quanto eu o amo e partiremos ao pôr do sol.

Minha avó sorri e olha para as mãos.

— Uma campanha?

— Sim, o anúncio e alguns jornais de domingo prometeram fazer uma matéria sobre um site que criei, então falei que deveríamos procurar Max também e fizemos algumas camisetas com a frase "Cadê o Max?". Espero que elas comecem a ser vendidas na Topshop em breve.

— Topshop. Nossa.

— O que foi?

— Você acha que ele vai gostar de tudo isso? Pode ser que tenha só saído de férias.

— Nós dormimos juntos.

— Naturalmente.

— Ele disse que me amava, e eu fui à exposição dele com o Rob.

— Nossa! Querida, perdi muita coisa enquanto estava no hospital, certo?

— E vovó, eu o amo. Muito. Mas ele acha que eu o traí. Eu não o traí. Eu nunca seria capaz de magoá-lo, mas agora ele desapareceu. Só quero encontrá-lo, só sei disso. — Balanço o jornal. Ela concorda

embuscadoamor.com

com um movimento de cabeça lento, como se eu tivesse 6 anos e estivesse criando um teatro de fantoches. — O que foi?

— Nada. Você é tão dramática, admiro você.

— Não acho que estou sendo dramática.

— A maioria das pessoas simplesmente aceita as coisas como são e segue em frente, mas você, não. Sempre procurando algo... querendo mudar o mundo desde pequena — diz ela, meio para si mesma, e eu sinto as palavras atingirem meu coração.

— Bem, talvez eu encontre o que estou procurando um dia.

— Ou talvez você pare de procurar e se deixe ser encontrada. — Ela olha para meu rosto; ficamos em silêncio por um momento.

— Mas provavelmente não. — Rio para ela mudar de assunto. — Bem, já falamos muito sobre mim. Você vai se casar hoje ou não?

Ela sorri com os bobes nos cabelos.

— Vou, vou.

Eu empurro sua cadeira de rodas de volta para o banheiro e ocorre um momento estranho enquanto eu a ajudo a entrar na água. Ver sua avó nua não é algo que você espera que aconteça. Ela se segura em meu pescoço enquanto tiro sua camisola no último momento possível, tentando não olhar para os ossos de seu quadril e ombros. Ela se afunda entre as bolhas e nós duas nos sentimos aliviadas.

— Vou sair para ver como as coisas estão — digo e me afasto.

No quarto, bebo mais champanhe e leio a matéria do jornal de novo. Estou sendo dramática? Será que a campanha para encontrar Max poderia estar piorando as coisas? Observo a foto dele e os seus olhos sorridentes. Não sei mais o que fazer além de tentar encontrá-lo. E se eu não fizesse nada e me arrependesse pelo resto da vida?

— Viv? — Minha avó chama dentro do banheiro. — Pode ver se as mesas já chegaram?

— Pode deixar. — Volto para o meu quarto, levando a cadeira comigo. Vou cobri-la com rosas e laços agora, enquanto minha avó está segura dentro da banheira.

CAPÍTULO TRINTA E UM

BLOG PARA O MAX — IV — O CASAMENTO DA MINHA AVÓ

Dias desde que nos vimos pela última vez: 28

Você se lembra de quando fingimos nos casar? Tudo bem, foi depois que você fumou seu primeiro baseado, colocou o pacote todo de erva e ainda achou que o grampeador não estava funcionando direito, mas acho que ainda assim conta. E a aliança de anel de latinha de cerveja? E o café da manhã de casamento, composto por fritas e peixe? E a viagem de lua de mel de um dia para Stockport? Agora, me arrependo por não ter deixado você me beijar no barco.

Então, o que posso contar? Hoje, levei a minha avó até o altar para ela se casar com Reggie, "o vizinho". Estou bem com isso — ela está feliz. Mas chorei quando ela fez seu discurso. Acho que foi quando ela disse "Viva todos os dias de sua vida com a certeza de meu amor". Isso me emocionou. Você não acha bonito isso? Então, depois da festa, ela fez um discurso sobre o amor e fez um brinde ao vovô, e então todos choraram. Havia uma pequena banda de jazz, um bolo de coco e champanhe à vontade. Você teria gostado dessa parte. Foi um dia perfeito, só faltou você ali.

Eles viajaram para a Espanha hoje de manhã para passar algumas semanas, e eu pedi que ela ficasse atenta para ver se conseguiria encontrar você por lá. Você provavelmente está dentro de um café em uma daquelas praças espanholas, pensando ser bacana, pedindo "café solo" em uma xícara pequena. Aposto que está

---

embuscadoamor.com

> fingindo ler Jean-Paul Sartre. É mais provável que você tenha sido forçado a vender caricaturas a turistas para ganhar dinheiro.
>
> Bom, não é legal desaparecer.
>
> Pode voltar? Sinto sua falta, Max.
>
> Bjo, V
>
> PS. Mil amigos agora.

— Alô?

— Alô, srta. Summers?

— Sim. Meu Deus, que horas são?

— Olá, meu nome é Ruby North. Sou pesquisadora da Rádio Romance.

Eu me sento na cama; está claro do lado de fora.

— Oi.

— Estamos interessados em sua busca por Max Kelly.

— Oh.

— Acabei de ler sua matéria no *Sunday Read* e acho que sua história seria interessante para nossos ouvintes. — O *Sunday Read*? Procuro o meu telefone na cabeceira. São oito da manhã, domingo. Será que fiquei famosa? — Desculpe por ligar tão cedo, mas tenho certeza de que você receberá muitos telefonemas de veículos de comunicação hoje, e eu queria ser a mais rápida a agendar uma entrevista com você para a nossa emissora.

— Entrevista?

— Sim, queremos apenas fazer algumas perguntas sobre Max — para o nosso programa "Amor Perdido". Já encontrou o Max?

— Não.

— Ah, que bom. Quer vir contar sobre ele aos nossos ouvintes?

Emma Garcia

Sinto meu coração acelerar. Acho que qualquer tipo de propaganda ajuda. O rádio ajuda. Dá para ouvir rádio em qualquer lugar. O Max pode estar ouvindo, e eu poderia falar diretamente para ele.

— Certo, sim, por favor.

— Ótimo!

Anoto os detalhes: Rádio Romance, Love Lane, Battersea, amanhã à uma da tarde, Ruby North, e desligo. Caramba! O que eu inventei? Eu me levanto e pego as roupas do chão — calça jeans e camiseta sobre as quais Dave esteve dormindo, porque está cheia de pelos de gato. Coloco os óculos e saio para buscar os jornais.

Dez minutos depois, volto com café e um exemplar do *Sunday Read*. Pego o suplemento da revista e abro na página de Donna Hayes. A manchete é: O QUE ACONTECE COM AS PESSOAS QUE SOFREM POR AMOR? Vejo uma pequena foto de Donna com os cabelos ao vento e muito mais bonita do que parece na vida real. A matéria toma duas páginas e eu corro os olhos:

Nós nos sentimos muito solitários quando somos abandonados e sofremos por um amor. Os amigos e a família começam a se afastar, os colegas evitam sua presença e os convites desaparecem. Ninguém gosta de tristeza. Então, aonde você pode ir para encontrar paz quando faz semanas, meses ou até anos e você ainda não consegue pensar em seu ex sem chorar? Pode ler sobre isso, participar de cursos para aumentar a autoestima, até mesmo hipnotizar o cara com seus cabelos (veja mais detalhes abaixo). A partir de agora, vou direcionar o pessoal triste para o site: www.embuscadoamor.com, um lar espiritual para os perdidos e solitários. Você poderá se tornar amigo de outros abandonados, entrar em discussões, ler experiências reais de doer, e aproveitar as "dicas quentes", como "Como cuidar de seu jardim para receber o amor". Com a promessa de fazer com que você se sinta melhor, o site é um tipo de clube — e, se você foi quem terminou uma relação, diminua sua culpa elogiando seu ex na página "Namore o meu ex". O site é engraçado, de fácil navegação e, o mais importante, traz esperança.

embuscadoamor.com

> Psiu! Se romance de conto de fadas é com você mesmo, visite o blog da fundadora do site, Vivienne Summers, no qual ela procura seu próprio amor perdido, ou curta o grupo "Cadê o Max?" no Facebook — milhares de pessoas já fizeram isso...

Que beleza, Donna Hayes! Ela visitou o blog, como disse que faria. Uma lenda. Não acredito: meu site e meu blog nos jornais de domingo! Confiro o Facebook. O grupo "Cadê o Max?" de repente aparece com dois mil amigos. A coisa está ficando enorme.

Meu telefone celular toca em cima da mesa. Christie.

— Você viu o jornal? — pergunto.

— Que jornal?

— O *Sunday Read*. Estou lá! Bem, não eu, mas o meu site e há uma menção ao "Cadê o Max?".

— Não, não vi.

— Desculpe, pensei que você estivesse ligando para falar sobre isso.

— Não. — Faz-se um longo silêncio. Penso que a ligação caiu, mas escuto sua respiração.

— Então, em que posso ajudá-la nesta linda manhã, Christie?

— Bem, eu só queria dizer que o Nigel criou dois desenhos e fez algumas camisetas.

— Ótimo! Ele não se importou?

— Não. — A voz dela parece distante.

— Certo, então precisamos escolher uma?

— Não.

Espero ela explicar.

— Christie, você está bem?

— Sim, estou aqui... Desculpe, só estou pintando as unhas dos pés.

— E os desenhos?

— Pois é, Nige fez dois e eu gostei de um deles, mas todos os amigos dele começaram a usar o outro.

— E como é?

— Bem, o Nigel sabe ser danado de vez em quando. Ele fez em francês.

— Francês.

— Pois é! E são apenas palavras, apenas "Où est Max?" em letras maiúsculas pretas em uma camiseta branca. Não acho que você vai gostar, Viv... a outra era bem melhor... era mais moderna e em um idioma que falamos neste país! Bom, o Nige é amigo daquela modelo... a Betty George, sabe?

— É mesmo? — A modelo de cabelos curtos, superalta, superbocuda, modelo *du jour* Betty George?

— Então, o tonto deu uma camiseta a ela, que foi fotografada usando, e agora teremos que usar esse design.

— Betty George foi fotografada usando uma camiseta "Où est Max?"?

— Foi... eu estava pensando, você não aprovou o desenho.

— Que gênio! Cadê a foto?

— No *Post*.

— Já te ligo.

Ai, meu Deus! Ai, meu Deus! Ai, meu Deus! Estou subindo a rua correndo para comprar o *Post*. Betty George, porra!

Que coisa maluca! Ali está ela, de braço dado com outro lindo ser humano, usando nada além de uma camiseta com um cinto — e, na frente da camiseta, está o nome do meu amor. Eu me sinto meio desconfortável por ver o nome de Max bem perto dos seios de Betty George, mas logo me recupero. Que barato, que inacreditável. Confiro o Facebook; já são dois mil e cem amigos. O blog de repente tem mil assinantes. Telefono para Christie.

— Amei, Christie. Não poderia ser melhor.

— Francês é um idioma estrangeiro, você sabe, Viv.

embuscadoamor.com

— Aumenta o mistério, ficou maravilhoso. O Nigel é espetacular.

— Bem, se você acha que tudo bem... que alívio.

— Quero uma. Quero usá-la amanhã. Vou dar uma entrevista em uma rádio, Christie!

— As pessoas não vão vê-la pelo rádio.

— Mas quero vestir uma! — Quero abraçar Christie e beijar o Nigel.

Nós combinamos de nos encontrar em um bar e ela diz que vai tentar fazer Nigel ir. Fico animada com essa possibilidade. Estou indo a um bar bacana em Smithfield para conhecer um estilista promissor. Um estilista que conhece Betty George. Nossa! Queria que o Max estivesse aqui! Pode ser que volte logo, com toda essa propaganda...

Estou no meio de uma enorme crise de roupas. Pensei em usar calça skinny preta, tentando esquecer que minhas pernas parecem duas batatas com calça skinny. Agora, não consigo achar nem uma peça que seja razoável para encontrar um estilista. A campainha toca. Não pode ser o Max. Não é o Max. Será? Meu coração acelera. Atendo o interfone.

— Pronto?

— Oi — diz uma voz de homem.

— Pronto? — repito.

— Viv, sou eu... o Rob.

Solto o botão. O que ele está fazendo aqui de novo? Eu não disse que ele não deveria voltar à minha casa? O interfone toca. Droga! Não sei o que fazer? O que devo fazer? Aperto o botão no interfone que nos conecta.

— Rob, pode cair fora, por favor? Agora não é uma boa hora.

— Tem alguém aí em cima?

— O quê? Não.

— Porque, se tiver, eu juro que eu...

— O que você quer?

— Quero ver você.

— Agora não dá.

— Preciso ver você, Viv.

— Vou desligar agora, Rob. Você vai embora?

— Não... — começa ele, mas eu levanto o dedo e ele desaparece. Segundos depois, começa a tocar outra vez. Corro para o banheiro e tento abafar o barulho com o secador de cabelo. Quando acho que ele se foi, desligo o secador e fico escutando. Silêncio. Graças a Deus. A última coisa que quero é uma ceninha com Rob.

Decido usar um vestido preto. Eu o visto e subo o zíper do lado, mas fica sem graça, por isso visto uma legging. Seguro os cabelos, decidindo se devo mantê-los presos hoje; então, a campainha começa de novo, dessa vez em ritmo de Beethoven. Argh! É insuportável. Corro para o interfone.

— O que foi?

— Bem, não consigo ficar sem ver você. Trouxe flores.

— Vou sair.

— Deixe-me apenas levar as flores.

— Você as comprou em um posto de gasolina?

— Não, são rosas caras. Uma dúzia. Cor-de-rosa.

— E você as comprou pensando em me presentear, mesmo, não foi?

— Ah, pare com isso, Viv!

— Bem, estou ocupada me aprontando para sair.

— Posso esperar.

Ai, inferno. Não posso impedi-lo de esperar na rua, não é?

— Você que sabe. Mas vou demorar muito para ficar pronta.

Fico irritada. Tento prender os cabelos com um penteado artístico, mas não dá, a parte de cima está muito curta. Por fim, eu os deixo soltos, meio bagunçados. Agora, os sapatos... será que salto alto seria um exagero? Escolho sapatilhas. Delineador, brilho labial

embuscadoamor.com

e pronto. Coloco o telefone e a carteira dentro de uma bolsa verde enorme que espero que seja bacana e moderna, e tento ver Rob pela janela da cozinha. Não consigo. Dave sobe no balcão da cozinha e passa o rabo em meu braço.

— Olha, eu já disse... não faça isso, tudo bem? — Ele bate a cabeça em meu braço, esfregando a cara na minha pele e ronronando. Eu o coloco no chão e despejo a ração sabor peixe de dentro de uma lata no prato dele. Ele se agacha ao lado do prato. — Certo, seja bonzinho e até mais. — Pego minha chaves e bato a porta.

Lá fora, o dia está mais quente do que pensei. Eu não deveria ter vestido a calça. Deixo a porta do prédio se fechar sozinha e Rob imediatamente aparece com um lindo buquê.

— Oi, Viv — diz ele de modo muito sério. Como sempre, está lindo, sorrindo de um jeito como quem diz "me perdoe", como se fizesse parte de um comercial de perfume. Eu provavelmente deveria abraçá-lo e ele deixaria as flores caírem no chão, e então apareceria a imagem do frasco de perfume e uma imagem de nós dois nos beijando. O narrador diria: "Perdão: a nova fragrância da...".

Mas nada disso acontece. O que acontece é que ficamos onde estamos, olhando um para o outro, e eu fico tentando imaginar como me livrar dele.

— Como você está? — pergunta.

— Estou bem.

— Bom, que bom.

— Sim. — Olho para a rua.

— Estas flores são para você.

— Não posso aceitá-las.

Ele se mostra chocado, mas verdadeiramente triste.

— Tudo bem. Não... eu entendo.

Eu confirmo e olho para os meus sapatos.

— O que fez com seus cabelos?

— Preciso ir — digo, mas ele segura meu braço.

343

— Não, Viv, não vá. — Eu me afasto. — Não pode me dar apenas mais dez minutos? Não podemos tomar um café, alguma coisa assim?

Lembro de todas as vezes em que implorei para ele conversar comigo e da frieza com que me tratou.

— Rob, não pode simplesmente me largar?

Ele solta meu braço.

— Sinto muito — diz ele, dando um tapinha. — Desculpe, desculpe.

— Tudo bem. — Começo a me afastar, mas ele me acompanha.

— Vivienne, por favor! Íamos passar o resto da vida juntos, de que importam mais dez minutos?

— Não posso. Estou ocupada.

— Mas, Viv... — ele choraminga. Lágrimas enchem seus olhos, e eu paro. Não suporto ver um homem chorando.

— Meu Deus, não chore! — grito com ele.

— Vou chorar, Viv. Vou seguir você chorando se não tomar um café comigo!

Paramos na cafeteria ao lado do metrô, ele bebendo um latte e eu, um cappuccino. Ele me observa esvaziar dois sachês de açúcar dentro do meu.

— Então, você acha que está apaixonada pelo Max — diz ele, por fim.

— Estou.

— O que o torna o sr. Perfeição?

— Muitas coisas. — Penso em dizer algumas delas, mas mudo de ideia. — Você não ia querer saber.

— Não mesmo — admite ele, olhando ao redor. — Você saiu no jornal, eu vi.

— É. — Sinto uma onda de animação.

— Acho que você ama mesmo o cara para ficar blogando, coisa e tal.

embuscadoamor.com

— Acho que sim. O que você está fazendo lendo o meu blog?

— Não vou sabotar você nem nada assim... só queria dizer isso.

— Que bom.

— Humm. — Ele toma alguns bons goles de sua bebida e limpa o bigode de leite. — Você acha que ele vai voltar?

— Não sei. Espero que sim.

— Você sabe que eu poderia dar início a uma campanha para reconquistar você — diz ele.

— Mas não vai fazer isso.

— Não — admite ele. Eu sorrio e ele também, e parece muito adulto poder me sentar com ele dessa forma depois de tudo o que aconteceu. De repente, mudamos de papel; seguro a mão dele e aperto levemente.

— Você vai ficar bem, Rob.

— Ah, sim, *vou*. Mas *você* provavelmente vai acabar sozinha. Quer saber por quê?

— Pode me dizer.

— Você não sabe o que quer. — Termino de beber meu café para ele não perceba que estou sorrindo. — Mas estou disposto a oferecer uma oportunidade a você agora. Estou disposto a esperar por você durante um mês, mais ou menos, enquanto você brinca com essa história do Max, mas depois disso, Viv, terei que seguir em frente.

— Certo, Rob. — Fico de pé e coloco a bolsa no ombro. — Preciso ir agora. Por favor, não espere um mês por mim. Não perderei nem mais um minuto com você.

— Não aceitarei isso como sua resposta final — diz ele quando passo por trás de sua cadeira. — Você provavelmente está na TPM ou coisa assim, com baixos níveis de estrogênio! — Caminho em direção à porta. — Pense no que eu disse!

— Tchau, Rob.

Quando passo pela vitrine, olho para ele: um cara extremamente bonito, com um buquê de rosas, já procurando sua próxima vítima nos contatos de seu telefone. Sinto um pouco de carinho, não consigo evitar. E pensar que ele foi o motivo de tanta dor. E pensar que ele foi o motivo pelo qual perdi meu melhor amigo e o amor da minha vida. Mas não permitirei que isso aconteça. Eu caminho em direção ao metrô e pego o próximo para Farringdon.

Combinei de encontrar Christie em um bar perto do mercado de carne de Smithfield e aqui estou eu, na frente da entrada em forma de meia-lua. Este é um dos pontos comerciais mais antigos de Londres. Na verdade, este *é* um mercado onde se vende carne todos os dias; não está aberto hoje, mas a evidência existe — pombas bicando um pedaço de carne, uma poça rosada perto do ralo, e um globo ocular rolando vem parar perto do meu pé. Tudo bem, eu imaginei a parte do globo ocular. Venta, e a rua à minha frente está deserta, como o cenário de um filme cujas filmagens já acabaram há muito tempo. Sinto como se tivesse acabado de chegar a uma festa que já acabou. Procuro por um bar ao longo da linha de prédios enfileirados do outro lado da rua e vejo Christie sentada perto de uma janela quadrada sob uma telha de ferro forjado sobre a qual a palavra "zoológico" foi escrita. Atravesso a rua e empurro a porta. Ali dentro, tudo é pintado de preto, incluindo o chão de concreto. Há enormes mesas com pés de plástico preto, algumas delas trincadas. Uma das paredes parece ser coberta por pichações, mas percebo que se trata do cardápio ao ler palavras como ovos, batata e bacon. Há luzes fluorescentes ao longo dos rodapés que lançam sombras nas paredes e uma música eletrônica alegre, dessas que costumam tocar em boates, traz uma sensação calma de fim de festa. Uma garçonete simpática usando macacão com uma das pernas enroladas me recebe.

— Vou encontrar alguns amigos — fico feliz por dizer isso e caminho em direção à Christie.

Ela fica de pé para me cumprimentar com um beijo no ar. Está usando um tipo de macaquinho de jeans claro lavado e tênis de cano

embuscadoamor.com

alto cor-de-rosa brilhante. Sua cabeça está coberta por uma bandana preta, e seus cabelos louros quase brancos saem por cima.

— Viv. Faça qualquer coisa, mas não mencione o vestido que ele emprestou para você. — Olho por cima do ombro dela para Nigel. Ele sorri e levanta a mão em um tipo de aceno. Christie nos apresenta. — Este é o Nige; Nige, esta é a Viv.

— É um prazer conhecê-lo— digo de forma gentil. Devo dizer que ele não parece nada com o que imaginei. Está bem largado, com uma camiseta do Iron Maiden e calça listrada, que mais parece saída de um brechó. Seus cabelos castanho-claros são cortados bem rente à cabeça, eu imagino que seja um esforço para disfarçar os cabelos ralos, e está usando óculos de aros de metal redondos. Percebo que não tenho a menor noção. Estou longe de parecer bacana. Não entendo disso e, de repente, me sinto nua, porque tentei adotar um visual descolado. Eu tentei combinar as coisas, mas não, não é nada disso, está tudo errado. Não posso deixar Nigel saber que sou só mais uma careta comum.

— Quer uma bebida? — pergunta ele, sorrindo. Olho para os copos deles, cheios de um líquido vermelho. O que poderia ser? Uma bebida vermelha em uma manhã de domingo?

— Quero um Bloody Mary, por favor.

— Que retrô! — diz ele acentuando o som do "r". Olho para Christie em busca de orientação, e percebo seu rímel branco e seu batom cheio de glitter. Ela sorri de modo encorajador.

— Espero não estar atrasada — digo. Nigel nega com um movimento de cabeça. Olho para os dois; parece que ele está assistindo a uma novela muito dramática e ela é sua namorada adorável. Peço minha bebida quando a garçonete se aproxima.

— Quer mais um suco de melancia? — pergunta ela a Nigel, mas ele recusa balançando a mão. Ficamos sentados em silêncio. Christie sorri e dá de ombros. Será que devo me encarregar de começar a conversa? Eles dois estão aqui sentados só se perguntando por que eu quis conhecê-lo?

— Então... — começo, e os dois se viram para mim um pouco surpresos. — Nigel, fico muito emocionada que você tenha aceitado desenhar algo para nós. Vi os jornais esta manhã e amei o que você fez. É mesmo, bem, é genial. — Nigel virou o ouvido para mim e está assentindo. Há outra pausa. — Posso ver a camiseta?

— Claro. — Ele pega uma camiseta branca dentro da mochila e a coloca em cima da mesa. As letras grandes cobrem a frente. Toco no nome de Max.

— Adorei — digo com sinceridade.

— Sim, como marca, acho que ela vai abalar — responde Nigel. Ele tira outras coisas da bolsa e coloca uma faixa e um boné com o mesmo desenho em cima da mesa.

— Uma marca?

— Estou pensando em fazer vários produtos. O logotipo é muito visual, é forte.

— Imagine só, Viv: "Où est Max?" em todos os lugares! — Christie parece animada.

— Estou imaginando... mas e quando ele voltar? A busca vai terminar e como funcionaria? Afinal, você falou sobre criar uma marca.

— Ela está ligada à realidade, mas não atrelada a uma determinada pessoa — diz Nigel.

— Está, sim, porque tem o nome dele — digo.

— O nome é universal.

— Oh.

— Pode ser multidirecional. Pode ser o máximo, como em "cadê o max?".

— Mas diz "Cadê o Max?", sim... a pessoa, o Max.

— Em letras maiúsculas. As pessoas podem dar seu próprio sentido a isso. Não é necessariamente sobre o seu amigo, mas para você, é.

embuscadoamor.com

É um fim em si mesmo. — Para ser honesta, não sei o que ele está aprontando e estou me sentindo meio fora de controle. Tomo um gole do Bloody Mary. Por que pedi isso? Detesto suco de tomate.

— Hum, certo. O que você acha, Christie? — pergunto.

— Entendo o seu ponto, Viv, mesmo. Mas adoro a natureza existencialista — responde ela, meio distraída.

— Ah, é mesmo? Pode explicar isso para mim?

— Agora não, Viv. — Ela me lança um olhar.

— O que quero dizer é que adoro o desenho. Obrigada por desenhar. — Nigel balança a cabeça. — Posso ficar com uma? — Pego a camiseta.

— Claro que sim — responde ele.

— Adorei. Amei que a Betty George usou uma! — Não se exalte, não se exalte.

— Legal — concorda Nigel.

— Mas *tem* a ver com a busca por Max — insisto.

— Claro. — Ele sorri. O que quer dizer com isso? Mais um momento de silêncio se estende entre nós.

— Hum — diz Christie, sorrindo. Olho para Nigel, esperando que ele explique.

— Você fez a roupa que Christie está usando hoje? — pergunto, só para dizer alguma coisa.

— Não, o que está exibindo hoje, Christie? Fitness dos anos 1980?

— Fitness dos anos 1980 no espaço — responde ela.

— Legal — diz ele.

— Então, a Betty George é sua amiga? — me sinto compelida a perguntar.

— Ela é uma vaca estúpida — diz ele e se vira para mim, rindo. Christie ri, e eu também, e estamos todos rindo por nada.

— De qualquer forma... — digo — Oba! — Estou fazendo papel de idiota completa e nem sei como ou por quê. Será que ele é superdescolado e eu, consequentemente, não valho a pena? Ou será que ele se acha e é meio grosseiro?

— Então, a Topshop fez um pedido inicial de mil camisetas — dispara Nigel —, mas eles querem exclusividade. Tudo bem para você?

— Tudo bem? Claro que sim!

— Não vou cobrar pelos meus serviços, então vou assumir todos os riscos e os benefícios.

— Isso parece... certo, eu acho. Isso está certo? — Olho para Christie, franzindo a testa.

— Viv, se tudo der errado, é a reputação de Nige que pode ficar abalada — explica ela. — Então eu disse, não disse, Nige? Eu disse: A Viv não está interessada no dinheiro. Ela só pensa no amor.

Essa é a minha parceira de negócios falando. Ai, esta é uma situação delicada. Já ouvi sobre disputas legais por esse tipo de coisa.

— Bem, eu estou procurando o meu amor, sim. Mas eu também preciso de dinheiro! — Eu rio; eles, não. — Quer dizer, todos nós precisamos, não é?

— Hum — diz Christie, olhando para Nigel, que está batendo a mão fechada no próprio queixo.

— Eu sei que é o seu design, Nige, mas a ideia é minha. Então... — começo a argumentar. Ele vira para me examinar com seus olhos brilhantes e sábios.

— Eu posso pagar uma taxa pela ideia, se você quiser, um taxa única. Podemos resolver isso... — diz ele casualmente.

— Você deve dinheiro a Nige — interrompe Christie, arregalando os olhos propositalmente —, pelo vestido de penas que você estragou.

— Aquele que nós não deveríamos mencionar? — Meu Deus, de que lado ela está?

— Que tal se fizermos um acordo: Eu fico com todo o lucro da marca, e você fica com o vestido — sugere Nigel.

embuscadoamor.com

— Eu não tenho mais o vestido. Ficou destruído.

— E se você fizer um vestido novo para ela? — interfere Christie.

Nigel suspira e se joga para trás na cadeira.

— Eu não preciso de outro vestido, Christie... Quer dizer, quanto essa marca pode lucrar? Eu sei que você não está tentando me passar para trás, mas...

— Tudo bem — diz Nigel —, última oferta: Vou fazer um novo vestido de alta costura para você, como quiser, pode escolher, e vou arranjar ingressos para vocês duas na primeira fila do meu desfile da London Fashion Week.

Christie olha para mim esperançosa, provavelmente já nos imaginando lá. Ela balança a cabeça devagar, olhando nos meus olhos com um brilho que diz "veja só".

— E nós queremos champanhe liberado durante o desfile — diz ela, triunfante.

Nigel concorda, e o acordo está feito. Eu saio, certa de que acabei de ser lesada. Mas tudo o que posso fazer é ficar preocupada.

Quando me sento dentro do metrô, procuro a camiseta dentro da minha bolsa. Olho para o nome de Max e, apesar de estar animada com a venda para a Topshop, fico com uma pontinha de dúvida. Será que eu me expus demais? O que Max vai pensar? Será que eu nos coloquei à venda? Transformei nosso amor em algum tipo de circo? Afasto esse pensamento e tento me concentrar no objetivo original. O mais importante é encontrar Max. E eu tenho que encontrá-lo, não é? Devo fazer o que quer que seja necessário para encontrá-lo.

CAPÍTULO TRINTA E DOIS

BLOG PARA O MAX — V — SOMOS FAMOSOS

Dias desde que nos vimos pela última vez: 29

Acho que todo mundo adora um romance. As coisas fugiram do meu controle, logo haverá camisetas à venda nas lojas, com o seu nome. Você está se tornando uma marca que dominará o mundo! Hahaha!

Pode até ser meio esquisito, na verdade — todo mundo atrás de você. Está no jornal. Vou à Rádio Romance amanhã. Eu! Na Rádio Romance — o programa do Stuart Hill.

O mais legal seria se você me ligasse enquanto eu estivesse no ar e me pedisse em casamento. Eu diria sim. Provavelmente teríamos que nos casar na televisão, ou algo assim, e isso pode ser meio brega.

O mais terrível seria se você nunca mais voltasse. Eu seria a triste mulher que expôs sua história e não encontrou seu homem. Além disso, eu ficaria sozinha para sempre, porque você é a única pessoa que quero. Eu não traí você, Max, e tudo isso valeria a pena se eu soubesse que você sabe disso.

Vou parar de falar sobre a página no Facebook. Não quero assustar você.

Bjo, V

"Você está ouvindo o Stuart Hill na Rádio Romance 101 FM. Estou aqui com Vivienne Summers, que daqui a pouquinho vai contar

embuscadoamor.com

sobre sua busca por um amor perdido. Logo depois de Michael Bublé cantando 'Haven't Met You Yet'..."

Stuart Hill tira os fones e apoia o cotovelo na mesa de botões entre nós dois. Ele parece normal pelo rádio, mas, pessoalmente, eu acho que ele deve ser meio doido, como um Willy Wonka esquisito das ondas sonoras. Estou sentada, vestindo minha camiseta "Où est Max?", observando o lugar. O estúdio é meio antigo, com pôsteres desbotados de astros do pop dos anos 1980, como Belinda Carlisle e Debbie Gibson. Sinto cheiro de comida velha e pum, e é totalmente diferente do espaço moderno que eu havia imaginado, mas ainda assim me sinto realmente muito animada. Espero me sair bem; normalmente detesto a minha voz em vídeos — sempre pareço meio lerda falando.

— Está pronta, minha jovem apaixonada? — pergunta Stuart, com os olhos arregalados. Fico pensando que ele pode estar aprontando alguma. — Querida, depois dessa música, coloque o fone e eu vou disparar as perguntas! — Ele lança um sorriso de Gato de Botas. — Combinado?

— Combinado! — respondo, tão entusiasmada quanto ele.

Ele olha para mim com atenção por um momento.

— Quer dizer que você está apaixonada por esse cara chamado Max?

— Sim, eu...

— Você acha que ele voltará correndo? Que bom pra você! — Começo a dizer algo, mas ele levanta a mão e coloca o fone.

— Sou o Stuart Hill e estou aqui com uma mocinha muito bonita, Vivienne Summers. Oi, Vivienne.

— Oi, Stuart! — digo, um pouco empolgada demais.

— Viv, você está à procura de um amor perdido, não é?

— Sim, estou, Stuart. Estou procurando meu amigo, e o amor da minha vida. O nome dele é... devo dizer o nome dele?

— Eu acho que sim.

— É Max. Max Kelly.

— Oh, eu o conheço. Eu o vi no bar agorinha.

— O quê?

— Estou brincando, minha querida. Continue, continue.

— Bem, estou tentando encontrá-lo e por isso criei um grupo no Facebook chamado "Cadê o Max?".

— E foi uma loucura, não é?

— Foi. — Dou risada.

— Certo, e o que a faz acreditar que Max Kelly quer ser encontrado?

— Bem, estávamos começando a nos relacionar e ele disse que me amava, por isso espero que, quando ele souber o quanto eu o amo, ele perceba que nós...

— Você o ama?

— Total e completamente. Demais.

— E como é esse sentimento?

— Maravilhoso. Seria ainda melhor se ele estivesse aqui.

— É como voar sem asas?

— Voar sem asas?

— Ele completa você?

— Eu acho que sim... bem, se estivéssemos juntos, ele me completaria!

— Vi que sua busca apareceu em alguns jornais e você está usando uma das camisetas da campanha hoje. O que está escrito em seu peito?

— Está escrito "Cadê o Max?".

— Mas não está escrito exatamente isso, não é?

— Bem, está escrito em francês, então é "Où est Max?".

— Então ele é francês?

— Não, é irlandês.

embuscadoamor.com

— Bem, espero que estejam entendendo a conversa, pessoal de casa! Hahaha! — Ele ri e percebo o primeiro sinal de tolice. — Você conseguiu alguma coisa até agora? Tem notícias do Max?

— Até agora, não, mas tenho esperança! Tenho esperança!

— E conte sobre seu blog, Vivienne. Você acha que abriu seu coração on-line?

— Sim, acho que sim. Tenho escrito um blog para o Max, para que ele perceba que... bem, que perceba que não passo um dia sem pensar nele. — Ai, não, de repente sinto minha garganta apertada. Não posso chorar!

— E o Max respondeu?

Tento me recompor.

— Não, ainda não.

— Então talvez, Viv, e não quero ser cruel ao dizer isso, mas talvez ele não queira ser encontrado. Já pensou nisso?

Percebo uma música triste tocando ao fundo.

— Só espero que ele volte.

— Claro que sim, querida. Pode nos contar por que ele foi embora? — pergunta ele, delicadamente.

— Sim. Eu... nós tivemos um desentendimento, e ele acha que eu estava com outra pessoa, mas não estou e não estava.

— Bem, se eu estivesse em seu lugar... e relevem, porque *sou* meio antiquado... eu telefonaria para ele. Por que fazer uma campanha tão grande?

— Ele não atendeu os telefonemas que fiz. Essa é a minha maneira de mostrar a ele como me sinto e... — A música triste fica mais alta.

— Porque pode ser que ele queira se afastar de você, lindinha. Não quero ser grosseiro, só queria saber se você já pensou nisso.

— Não acredito nisso. — De repente, eu me vejo sentada nesse estúdio velho com minha camiseta e um fone de ouvido idiota e sinto vontade de sair correndo. Sei que encontrarei Max. Mas não assim.

Não sendo humilhada publicamente, nem humilhando o Max. Isso não está sendo como pensei que seria. Não sei onde estava com a cabeça. Estou tentando explicar algo muito pessoal a esse tal de Stuart, e tudo parece muito bobo e sem razão.

— Bem, parece que muita gente está interessada na busca por Max... Afinal, há mais de dez mil amigos no grupo do Facebook. Caramba, até eu estou lá. Por que você acha que tudo ganhou essa proporção?

— Acho que é porque as pessoas precisam acreditar no amor.

— Acha que elas precisam? O amor não é uma força enganosa em nosso mundo falso e materialista?

— Não para mim... nem para muitas pessoas.

— E para mim também não. Nós acreditamos, não é, Vivienne? Acreditamos no poder do amor.

— Resumindo, só quero encontrar meu amigo. Só isso.

— Certo, então. O que fará depois, Vivienne, se não encontrar seu homem?

— Se eu não encontrar?

— Sim... vamos imaginar que ele esteja lendo todos os seus textos e recados no Facebook, que esteja até nos escutando agora, pensando — o Stuart faz um sotaque irlandês carregado: — "Pelo amor de Deus, mulher, pode me deixar em paz?" — E então penso nisso pela primeira vez. E se ele *estiver mesmo* pensando isso? Estou fazendo tudo isso para mostrar que o amo, mas e se ele me detestar por isso? Lembro-me da conversa com minha avó. "Sempre procurando algo", ela dissera. "Querendo mudar o mundo." De repente, passo a me ver não como uma apaixonada escrevendo mensagens de amor, mas, sim, como uma pessoa arrogante e egoísta que não deixa o homem a quem ela magoou sair de sua vida.

— O que você fará, Vivienne?

embuscadoamor.com

— Não pensei nisso. — Tento sorrir apesar do som dos violinos no fone de ouvido. Não pensei nisso nem um pouco. Como sempre, fui em frente. Pensei que seria divertido. Pensei que ele responderia. Estou falando de Max, meu amigo leal e adorável, e estou transformando tudo em um circo. Sinto um aperto no peito. Fiz tudo errado. Como vim parar aqui com tudo dando errado de novo? — Aliás, posso falar uma coisa, Stuart? — pergunto.

— Você está na Rádio Romance, *amamos* falar.

— Bem, gostaria de encerrar a busca por Max.

— Você quer parar? — A música triste fica mais baixa.

— Quero cancelar tudo. — Ele espera, olhando para a mesa. Escuto um zumbido nos fones. A rádio está em silêncio? Isso não é bom. A culpa é minha? — Quero parar de procurar Max — digo novamente para preencher o silêncio, olhando desesperadamente para o ninho de cabelos grisalhos na cabeça inclinada de Stuart. Ele não diz nada. — Eu... eu não vou mais procurá-lo. Acho que devo respeitar a privacidade dele agora. Está na cara que não quer ser encontrado. — Stuart levanta a cabeça. Um olhar de triunfo toma conta de seu rosto. Ele assente sem parar. — Então, peço desculpas aos membros do grupo "Cadê o Max?". Vou parar agora, então, por favor, vocês podem parar também? — Tiro os fones, fazendo um barulho forte no microfone. Tiro a camiseta e a guardo bem dobrada dentro da bolsa, então fico só de regata. Stuart se remexe apertando botões.

— Bem, ouvintes, isso é tudo. Vocês ouviram a extremamente adorável e talvez um pouco confusa Vivienne Summers, que quer pôr um ponto final em sua busca por Max Kelly. E, de certo modo, acho que ela está certa, porque não podemos forçar nem apressar o amor, como todos sabemos! Bem, vocês a ouviram com exclusividade aqui, na Rádio Romance. Ele toca um jingle que se mistura à Adele cantando "Someone Like You". Tira os fones de ouvido e aperta o nariz, demonstrando um pouco de cansaço. Ruby se aproxima para me acompanhar à saída. Eu olho para trás, para Stuart. Ele está de olhos fechados.

— Ele está bem? — pergunto.

— Ah, sim, tudo bem. Só vai se preparar para o próximo bloco.

— Bem, sinto muito. Não acho que era o que ele esperava. — Ruby apenas sorri. — Obrigada por me receber — digo, como uma criança no fim de uma festa.

— Imagina, de nada! — Ela me leva à porta e eu desço a escadaria até a rua, um pouco assustada. Saio no vento e começo a caminhar e a pensar, e quanto mais penso em acabar com a busca por Max, mais percebo que é a coisa certa a fazer. A cada passo, sinto uma calma que toma conta de minha mente de modo generalizado.

Em casa, tomo um banho quente muito demorado. Fico deitada no vapor, deixando meus dedos enrugarem. As pessoas podem mudar. Eu vou mudar. Serei uma pessoa séria, calma, como aquelas que sempre admirei. Não vou mais me meter em buscas malucas. Chega de ideias engraçadinhas. Chega de balada. Não vou nem mais ler poesia! Poesia! Olha a que ponto cheguei!

Quando a água começa a ficar fria, saio e visto minha camisola fofinha. Aquela que chega aos meus tornozelos. A única que tenho agora, já que Dave rasgou a sexy de seda. Mas não precisarei de uma camisola sensual, não é? Ligo o laptop na sala de estar e começo a digitar.

CAPÍTULO TRINTA E TRÊS

BLOG PARA O MAX — VI — ACABOU

Dias desde que nos vimos pela última vez: 30

Meu Deus, fui um desastre hoje na rádio. Começou bem e eu estava muito animada, e o Stuart Hill ficou perguntando: "O que faz você acreditar que Max quer ser encontrado?" E eu fiquei pensando, bem, é óbvio, nós nos amamos. Mas a verdade é que não sei como você se sente agora. Estou acreditando que posso reconquistá-lo, mas e se eu o feri profundamente? E se você nunca mais quiser me ver? Não consigo sequer pensar uma coisa dessas. É doloroso dizer isso, mas talvez eu precise enfrentar o fato de que, se você quisesse ser encontrado, já estaria aqui.

Então. Agora. Max.

Quero pedir desculpas. Quero dizer que, quando você me viu naquele dia com o Rob, não era o que você pensou. Quero dizer que sei que sou uma idiota. E quero dizer que este será meu último texto aqui.

Sempre torcerei pela sua volta, procurarei você e amarei você, mas estou interrompendo essa busca maluca. A campanha acabou e, se você me quiser... bem, você sabe onde me encontrar.

Bjo, V

Olho para o cursor piscando ali até minha visão começar a borrar. Mas é o mais certo a fazer. Está na hora de cuidar da minha vida em silêncio e parar de tentar mudar as coisas, como minha avó disse. Ficarei calma. Ficarei tranquila. Serena. Controlo um pequeno soluço.

Leio algumas das mensagens postadas pelos membros. Acredito que devo escrever um recado de agradecimento a eles para acabar com isso do jeito certo. Olho pela janela, para o céu escuro. Agora, as noites estão mais longas, está ficando mais frio e meu verão maluco chegou ao fim. Penso nos poucos dias quentes que passei com Max. Acho que perdi a minha chance de viver um amor. Olho para a tela de novo, pego um lenço e assoo o nariz. Dave aparece e se enrola em meus tornozelos. Uma nova mensagem aparece.

Oi, V., sou eu.
Bjo, M

Meu coração acelera um pouco, até eu perceber que é alguém fazendo gracinha. Alguns apareceram fingindo ser ele. Vou ignorar. Analiso as palavras... e se for ele e eu perder a chance de novo? É claro que não é, porque ele telefonaria, não é? Deve ser algum doido.

Mas não custa checar.

Se for você, Max, ligue para mim em cinco minutos.
Bjo, V

Espero. Nada. Espero um pouco mais. Quem estou tentando enganar? Vou até a cozinha e encho um copo de suco de laranja. Chega de álcool. Vou mudar as coisas. Volto para a sala de estar, tomando o cuidado de não olhar para a tela do laptop. Eu me sento no sofá e folheio o jornal. Dave começa a miar e a arranhar a perna da cadeira. Gato maldito.

— Pare com isso ou vou matar você. — Ele sobe na cadeira e então na mesa, esfregando a cara na tela do laptop, ronronando. — Não estou brincando — aviso e então penso que Dave pode estar tentando me dizer alguma coisa, como a Lassie. Eu pergunto: — O que foi, menino? Tem uma mensagem do seu dono aí? Ele está preso dentro de um poço? — Dave olha. E pisca. Eu vou checar.

Na Espanha. Montanhas enormes. Sem sinal.
Bjo, M

Não vou ficar toda animada com isso. É claro que é só algum idiota se divertindo. Mas...

Como vou saber que é você mesmo?
V

Espero, coçando a cabeça de Dave. Ele ronrona como uma serra elétrica. Uma mensagem aparece.

O que está dizendo? Sou eu, veja!
Bjo, M

Fico olhando para a tela. Não me permito ter esperanças. Meu coração está em frangalhos; se for uma piada, acho que vou enlouquecer.

Prove.
V

Não posso ficar sentada esperando. Ando um pouco pela casa e depois olho. Nada. Viu? Não é o Max. Ajeito a camisola e coloco os cabelos atrás das orelhas. Nada. Olho para o Dave ainda sentado ao lado da tela, ronronando.

— Não é ele. Não crie esperanças — digo a ele e levo meu copo para a cozinha.

Volto a checar. Nada ainda.

CAPÍTULO TRINTA E QUATRO

ALGUMAS COISAS QUE SEI SOBRE VIVIENNE SUMMERS

de Max Kelly

Ela tem uma marca de nascença do formato da Irlanda no lado direito da bunda.

Tem a risada mais maliciosa que já ouvi.

É teimosa como uma mula.

Ela não gosta de moto, nem do Arsenal, nem de tatuagens, mas gosta de mim, de sua avó maluca e de rosas inglesas.

Toma chá de manhã, café depois do almoço e vinho branco seco a qualquer hora do dia.

Sempre foi péssima em poesia e não sabe desenhar.

Gosto mais dela quando ela sorri.

Não sabe beber.

Sua cor preferida é rosa, mas ela acha que é azul.

É mandona e impaciente, mas também é gentil e adorável.

Quase morri do coração quando ela entrou em uma galeria de arte com outro cara, mas não sei viver sem ela, por isso terei que repensar as coisas.

Se eu sonhasse que ela me ama, eu dominaria o mundo.

É a coisinha mais sexy que já vi.

É minha amiga linda, hilária e inteligente.

Gosto de ficar com ela.

Fiquei sabendo que talvez ela estivesse me procurando e queria saber se ela estaria a fim de vir passar um tempo na Espanha.

embuscadoamor.com

Acredita em mim agora?

Bjo, M

É você!

Bjo, V

E o que me diz?

Bjo, M

CAPÍTULO TRINTA E CINCO

Adios, amigos

1º de setembro, 19:14

De: Ryanair.com
Para: Vivienne Summers
Assunto: Confirmação de voo

Obrigado por escolher voar com a ryanair.com.

Este recibo não vale como cartão de embarque.

Sua passagem será enviada por e-mail para o endereço informado.

Favor checar os detalhes abaixo com atenção e clicar em aceitar.

Nome da passageira: Vivienne Summers
Data: 2 de setembro de 2012
De: London Stansted, Reino Unido
Para: Barcelona (Girona), Espanha
Ida/Ida e volta: Ida

Clique.